卷首语

有些地方的雪渐渐停了，而另一些地方的云层正在酝酿一场新雪。

《大地文学》冬季卷为读者朋友奉献：

——深度纪实，聚焦乡村变迁，抒发时代情怀。《沂蒙画卷》着墨于沂蒙山人民在促进山水林田湖草沙一体化保护和修复中建设美丽家园的奋斗历程；《何人不起故园情》是一篇向脱贫攻坚者的致敬之作，渤海之滨的村庄从此告别贫困，阳光闪耀着金色的光彩。

——小说麦田，说天空辽远，说大地苍茫。《中国农民》的故事发生在华北平原黄河入海口一个叫莱乡的地方，掀起了一场席卷全国的农业绿色革命，向世界展示了中国绿色蔬菜的美丽；《巴彦塔拉草原的夜》不仅仅讲述草原之夜，也讲述心灵救赎之夜。

——随笔天下，采大地之花，嗅阳光气息。《植物的隐喻》阐释植物寓意，蕴含大爱之理；《茶青引》牵出昔日时光、故地人情，更牵出精神之地的悲欣交集；《寻访老凹村遗址》缅怀的不仅仅是老凹村，而是许许多多消逝的村庄。

——诗行大地，风吹大地，也吹着人内心的光芒。诗歌的最慈悲之处就是令人始终保持一颗盛开之心，无论时光怎样反复叠加，无论美不美好，无论苦不苦闷，始终盛开如人间小小的灯盏。

——剧本看台，看世间百态，察人情冷暖。《地苑赤子》展现地质工作者的精彩人生，寓史于剧，深情表达了对一代代跋山涉水、风餐露宿，筚路蓝缕、攻坚克难的地质人的崇高敬意。

冬季，正是冬季。此时，冰冻的土地储藏着来年的春天。

编　者

大地文学　2023 冬季卷　总第 70 卷

中国自然资源作家协会
中国地质大学（北京）
中国矿业报社

《大地文学》编辑委员会
（以姓氏笔画为序）：

叶浅韵　劳　马

杨　沐　李青松

张二棍　陈国栋

周　习　周伟苠

胡红拴　施建石

赵腊平　顾晓华

高洪雷　郭友钊

彭　健

主　　编：陈国栋

执行主编：贾志红

副 主 编：劳　马　赵腊平

特约编辑：刘能英　张　艳　王江江　王先桃

赵光华　周子健　李德重

DADI WENXUE

2023

冬季卷

（总第70卷）

大地文学

中国自然资源作家协会
中国地质大学（北京）　编
中国矿业报社

山东画报出版社
济南

图书在版编目（CIP）数据

大地文学. 2023. 冬季卷/中国自然资源作家协
会，中国地质大学（北京），中国矿业报社编.—济
南: 山东画报出版社，2024.2

ISBN 978-7-5474-4775-8

Ⅰ.①大… Ⅱ.①中… Ⅲ.①中国文学－当代文学－
作品综合集 Ⅳ.①I217.1

中国国家版本馆CIP数据核字(2024)第028350号

DADIWENXUE 2023 DONGJIJUAN

大地文学·2023·冬季卷
中国自然资源作家协会
中国地质大学（北京）编
中国矿业报社

责任编辑 李　双
装帧设计 徐　潇

主管单位 山东出版传媒股份有限公司
出版发行 山东画报出版社
　　社　　址　济南市市中区舜耕路517号　邮编 250003
　　电　　话　总编室（0531）82098472
　　　　　　　市场部（0531）82098479
　　网　　址　http://www.hbcbs.com.cn
　　电子信箱　hbcb@sdpress.com.cn
印　　刷 山东华立印务有限公司
规　　格 165毫米×260毫米　16开
　　　　　　15印张　270千字
版　　次 2024年2月第1版
印　　次 2024年2月第1次印刷
书　　号 ISBN 978-7-5474-4775-8
定　　价 56.00元

如有印装质量问题，请与出版社总编室联系更换。

目　录

诗行大地　　　　　　　　　　　　　　　　　　　　　　　　　　　173

剧本看台

协会讯息

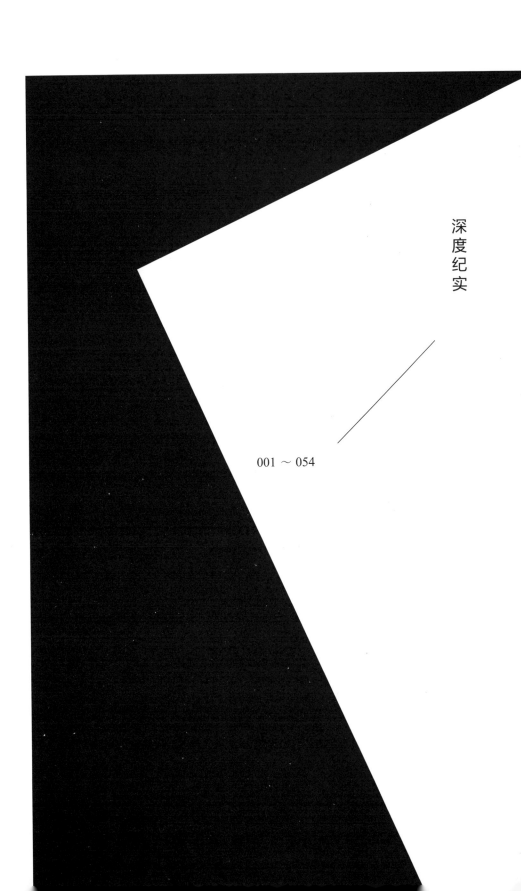

深度纪实

沂蒙画卷

王先桃

引子

"隐入临沂，便入了琅琊梦。"这话出自一个年轻的诗人，也正是我想说的。

五月二十九日傍晚，采访完山东省第七地质矿产勘查院，带着对七院展厅里那些精美石头的无限留恋，我们一头扎进暮色，坐上"水运琅琊夜游沂河"体验船，两岸灯影摇曳的古香古色街景扑面而来，七彩水幕随白色烟雾腾空而起，一幅宏大而又流光溢彩的历史卷轴，出现在眼前。

临沂，古称琅琊，这座拥有三千年建城史的文化名城，因水得名，又因水而兴。泱泱沂水，穿城而过，古老的东夷部族用神话传说的方式创造了属于自己的时代，太多的名字在这里留下，百鸟朝凤的少昊、兵主武神蚩尤、东方天帝青帝太昊、人文始祖女娲、一代名相诸葛亮、书圣王羲之、书法家颜真卿、算圣刘洪以及曾子、匡衡、王祥等，他们璨若星辰，在沂蒙大地上折射着钟灵毓秀的光辉。

沂河，这条被临沂人民亲切地称为母亲河的河流，发源于泰沂山脉南部，是古淮河支流泗水的支流，源出山东省沂源县田庄水库上源东支牛角山北麓，北流过沂源县城后折向南，经沂水、沂南、临沂、蒙阴、平邑、郯城等县、市，至江苏省邳州吴楼村入新沂河，抵燕尾港入黄海，全长三百余公里，流域面积一点一六万平方公里。

历史的旷古，已老得无从说起。几十万年前，沂河两岸就有人类祖先活动的足迹，水利万物，又是世间所有生命的载体，但也带来了无尽的灾难。就沂河而言，光是清代以后到新中国成立前的三百余年间，沂河水灾竟有百余次，沿河人民深陷苦难之中。直到新中国成立后，临沂人开始治理沂河。从数据上看，自一九四九年四月二十一日，新中国第一大水利工程——"导沭整沂"工程开工至今，沂河流域已先后建起大中小型水库四百七十四座、拦河闸坝二十处，直至今日，成为联通世界的"港口"。

经济崛起的地方，人民对生活环境就会提出更高的要求，经济与环境之间原本就是相互制约，又相互依存。二〇二〇年六月，国家发展改革委、自然资源部印发了《全国重要生态系统保护和修复重大工程总体规划（2021—2035年）》，根据总体规划部署，在二〇二一年至二〇三五年期间，我国在青藏高原生态屏障区、黄河重点生态区、长江重点生态区、东北森林带、北方防沙带、南方丘陵山地带、海岸带重要生态屏障区域，即"三区四带"部署实施了五十一个山水工程，持续推进山水林田湖草沙一体化保护和修复。

生态系统的保护和修复，非一朝一夕之事，缓慢的过程，需要数十年甚至几代人的持续努力才能见到明显成效。生态的最高要求，是一种文化内涵和人们对于自然环境认知的具体表现。乘上时代列车的沂蒙人，早就在这片厚重的土地上，践行着"绿水青山就是金山银山"的转化之路。随着橡胶坝建设、沂河河道整治、水资源保护与环境污染综合治理等工程的实施，光是沂河城区段水域面积就增加到近五十平方公里，形成了十五平方公里的滨河绿化带。十五座闸坝节节拦蓄，一坝一风景，一闸一景观的串珠形湖泊景观近百公里。临沂八河绕城、河河相通的大水网格局已见雏形，沿河而建的书法广场、红嫂广场、凤凰广场、风帆广场等一百多个精品工程，让沂河变成了文化和精神基因传承的载体。

"微光汇聚，终成星河"。在这片英雄的土地上，沂蒙精神的红色基因已深入骨髓，变成一种强大的力量，汇入时代建设的洪流中。坚忍顽强的沂蒙山人在攻克一个个难题的时候，也提交了一份份满意的答卷。十六个国家级、省级湿地公园珍珠般点缀百里沂河健身长廊，沿线还有四个国家级和二十四个省级水利风景区。走近春天的沂蒙，你会赫然而见山水相映、桃粉梨白，水光潋滟，屋舍俨然。

在博物馆的绿色展厅里，我们注视着那些绿色的展板，关于土地治理、生态修复、废弃矿山治理、小流域水土流失治理及全域综合整治试点的项目，每一项都被清晰地标注出来，对于在自然资源系统工作过的人来说，我能感觉到，这不是普通意义的图标，这更像是一种铮铮誓言，一种对未来生态环境的承诺和保证。在地质公园的成效图和国土空间规划的视频影像前，我们看到了河流和列车的轨道在旷野中穿梭，也看到了这片土地上的希望与将来。

一场围绕青山绿水、擦亮发展底色的行动，正在蒙山沂水间打响，一幅风景秀丽、环境宜居、百姓幸福的乡村画卷，在我们采访的每一个县域，一一展呈。

湿地华丽转身

一泓碧水、两岸绿柳，林中有鸟、草间虫语；人在绿中、绿在水中、水在林中。这里的每一棵树，每一根藤，每一朵花，每一缕水草都是生态环境保护工程修复的结晶。如今，这般山水相依和谐、百鸟齐鸣的景象，已成为沂蒙境内湿地的常态。

湿地与森林、海洋并称为地球三大生态系统，具有涵养水源、调节气候、改善环境、维护生物多样性等多种生态功能，湿地也被形象地称为"地球之肾"。

去年这个时候，也就是二〇二二年六月一日，《中华人民共和国湿地保护法》正式施行，其中："本法所称湿地，是指具有显著生态功能的自然或者人工的、常年或者季节性积水地带、水域，包括低潮时水深不超过六米的海域，但是水田以及用于养殖的人工的水域和滩涂除外。"是目前我国对于湿地定义的权威解释。

我是一个在湿地边上长大的人，小时候总感觉湿地就是一个看风景的地方，工作后才知道，湿地是一种珍贵的自然资源，也是重要的生态系统，具有不可替代的综合功能。我国加入《湿地公约》三十余年来，高度重视并切实加强湿地保护与恢复工作，全国湿地保护体系基本形成，大部分重要湿地得到抢救性保护，局部地区湿地生态状况得到明显改善，为全球湿地保护和合理利用事业做出了重要贡献。

二〇二三年七月十七日至十八日的全国生态环境保护大会中，习近平总书记指出，总结新时代十年的实践经验，分析当前面临的新情况新问题，继续推进生态文明建设，必须以新时代中国特色社会主义生态文明思想为指导，正确处理几个重大关系。一是高质量发展和高水平保护的关系，要站在人与自然和谐共生的高度谋划发展，通过高水平环境保护，不断塑造发展的新动能、新优势，着力构建绿色低碳循环经济体系，有效降低发展的资源环境代价，持续增强发展的潜力和后劲。二是重点攻坚和协同治理的关系，要坚持系统观念，抓住主要矛盾和矛盾的主要方面，对突出生态环境问题采取有力措施，同时强化目标协同、多污染控制协同、部门协同、区域协同、政策协同，不断增强各项工作的系统性、整体性、协同性。三是自然恢复和人工修复的关系，要坚持山水林田湖草沙一体化保护和系统治理，构建从山顶到海洋的保护治理大格局，综合运用自然恢复和人工修复两种手段，因地因时制宜、分区分类施策，努力找到生态保护修复的最佳解决方案……

在沂蒙，湿地环境战斗的打响，比我们想象的时间要早。漫步于湿地之间，天空湛蓝，水草鲜润碧绿，到处荡漾着花香，到处弥漫着生命的气息。一些植物在野性地生长，比如千屈菜、菖蒲、水葱、藤草、香蒲、芦苇等，让人忍不住想躺进那片湿地的草丛里，以蓝天为被，花草为床，轻风作伴，再做一个梦，醉在湿地的风光里。

武河湿地公园

我们到武河湿地的时候，已过了漫天飞絮的时节，水汽氤氲，柳树、芦苇和蒲草在风中摇曳着，正陷入在一个叫"浩浩荡荡"的词语中不能自拔时，一群疾飞的白鹭把我的思绪煽成了一朵朵涟漪，在浅水中荡漾，场景如画。

河，叫武河，沂河的一条内河，源起郯城县的江风口，流入江苏省的邳州市。旧名叫鹅堵河，顾名思义，因其河道狭窄，鹅可阻流，故得此名。上游的陷泥河、南涑河尾水注入，每遇汛期，三河会流，水灾频发，给两岸三个乡镇、二十个村庄的三万余百姓带来无尽的灾难。清朝康熙年间，朝廷拨款疏浚拓宽、引沂济运，后称武河。改革开放以来，由于临沂工业迅猛发展，大量的工业用水注入，使碧波荡漾的武河，变成了黑水横溢的污水沟，百姓只能唉声叹气。

出于保护淮河流域生态环境的考虑，从二〇〇九年开始，随着临沂生态文化建设步伐的加快，沂河出境水质提升的需要，武河湿地的治理势在必行。二〇二一年五月，沂蒙山山水工程列入"十四五"第一批"中国山水工程"项目。沂蒙山山水工程的实施，意义在于提升沂河流域水环境质量、水生态能力，为南水北调东线工程水质安全提供强有力的生态保障，为老区人民建设一个生态美丽宜居的生活和工作环境。

春来冬去，武河湿地这一顺应自然发展的举措，终于在二〇一〇年二月完成了一期工程，全长十公里，面积为一点五万亩，从武河的蒋史汪橡胶坝至廖家屯节制闸这段区域，是目前国内最大的人工河流湿地、国家级湿地公园和省级水利风景区。共建有景观桥两座、拦水坝四座、溢流坝八座、跌水池两处和湖心岛三十九个，苗木栽植二十一种十万多株，水生植物一百多种七百七十万株，形成了"一个一个滞流塘、一片一片莲藕汪、五颜六色水植物、一望无际芦苇荡"的生态景观效果，使流经湿地涵养的优质河水进入下游运河，确保南水北调东段的水质达标。

武河湿地一期的建设与提升改造，初步形成了生态特色突显的观光游览区，基础设施和人造景色的提升，带动了乡村的旅游。曾经的污泥沼泽地，成为连接临沂城市与自然空间的绿色纽带，提升了城市的形象。昔日草木不生的污水沟，变成了鱼翔浅底、百花齐放、万鸟竞飞的休闲胜地。

"武河湿地在建成之前，这里就是一条小河，污染非常严重，当时这里面的水是又黑又厚、又腥又臭，过路的人走过这里都得捂着鼻子，里面根本就没有鱼虾，更别提小鸟了。"随我们一起来的湿地公园管委会工作人员说。

我们走在一段正在施工的河段上，因为来得匆忙，穿的高跟鞋容易陷入刚填的新土中，鞋中灌入了土和水，所以走得很慢。本想折道而回，看到前面满身泥巴却依然专注于观察和采访的文学志愿服务队一行人，只好一鼓作气追上前去。

武河湿地公园管委会主任候孝光给我们介绍湿地公园项目建设情况。"整个湿地公园建设计划分三期，那片蒲苇遍地、栖鸟云集的地方是一期。我们一路走过来的这部分是二期，二期工程从江风口分洪闸至蒋史汪橡胶坝，全长五点三公里，面积为五千亩，目前工程正在实施中，计划总投资六千万元。工程完成后，一次性蓄水量可达到二百一十五万立方米。二期工程结束后还有第三期工程，长度为二十五公里，这样在临沂境内四十公里的武河，就形成了一道天然的生态屏障。"

听着湿地公园规划建设蓝图，我们看到公园建成后，中央公园、鸟类公园、湿地植物园、湿地探索园、湿地生产园、湿地休闲度假区和沂河休闲度假区以及一百多个生态小岛将错落有致地分布在武河两岸，形成一幅人与自然和谐共生的湿地生态新景观，必将成为全市惠民生态福祉的一大亮点。

当我们问到建设武河湿地公园的意义时，临沂市自然资源和规划局二级调研员武玉强说，武河湿地主要承接沂河洪水邳苍分洪道上游陷泥河、南涑河尾水，平时出水于武沂导流沟入沂河。因陷泥河、南涑河是临沂市兰山区、罗庄区、高新区等区域的主要纳污河流，承接了沿线污水处理厂尾水、生活污水及雨水，水质不稳定，加上受到工农业生产取用水等人类活动的影响，水体自净能力差，个别水功能区达标率低，导致生物多样性较差，河流携带的泥沙淤积河道湖区，造成河湖萎缩，生态水量大幅减少，最终威胁沂河水生态及水的安全。武河湿地公园的建设，进一步改善了当地的水环境质量及区域的生态平衡，使区域整体生态环境得到有效的改善，不仅可以为水禽提供丰富的食物来源，繁茂的植物群丛也可以为水禽提供栖息繁殖所必需的安全空间，一些有毒物质通过芦苇、蒲草、莲藕等水生植物进行生态功能的深度处理，保证了水质安全。另外对增强区域的生物多样性和生态系统的稳定性具有重要的意义，提升了"大美临沂"的城市形象，有效解决了陷泥河、南涑河城区尾水净化问题，确保上游水质达标，维护了淮河流域水质安全，实现了水生态的保护与生态功能的提升，自然景观与生态景观的完美融合。

"在湿地建成的最初几年里，这里的基础设施不够完善，路灯、道路都不多。那时，在人们的认知中，这里的原生态意味着荒，一到天黑，附近就没了人影，现在不一样了，每天晚上，来这里休闲的人们络绎不绝。特别是这几年，经过水草、林木的涵养净化，湿地的水质变好、环境变美，鸟类越来越多，植物越长越好，成为越来越多市民休闲娱乐的地方。"工程负责人对我们说。

一片乌云不知什么时候涌了过来，天空明显变暗，线一般的雨丝，落进芦苇和蒲草中，一些不知名的野花依然兀自开放，长长的木栈道顺着芦苇丛蜿蜒着，水里的鱼和杂草在窃窃私语，远处的山影被灰色的云朵涂上了朦胧色彩。

漫步于湿地，青山连绵，碧波涌动，花海、草地、栈桥、天空、云朵和飞鸟绘成一幅精致的画面，谁能想到，这片生机盎然的湿地公园曾经是村民嫌弃的、杂草丛生的荒滩，现在却成了许多人的诗和远方。一起采访的作家记者们还在恋恋不舍，她们总是很贪婪，想把这样美好的画面，装进自己的镜头。

"口袋"公园

五月三十日上午，在崔家峪镇上泉村，我们领略到"口袋"公园（也叫小微湿地）生态的返璞归真，山茶烂漫，静谧美好。

初夏的阳光把四周乔木、灌木的叶子照得油光发亮，沿河而建的小微湿地公园里绿树成荫、花团锦簇。遍地的金盏菊举着艳现的黄在阳光下怒放，荷叶正露尖尖角，蜻蜓和蝴蝶在花间飞来飞去，河水中偶尔有鱼和水鸟游过，划出一道道优美的弧线。一群鸡在草中觅食，一只狗从丛林中窜出，又沿着花径向村庄走去。

走在开满鲜花的栈道上，有种误入桃花源的感觉，我甚至怀疑这里原本就是一处公园，而事实上这里原是一片荒凉的滩地。当我调侃说这是我看到过的最小湿地时，当地的工作人员却解释，在沂蒙山区域山水林田湖草沙一体化保护和修复工程中，这是水源涵养生态修复区森林提质的重点修复单元，主要是通过硬化河道、清理淤泥、修建游步道等提升乡村生态颜值、厚植乡域生态家底、激活全域乡愁乡韵，最终才变成乡村振兴战略发展道路上的一道靓丽风景。

上泉村小微湿地处于岚崮山流域，就在沂水县崔家峪镇上泉村。二〇二二年六月底开工建设，修复治理面积六千平方米，总投资七十六万元，项目建设本着"山水林田湖草沙是一个生命共同体"的理念，依托现状，对荒滩进行生态治理：构筑一个自然小岛，种有四十余株水杉，小岛四周建设防冲刷挡墙二百多米，以提高水土保持能力；西侧修筑台阶及木栈道，跨岛区域设置木桥通向湖中岛，岛上种植水生鸢尾、再力花、菖蒲、月季花、美人蕉、连翘、护岸迎春花、蔷薇、草皮，河道周边建生态护砌，种上凌霄，建成一个集湿地保护、生态修复、科普宣教、湿地休闲、农业综合利用示范为一体的小微湿地。

负责此项目的领导告诉我们，这里一直无人管理，杂草丛生，水流不畅，崔家峪镇践行生态治理理念后，通过对荒滩进行生态治理，疏通清淤，植树种花，把它变成今天的小微湿地公园。以前无人问津的地方，现在连外乡的人也来打卡留念，附近的村民更是没事就过来散步，他们甚至都无法相信，有一天，家门口的泥洼地也成了公园。

本是炎热的天气，在这里竟有种潮湿的感觉，站在栈道上，风从河面上刮来，远处是大片大片的金黄麦浪，还有一垄垄拔节生长的玉米。村庄被大片大片奶黄色的板栗花包围着，浓香逼人。一位妇女就在我们路过的小溪边搓洗着衣服，全然不顾及眼前走来走去的人群，仿佛除了村庄、田野和她面前的溪水，其他都不存在似的。

沂水县文旅局局长杜防微介绍，涵养水生态要利用好现有的自然资源、自然条件，在我们县水是稀缺资源，通过建设拦水坝将雨季的水留住，通过建设小微湿地涵养水生态，这样就能变成一年四季都有水，不但改变了区域的生态环境，同时，也推动了美丽乡村建设和文化旅游业的发展，像崔家峪镇上泉村这样的小微湿地建设，全县已有六十多处。

通过对河湖生态的治理和修复，在河湖岸线生态缓冲带建设小微湿地公园，恢复河湖水系连通性和流动性，崔家峪上泉村生态修复生动践行了生态文明理念，绘就了一幅"山水林田湖草为共同体"的湿地生态画卷。

构建完善生态环境，需自然资源、水利、林业等多部门协同执法监管体系共同完成。从水源保护涵养区入手，尽可能地利用自然的特性和机理，系统统筹区域要素，保护河流空间，修复河流自然恢复力，实现对入河污染物"源头减排、过程控制、末端治理"的全过程控制，把复杂的流域水环境问题分解到各小流域单元，做到"精准施治，一河一策"。

加强生态系统保护与修复，打造小流域生态保护带，推动流域生态保护与高质量发展；继续实施山水林田湖草生态保护修复工程，完善修复长效机制，建立监管系统和成效评估；修复人工湿地与河湖生态系统，加强水源涵养、地下水压采、农林水系统综合整治，提升生态环境容量；实施国土绿化工程，不断提高森林覆盖率；继续推进水土流失综合治理等。

如今的上泉村，空气清新，物产丰富，水环境稳定，不仅极大改善了农村居住环境，减少了洪涝灾害的侵袭，还形成了水清岸绿的生态画卷，村民出门就能享受如画般的风景。

漫步于崔家峪镇上泉村的"口袋"公园，青山连绵，碧波涌动，花海、草地、栈桥、天空、云朵和飞鸟绘成一幅精致的画面，谁能想到，一片曾经被村民嫌弃的荒滩，现在却成了许多人的诗和远方。

乡村旧貌展新颜

巍巍蒙山高，悠悠沂水长。八百里沂蒙，每一座山头都燃烧过烽火，每一寸土地都浸染着鲜血，历史的故事在这里上演，苦难的阴影覆盖过这里的每一寸土地，但千千万万沂蒙山人为革命前行所做的贡献，永远都不该被遗忘。

沂南县地处沂蒙山区的腹地，在革命战争年代，这里是党的活动在沂蒙山区最早的县份之一。当时根据地四百二十万人，一百二十多万人次拥军支前，二十一点四万人参军参战，十万多人献出宝贵生命。为革命做出重大贡献的"沂蒙母亲"王换于，村里人叫她于大娘，年过半百时认识了负责山东妇女工作的陈若克，也就是中共山东分局书记兼八路军第一纵队政委朱瑞的爱人，陈若克见她连名字也没有，建议她改名王换于，并介绍入党。一九四一年日军大扫荡，陈若克被捕，敌人用尽酷刑，导致她早产，最后又将她和幼女一起杀害。为了让亲如女儿一样的陈若克入土为安，王换于把悲痛藏在心底，变卖家产安葬陈若克母女。同年十一月，《大众日报》社发行科的白铁华遭日军逮捕，经群众掩护脱险，但伤情严重。王换于对他精心护理，直至伤愈归队。王换于也因表现突出，被选为村妇救会会长和艾山乡副乡长。见罗荣桓、王建安、胡奇才、陈沂等领导干部和革命烈士子女无人照顾，王换于成立了"战时托儿所"，把最大只有七八岁、最小的生下来才三天的革命后代安排到农户家抚养，为确保孩子的安全和健康，她告诫儿媳："烈士的孩子饿死了，就

断后了，咱的孩子饿死了，你还能生育，让革命的孩子吃奶，咱的孩子就吃粗的吧！"烈士的孩子得到了照顾活了下来，而她亲生的四个孙子却因饥饿夭折。同样感人的还有用乳汁救了小战士命的红嫂明德英。

陈毅元帅曾深情感叹："我进了棺材也忘不了沂蒙人民，他们用小米养育了革命，用小推车把革命推过了长江。"深情话语的背后正是沂蒙人民对党、对革命事业的无私奉献，更是军民水乳交融、生死与共铸就的伟大情怀。

硝烟已逝，红嫂远去，但沂蒙精神，还在大地上延续。习近平总书记在谈到生态环境保护时反复强调并要求"像对待生命一样对待生态环境"。党的十八大以来，随着"生态文明""美丽中国""水污染防治攻坚战""乡村振兴"等战略的提出，环境治理上升至国家战略层面。临沂"山水工程"的全面推行，为维护河湖健康生命、实现河湖功能永续利用提供了制度保障。

随便走进一个村庄，都能看到美丽的湖和漫山的苍翠松柏，还有苹果树、杏树、桃树掩映的村舍。从"农村"到"景区"，昔日乡村焕新颜，依托自然风光和特色资源，特色民宿、农家乐等旅游业态孕育而生。在这里，山水田园间萦绕着悠悠乡韵，红色故事带动游客，络绎不绝。

红嫂故里桃棵子村

徜徉在古朴清幽的桃棵子村内，

石墙、石屋，石碾，石磨，木门，木窗，木橛子，甚至屋檐下蒜头辫，辣椒串，还有玉米垛，都是安静的，那些惊心动魄、硝烟弥漫的场面，没有留下一丝痕迹，历史在雕像上凝固，又好像要瞬间苏醒。石榴树使出全身解数，才开出了满院的鲜红。

远处，环绕着层层梯田和成熟麦浪，村南五百多亩的核桃园，村西、村北五百五十亩的甜桃、大樱桃园区，还有"沂蒙红嫂展览馆"，还有五十多家农家乐，红色，古色，绿色交相辉映。

五月的最后一天，在沂水县院东头镇桃棵子村，当我们站在沂蒙红嫂祖秀莲纪念馆里，听完那段感人的故事，迈着沉重的脚步从革命纪念馆走出来，无论阳光怎样执意，花香怎样浓郁，槐树、楝树、纺车、独轮车、担架、蓑衣、马灯、石墙、石碾、石磨，还有泛黄的杏，都和我一样，保持沉默不语。

院东头镇的桃棵子村，是沂蒙红嫂祖秀莲的故乡。红嫂故事所发生的那个年代早已远去，关于历史，只能在泛黄的书页中和讲解员的声音里追忆。但在沂水县院东头镇土地综合整治现场，我们又感受到了红嫂故里的另一种精神。为了充分实施体现"山水林田湖草沙一体化治理，人与自然和谐共处"的指导思想，推动城乡人居环境明显改善和美丽中国建设的主导思想，院东头镇土地综合整治工程任务，涉及二十三个行政村。项目由土地平整工程、灌溉与排水工程、田间道路工程、农田防护与生态环境保持工程及其他工程组成，建设规模为二万五千六百四十一点七亩，总投资为一亿二千六百四十六点九万元。于二〇二二年三月正式开工，为确保项目各项工程的质量、工程完工后的管护，沂水县自然资源和规划局作为项目法人，以县人民政府文件方式明确了县自然资源和规划局和院东头镇人民政府的权利和义务，招标确定第三方项目监理，成立了项目工作专班。

结合乡村的自然条件，建设美丽乡村景观，是山水工程实施中的一项内容。通过对低效土地整治，使项目区的耕地质量得到提升，沟、路、林统一规划，全部配套，极大改善了项目区的农业生产和交通状况，满足机械进出的同时，也方便了农民下地耕种。通过生态治理使项目区生态修复能力得到增强，生态系统功能和生物多样性重现并得以维持，土地的生机和活力持续焕发，植被建立后自我恢复并形成良性循环。通过农田防护与生态环境保持工程的修建，有效减少了水土流失。

其实，自沂蒙山山水工程启动以来，在工程实施区域内大力开展退化公益林修复与森林质量提升，面积达到十二万亩，生物多样性保护面积二百一十万亩，林草等植被覆绿九千多亩，森林生态系统退化的情况得到有效遏制，森林中的有害物种得以控制，生物多样性得到恢复，植被覆盖率、碳汇增量及生态服务功能稳步提升，水土流失面积和侵蚀强度持续下降，输入河库的泥沙有效减少，水资源蓄水量得到提升，生态水径流与生态红线得到有效保护。

桃棵子村是沂水县院东头镇土地综合整治工程涉及村庄之一，项目在实施前广泛征求、了解村民的需求后，结合实际情况，进行了灌溉与排水工程、田间道路工程、农田防护与生态环境保护工程的部署。新建设蓄水池三座，新建大口水井二座，新建提水泵站二座，蓄水塘坝三座；建设各类桥涵五处、排水沟一千零六十八米、田间道路一百五十九米；河道生态治理一千三百七十米，河道谷坊十座。同时栽种百日红、龙柏、红叶石楠球、迎春花、蔷薇等观赏植物七千多株，桃棵子大红门草皮达三千五百平方米。

桃棵子村依托红色文化，把全村作为一个景点进行打造。对石墙石屋进行改造，对村容村貌进行治理，对植物进行有规模的绿化。特别是当土地综合整治工程完成后的桃棵子村出现在我们的眼前时，它已经像花园一样，村道整齐，户户门前有花开，屋后绿树成林。

负责此项目的领导李志刚告诉我们，院东头镇土地综合整治项目实施后，提高了水资源利用效率和耕地产量，生态环境、水土结构、田间小气候得到明显改善，同时通过田间道路建设，项目区道路通达率达到百分之九十以上。

在乡村经济发展方面，这个村的村民，除了田地收入，还通过参加群演、在基地打扫卫生等增加收入，村庄变美了，红色景点成为越来越多的网红打卡点，村民生活较之前，有了很大的提高。

"蒙山高，沂水长，我为亲人熬鸡汤，续一把蒙山柴，炉火更旺，添一瓢沂河水，情深谊长……"在离开的时候，我们忍不住哼起了电影《沂蒙颂》中的主题曲，车窗外金黄的麦浪一层层起伏着，奔走在八百里沂蒙腹地，仿佛一草一木都在深情吟唱着动人的旋律。

时光凝固的村落

走进铜井镇的竹泉村，有一种错入江南的感觉，石板铺的路，石板搭的桥，石头砌成的院落和沁人的花香，还有一些正在劳作的乡村艺人，都让人不由自主地放慢脚步。

和巍峨的七十二崮相比，清泉汩汩的竹泉村温润得像一幅水墨画，精致得如一首清丽的小诗。无数次在电影里看过红嫂有关的剧情，对沂南的印象，一直留在山丘连绵、石多土薄、荒凉与穷困潦倒的景象里。从第一眼看到村头那些爬满石墙的藤蔓和睡莲朵朵的方塘，还有小船上歌唱的姑娘，甚至是古香古色的建筑，我就对自己曾经的武断，产生了深深的自责。

因泉和竹而得名的竹泉村，几百年来，泉水从未枯竭，一直汩汩流淌。沂蒙精神赋予了这座村庄的几百年的沧桑厚重，也赋予了竹泉村新生。

这应该是我在北方唯一见到过有大片竹林的村落，更别说是在这沂蒙山腹地。村庄虽小，但这几百口人的小山村，立村很早，元明时期叫泉上庄，清乾隆年间改名竹泉村。早年间我们猜测，是偏远闭塞影响了村子的经济发展。从村前的文字介绍中可以看出，早在党的十八大首次把"美丽中国"作为生态文明建设的宏伟目标之前，竹泉村就开始吹响了美丽乡村的时代号角，先是按照每亩一千元的价格流转竹泉村土地五百亩，再依靠旅游带动村民经济收入，富足之后又进行了栽植绿化树木。

为了打开乡村旅游新局面，村庄进行了整体迁移，新建的竹泉村，院落成排成行，街道宽阔，车辆进出方便，生活垃圾集中收集处理，生活污水得以治理。村中大多数人投入到旅游的行业中，由于没有乱砍滥伐，加上精心的管护，旧村内竹林面积逐步扩大，品种逐年增多，村内涌泉流水、茂林修竹、水伴路行、竹伴水生的景观格局进一步优化，生态环境得到了有效保护，游客大量增多，村民的农副产品再不用愁卖了。

时代的浪潮，给了村庄脱胎换骨改变命运的机会。善于进取的竹泉村人用自己的理念造就了村庄的涅槃与飞升，探索出一条属于自己的幸福之路。二〇〇七年，竹泉村还是一个人均年收入不足二千元的小山村，十几年后，这里成了名副其实的富裕村。一个曾经杂草丛生、封闭落后的贫困山村踩着"竹泉模式"的步伐，摇身一变，成为"中国乡村旅游模范村"和"最美乡村·齐鲁样板"乡村振兴的典范。

红崖，碧水，古山寨，这些意境悠远的词，和远处的梯田在山岭丘壑间绵延起伏，抽花的玉米排着绿色的长队，麦田连着麦田，麦浪翻滚。那处竹林七贤的小院，让我心生欢喜，几块刻着七贤生平的大石块卧在竹林中，被雨水和青苔映衬得油光发亮，山路两旁的树木恰就像五线谱波动的音符一样，蜿蜿蜒蜒，青石板的小路边放满了各种各样盆景和花草，鸢尾花正热烈地开放着，游人一波又一波徜徉其间。

人工的雾气，让村庄充满着神秘和朦胧之感。在流着泉水的小巷内，随意转进一个翠竹掩映的人家，光阴都会从一簇簇鲜花中逸出来，从古老的石缝里漫出来。也许你会惊诧于一个不曾见过又似曾见过的场面，柴扉前的磨盘和老碾，正在转动的纺车，小屋里编制竹篮的篾匠，剪窗花或缝鞋垫的老人，正在上演的老式婚姻嫁娶或是锣鼓乡戏，还有热气腾腾的煎饼卷大葱、古法酿的酒、自制的粉皮，还有牛羊、弯把犁、赶牛调、玉米垛、干辣椒串这些村庄里熟悉而亲切的风物，不仅遵循了千百年的习俗，散发着原始古朴的气息，还会让你陷入某种乡愁里不能自拔。

在一口古井旁，泉水清澈，青苔碧绿，由十二生肖组成的石雕惟妙惟肖，许多人围在井旁边舀水，既然来了，怎么也要尝一口清冽甘甜的泉水，拿一把用竹制成的长舀，我们争着去喝，也许未来，无论我们走到哪里，都可以像这样，水，可以直接饮用。

即将离开的时候，一群在瓦楞欢蹦的燕子和喜鹊，装点着古村动感的画面，悠扬的鸟鸣，增加了雾气的厚重，一群一群的背影消失在竹林里，一条一条的青石板小路在村庄的深处蜿蜒。

化茧为蝶，嬗变仿若一瞬间。我们深信，竹泉村发生的巨变，只是沂蒙山地区发展的一个缩影。在竹泉村村前的文化走廊上，我们发现竹泉村的头衔和荣誉非常多，中国十大最美乡村、国家 4A 级景区、全国乡村旅游重点村、中国乡村旅游模范村、网友最喜欢的乡村旅游目的地等，去过竹泉村的朋友一定记得景区前的那片"荣誉碑林"。被授予"中国人居环境范例奖""全国休闲农业与乡村旅游示范点""CCTV 中国十大最美乡村""中国乡村旅游模范村""全国乡村旅游重点村"等荣誉称号。

山美，不如竹美；竹美，不如泉美；泉美，不如村庄美。走在竹泉村的竹影婆娑中，脚下泉水潺潺，伴随着丝丝清凉，感觉像走进了世外桃源。望着挂在银杏树上"竹林村"几个红色大字，真希望，来年的春天，再能一起来这里，邂逅一场更美的花开。

群山何以苍翠

初夏的沂蒙山，境幽林深，麦浪翻滚，七十二崮，巍峨壮观，向天而立。

汽车穿行在孟良崮战役发生的蒙阴县，大片的云朵在天空飘浮着，满目苍翠之间，没有了战火硝烟，空气中沁透着缕缕清香。远处，一个个"崮"重重叠叠，宛如海上起伏的波涛。陶醉于蒙山沂水的秀色风光里，也惊叹于这片土地的美丽蝶变。如今这里的五百二十座山峰、一百七十八条河流、一百〇三座水库，变成了全国"绿水青山就是金山银山"实践创新基地。

沂蒙山人在生态保护的过程中把沂蒙精神用到了极致，他们像保护自己的眼睛一样保护着这片土地的生态环境，山水工程、矿山修复、退化林修复、小流域改造、水土流失治理、隔离堤生态治理工程等，河长制、湖长制、林长制全面建立，一条条江河、一个个湖泊、一片片森林和矿山有了自己的守护者。

在"推进革命老区美丽生态宜居乡村建设，鼓励陕甘宁、太行、沂蒙等革命老区重点对接黄河流域生态保护和高质量发展，统筹推进革命老区山水林田湖草一体化保护和修复"的大环境下，二〇二一年，沂蒙山区域山水林田湖草沙一体化保护和修复工程获得国家批复，中央、地方和社会三方筹资五十五亿元推进工程实施。

八百里沂蒙，多少条河流的岸边、多少个崮崖顶，留下多少为保证青山绿水而奋勇向前的身影。勤劳的沂蒙山人正用水清河晏、绿树成荫、山林相依的生态之貌，绘就沂蒙山天蓝、地绿、水清的美好画卷。

在这里，环境保护意识不断增强，绿水青山就是金山银山理念早已深入人心，自然保护区人为扰动大幅减少，动物种群逐渐增多，蓝天绿水，草木葱茏。二〇二二年十二月，"中国山水工程"入选联合国首批十大"世界生态恢复旗舰项目"，沂蒙山山水工程就是其中之一。

蛇形在沂蒙山境内，远山绵延，似长龙飞天，河流清清，一路蜿蜒而下，碧绿之中，红花点点，多么迷人的画面。

废弃矿山的美好未来

总有些地方，让你意想不到，比如沂南县铜井镇寨子水库北山地质环境恢复治理项目现场。

离开孙祖河金马河水源涵养工程后，我就在想，我们将要去的地方，一定是一块满目疮痍又是被废弃的矿山。这样想着，不免有些失落。当一池碧蓝的水和湖岸那片挂满金黄杏子的杏林出现在我们眼前的时候，所有人的脸上都写满了惊讶，那个农民工一样的老者向我们介绍眼前这片曾经废弃的大矿坑是怎样变成水上公园的时候，我们的目光却盯着金黄的杏，直到他让我们随便摘杏的时候，我才

知道这个农民工一样的老者，竟然是这个项目的负责人，也是一名企业家，叫袁忠玉。

袁忠玉说，家乡的炮声隆隆、尘土飞扬的采矿场景贯穿着他整个记忆。袁忠玉的老家在二山沟村，离此四公里。多年前百姓因为穷，过度开采石英砂原料，严重破坏了植被，造成水土流失，让资源丰富的矿山变成了废弃的矿山。每次走在回家的路上，望着荒凉的山体，他的心里就有一种沉重之感，他相信这里的山水绝对不比任何地方差，他暗暗发誓，一定要让家乡的山更绿水更清，让这座废弃的矿山变成人们喜欢的样子，他想打造一处梦想的家园。

面对十几个大大小小的矿坑和山体，如何实现生态修复，初建白沙洲度假区成了他项目修复的最主要模式。采取矿山生态修复、休闲旅游开发和田园相结合，在废弃的石英砂矿山上进行修复，把以前采矿形成的矿坑、矿洞、矿沟以及破坏的植被进行治理和生态修复，实现矿山生态修复治理与旅游发展规划、乡村振兴规划无缝衔接。

袁忠玉告诉我们，目前，项目修复面积达五百亩，重点治理一百多亩，投入资金近七千万元，且全部资金来源于个人筹集。

听到他的资金来源的轻描淡写，忍不住多打量了袁忠玉几眼，这位朴素的老汉竟然有着一般人所没有的经营思维方式，他去过欧洲和江浙各地

考察，他想要把这片曾经废弃的荒山变成人人向往的诗和远方。看着木屋群和满山的杏，还有那片黑松树下正在破土的赤松茸，我相信，所有的梦想都有可能实现，就像当初别人不相信他能把荒山改变成公园一样。

沂南县林业发展中心主任刘西波对我们介绍，矿山生态修复分两期进行绿化，目前矿区的五百零二亩地已全部完成绿化，树木的种类大多数是黑松，为增加经济效益，又在林下种植赤松茸，因此每天都要喷水，它不仅对林木生长有利，又起到防火的功能。

在那间围满鲜花和杏树的小木屋里，我们采访队的领队暨中国自然资源作家协会主席陈国栋和袁忠玉进行了深入交流。六十多岁的袁忠玉，是沂南白沙洲旅游开发公司总经理，从一九八七年开始创业做医药包装、玻璃制品产品，一九八九年，考上山东省轻工业学院，学习硅石专业，毕业后创办了生产酒瓶、药瓶的加工厂。一九九五年工厂合并到县医药公司，二〇〇四年工厂改制，他就下海到山东东营创业搞玻璃制造，积累了部分资产。

二〇〇九年沂南县招商引资时，袁忠玉就回到沂南，开办了沂蒙医药包装材料有限公司，担任总经理。十多年来，在他的精心管理运营下，公司的经济效益不错，这一次，袁忠玉积累了几千万资产。

他带领我们穿行在他的工地，看已建五层楼的游客接待中心，当他对我们细说每一处装修风格和将来打算

的时候，我又忍不住多看了他几眼，除了没想到他能筹措到资金以外，更没想到就是这样一个其貌不扬话语不多的人，竟然有着那么长远的计划，他要把他的度假中心做成五星级宾馆的样子，他还要在每一座山上种上果树和花草，安排周边大量的乡亲来就业，我们相信他有这个能力，因他之前的公司就有六十多人，每一年的利润，有六百多万元。

离开沂南的时候，窗外，青山翠绿，麦浪翻滚，玉米长势喜人，那座刚刚建起的灰色建筑，像一只展翅的雄鹰，以飞翔的姿势消失在山野的深处。我们又开始在车里吃着采摘而来的杏，红嫂的故事让大家沉默不语，金黄的杏，甜到心里。

森林的守望

车在一处蜿蜒的山道上停下来时，大片的山林映入眼帘，这里是地处沂河上游水源涵养主体生态修复区的沂水县双崮流域项目区的退化公益林修复现场。沂水县龙家圈街道党工委副书记袁俊国等人早早等在那里。

双崮流域东西绵延四十公里，涉及六个乡镇和一个国有林场，流域总面积三点九万亩，其中退化公益林修复与森林质量提升工程面积五千六百八十六亩。沂水县林草局林业技术推广室副主任刘金达对我们详细介绍。

这里的退化公益林修复与森林质量提升的面积达五千六百八十六亩，

有六十万株树。针对区域内植被单一现象和生态防护功能退化问题，工程项目主要采取中间伐、修枝、割灌割藤、定株、补植、抚育等系列措施进行修复提升。在双崮流域探索了六种林分修复提升模式，开展修复提升实验，光是打造示范点，就有十处。

在我们的走访过程中了解到，在修复过程中，补植各种树类，增加植树的种类多样性和色彩原来非常关键。比如，定株黄栌等落叶灌木，一般一亩植一百株。疏密有序的结果使树木之间的通透性提高了，有利于树木生长。森林也由简单化、同龄化、单一化逐步转变成复成林、异龄林、混交林的稳定结构，森林水源涵养和水土保持能力明显得到了提升。

沂水县龙家圈街道党工委副书记袁俊国介绍，十年前，双崮流域就像一片荒山，从二〇一三年开始，沂水县先是在荒山上种植小树苗。如今，已栽种核桃、侧柏等经济苗二十多万株，且长势喜人，治理成效显著，全县的森林覆盖率达到百分之四十一点九五。

那个后背上印有"森林防火"四个大字的老汉，黝黑又精瘦，古铜色的脸上看不出任何心思，但从我们上山的时候就一直默默跟着，当我们文学自愿服务领队陈国栋和大家说到一次上山采访要求不能带打火机时，老人的神情一下子紧张起来，一双眼不停地在人群中扫射，生怕错过某一个重要的细节。

当陈国栋对他说："老人家，您一直跟着我，是不是担心我要抽烟啊？"老人的表情一下放松起来，当他意识到眼前这些人都有森林防范意识时，委婉地转换话题："我在这里护林十六年了，这些树都是我和村里的乡亲们种的，为了守护好这片树林，我从守护林子那天起就戒烟戒酒了。"

陈国栋关切地问他："老人家，您今年多大啦？"老人望了望四周，非常警惕地反问："你是让我说大还是说小呢？"当他说完这句话时，所有在场的人都笑了起来。老人一下子变得不好意思，他搓着手解释道："说小嘛，今年五十八；说大嘛，这里有领导，不能让他们听到，上级规定护林员年龄不能超七十，我虽然八十了，但耳不聋，眼不花，每天骑着小电驴沿山巡查二三次，这片林都归我们守，我们有个专门护林队，一共六个人，我是队长，平时有任务交代或是有情况沟通，我就在微信群里与队员们联系。"说着还打开微信群，让陈国栋看，怕他不相信似的。

老人领着我们登上瞭望塔时，我们确实发现这个已经八十的老人依然有着年轻人的行动敏捷和思维方式，在观察瞭望室内，他拿着自费买的望远镜，和我们一起观察周边几个村的退化公益林修复情况，他对这片森林的感情都表现在他的言语中，整个交谈过程他都是开心的，他说他希望更多的人能够重视森林保护，这是子孙后代的事业。

已近中午，他仍带着我们在山顶已经建好的四个三千立方米蓄水池的位置观看，即便是一瞬间，他也不忘提醒森林防火的意识。

临别时，老人拉着陈国栋的手，竟然有些不舍，他说，这些树是他看着长大的，像自己的孩子一样，他想守林守到一百岁。陈国栋冲他竖起大拇指，大声对他说："老人家，您的目标一定能实现！"

当车轮滚动，老人和山林一起消失在连绵的群山中时，我们依然还在谈论着老人关于年纪的那番话语，是欣慰，也有一些心酸。

沂蒙崮影长

在我们看来，东汶河流域内，地形相对复杂，低山、丘陵、坡地、洼地和沟壑交错分布，地形起伏大，从一个村庄到另一个村庄变化都很大。

从山川，田野，到河流，堤坝，所见之处，清新碧绿，而又井然有序。一起来的文友告诉我们，曾经的这里，基岩裸露，土壤有机质及营养元素流失，植被退化、生态功能衰退。另一方面，水土流失导致河流泥沙含量增加，泥沙在金马河、孙祖河等东汶河支流河道淤积，抬高了河床，降低了泄洪功能，威胁到沂河水的生态安全。

党的二十大报告提出：我们要推进美丽中国建设，坚持山水林田湖草沙一体化保护和系统治理，统筹产业结构调整、污染治理、生态保护、应对气候变化，协同推进降碳、减污、扩绿、增长，推进生态优先、节约集约、绿色低碳发展。

关于沂南县小流域水土流失主体修复，五月三十一日晚在蒙阴县，就东汶河流域实施矿山修复、脆弱区造林、水土保持等工程的规划思路、实施措施及取得的成效，我们采访了沂蒙受山山水工程推进工作领导小组办公室副主任庞西祥，他负责整个项目的统筹与协调。

庞西祥主任告诉我们，东汶河中游小流域，水土保持治理修复面积九千多亩，在金马河和西高庄小流域，以建设清洁型小流域、建设青山绿水为总目标，结合本地坡地优势，采取修复水保林、补植经济林、梯田整治、沟道治理、封育治理等措施，新建石坎地堰面积达一千五百亩。

其实，以小流域为单元而突出整体修复涵养水土是山水工程的一个特点，它是以自然修复为主，兼顾生态经济效益的原则，采取梯田整治、沟道防护等措施，就地拦蓄，提高水资源利用效率，做到涝能排、旱能灌。在沿河道建设生态导流渠四点八公里，沿岸植草绿化三百八十七点九亩，建设五十七处生态湿地，栽植沉水植物、浮水植物和挺水植物十六点五亩。

在东汶河流域内，我们看到了大片的黑松，还有黄栌和金银花，整个项目呈现出良好的生态效果，既改善了采矿区的地貌景观，减少水土流失，减少了泥沙的汇入，又保护了大量田地不被影响。项目施工的人告诉我们，水土流失防护体系，要做到水不下山、泥不出沟，才能减少水土流失，缓解下游河道的淤积，形成林、田、水的要素互补和良性生态循环。同时还种植了侧柏、黑松、楸树、乌桕、黄栌、五角枫等当地树种二十万株，山清水秀、绿意盎然、林果飘香的生态效果已初步呈现。

目前，沂蒙山山水工程中的"小流域水土流失主体修复成功案例"已被自然资源部列入"中国山水工程"的十大典型案例。

面对大自然的馈赠，沂南县从小流域水土流失主体修复入手，进行生态修复，目前从种植中就可见成效，黄烟的亩产值达到五千七百元，轮作种植孙祖小米，亩产值实现四千五百元，亩均增收约四千至五千元，通过片区植树造林及林分质量改善，预计年增加林业碳汇一千五百吨。

河湖水清清，两岸绿茵茵，白鹭满天飞，田园如梦境。河畅、水清、岸绿、景美，这应该是沂蒙山人一直追求的目标。不断开创改善水环境、保护水资源，使河湖长制工作常态化，应该是一个地方发展的态度与格局。

生态云蒙湖

古老的蒙山沂水，蕴藏了久远而丰厚的文化，充满活力的八百里沂蒙也正发生着日新月异的变化，政清人和、碧波荡漾。六月一日上午，已经是我们自然资源作协文学志愿队在沂蒙山采访的第五天，我们环着云蒙湖隔离堤继续一路采访。

云蒙湖始建于一九五九年，位于山东省临沂市蒙阴县，由沂河支流东汶河与梓河交汇而成，是山东省第二大水库。五十八点六平方公里的云蒙湖是沂蒙大地上的一颗瑰丽明珠，一百五十公里的环湖道路如同一条长长的银链，流域面积一千六百九十二平方公里，是临沂市区二百万居民饮用水源地也是山东省第二大人工湖，在以湿地、藕塘、果园、村庄、森林为主要内容的绿色经济带内，我们看到，群山环抱、风景旖旎。

云蒙湖园区与之前我们所见的景色截然不同，湖水丰饶，波光潋滟，草木肆意生长，群鸟齐翔。我们在采访中得知，为了云蒙湖变得更美，政府没少下功夫，一是实施云蒙湖除险加固工程，增加库容量，推进山水林田湖草沙一体化修复；二是在云蒙湖周边建设水源涵养林十万亩，完成河滩绿化五百八十公里、湖区绿化五点二万亩，流域内河道湿地、湖滨带湿地、人工湿地达到六千一百四十公顷，形成"百库千塘、万亩荷塘、鱼草共生"的生态景观；三是孕育了丰富的动植物资源，流域林木覆盖率超过百分之七十二，典型鱼类达到四十六种，鸟类一百五十种，野生动植物资源达一千三百余种，成为国内重要净水鱼种大银鱼珍贵的受精卵供应地，并获批为大银鱼国家级水产种质资源保护区，黑鹳、东方白鹳等国家一级保护动物由"稀客"变为"常客"。良好的生态环境提高了群众生活质量，水清岸绿、生态富民的美丽河湖效应逐渐显现。

在荆议村一处写着"美丽移民村"几个红色大字的石头前，晨阳正照在波光粼粼的湖面上，反射出万条缕缕金线，芦苇站成了方队，鸟群从我们的头顶飞过，留下一声声清脆的鸟鸣，岸堤上一些不知名的花朵在灿然而放，树木绕着湖水蜿蜒而行。

在东儒来河生态治理工程现场，正是午后最热的时候，阳光直射在从河底挖出的大片黄泥土上，闪着金黄的光芒。蒙阴县水利局建设科科长段勇在现场告诉我，东儒来河的总拦储水量为二点四万立方米，河水流入东汶河，涉及类城子村一千一百多人的生活用水和一千二百亩地的灌溉。我们采用生态护坡、水中种植物的方法，有效净化了水质，使上下游的水清澈，水下动物也有了好的生长环境，同时也保证行洪安全。

东儒来河全长二点五七公里，共修建了三座生态拦水坝，其特点是，采用生态护坡的方式，即河两岸种植草，水中种植物，改变了传统的使用水泥混凝土铺设河底、河两岸的做法。云蒙湖生态区管委会党委书记王中华说，云蒙湖堤岸有一百五十公里长，建设的环线公路曾入选全国美丽乡村路。云蒙湖水面面积有十万亩，通过对云蒙湖流域的生态治理与修复，湖的周边生态环境变好了，鱼类、野生动物多了，生物多样性体现了，湖里的水质一直保持在国家饮用水的标准内，每天要供水五十三万吨，其中保障临沂市一百五十万居民的生活饮水是重点。

在采访现场，我看到离工程项目不远处，一个小男孩和他的奶奶正在摘金银花，旁边的杏树挂满了金黄的杏，还有结满青涩果实的核桃，让我忍不住走上前拍照，小男孩竟然一点也不怕生，他告诉我，他叫陈俊蒙，正在读小学三年级，因为这几天感冒没有去上学。

我和孩子的奶奶聊她家庭收入的时候，小男孩正把一筐金银花倒入一个蛇皮袋子中，孩子的奶奶说现在除了田里的小麦玉米，还有果树和这金银花，她没对我说具体收入多少，她只是指着一栋非常精致的小楼说，那是她家新盖的，儿子以前在外打工，现在回来开起了农家乐，儿媳在网上卖农产品。那个叫陈俊蒙小男孩非常热情带我到他家院子里摘杏和无花果，他指着他家后院的一片果园说："要是再过些时候，你要是能再来，树上的梨和核桃就可以吃了，还有苹果。"

当车子在阳光里再次爬上山道，拐弯处，我看见那个穿着红衣的小男孩陈俊蒙站在绿林掩映的村庄中，像一幅浓墨重彩的油画，挂在大山的深处。

世界地质公园

在革命老区中，这些闪烁着耀眼

光辉的地方，比如，井冈山、延安、沂蒙山、西柏坡等，都令人向往。

没来沂蒙之前，我以为沂蒙山就是一座山，其实不然。沂蒙山包括了沂山和蒙山。位于平邑县的蒙山，面积一千一百二十五平方公里，主峰龟蒙顶，因其状如神龟伏卧云端而得名。

我们是随车上山的，站在主峰龟蒙顶上，鸟瞰八百里沂蒙山，气势磅礴，崮影绰绰。其实，早年间，孟良崮与周边山地，裸石垒垒、树木稀少，水土流失严重，荒滩野岭随处可见。随我们一起上山的景区人员说。

在离蒙山主峰龟蒙顶约两公里的平邑县退化公益林修复与森林质量提升工程现场，随我们一起上山的还有县林业人员，那个一见人就笑的县林业发展中心生态保护修复科科长刘海燕站在一张修复示意图前，向我们介绍了工程的实施情况和取得的成效。

平邑县退化公益林修复与森林质量提升工程建设范围包括整个蒙山区域，项目投资为四千四百四十五万元，建设总面积为二万零四百八十六亩。项目涉及范围包括万寿宫林场、明光寺林场、大洼林场三个国有林场，及柏林镇部分村的集体林区。

刘海燕科长指着山坡处一大片绿林告诉我们，项目就是通过抚育间伐、人工更新造林、修枝、割灌刈草等方式，合理调整蒙山区域的树种结构、组龄结构和林分结构，补种上栎树、侧柏、平邑甜茶等，与油松形成异龄复层混交林，共修复退化公益林修复

八千零九十二亩。

陈国栋采访刘海燕关于万寿宫林场、明光寺林场、大洼林场三个国有林场的情况时，担任我们文学志愿服务队技术指导的山东省自然资源厅综合处的处级干部赵坤给我们现场普及树种和修枝等知识，他是林业学校毕业的，又在林业部门工作多年，他对这些再熟悉不过。他告诉我们树林分为幼龄林、中龄林、近成熟林、成熟林和过熟林五组。他能根据松树树尖长出的长度，判断树林的通风和光照是否良好。

当最后一抹夕阳快要落山时，我们沿着石阶爬上了龟蒙顶的玉皇殿，鸟瞰着连绵起伏的群山和被霞光染成了鎏金一样的风景。因山得名、因水生韵的沂蒙山世界地质公园的全貌一下子清晰起来。

沂蒙山世界地质公园，地处低山丘林区，西、北、南三面环山，中部平坦，北西南东向延伸的蒙山是地质公园的主要山脉。蒙山之巅龟蒙顶海拔有一千一百五十六米，为山东第二高峰。

沂蒙山世界地质公园是由五个园区组成，蒙山园区、钻石园区、岱崮园区、孟良崮园区、云蒙湖园区，总面积一千八百零四点七六平方公里。光是地质遗迹点就有四十四个，国家级地质遗迹十一处，世界级地质遗迹有四处，堪称世界地质奇观。二〇一九年四月，被联合国教科文组织正式批准通过为联合国教科文组织世界地质公园。

因为地质公园地处沂沭断裂带以西的鲁西地块上，这里有中国最早的金

伯利岩型金刚石原生矿，沂蒙山地质公园的钻石园区是国内第一个金伯利岩型原生金刚石产区，也是中国乃至亚洲储量和露天开采规模最大的金刚石矿。自一九七〇年投产以来，已累计产出一百八十万克拉金刚石，为我国尖端工业发展做出了巨大贡献。这里发现的"蒙山一号"钻石，重达一百一十九点〇一克拉，是中国目前发现的最大的原生金刚石，也因此临沂被中国矿业协会授予"中国金刚石之都"称号。

这里是岱崮地貌的命名地，"岱崮地貌"是迄今五亿多年前的寒武纪形成的，当时沂蒙山区还是大海，海底有很多突起的山地。千万年后，这些海底山地降低成平原。地壳抬升时，这些海底平原再次被抬起，形成平顶的山地。所谓"崮"就是新一轮侵蚀循环的残留物，平坦崮顶就是平顶山地的遗存。专家说，崮顶高度就是古平原的抬升高度，而在"崮"集中的鲁中南山区，有"沂蒙山 72 崮"之说。

那些石块上的碑文再次告诉我们，这里是中华文明的发祥地，是东夷文化的中心，融道教、佛教、儒教文化于一体。除此之外，这里还是我国北方天然植物园和中草药植物资源库，是我国金银花产量最多的地方。

我们在最高的玉皇殿上拍照留影，四面远山含黛、满目浓翠，霞光从崮顶背后反射出来，远处的"崮"与村落、河流、森林、山道和群鸟等一起掩映在浓郁的光影里，朦朦胧胧，如梦如幻。

结束语

山一程，水一程，几天的行程让我们看到了废旧矿山的重生，看到了沂河流域的碧波荡漾，看到了绕山的梯田和漫山遍野的绿，看到了滚滚金黄的麦浪，还闻到了浓得化不开的板栗花香。

此刻，感触最深的却是当年沂蒙精神的再现。为了守住绿水青山，有着沂蒙精神的沂蒙山人攻克了一个个新的"孟良崮"，啃下了生态环境治理这块硬骨头，制定出最严格的生态文明制度，坚持人与自然和谐共生，推进山水林田湖草沙治理，让更多人走进乡村的世外桃源，让绿色成为沂蒙山永远的底色。

山东一位作家说，沂蒙山既是铮铮铁骨的红色山系，又是绵延勃勃生机的生态山系，更是沂蒙人民的金山银山、幸福之山。

巍巍八百里沂蒙，崮连崮，山连山，作为著名的革命老区，沂蒙具有光荣的革命传统。革命战争年代，这些数不尽的大山，像老区人民的怀抱，掩护了战士，哺育了革命。他们用大山里的玉米、棉花，做成了军粮军装；他们用深山里的草药、鸡羊，疗救了伤员。三万沂蒙儿女献身疆场，为抗击外来侵略和中国革命的胜利做出了巨大的贡献和牺牲。在这片贫瘠闭塞的山地上，沂蒙百姓以"最后一匹布做军装，最后一粒米做军粮，最后一个儿子送战场"的无私奉献精神，创造了无数可歌可泣的英雄儿女和英雄事迹。在抗日战争最困苦、最艰难的危急时刻，沂蒙人民用生命和热血谱写出《跟着共产党走》这铿锵有力、气势磅礴的歌曲，成为中华人民共和国开国大典的伴奏曲。

山有禅语，水有水韵。我们在蒙山寿仙巨雕前，凝视了很久，看着慈眉善目、笑逐颜开的寿仙，想到文人骚客、帝王将相对蒙山的千里奔赴，还有今日这壮丽晚霞，禁不住感慨万千。八百里沂蒙山水，曾是"四塞之崮、舟车不通、外货不入、土货不出"之地。而今这里令人难以置信地成了全国著名的商品交易市场，位居全国第二位综合批发市场，成为鲁、苏、豫、皖地区最大的商品集散地，成为名副其实的中国物流之都。

那个凉风习习的夜晚，走在沂蒙人家的繁花似锦的古老村落里，繁星闪烁，栗花香溢，桃树、李树、杏树都挂着沉甸甸的果实，石碾、水磨保持着沉默不语，蛙声在我们兴奋的脚步里奏起了乡村的乐曲，一天的疲倦，被月色清洗得干干净净。

一个曾经来过此地的山东省自然资源作家协会的文友说，春天的时候，漫山的桃花一定会让你沉醉。这里还有"十里惊天河，千年古村落"的美誉，古老的石屋石磨和参天大树在用自己的方式，述说着村庄的典雅与美丽，一簇簇鲜花在用怒放的形式，展示着村庄的日新月异。

回望沂蒙山，这里曾风云激荡，沂河奔涌着，就像沂蒙百姓昂首挺胸走向未来的姿势一样，战争和贫困未曾夺走沂蒙人民不屈的尊严，一代又一代沂蒙山人，在沂蒙精神的感召下，献出了青春血汗，以初心不改的理念，为山川大地绘就胜景，让一条条小溪汇成江河，让一片片庄稼都能颗粒满仓。

自然从来就不是独立存在的，人不负青山，青山定不负人。呵护碧海蓝天，着墨绿水青山，点染多彩生态——在习近平生态文明思想的指引下，沂蒙山人正在同国家乃至全世界一起，描绘一幅面向未来、面向绿水青山的美丽生态长卷。

"人人那个都说哎，沂蒙山好，沂蒙那个山上哎，好风光……"一首《沂蒙山小调》，在战争年代曾激发沂蒙革命老区人民的斗争豪情。如今，行走蒙山沂水间，仍能听到小调，旋律悠扬。

王先桃，笔名皖心，中国自然资源作家协会会员，江西省作家协会会员，作品见于《散文选刊》《海外文摘》《作家通讯》《星星诗刊》《鸭绿江》等，曾获第四届全国书香征文二等奖、第三届中国徐霞客诗歌散文奖等。

何人不起故园情

李　霁

承德古称"热河"，特指从热河泉到避暑山庄小南门五孔桥流出汇入武烈河的一段水系。

相传在上古时代，这里曾是汪洋大海，海里有一座龙宫，住着龙王和他的子孙们。有一年大旱，村里数月滴水未下，土地龟裂，寸草不生，哀鸿遍野。心地善良的龙女偷偷降了一场甘霖，不料竟惹得玉皇大帝龙颜大怒，派天兵天将填平了大海，并把龙女压在了山石之下。尽管龙女受尽折磨，却始终没有屈服，还不断从嘴里吐出水泡。水泡带着龙女的体温钻出地面，慢慢地形成一股清泉。从此，温热甘甜的泉水，淙淙流淌，滋润了大地，抚育了黎民。

然而，龙女的法力毕竟有限，在承德绵延的青山深处，藏着一个热河流经不到的地方——承德县石灰窑镇富裕村。

富裕村，顾名思义寄托了村民对这片土地的美好期待，现实却恰恰相反，这里大山阻隔、耕地分散、资源匮乏，自然条件的先天不足，为村庄贴上了"一方水土难养一方人"的标签。

富裕村不富裕，甚至戴上了"省级贫困"的帽子，没有人知道摘掉这顶比南山还沉重的帽子需要多少代人的努力。直到习近平总书记说："只要还有一家一户乃至一个人没有解决基本生活问题，我们就不能安之若素；只要群众对幸福生活的憧憬还没有变成现实，我们就要毫不懈怠团结带领群众一起奋斗。"

二〇一八年的春节刚刚过完，河北省地矿局第八地质大队党委办公室主任张雄伟，被组织选派到富裕村担任脱贫攻坚驻村第一书记，向着压迫了富裕村几代人的贫困发起了冲锋和挑战。

一

富裕村位于承德县东北部，向东与平泉市交界。距承德县四十公里，距镇政府十公里，村域面积五千三百五十五亩，村庄占地一百九十亩，耕地一千五百二十五亩，下辖一个自然村，五个村民小组，共二百八十六户八百九十四人，青壮年劳动力大多外出务工，常住人口以家庭妇女、留守老人和儿童为主。有建档立卡贫困户一百零二户三百四十六人，包括一般贫困户七十八户二百八十二人，低保贫困户十九户五十八人，五保贫困户五户六人。

张雄伟说，富裕村建村时间可追溯到清康熙年间，原名刘杖子，一九八二年改名为富裕村。"过去的富裕村穷啊！山多地少，全村人均耕地不足两亩地，种的还都是经济价值不高的玉米。有地也是三年两不收，纯靠天吃饭。赶上干旱年，减产歉收甚至颗粒无收。说媒的一提是富裕村的小伙儿，那头摇得跟拨浪鼓似的，村里姑娘也争着往外嫁。"

贫困像魔咒，死死地压在头顶。富裕村犹如一座孤岛，将村民世世代代囚禁在生存的边缘，日子贫苦，就叹口气说，唉，这都是命！现实的窘境一旦推给命运，清醒与追求就会麻醉不醒，人越来越穷得心安理得。

张雄伟接着说："第一次走访低保户刘建设，那场景把我震到了！残破的院落中堆满杂物，朽败的老屋里家徒四壁，一家人正在昏暗的灯光下咽着玉米饼子和稀粥……看到这些，真是百感交集啊！年过半百的刘建设也着实命苦，人本来就瘦小，一换季就关节疼，平日里走路"气都不够喘的"，媳妇也抛下三个年幼的孩子离家出走了，屋里连个浆补拾掇的人都没有。家里就指望那几垄薄地糊口，若赶上收成不好，就得寅吃卯粮，靠乡亲接济度日。"

夜里，窗外月朗星稀、树影婆娑。躺在床上的张雄伟辗转反侧、难以入眠，他的心头像是打翻了五味瓶：这么好的时代，竟然还有人过着屋不挡雨、食不果腹的生活？他的脑海中不断闪现那口黑乎乎的灶台、面黄肌瘦的汉子、衣不蔽体的孩童、油得发亮的被褥……

"必须尽我所能帮助他摆脱困境！"张雄伟暗下决心，既然让我披上第一书记的战袍，不干则已，干就干好！

二

早春的富裕村，乍暖还寒。可比天气更严酷的，是人心的淡漠。

一说起初到富裕村的境遇，张雄伟心里还是会泛酸。

二〇一八年三月九日，当拉着大包小箱行李的工作队员走在通往富裕村漫卷风沙的路上时，望着两边绵延千米的垃圾带，面对街上三三两两聚堆群众视若无睹甚至眼中飘来的一种轻蔑嘲讽的神情，大家的眉梢顿时凝结了愁绪。

二月春风拂过，河水还搅着寒意。

桃花杏花欲开未开，在山间地头，探头探脑。外面冷驻地人更冷！见此状，张雄伟连忙为自己和大家伙打气：组织上派我们来这里就不是享福的，什么苦我们都不怕。

可是生活往往不按常理出牌，满腔热情的工作队进驻富裕村非但没有得到群众的夹道欢迎，反而在入村第一天就遇到了"聚众诘难"。有15户申请产业到户资金的村民，因政策调整未能落地，就集体上工作队讨要说法。

场面一度失控，上访群众情绪激动，大有一股不达目的誓不罢休的劲头。围观的村民也跟着起哄，直接发问："你们工作队这次来扶贫，带了多少钱啊？"还有个叼着烟卷的后生阴阳怪气地说着风凉话："你们不就是下村转一圈儿镀个金吗，每家每户捐俩儿钱一拍屁股走人得啦！"

这算是富裕村给张雄伟出的第一道难题。

初来乍到，情况不明，面对情绪激动讨要说法的村民，张雄伟毫无威信可言。怎么办？张雄伟牢记群众问题无小事，组织选派他来到富裕村就是为了听取群众声音、解决群众问题的。换一个角度看，群众既然来找工作队反映问题，就说明大家对工作队还是报以希望的。张雄伟一边安抚激动的村民，一边开导同来的组员，还要打起十二分精神倾听群众的诉求。

张雄伟带着笑容讲起这段经历，丝毫看不出当时的紧张和窘迫。他觉得富裕村民风还是纯朴善良的，但村民长期禁锢在大山里，思想僵化保守，认识会有些偏激狭隘，加之文化水平不高，凡事目光短浅、斤斤计较也在情理之中。

一大部分村民认为富裕村要发展起来根本就不可能。所以，工作队开始走访调查时，几乎天天受阻，入户进度缓慢，有的人家去了几次都叫不开门。

"碰壁，还能接受，说明我们工作上还存在漏洞，勤跑几次腿就行了。受气，那是真难挨啊，我们抛家舍业、全心实意帮村里搞脱贫，他们不仅唱反调，讥讽我们是瞎指挥来捣乱的，甚至歪曲事实、恶语中伤。那句话怎么说的？'知我者谓我心忧，不知我者谓我何求'啊！"

思想觉悟落后是最大的贫穷。张雄伟意识到这是富裕村最难愈合的"硬伤"。他想起临行前局领导在动员大会上强调的一句话："扶贫关键是要扶智，'智'有一个很重要的因素就是觉悟！觉悟从哪里来？就是要讲政治。"多年从事党务工作的张雄伟已经敏锐地洞察到，富裕村上上下下进取心涣散，宗旨意识淡薄，村级事务管理混乱，集体经济长期空白。

基础不牢，地动山摇！没有一个坚强的领导核心，扶贫工作就等同于做虚功！只有建强班子、充实力量、占领阵地，以推进富裕村政治文明建设为抓手，才能打开村民思想的总阀门，真正激发村民脱贫致富的内生动力。村民思想觉悟上不去，即使帮扶措施再精准、脱贫政策再优越，也是干部"搭盆景"个唱个的戏，工作队一走，留下来的还会是"等靠要""庸懒散"的后遗症。

如何提升觉悟？成了摆在张雄伟和工作队面前的第一张"考卷"，他也陷入了深深的思考。

三

山区的早晨，每天都像露珠一样晶莹而又透澈。牧羊人准时把羊从圈里放出来，张雄伟看着羊群在头羊的带领下，身披朝霞一只挨着一只往南山而去，不由得心头一亮：沧海河流有砥柱，谁是砥柱？就是在党旗下宣誓的共产党员！是富裕村村民一票一票选出来的好干部。村里老党员在哪？老村干部在哪？致富带头人在哪？年轻骨干又在哪？一串串名单从隐没中浮现。

张雄伟带着队员们开始紧锣密鼓地走街串巷、入户访贫。他们坐在炕沿上，和大婶拉起家常；他们探望五保户，给大爷点上一袋烟；他们走进养殖场，拿起扫帚簸箕，成了大叔的帮手；他们走在田垄间，跟乡亲们一起架秧苗、起土豆；他们的脸庞映射着灶塘的烟火，他们的足印遍布"第二故乡"的山水角落，像是为这片贫瘠的土地印上一道一道"幸福契约"。

张雄伟下的第一步棋，是向石灰窑镇党委建议，对富裕村"两委"班子进行调整，把年富力强、心怀村民利益的同志充实进来活化全局。

这是一件说起来容易做起来却举步维艰的事。老党员闹情绪冷眼旁观，年轻党员有顾虑踌躇不前，所有人都用消极不配合来回应张雄伟的提议。张雄伟第一次，也是唯一一次在嘈杂的会议室拍起桌子，大发雷霆。

"党员是干什么的？战争年代堵枪眼，和平时期带头干！看看咱们的父老乡亲过的是什么日子！大家坐在这里不亏心吗？难道我们不应该为了当初的誓言、为了这个村做点什么吗？"张雄伟瞪红了眼睛挨个审视每一个人。他斩钉截铁地说："我抛家舍业地来了，就没准备全身而退，不给村里摘帽，我决不罢手！"

会议室安静了，似乎连烟蒂落在地上的声音都能震穿耳膜。有些老党员沉默着低下了头，有些年轻党员望着张雄伟的眼睛逐渐变得明亮而湿润。

这是一个鲜明的导向！村"两委"换届，不仅换出了新面孔，也换出了精气神、换出了凝聚力、换出了新气象！

曾经像弃屋般简陋的村委会粉刷一新，院内升起鲜艳的五星红旗在空中迎风飘扬。办公室收拾得窗明几净，桌案上码放着整齐的文件夹和工作手册，柜里排列着崭新的档案盒，还通上了互联网，彻底改善了办公条件。

第二步棋，就是张雄伟利用丰富

的党务工作经验，从健全完善制度、规范组织生活、严格党员管理抓起，强化党务公开、政务公开、财务公开，启动村民代表和理财小组的联合监督，以制度的刚性赢得民心。

接着，张雄伟组织村党员、干部、小组长开展"红马甲"党员志愿者服务活动。第一次活动内容就是整治脏乱差，彻底改善全村人居环境。

"大爷，这儿扫得不够彻底。来，把扫帚给我，我给你扫。"

"老嫂子们，你们扫得真干净，你看村里干净了咱们自己看着也舒心不是？这可是咱们自己的家啊。"

张雄伟冲在最前头，新当选的村支书姜振云带着家人参加义务劳动，把村路两旁的砖头、纸片、塑料袋和牛羊粪便都清理出来。其他党员和村干部、小组长一看，也纷纷领来了自己的家属把院墙外围打扫干净。

这次义务劳动结束，村里的大街小巷被清洁整理了一遍。张雄伟醉翁之意不在酒，一方面他通过卫生清理改善村居村貌，提升全村的精神面貌；另一方面他也借此改变村民们各扫门前雪的生活方式，更重要的是，要让村民看到党员干部不玩花架子、说干就干的决心，感受到跟着他们脱贫致富的希望。

希望，就是纽带，一端拴着村民们的怀疑和猜测；另一端系着村民们对工作队的期望和寄予。

很快，信任的拐点就在一场暴雨之后出现了。

四

二〇一八年八月九日傍晚，天空下起瓢泼大雨。

雨点仿佛积攒了多年的仇怨，沉重得像一粒粒石子，重重地砸在屋顶，灌进庭院，溅起片片水花。转瞬之间，地上的积水就汇聚起来，变成漫无边际的水泽。

富裕村遭遇了一场前所未有的暴雨虐袭。

排水沟消失了，泄洪渠注满了，水一波又一波涌过门槛闯进一家家院心。

经过一昼夜的抢险排洪、艰苦奋战，驻村工作队带领村民终于疏通了村里主要淤堵的河道和沟渠。

午夜时分，劳累一天的张雄伟刚刚入睡，就被一阵急促的铃声惊醒。电话那头的村民李红霞已经六神无主，声音中透着哭腔。

她家地势不高，地基还泡在积水里，地基外是村中施工没来得及填埋的深坑，洪水蓄满深坑后，又漫灌上来。家中年幼的孩子和七十多岁的老人，躲在炕上自顾不暇，李红霞一个人拼命地向外淘水，可淘出去的远没涌进来的多，眼看着水位在一点点上涨，全家人提心吊胆，再这样下去房子非泡塌了不可。

危难之际，群众第一时间向工作

队求助，这就是信任！

张雄伟二话没说，带上队员张秋民，披上雨衣，举着手电筒，摇摇晃晃地冲进了茫茫夜雨中。

外面哪还有路啊！没过膝盖的雨水，灌满裤腿的泥浆，磕绊滑脚的碎石，还有他俩因为担心彼此掉入深坑而紧拉的手。这一双并肩作战的手就像坚固的绳索，紧紧相扣毫不松解，那是坚毅的手、团结的手、兄弟的手，更是托起民生的手！

出事现场房前屋外汪洋一片，分不清哪里水，哪里是被冲开的深坑。房屋已经岌岌可危，想保住就必须迅速排水。

张雄伟揩了一把脸上的雨水，他一边大声地安抚焦急惶恐的李红霞，一边拎起墙角的扁担小心翼翼地蹚过水面探寻坑位。

找到了！

他用扁担探明了深坑的范围，大声提醒张秋民注意安全。从院子里抓过一个漂浮的水桶，一下紧着一下地往外淘水。可是淘水的速度仍然赶不上水位的上涨，张雄伟和张秋民咬紧牙关，意识到事态的严重。治标还需治本，堵住漫灌进来的洪水刻不容缓。

此时，南山上顺坡而泻的洪水已经在坡道上冲开一个小小的弯道，正源源不断地灌进李红霞家里。

"快，赶紧喊人来截流，再晚就来不及了。"

张秋民蹚着没膝的水去上游喊人，第一个闻讯赶来的党员刘建国迅速加入筑坝战役，并且招呼着陆续赶来的村民抢险，大家一拥而上，淘水的淘水，筑坝的筑坝，直到把深坑淘干……

李红霞家的老人跪坐在坑上，脸上已是老泪纵横，哆哆嗦嗦地说不出一句感谢的话。

村干部握着张雄伟的手，激动地说："大家伙看你们这么卖力地干，服气了！啥也不说了，真是心连心，一家亲。"早已浑身湿透的张雄伟心头不由一暖，温热的泪水混合着冰冷的雨水，在脸上肆意流淌，嘴里咸咸的，心里甜甜的。

第二天，雨过天晴，张雄伟又起早去李红霞家察看情况，远远地看见房顶上冒出一缕青色的炊烟，悬了一夜的心才算落了地儿。

农村生活总有意外，更惊险的还在上演：

二〇一八年秋天，张雄伟带领队员三次上山扑灭明火，每次他都冲在最前面；二〇一九年四月，他指挥施救村民马国东，为挽救生命争取了宝贵时间；同年七月，他和队员冒暴雨疏浚管道，确保泥石流通过排洪管道……

村民们称他们是抢险工作队，他们自己也常常互相打趣，这一个个白面书生，竟都磨成了"钢铁侠""绿巨人"。

在驻地，我看到张雄伟的一组工作照——在贫困户的家里，他坐在炕头，耐心地宣讲扶贫政策；在劳动现场，他带着村民栽种鲜花；在种植大棚里，他蹲在垄边，向专家虚心求教经验……一年多来，村民们重新认识了张雄伟，他就这样成了村民的主心骨、贴心人。

大家不禁啧啧赞叹：咱村来了一个年轻的好书记，他要领着咱们甩掉贫穷的帽子呢。

五

测绘，是地质人的"看家本领"，这本事移植在扶贫工作上就成了"绝活"。

刚入村时，工作组第一项任务就是挨家挨户走访调查。开头还有村干部领着入户，一次两次之后就只能自己摸索着来。但因为人头不熟，每家每户对于工作队来说都是陌生的，这样势必会增加入户调查的难度。

"大爷，我们是工作队的，过来了解一下家里情况。""你们不是前天刚来过吗？"

"大娘，吃饭了吧？""哎，你们工作队挨家挨户走，为啥不进我家啊？"

"重复入户"和"走访不到"一时成了工作队的"笑谈"。村民们觉得，这群外来人连"面子"都整不明白，更别说做"里子"了。化解生疏成为工作队的首要任务。大家憋着一股劲，尽可能多地走访，尽可能快地熟悉。

"你们在城里是干啥的？"村民也对这群外来人抱有好奇心。

"我们是搞地质测绘的，简单说就是把地形地势详细地记录在地图上。"

"哦，那你们看我们村是个啥地势啊？"

这可真是说者无心听者有意，张雄伟一拍大腿，突然兴奋起来。"何不利用我们的专业优势，绘制一张区位图，把每条街道和每家每户位置准确绘制出来，再进行入户走访不就可以按图索骥了吗？"

张雄伟跟队员张秋民谈到这个想法的时候，眼睛里闪着激动的光。这束光也将张秋民的眼底点亮，因为测绘正是他的专长。

说干就干。张秋民知道近两年全国都在开展农村宅基地调查，当地一定进行过测绘。于是，他辗转联系上了县国土资源局。当他拿到经过脱密处理的半成品村庄平面图时，真是欣喜若狂。

趁热打铁，他利用回家休周末的时间，找到单位测绘部门借了两台GPS-RTK，马不停蹄地回村将图面缺失的部位进行了全面测绘，生成了一幅完整的地图。

有了这张宝贝地图，张雄伟和工作队就有了必胜的底气。大家标上街道名称和户主姓名，再将贫困户和非贫困户区分开，并把贫困户家庭人口、享受政策、危房改造等关键性信息用不同符号标注到图上，贫困户之间错综复杂的情况瞬时清晰明了。

当承德县扶贫办干部来村里视察时，一眼就瞄上了墙上这张花花绿绿的"地图"。"这是你们搞的'作战图'？"张雄伟嘿嘿笑着点点头。

扶贫办干部在"地图"前踱来踱去，指着上面一个一个的图标，好奇地揣度起来。"这是'建档立卡户'，这是'残疾户'，这是什么？""这是第一批脱贫不脱政策户。"

"嗯，真好，清晰准确，一目了然。"扶贫办的同志们拍案叫绝，竖起大拇指。"不过'一枝独秀'不算英雄，你们呐，还得利用专业优势，帮咱们全县的扶贫工作上一个台阶哩。"

二〇一八年九月，工作队联手扶贫办共同推出普遍适用的脱贫攻坚示意图模板，成为地质扶贫的重要缩影。从烦琐到简单，再到可复制与可推广，一张小小的版图，密密麻麻地标注着山山岭岭、家家户户，让我看到了富裕村的艰辛，更看到了希望，它铺设在沟壑之间，牵引着村民们走出贫困，走向远方。

接续而来的实事好事一件跟着一件：

新建标准化卫生室一座；

修复破损路面二千一百平方米，硬化主路二百八十延米，铺设透水砖甬道二千六百平方米，实现入户道路全部硬化；

投放垃圾桶五十个，新增太阳能路灯三十盏；

设置标准化公厕一个，双瓮式厕所一百五十四个；

延伸护村堤排洪沟八百延米，安装排洪排污封闭管道一百米；

完成磁降解垃圾处理站建设项目，配套垃圾池两个；

建成三百千瓦村级光伏电站，栽种银杏树一百六十棵；

设计施工村前牌楼两座。

六

秋天里的富裕村格外凉爽，不远处，如洗的蓝天正亲吻着大山。村民房前屋后蔓生的瓜秧，就像缠绕的手臂不断地向幸福的高处攀升。毫无疑问，这些瓜秧里藏着一个蝶变的故事，也延展着张雄伟和工作队的脚步和情怀。

在一次次的入户走访中，不止一个村民拉住张雄伟，跟他诉说自己的担忧。大家伙反应比较集中的问题就是村里的水质问题。

水是万物生存之源。富裕村是山区地貌，留不住雨水。村民日常饮用水全靠每家打的二十几米深的浅水井，水质差，水量也小。要是碰上干旱季节，只得到处找水吃。

村民们做梦都想喝上一口放心水。可是由于没有地质经验，有几位先行打井的村民，钱扔进去了，还是没有打出好水来。了解到这个情况的张雄伟接过话兴奋地说："巧了，我们就是搞水文地质勘探的。"

二〇一八年十月二日这一天，机器的阵阵轰鸣打破了富裕村往日的沉闷，钻井施工队开始热热闹闹地干起来。

飞旋的钻头每向下深入一米，工人就顺下去一条一米长的管子，看着旁边堆起来小山一样的管子一圈圈地减少，张雄伟的心跳一点点加快。他默默地数着放下去的管子，祈祷着赶紧出水。

村里很久没有这么大动静，村民们早早就出来看热闹。原来那口老井也就二十多米深，这口井打到五十多米还没出水，村民们都有点按捺不住了。

"张书记，能成不？"

张雄伟瞪着大眼睛说："打吧，马上就出水了。"像是在等他这一声口令，话音刚落，那边泥汤子就流出来了。大家松了一口气，悄悄冲张雄伟竖起大拇指。

抽出来的地下水渐渐褪去泥沙的颜色，变得越来越澄澈，凝聚成一股喷薄而出的甘泉。

二〇一九年四月，自来水引来了，唱着歌流进一户户农家院。村民们干渴的心田，便泛起波澜，像一池冰河绽开的春水。因为是没受到任何污染的深井水，比城里的自来水不知道要好上多少倍呢！村里的一些老人不仅高兴，而且惊奇：龙头一拧，清冽的水就直接流到缸里，真是太方便了！

立秋时，工作队按照"一事一议"程序申报的村东潜流渠修复工程也获得批准，财政补贴三十万元，村民自筹八千一百九十元。断流十几年的山泉水再次经由潜流渠欢快地引入富裕村耕地，一次性解决了一千五百亩地浇水难题。

"其实村民们很朴实，只要把道理讲透，把工作做细，人很通情达理。"张雄伟看到，无论是集资修路，还是通电过线，都占了村民不少责任地，但经工作队反复讲解利弊，他们都能舍小家为大家，不计较一家一户的得失。这在以前是不可想象的，可能在其他的村里也是不可想象的，但富裕村做到了！

潜流渠，就像是一条灵动的手臂，安安稳稳地从村东穿行到村西，把富裕梦紧紧地揽在怀里。

七

那天，张雄伟在建档贫困户刘建设家做完回访，坐在床边拉家常。一眼看见墙上有一道大裂缝，不禁问道：为什么不修修啊？刘建设苦笑了一下，深深地埋下了头。

房子，是二十世纪七十年代盖的，房顶和墙壁多处开裂，晴天灌风，雨时漏水，遍布疮痍。整天担惊受怕地住在危房里，刘建设何尝不想修，可是盘算盘算，连物料加人工费，要大几千元呢。都说借比疮还痒痒，可自己手头紧，又欠着外债，哪还有脸再向外人张口啊！

在富裕村，像这种危房还有十几处，大多因年久失修而愈发摇摇欲坠。这些危房，好像会随时坍塌在张雄伟的面前，让他忍不住一阵悸动。

解决危房问题迫在眉睫，张雄伟立即带领工作队同志了解和学习有关危房改造的政策法规，启动危房改造工作。

按照《住房城乡建设部、财政部、国家乡村振兴局关于加强建档立卡贫困户等重点对象危房改造工作的指导意见》以及承德县危房改造补助标准，建档立卡贫困户住房为C级危房的，维修时政府补助每户一点二万元。而D级危房，则补助六万元。

不出意外，刘建设家的房子被住建部门评定为D级危房。

张雄伟心想，有了政府这六万元的补助，刘建设家翻建新房就大有希望了。他还多方联系和争取，为刘建设三个孩子走绿色通道办理了低保，并为刘建设申请了护林员公益岗位。

当他把这一个个好消息告诉刘建设时，刘建设早已激动得泣不成声。对于刘建设来讲，享受政府这么大力度的优惠政策，遇上这么一心一意伸出援手的好书记，真是千载难逢的好运气！从那一刻起，刘建设对美好生活的向往，就像埋藏于冬雪里的种子，在春风化雨中渐渐苏醒、萌动、发芽！

安得广厦千万间，大庇天下寒士俱欢颜。二〇一八年十月，富裕村二十一户危房改造任务全部施工完成。

当然，脱贫工作需要一层一层推进，最难啃的"骨头"往往藏在后头。

为了一个总投资三百万元、三百千瓦的村级光伏电站项目能够落地富裕村，张雄伟几乎磨破了嘴、跑断了腿，找遍了门路，也伤透了脑筋。目的只有一个，要让这片荒山架上光伏，变成能日日生钱的"金山银山"。

光伏发电是一个节能环保的好项目，但一直以来都压着"王屋"和"太行"两座大山，一座是投资，一座是并网。

万事开头难，难在没有钱。自从来到富裕村，张雄伟就学会了低头化缘。钱是扶贫工作队绕不开的"敲门砖"，基础建设需要钱，改善民生需要钱，慰问帮扶需要钱，但他的身后并没有一个可以随时取用的"提款机"。"我这辈子为钱发愁都是为了富裕村。"张雄伟总是那么风趣，爱开玩笑。

然而光解决钱的问题还不行，只有并网发电才能实现项目效益。为了满足电力公司对并网发电的硬性条件要求，张雄伟数不清多少次跑赴电力部门，请来相关专业技术人员一个环节一个环节地指导改进，最终成功实现了并网。仅此一项，富裕村年集体收入就达到了二十万元。与此同时，张雄伟还带着村干部主动找到在北京私企任副总的本村党员蒋成功，请他带动贫困户稳定就业。目前已有二十多名贫困人口在北京家具厂务工，人均年收入四万元以上。

谈到张雄伟为富裕村争取到的福利，老村主任徐广利难抑喜悦。他说："我专门统计了一下，全村享受'两免一补''三免一助'一百多人次，'雨露计划'二十七人次；为全村协调免费体检二次，帮助申报慢性病本九人；落实低保、残疾人补贴十六人次；帮助村聘生态护林员、保洁员十一人，真正做到了让党的好政策应享尽享。"

方向找对了，政策用足了，措施做实了，帮扶成效则立竿见影。

就拿全村公认的贫困户刘建设家来说，他当护林员的年工资是八千元；三个孩子走低保每人每年二千四百元，小计七千二百元；每年得产业分红一千二百元、电站补助公益岗位一千五百元，再加上种地和打零工收入三千元，这样算下来，全家年收入可达二万零九百元，彻底解决了"两不愁三保障"问题。

八

工作队驻地的对门，住着一位老军属王奶奶，她自己独居，儿女都在市县城区生活。

王奶奶养了一只小黑狗，白天做个伴儿，晚上看家护院。这只小黑狗最怕人挥舞棍子，工作队队员早上起来拿大扫帚清扫院子，小黑狗以为受到了攻击，汪汪叫着冲过来一口咬住扫帚尖，一人一狗纠缠在一起。王奶奶大声地把小黑狗唤回来，笑眯眯地对张雄伟说："这个小院子啊，好久没这么热闹过了。"

工作队队员也把她当成自己的奶奶一样照顾着，家里的活计都抢着搭把手，王奶奶的生活担子一下子减轻了，平时也有空出去闲聊天，村民打趣说她老来得子，王奶奶得意的脸上能开出一朵花来。

王奶奶有时候会去城里的孩子家小住几天，就把小黑狗留给工作队照看。只要王奶奶不在家，不管是早出还是晚归，张雄伟身后始终跟着小黑狗。一开始是一只，后来渐渐地其他人家的小狗也跟过来，或前或后，围着他转个不停。

自从得到"狗仔队"的认可，张雄伟走街串户变得顺畅多了，进谁家都像是回到自己家的炕头，村民都说，"连狗都认识你了，可不是一家人嘛。"这时他才真正理解了全省扶贫大会上说成为"狗不咬的驻村干部"的深刻意义。

王奶奶八十岁大寿那天，热热闹闹地在工作队院子里摆上了流水席寿宴。奶奶在村里人缘好，全村老老少少几百口人，陆陆续续过来贺寿，张雄伟和工作队的同志们就忙前忙后地招待着。

恰好那天司机外出办事，没赶上宴席。晚上，本以为忙活一天的王奶奶已经歇下，谁知，她竟捧着一个大包过来，打开一看，原来是子女们孝敬她的"五粮液"。她自己没舍得喝，非要给司机拿来解乏。两个人左右推脱，一个往里塞，一个往外推，僵持不下。后来王奶奶急了，"我不是你奶奶吗？我疼我孙子怎么了？"那一刻，张雄伟的鼻子一酸，顿时觉得就像自己的奶奶站在面前一样。那一刻，工作队的同志和村民的心紧紧地抱在一起，鱼水相亲。

后来王奶奶生病去市里住院，留下了她最喜欢的小黑狗给工作队做伴。王奶奶出院后一直住在儿子家，小黑狗就这样成了驻地的正式成员，跟队员们打成一片，老远一喊它的名字，立刻撒开腿奔跑过来。

九

没人知道，整天笑呵呵的张雄伟也有病痛伤心、软弱无助的时候。

张雄伟说："一次是二〇一八年夏天，那会儿在建项目多，连续几周超负荷工作，白天跑工地、走现场，晚上又继续开协调会连轴转。为了赶工期出预算，我抱着笔记本核算数据忙了个通宵。天亮起身时就感觉大脑晕沉沉的，等到中午回驻地时，头像是被套上了'金箍'，疼痛难忍，冷汗直冒，到村医那一量血压，高压一百五、低压一百二。可当时简陋的村卫生室根本没有降压药，还是党员刘建国大哥从家里拿来降压药给我服上的。这是我长这么大第一次吃降压药。"

"另一次是二〇一九年年初，工作队接受省里考核，统计数据、填写报表、项目验收、群众测评……波波来袭、轮番上阵，工作队整整一个月没有回家。当时村部办公条件差，加之又是最冷的时候，自己不小心受了冻、着了凉，先是感冒、咳嗽，很快就发烧、虚脱了。"组员张秋民赶紧找来村医输液，有点力气了，张雄伟就强打精神在村部一边挂点滴一边布置工作。那时烧得嘴唇起泡、嗓子干涩，想吃点水果、罐头败败火，但在天寒地冻的大山里，到哪里去寻找这些'稀罕物'啊，每天只能靠喝点稀粥撑着。

接连输了五天的液，人终于退烧了。也刚好那天，县里打来电话急着要一张光伏电站的全景照片验收归档。村支部姜书记带着人去拍了几次，效果都不理想，张雄伟对工作要求完美的犟劲又上来了，非让工作队的戚树军开车拉着他去电站对面的山包下。

戚树军五十多岁了，张雄伟不忍心让他受累，寻思自己好歹比他年轻，就自告奋勇往山包上爬。

为了追求全景效果，必须得登高拍取俯视图。爬到多一半，有一块大石头挡住了路，他纵身一跃准备跳上去。但他忘了自己还是个病人，身体毕竟还没好利索，腿脚绵软无力，人也轻飘飘地差点掉下去，好在他顺手抓住旁边的一棵荆棘藤。俗话说，十指连心，顿时，一阵刺疼传来，血水混合着汗水，顺着手指往下流。稳住脚跟，他一甩头正看见戚树军被吓得惨白的脸。

"即使现在，一想起那时的场景我还会心有余悸。人在安逸的时候并不清楚自己对死亡的恐惧，唯有到了极限状态才会懂得那种后怕。身体的疼痛可以靠意志扛住，但是挑战极限所付出的艰辛和过往却是一辈子不会忘记的梦魇。"说到这里，张雄伟的眼睛有些湿润，"你相信吗？从那时起，我开始夜夜失眠。"

赞美是苍白的，比赞美更能有效缓解痛楚的就是收获。

工作队的努力有了令人欣慰的结果：二〇一八年，富裕村摘掉了戴了二十多年的贫困帽子。全村一百〇二户建档立卡贫困户三百四十一人，有一百户三百三十一人稳定脱贫，综合贫困发生率为百分之零点七，实现了整村脱贫出列的目标；二〇一九年富裕村党支部在全县考核中被评为五星党支部。

因工作业绩突出，张雄伟被评为"全省扶贫脱贫优秀驻村第一书记""二〇一九年第一季度优秀省直驻村干部""河北省地矿局百名优秀青年""河北省地矿局优秀党务工作者""河北省地矿局第八地质大队优秀共产党员、先进工作者"等荣誉称号。

在张雄伟最后一页的《扶贫日记》上我看到这样一段文字：故乡最让人魂牵梦萦，每每夜深人静的时候，我总会想起小岛的那片海翻卷着浪花，而现在经常出现在我梦里的却是富裕村的人和事……

二〇一九年八月，张雄伟正式告别富裕村，回到第八地质大队任党委副书记。二〇二一年九月，张雄伟任八队党委书记并分管驻村帮扶工作。

他说："人的一生，有许多牵挂。牵挂事业，牵挂工作，牵挂老人，牵挂孩子。这一年多，我还多了一份牵挂，就是牵挂富裕村的发展。"他还说："走出富裕村，走出承德，我始终无法走出这片土地的回味和留恋。"

此时，我搁笔抬头，窗外是秋色尽染，秋天嚼得干脆的阳光送来了丝丝缕缕的温暖。张雄伟就像这束金色的阳光，从渤海岸边，到南山脚下，闪耀着努力奋斗的光彩。

李霁，秦皇岛市文联副主席，秦皇岛市文学创作院院长，秦皇岛市作家协会主席，河北省作家协会理事。《海韵》杂志执行主编。著有散文集《一个人的奔跑》。作品曾入选《全国知名作家走进秦皇岛》等。

黄岗春日

田　夫

一

内蒙古自治区赤峰市西北部的克什克腾旗，是个有着磁石般魅力的地方，是个你只要一想就放不下的地方。这里有秀美广阔的乌兰布统大草原，有明珠般的达里湖和闻名世界的贡格尔河，有巨人似的大青山，有世界地质公园克什克腾石林。而石林就在我要造访的黄岗梁林场。

我对黄岗梁产生浓厚兴趣，是因为读了中国自然资源作协陈国栋主席发表于 2022 年 8 期《人民文学》的报告文学《地球印记》。其中一个章节就写了"塞北金三角"内蒙古克什克腾旗世界地质公园的典型地貌和发展进程，陈主席和北京中国地质大学的一群师生们，在实地勘察、采访了三四天，走遍了黄岗梁，给我留下了深刻的印象。

二

克什克腾旗之大之广袤令人惊奇，竟有 12 个林场。5 月 21 这天中午，我们经过抓阄每人分得一个林场或林场社区去采访，巧的是我一把就抓到了我想去的黄岗梁。

来接我们的人叫张金富，黄岗梁林场的场长。那天午饭吃得有些急促，撂下碗我们便各自出发。因为是中午，人易犯困，副驾驶坐着的张场长故意拉开话题，指着窗外，说一些跟林场、跟眼前看到的有关的话题，车子一路向北开，走了大约二三十分钟的样子，我的瞌睡全没了，因为我被车窗外的景色吸引到了。经棚的草坪已经绿油油，许多花已盛开。可我们眼前的山岭、荒坡、草地才黄中见绿，一副初春还没有完全醒来的样子。距离这么近，温差竟如此大。

前面出现了哨卡。这是进入黄岗梁的第一道山门，所进车辆需要登记。就在我们停下来跟哨卡人员说句话的工夫，就有几辆车被拦在哨卡外。张场长介绍，这些车都不是林场的，里边有一座铁矿，他们大多是铁矿的。哦。这句话不能不引起我的注意。林场里边有矿。矿是要挖的，无论在地面还是地下。开矿就要建厂房、选厂、办公楼、停车场——而这些都与森林和植被保护相悖，还会给护林防火增加难度。看到了我脸上的疑惑，张场长只是轻松一笑。这笑让我绷紧的神经立刻放松了。我当然有理由相信，林场和铁矿会将此种矛盾处理得很好。森林里边开发矿藏的地方多了，并非黄岗梁才有，大可用不着我来担心。听说铁矿在 1992 年就建了，到现在已经 30 多年。铁矿跟林场一定已经协调得很好了。我突然想，铁矿我也要去采访的，因为铁矿就在黄岗梁。黄岗梁林场还有世界地质公园石林景区，更有庞大、茂密走进去就要迷路的森林，有明珠般的水库，有在山涧流淌的小河，有随处可见的各种飞禽走兽，夏秋有数不清的野花、野果、野菜——早就吸引了大量游客。但如今还不是旅游季，而是防火期。在防火期，林场所有人的神经都绷得紧紧的。

车再往前开就如同驶入森林之中了。树影投在路面上，路随山势而蜿蜒曲折，人看不远，因为全被树木覆盖和淹没。这可真是树的王国啊。张场长已不再说什么，定定地看着窗外。我的眼睛也有些不够用，我发现这些树只有少量白桦，大多是落叶松、樟子松和云杉。自然生的白桦林成团成簇、恣肆随意。而成垄成行、稀疏有致、大多已成材的落叶松、樟子松、云杉是人工林无疑了。车再往前，再往前看到的仍然是大面积的人工林，这些人工林要至少数十年才能长成现在的样子。哦，这让我想起习近平总书记，在 2019 年 7 月 15 日视察喀喇沁旗马鞍山的人工林时所说的话："中国是世界上最大的人工林贡献国，这么大范围地持续不断建设人工林，只有在我国社会主义制度下才能做到。筑牢祖国北方重要的生态安全屏障，守好这方碧绿、这片蔚蓝、这份纯净，要坚定不移走生态优先、绿色发展之路，世世代代干下去，努力打造青山常在、绿水长流、空气常新的美丽中国。"

三

山根下的黄岗梁林场场部，被层层叠叠的山和密密匝匝的森林包围着。若没有这条进山的柏油路，都不知道怎么来这里。在车上我已经了解到，黄岗梁建国初期就建场了，而我是 1955 年生人，跟黄岗梁林场同龄。

再说路，柏油路才有多少年啊。我能想象得出，当年黄岗梁林场路的样子：坑洼、侧歪、路面连石子都没有，雨雪天压满层层叠叠的车辙印，一不小心人车就掉沟里。黄岗梁出屋就是山，沟壑随处可见，四处隐藏着风险。我也能想象得到，当年的林场场部就是用木头搭起来的窝棚。

今天的黄岗梁当然今非昔比了。不但有柏油路，场部也是三层建筑。场部门前的小河肯定跟山同龄，但今天的黄岗梁人把它拦了一下，它留下一潭碧水然后继续流淌，哗哗啦啦让山间回荡着天籁之音。被截流的水库边，自然就有了水下、水上和水边的依水而繁衍生存的生物。比如说鱼，当天晚上林场的员工餐的一道菜，就是来自门前水库的干炸鲫鱼。鲫鱼如同人类，似乎在哪里都可以见到，但黄岗梁水库的鲫鱼有另番味道，奇异的香，也许跟克什克腾旗独特的水土草木或气温有关吧。黄岗梁水库的鱼跟离此不到百公里的著名的达里湖水库的鱼虽然体型不一样，但肉质鲜美和味道几近相同。我在黄岗梁采访期间大约吃了四顿鲫鱼，还没吃够。

来黄岗梁的当天下午在二楼会议室，林场为我专门召开了会议，散会后我们走了出去，出去就进入了森林。因为森林包围着场部，场部在森林里。我高仰着头抱起一株可做坨材的落叶松，似乎一下就感受到了当年栽树人的体温，也闻到了汗水和叶子烟味。我指着幽深处，问身边的张场长，前头都是人工林吗，我能走出去吗？张场长笑着说，能是能，但你要翻六座大山。这我信，因为刚才在会议室我已经了解到，黄岗梁林场光人工林就有十四万多亩，是许多林场都没有的面积啊。张场长对身边的林场办公室主任许国峰说，明天陪着田作家去高处看看黄岗梁吧。

四

第二天吃罢早饭，车就开出了场部，接着就驶向了林间路。这哪是路啊，就是在森林缝隙大的地方压了一道车辙印而已，曲里拐弯自不必说，许多地方还窄窄的，车都要碰到树上，但又绝不会碰到，因为是路熟，司机也有这虎胆，路越蜿蜒车却开得愈发快了。我紧紧抓住车内把手，身子随着车子摇晃，屁股也在座位上悬起来。我提醒自己把舌头往回缩，生怕咬掉。再看我前面右驾驶位上的许主任，人家始终稳稳的，而且还不停地跟司机谈论着什么，有时也回头跟我介绍，我的心一下就稳了。

车驶入一片缓冲地，这里森林更茂密，植被更葱茏了。人的视野一下缩短了。路途平缓，车速却一下慢了，这让我很是纳闷，可我很快透过前方的车窗发现，车辙已不再是黑土、石子或草坪，白花花像雪。是细沙，细沙形成的阻力让车胎如同碾在深厚的雪窝里。车跑快已无可能。接下来皆是这样的路。哦，黄岗梁森林在白色的沙窝里。这让我产生联想，未植树前的黄岗梁是白沙的天下吧？沙丘是植被、是绿色、是所有生命的天敌，人与沙丘搏斗历来都要付出惨重代价。但这茂密的、根根挺立皆已成材的人工林，用事实证明黄岗梁人最终还是战胜了沙丘。凡是山坳、凡是平缓地细沙就越多，简直就是沙的天下。我不知道车轮下沙的厚度，但我知道白沙在这里变害为利了，成了落叶松的土壤，里边蓄积着足够的水和营养。否则落叶松不会长得这样旺盛。成片连山的森林从来都是有小气候的，哪年都要比别处多落几场雨。在这里，一滴雨水都不会被浪费，被细沙严密储藏了起来，需要的时候就用了。接下来再容不得我走神，因为山路陡峭得要车头立起来了。我一只手紧紧地抓住把手，眼睛也死死地往前盯着。其实这哪是路啊，连车辙印都没有。

半小时后眼前先出现了一座耸入云天的铁塔，接着看见了瞭望楼（过去叫望火楼）。大自然的诡异真是让人难以想象，在1900多米高的山顶，竟出现了一块有五六亩地大的平原草地，没有石砬。转悠着身子瞅，圆圆的倒像一张大饼——当年取名的时候人们可没想到大饼，就叫它"圆蛋子山"了。现在的圆蛋子山顶不但有30多米高的铁塔、七八米高的瞭望楼，还建有供游人观赏的观景台和人工步道。可以想象，从春暖花开到五彩缤纷的深秋，这里并不寂寞。冬天这里当然只有白雪和在冷风中呼呼作响的森林了，也许偶尔出现两只苍鹰。

我把眼光放远，一览众山小的词语在这里恰如其分。瞭望楼里的人已经在向下打招呼了，许主任噔噔噔爬楼梯，我也紧跟着，在这里爬一节楼梯就能看见一层山。瞭望楼有两层，我们爬上最高处，我们往四处看，我的眼睛已经不够用，我从未看见过酷似海洋的山，我才发现我的眼睛原来可以看这么远。瞭望楼值守人李振业递过来望远镜，我说不用，我的眼睛完全分得清哪是森林、哪是沙丘、哪是河流、哪是草原——我惊奇地发现，我眼前偌大的黄岗梁林场的春色竟像许主任和李振业身上穿的迷彩服，那颜色深的必是人工林落叶松、樟子松和云杉，许多都铺展到山头，竟无一处"掉色"，可见黄岗梁几代人的艰辛和执着了。十四万多亩人工林呢。身边的许主任告诉我，我们眼前所看到的还不是黄岗梁林场的全部。

我采访了李振业，57岁的他已经在瞭望楼干了27年，可以想象他30年前别妻离子、义无反顾走来圆蛋子山的情景。那时候没有路，有路也上不来车，吃的用的都是他和工友们一趟一趟从山底下背上来。那时候山顶上只是搭个木头马架子，盖了树枝糊了黑泥。山上风大，房盖时不时就被掀翻了。夏天，雨直接浇进来了，蚊子也进来了。难熬的是冬天，风更狂，一旦漏风，几个小时就要冻死人。李振业和他的另一个伙伴当然不会让自己冻死，他们都是不怕死神敲门的人。但他们一刻都没忘了管住屋里的明火，瞭望楼失了火可是能要了命的。自打上了山，他们的任务、工作就是24小时守着瞭望楼，别人上班 8 小时，他们 24 小时连轴转。24 小时人都在上班状态，太困了坐在那张小床上，他们的眼睛也是半睁半合的。瞭望楼的墙壁全是玻璃，他们坐在里边就能望见大半个黄岗梁林场（别处还有一座瞭望楼），他们不但眼睛睁着，耳朵也张着，尤其注意挨窗的那部电台，那

里时常就有指令传来，他们也要通过电台将这里的情况汇报。另外他们要守候好瞭望楼外后来建的那座铁塔，那是黄岗梁的另一只"眼睛"。那"眼睛"发回的信息也是一天二十四小时传到黄岗梁林场消防队部的大屏幕上的，那里也是一天二十四小时有人盯着的。

五

已经找不到建厂初期的人了，只有查史料。黄岗梁林场始建于 1953 年，第一任场长（当时叫站长）叫莫乎尔，是蒙古族。人干瘦精练，身上有一股子冲劲。他们本来是大局子林场的职工，之所以来黄岗梁，按照他们的话说就像老子跟儿子分家，硬生生给"赶"出来了。手头啥也没有，只有铣镐和独轮车。当时是初夏，几个拿着柴刀、棍子的人砍断拦着路的藤条，拨拉着树枝、踏着没膝的蒿草，用半个月时间把黄岗梁走个遍。发现黄岗梁太大啦，白沙缝隙间生满蒿草、灌木和山榆、山杨、白桦。白桦最多，粗的足可做檩木，细的密密麻麻像藤条。白桦踩的是白沙，白沙包围着白桦。一片一片的白桦林被白沙分割着，一片一片白桦林不屈不挠地阻挡着白沙的肆虐。此时的黄岗梁其实是白桦与白沙厮杀的战场，要么白沙吞没了白桦，要么白桦彻底征服了白沙。莫乎尔们站在白桦林边，对着眼前无边无际的白沙指指点点，他们说没有我

们人来助力，黄岗梁的白桦想战胜白沙只是白日梦。但人在大自然面前显得太渺小了，莫乎尔们站在沙丘上如同几个蚂蚁。但他们的心却奇大，几个男人在沙丘上撒了泡尿，就觉得把整个世界都淹了。

他们在两山间的一条时隐时现的小溪旁安营扎寨。人必须离水近点，水是娘的乳汁。而眼前那两座肥胖饱满的大山，正像娘的乳房。有娘相伴，睡在茅草窝心里也踏实。

茅草窝也要现搭。草铲了，地整平，夯实。用的檩条、荆笆山上取。问过，白桦说只要你们人来要啥给啥。莫乎尔们就冲着白桦坏笑：你们咋就断定我们是朋友？白桦说，因为你们是人，而且，你们是来做我们的主人的。莫乎尔们就知道白桦在兜圈子：噢，你们是等着我们来帮你们制服沙魔。白桦就甩了把泪，说，是，这些年尽管我们竭尽全力，还是受尽了沙魔的气。不等白桦说完，莫乎尔摆摆手说，今后好了。这是睡在未完工窝

棚里的莫乎尔做的一个梦。

不几天时间，几座木头屋的泥烟囱冒出袅袅炊烟。这是黄岗梁林场最初的场部和职工宿舍。他们不是来住的，他们是来向山开战的。他们很快就扛着仅有的工具上山了。

林场的工作说起来简单：养护、植树。重点是植树，没有树养什么啊。当初离开大局子的时候他们信誓旦旦，可不是来"养"的。跟种庄稼一样，植树在春天。说起来林场植树跟养兵相仿，每到春天就战场上见了，也不分个黑天白日。不到俩月强壮的人累得黑瘦，都脱相了。再看那栽起来的成片的树，立刻要人心花怒放。它们就像他们的孩子，是希望、是盼头、是精神支柱。但建厂初期的莫乎尔们，无论从人力财力物力技术条件来说，都跟后来的没法比。1950到1960年只造林470亩，全是落叶松。数量虽小却成了点缀了黄岗梁的一抹深绿。

1960年至1970年造林2400亩。在这个人饿得要勒紧裤带的年月，林场人还是在黄岗梁这张大白纸上尽力地涂抹着绿。不管外面如何，他们永远都没忘自己的职责。他们明白只有山上林多了，草多了，草里动植物多了他们的日子才会越过越好。他们心里只有山，只有林子。

1970年至1980年造林32050亩。大好的植树造林环境来了，黄岗梁有的是可植树的地方，人有劲使就是了。这时候林场几乎是自负盈亏，人们都把林场当了自己的家，人人都是主人。成材林越砍越少了，那就赶紧补上，空地更要多栽。为了自己也是为林场的后代人，树才是留给后代的存款单。

1980年至1990年造林60100亩。这是黄岗梁造林的黄金十年。也是借助了改革开放的东风，农村实行土地家庭联产承包，林场人的积极性也被充分调动了起来。他们盯的当然是林子、是山。那是他们的饭碗、命运。没有一个人不会为饭碗、命运去拼。这时候人们干着也来劲，因为随着一滴滴汗水流下，一棵棵树成活、长粗、成材，一片片白沙变绿，草长起来了，沙被锁了。沙变害为利，乖乖地有了大地母亲的善良和包容，自然会赢得人们的爱和喜欢。原来可恶的沙魔也可以变好，是人逼着它变好的。

1990年至2000年造林13900亩。这十年不是人们没有造林积极性了，而是整个黄岗梁都栽满树了。包括每一个角角落落、旮旮旯旯。黄岗梁人工林的具体数字是147320亩，其中落叶松124450亩，樟子松15350亩，云杉7520亩。

黄岗梁林场的总经营面积是171.34万亩，林业用地面积84.65万亩，其中：有林地面积67.53万亩，灌木林地13.05万亩，其他林地4.07万亩。1953年森林覆盖率为38.43%，2023年森林覆盖率为47.03%。

今天的黄岗梁林场是克什克腾旗

林草局所属的公益一类事业单位，正科级，与黄岗梁自治区级自然保护区、黄岗梁国家级森林公园，三块牌子一套人马合署办公。林场内设 6 个办公室：办公室、财务室、综合业务室、森林资源保护办公室、防火办公室、保护区管理办公室。下设 7 个营林区、3 个森林检查站、2 个防火瞭望楼。林场有职工 33 人，外聘护林员 87 人。

比起当年莫乎尔们的那几个窝棚、那几个弟兄，今天的黄岗梁可谓兵强马壮、硕果累累，值得骄傲和大书特书了。可是当他们面对我的采访，几位领导竟然异口同声地说：您还是多写写过去的那些林场功臣，写写现在坚持在一线的林场职工吧，因为他们才是可写的人。

这让我感动。

六

这天上午，我采访了 56 岁的林业工程师、林场业务员徐海。他是 1992 年应招进场的，乍来林场，他是个只会挖树坑、扛木头、砍树的毛头小伙。但由于爱这个工作，他就比别人勤奋、肯吃苦。别人不干的活，他干，别人下班就走，他却非把活计干完才走。对场里的事也像对家事似的兢兢业业，而且办事公正。领导就让他当了业务员，这一干就是几十年。至于获得林业工程师的证书，也跟他负责林场业务紧密相连，是被逼出来的。因为经常会遇到防虫呀、规划呀、生态评估等难题，没有知识不行呢。现在徐海是林场最忙的人。

接着又采访了 61 岁的李国山，他是个将大半生都奉献给林业的人。从他进场的时候说起，他说得如此详细，以致动情。是呢，苗木培育是林场的一项重要工作。即使在今天，黄岗梁已没有可栽树的地方，但仍然有少量苗圃培育着落叶松、樟子松、云杉，

它们是用来补苗或外销的。黄岗梁人育出的苗都是精品，很受外地人青睐。现在人们响应习近平主席"绿水青山就是金山银山"的号召，每年春天各个地方都会大量植树，黄岗梁的苗木就派上了用场。

第三位采访对象是张子鹏副场长。他的父亲张玉贵也在林场干了一辈子。父子是黄岗梁今昔几十年的见证人。但他不说自己，不说自己的父亲。他说黄岗梁这么大，流下辛劳汗水的是许许多多的人。比方栽树，一到春天山上就满了人，有农民，有职工干部，更有学生。学生都背着书包，下雨天还要在窝棚里上课。说到窝棚，是哪里有空地准备栽树，就在那里事先搭好窝棚。窝棚里有炕，炕要烧火的，否则潮湿得人受不了。炕是泥坯搭就，搭炕前泥坯必须晒干。这种炕也适合冬伐，每到冬天林场人伐树就开始了，人就住在窝棚里，一两个月不下山。时常春节都在山上过，就甭想跟老婆

孩子团聚了。2005年之前，国家给林场的政策是自己养活自己，林场人就得伐树。

林场一家有三代务林人的多的是，查木罕管护站站长刘志刚家就是。采访刘志刚费了点小周折，来之前许主任肯定给他打电话了，可我俩的车进院见门还锁着。这时许主任的手机响了，传来刘志刚伴随着摩托车的声音：我马上就回来，抱歉让你们等着了啊。许主任说不急，你路上注意安全。还没到五分钟，刘志刚就骑摩托车旋风似的进院了。刘志刚的爷爷刘振基是建场"元老"，莫乎尔搭窝棚时就有他。刘志刚的父亲刘继武20岁就来林场上班，后来参军5年回归林场，一直干到退休。今年79岁了。介绍到这，刘志刚说，我没有理由不在林场好好干，否则对不起我爹、我爷爷。黄岗梁林场共有7个营林区，刘志刚守的是其中一个。他手下有5个人，每人分得树林万余亩。这万余亩就是个人的责任田，至少每天都要巡视一遍。刘志刚就是刚刚巡视自己的"责任田"回来。我问，现在四处有卡口，还有远程监控，还担心乱砍盗伐毁害树木吗？他说时下一是防火，火是人为，而人是长腿的。你得紧盯着，腿勤快点，多嚷呼着点，防患于未然，人都说千里长堤溃于蚁穴，这万亩山林怕一个烟头啊。我们守山的口号是，人没来我先来，人都走了我才走。一是保护野生动物，现在林里野生动物多了，特别是马鹿。马鹿个大，又成群活动目标就大。虽然国家有严厉的保护措施，但不得不防。马鹿是国家二级保护动物，自打走进黄岗梁，我已经多次听人们讲起了。

那么马鹿在哪？

七

在接近石林景区的时候，我眼前的山上突然出现一群个儿很大的动物，是马鹿。我终于看见马鹿了。我们停下车，静静地向那看，拿出手机拍照。马鹿有三十多只，离我们也就百来米远。见我们看它们，它们也往山下看我们，一点也不惊慌，有的竟像要打招呼的样子。这让我怀疑马鹿是不是家养的，因为我们家的羊就是这样在山上自由地吃草，任凭人的召唤。许主任说黄岗梁地带大概有野马鹿3000多只。哦，可以组成一个马鹿王国了。

石林景区在山顶，我们的车继续爬坡，在一个拐弯处，我们竟与路边的两只野马鹿相遇，个头之大有三四百斤的样子吧，但它们一点都不惊慌，我们的车也没停怕惊扰到他们。我们透过车窗看着马鹿慢悠悠钻入树林。由于这里树太稠密，它们很快就没了踪影。车再往前，驾车的许主任喊道，看前面山头。哦，那里也有马鹿群。石林景区成野马鹿牧场了。我问过去这里有马鹿吗？回答说，草都没长起来，马鹿吃什么。我就想，是呢，今天环境好了，马鹿回来了。当然，回来的还有狍子、野猪、獾子、刺猬和狼；还有天上数不清的鸟；还有国家一级保护动物黑琴鸡（斗鸡）。植物也跟着来了，比如青藏苔草，过去只有青藏高原才有。珍贵植物蒙古郁金香，是最近在克旗黄岗梁被发现的。

世界地质公园的鬼斧神工让人震撼的，我也没少在陪伴巨石的白桦前驻足，并由震撼而感叹，在这样风高的山顶，白桦生得是如此旺盛、蓬勃。亭亭玉立有之，俊俏挺拔有之，虎背熊腰有之，威武雄壮有之，但更多的是盘根错节、如龙如蛇匍匐在地，体现出生命的顽强。不用说，这里每一棵树、每一棵草都是黄岗梁务林人眼中的"宝儿"，他们保护它们胜过保护自己的生命。有一个细节我注意到了：因为非旅游季节，这里并没有其他人游人，可陪着我的许主任还是走很长一段路到那个厕所小便。可见黄岗梁人对景区环境的自觉和尊重。

返回的路上许主任指着草原的山冈对我讲了黄岗梁的白沙。原来白沙来源于黄岗梁外空旷的草原，每到冬春，北边的风就要使劲刮过来，就把白沙扬上半空，然后抛洒进群山峻岭的黄岗梁，日积月累黄岗梁就成了沙窝。是黄岗梁人用了近六十年的艰苦奋战，锁住了沙龙，有了今天这样的植被。如此壮举着实可歌可泣。黄岗梁的例子同时也说明，草原牧区冬春的禁牧是何等必要。牲畜不践踏，风再大刮起来的沙尘也有限。

行走的路上，看着眼前一晃而过的高高低低的草原，许主任指着一处山坡，说，看见那条沟壑和沟壑不远处那溜牲畜踏出的蹄印了吗？用不多久那溜蹄印就会变成那样的沟壑，会越来越大。我细看那沟壑白花花的是沙。原来沙的上面只是一层薄薄的草皮，草皮被损坏，沙就流露出来了。噢，怪不得草原牧区人见到车碾草地就要恼，原来草皮这么重要。林场、牧区的草地如同农民的庄稼地。

八

黄岗矿业公司在黄岗梁林场西北部，以前是克什克腾旗政府的全民所有制企业，始建于 1992 年，1996 年建成投产，历经几次自产重组，现由包钢集团公司控股。该公司下辖 2 个采矿场，5 个选矿厂，主要进行铁、锡、锌、钨、萤石等金属和非金属开采与选别。2022 年，黄岗矿业公司全年生产铁精粉 120 万吨，生产锡精粉 2708 吨、钨精粉 860 吨、锌精粉 8937 吨，生产萤石 19700 吨，实现主营业务收入 12 亿元，实现利润总额 2.5 亿元，实现净利润 1.9 亿元。截至 2022 年末，公司拥有资产 30 多亿元。

公司现有员工 1200 人，百分之九十多是克什克腾旗本地人，历经三十多年的发展，企业已成为地方政府的纳税大户。

采访过程中，我们在公司看了个宣传片：《绿色黄岗》。特别有感触，没想到他们对环保工作这么重视，正如片中提到："站在新时代绿色发展前沿的黄岗人，始终保持加强生态文明建设的战略定力，探索以生态优先、绿色发展为导向的高质量发展新路子。像保护眼睛一样保护生态环境，像对待生命一样对待生态环境，开发与保护同行，美丽与发展共赢。"正是因为有这样的格局和理念，该公司于 2012 年，被自然资源评定为国家级绿色矿山试点单位。这也是克什克腾旗最早获此殊荣的矿山企业。

通过深入了解，原来黄岗矿业公司在绿色环保方面做了大量的卓有成效的工作。截止到 2023 年，公司已投入 3 亿余元用于环保。这里包括矿尾库做防渗工程、矿区地下水处理工程、矿区环境综合治理工程、矿区美化、绿化、亮化、硬化工程，等等。上述每一项工程都投入巨额资金。

另外，我还在该企业了解到，多年来，黄岗矿业公司没少向社会献出爱心。本旗同兴镇四义号村有 15 户家庭的孩子因贫困失学，他们决定每年向四义号小学捐款 2 万元，让孩子重返学校。为万合永镇广义小学捐款 8 万元，改造老校舍，让孩子专心读书。自 2005 年始，公司每年都拿出 5 万元，通过克什克腾旗团委用于资助贫困大学生。这样的例子不胜枚举。

采访结束的时候，我看到铁矿周主任和林场许主任聊得那叫热乎，拉着的手久久不分开。我用手机给他们照了张相，耳畔回响着刚刚周主任说过的话：我们铁矿和林场就像一奶同胞。这话我信。走出厂区，在上车前，我回转身瞅了眼不远处的、被绿树鲜花簇拥包围着的矿井、设备，我脑海里蹦出"绿海明珠"四个字。

九

与林场职工们同吃同住了三天，我的行程该结束了。心里不由得生出一丝丝遗憾。我把这种不舍带入梦境了。醒来看窗纱天已微明。一条伸到被子外的腿麻沙沙的，五月下旬黄岗梁夜里的气温还非常低。若有睡觉有蹬被子的习惯，被冻醒几次正常。穿衣时我多套了件衬衫，屋里都这般凉，屋外肯定很冷的。迈过走廊去开门，我的脚步轻轻。楼上的人还在梦中，我不能惊扰他们。我住的地方是林场场部，同时也是职工们的宿舍。张金富场长和他的许多同事都在这住宿，因为他们的家在 58 公里外的经棚镇，他们只能周一来、周五晚上回去。如果林场事忙，周末就不回去了。如果连着有事，就个把月才能回家。但自己的小家对他们来说真的不重要，重要的是林场。

开门时果然一股冷风扑面而来。门是另外加的，围着门的是一个玻璃小城堡。像农村人家那种"包门窗"。而楼房加了包门窗，我还是头次见，但我知道它在这里非常适用，多了这道门窗，冬天的冷风就没法直接吹进楼道。可见这里冬天有多冷。冬天是人们躲屋里懒得出来的季节，可也正是林场重要的防火期。冬天我身后这座楼房也暖融融的，但却没有几人。屋里人都在山上的冷风中，山神一样守候着山。漫山遍野都是他们与野马鹿混搭的足迹，黄岗梁太大了，他们走也走不完，但黄岗梁的每一处他们都想去看看。他们只能走着了，因为雪很大车走不了，能迈动的只有人的两条腿。

林场的院子很大，硬化的地方却很少，圆形的草坪差不多有足球场大。由于气温还不是很高，草坪只是黄绿相间。但还是有着急慌的小黄花在草坪不管不顾地开放，这让人想到孤独，也想到放飞的个性。是呢，你们懒窝是你们的事，我的青春先灿烂了。我想小黄花肯定是这样想的。通过几天的采访，我发现这里除了坚硬的石头和厚重的土地外，一切皆是有生命和灵魂的。他们的生命灵魂都跟林场人息息相关。

草坪里长着为数不多的树，唯有两棵高大挺拔，他们是异姓兄弟：一棵叫樟子松、一棵叫云杉。樟子松的枝杈蓬蓬勃勃，云杉无数只胳膊紧紧地聚拢着，像一把利剑直插云天。我一直认为云杉是世界上最傲的树，他敢与老天较量。蹚过草坪间隙的廊道，临大门口的地方是一方躺着的巨石，巨石上的文字是"黄岗梁林场始建于 1953 年，地处大兴安岭最南端，融高山、丘陵、沟谷、沙地、溪流、湖泊、森林、第四季冰川遗迹等多种地貌于一体。黄岗梁位于华北植物及东北植物区的交会地带，决定了其生物的多样性和典型性。"如此看来，黄岗梁真是一个不平凡的地方。当然，不平凡的地方得有不平凡的人来经营和打理。经过几天的采访、接触和感受，我觉得黄岗梁林场都是些不平凡的人。

这来自他们对林场的爱。几天时间我得到的关于他们爱林场的故事太多了，多得都能写一本书。但他们又说你还是不要写那么多吧，没什么可写的，因为他们只是做了应该做的。可我，却有了欲罢不能的冲动，因为他们感动了我。

黄岗梁林场的成绩在山上。你去山上看呀，看那无边无际的成材林，它们都有了原始森林的模样；看那一洼洼、一岭岭、一山山似天上飘的白云、又似刀枪剑戟般的白桦林，它们是黄岗梁忠诚的守卫者；看那无处不有的蓬蓬勃勃、郁郁葱葱、生命力极强的灌木，灌木下的蒿草，蒿草深处的溪水，寄溪水而生存的各种动物。

林场外的马路上传来整齐的脚步声，那是森林消防队的小伙子们跑过来了。这支穿着迷彩装的队伍，平均年龄才30来岁，他们大多是从部队转业的，实行的也是军事化管理。每天操练是必修课，为的就是一旦出现火情，不但拉起来就能上，而且绝对能表现出色。这支30人的防火队车辆、器械一应俱全，这也是所有大林场必须具备的。

随着小伙子们的脚步声渐行渐远，我眼前像拉开了一道薄薄的窗纱，天更亮人能看得更远了，竟能看见几十里外圆蛋子山的半截铁塔。于是我想，此时手握望远镜的李振业，肯定站在瞭望楼的最高层，像将军那样朝山下瞭望，没准还挥挥手。山下一如既往地太平无事，但李振业仍然这样无数次地瞭望，是他的职责使然，他也在享受这种仪式感。是的，这里孤独、寂寞，想找个吵架的人都没有。但这里也有别处永远没有的，就是眼睛能看出几十里远，人在飞机上才能做到。如此，李振业是天上的"神仙"了。李振业本来就住在天上，白云时常在脚下。每当有雾的时候，白云就说我送你回家看看吧，你不想媳妇、孩子吗？李振业就嘿嘿笑着说，那咋不想，但该回家的时候我才能回家。那天李振业告诉我说春节的时候场子会放三天假。我的眼睛就有些涩。

田夫，中国作家协会会员，中国自然资源作家协会会员。出版了小说集《柳湾的月亮》，长篇小说《戴眼镜的村妇》《奶奶的童谣》。中短篇小说、散文发表于多家期刊，有短篇小说被选入年选。

大徐村的变迁

张　岚

到齐河县采风，看到采风行程上有赵官镇大徐村这个采风点。对出生于蒙山脚下小山村的我来说，对村庄有着天生的热爱之情。"千层石树遥行路，一带山田放水声""时人不识农家苦，将谓田中谷自生"，儿时的农村生活终生难忘，离开故乡已是四十余年，但梦里却常常回到生我养我的小村庄。位于半山坡上由爷爷和奶奶用一块块青石垒砌而成的老宅，那历经风雨洗礼高低不齐裂缝重重的石头院墙，墙院里的那棵秋天挂满如同红灯笼的老柿树，屋檐下残留的我的童年的痕迹。

大徐村作为组委会推出的乡村振兴的样板采风点，一定有它独特的魅力所在。在沿黄河大坝去大徐村的路上，我上网百度了一下大徐村，有关大徐村的新闻还真不少，综述起来，让我对大徐村有了一个初步的印象，全国文明村、省景区化村庄、第一批美丽村居建设试点村、省美丽休闲村。

去大徐村采风的那天下午，正是二十四节气中的小暑，宋朝范成大在《夏日田园杂兴》中描写的乡村景色是"昼出耘田夜绩麻，村庄儿女各当家"。七百多年后的今天，中国的新农村是一幅怎样的画面呢？

一

一个与黄河为邻的村庄。

齐河县与济南隔黄河相望，北出济南跨过黄河就到了齐河，沿黄河大坝西行就到了大徐村。大徐村位于黄河西岸，省道 105、济南绕城高速二环线西环段穿村而过；40 分钟到济南大学城，1 个小时到达济南市区。村子的东西两侧分别为黄河金堤天然森林带，省道 105 绿化带，为大徐村提供了天然绿色屏障；西北区域有千亩林场，各类绿化苗木、果树达 20 万株，水域总面积达到 120 余亩。

一个处处皆美景的村庄。大徐村党支部书记徐加强自豪地向我们介绍：大徐村自 2018 年入选山东省首批美丽村居建设试点村后，赵官镇党委政府高度重视，聘请山东省城乡规划设计院对大徐村美丽村居方案进行了整体设计。这个设计方案由院党委书记、省设计大师唐建平亲自操刀，结合大徐文化底蕴、村庄风貌、地理区位、发展方向、现有产业等实际情况，对村庄总体布局、建筑立面改造整治、整体空间、市政设施等进行了全面设计，提出了"灰瓦白墙映碧水、一村湖色半村花"的规划定位，将大徐村塑造成黄河风貌带上鲁西北美丽村居样板。

走进大徐村，刚进村口，映入眼帘的村标格外引人注目。白墙灰瓦和旁边的村居相互映衬，一片古风古色。干净整洁的路面，崭新的太阳能路灯，道路两旁笔直的法桐，街边正在盛开的各种花草和果实挂满枝头的苹果树石榴树。房前屋后处处是花草树木，村民走出家中仿佛来到公园。

我忍不住同站在家门口的一位年过花甲的老大爷聊起来，老人满脸笑容，非常自豪地说："我们村不比你们城市差，村里大街小巷都是水泥路，再也不用过过去晴天一身土、雨天一身泥的日子了；家家门口有路灯，不管是下雨、阴天还是晚上出来玩，都放心，现在的日子太舒心了，感谢共产党的好政策。"

一个有文化底蕴的村庄。大徐村是由先祖徐学第于明朝永乐年间从山西槐安府山阴县迁来的，原名叫徐家庄，后来改称大徐村。在民族危难之时，大徐村的优秀儿女们积极响应党的号召踊跃参军，先后参加了抗日战争、解放战争，涌现出了王秀英、孔繁勤等一批可歌可泣的英雄人物。其中徐廷河抓铡刀劈鬼子的故事，更是家喻户晓，传遍了黄河两岸。

近年来，大徐村把过硬支部建设作为村庄发展的组织保障，坚持"从好人中选能人"，以村"两委"换届为契机，不断改善村班子年龄结构，提升战斗力，持续加强村级班子队伍建设，通过领办创办土地股份合作社、建言献策、当监督员等形式贡献力量，战斗堡垒作用显著，百姓满意度不断提高。

二

民族要复兴，乡村必振兴。2017年10月18日，党的十九大做出实施乡村振兴战略重大决策。自此，中华大地上响彻"产业兴旺、生态宜居、乡风文明、治理有效、生活富裕"的雄壮旋律。

乡村要振兴，生态振兴是支撑。

位于黄河岸畔的大徐村，在乡村振兴之路上，首先以美丽乡村为抓手，让人居环境好起来。齐河融媒记者曾以"身体力行服务群众、率先垂范担当作为"为题对支部书记徐加强做了专题报道，在这个两分多钟专题片上我们看到：

支部书记徐加强充分发挥共产党员的先锋模范作用，用实际行动践行共产党员的真担当、有作为，带领群众致富奔小康。每天早上，他都会在村里转一转，顺手捡拾街头巷尾的零星垃圾，以身示范带动村民维护村居环境。徐加强的体会是刚开始群众扔他就拾，通过半个月的时间，群众的环境意识也就逐渐树起来了，乱扔垃圾的现象基本消失了。

大徐村坚持把高标准实施美丽乡村建设作为改善人居环境的基础性工作，集聚县乡村三级财力，按照"灰瓦白墙映碧水、一村湖色半村花"的设计理念，做到建设有法可依，有章可循。同时，按照强弱项、补短板的原则，深入推进美丽乡村建设，累计投入 1500 余万元，先后实施了四大工程：一是街巷硬化户户通工程。累计硬化道路、胡同 9 条共 2.5 万平方米，实现了户户通全覆盖，初步实现"出门不沾泥、进门不带土"的目标。二是排水设施改造提升工程。铺设花砖 1.2 万平方米，安装排水管道 4000 米，解决了雨水污水横流的问题。三是美丽乡村绿化工程。栽种海棠、樱花等各类绿化苗木 10 万余株，达到了三季有花、四季常绿的景观效果。四是美丽乡村美化工程。投资 500 余万元，结合原有的村落机理，突出"鲁派民居"特色，对全村 198 套民房进行整体改造提升，实施了沿街外立面刷漆、翻新砌体墙、增加檐口装饰、统一门窗样式等，村容村貌、居住环境、生态环境显著改善。大徐村美丽乡村建设获得各级领导的高度评价，2021 年 5 月，大徐村代表齐河县迎接了德州市美丽村居现场观摩。

三

以乡风文明为底色，村风民风美起来。大徐村坚持把提高村民素质，打造和谐的村风民风作为美丽村居创建成果长效保持的关键任务。以开展美丽庭院创建为主抓手，着力发挥妇女"半边天"的作用，充分调动起村民参与、投身建设的积极性。在创建过程中，把庭院创建和党员亮身份结合起来，党员干部率先垂范，其他村民纷纷开展门前自清工作，庭院内外物品堆放整齐，努力营造干净、整洁的居住环境，扮靓自家庭院。目前，大徐村已完成示范户达标创建 74 户，首批通过齐河县美丽庭院创建工作领导小组示范村挂牌验收。以乡风文明、社会主义核心价值观、移风易俗、孝老敬亲为主题，在村内主要路口、街道及村民院内墙面，实施了墙面美化工程，美化墙面总面积达 1.2 万余平，引导老百姓爱国、孝老、敬亲、向善，达到心灵上的美丽。2021 年以来，以新时代文明实践站为阵地，积极开展志愿服务，举办敬老饺子宴 4 次、为 80 岁以上老人送生日蛋糕 20 余个，打通服务群众"最后一公里"。同时，大徐村以开展人居环境整治三年行动为抓手，大力推进拆危清残、旱厕改造等工作，累计拆除农村危房、残垣断壁 20 余处，整顿黑臭水体 1 处，改造污水处理一体化卫生厕所 195 套。通过美丽庭院建设和人居环境整治相结合，有效推动美丽乡村建设向最后一米、最后一步地不断延伸，村庄实现了由脏乱差到村庄美、村庄美到庭院美、基础设施美到心灵美的"三个

转变"。先后接待了省内外兄弟乡镇考察团 300 多批次，为人居环境整治提供了可借鉴、可复制、可推广的"赵官模式"。2019 年 6 月，农业农村部副部长余欣荣同志带队到大徐村调研人居环境整治工作并给予肯定。2019 年 6 月，大徐村代表齐河县经受了德州市人居环境现场观摩的考验。2021 年 9 月、11 月，大徐村又分别承接了全省、全市的农村人居环境整治提升暨农村厕所革命问题摸排整改现场会。

四

以产业培育为核心，群众生活富起来。将"美丽资源"转化为"美丽经济"，带动村民致富增收，是村庄持续发展的关键。在美丽村居推进过程中，大徐村充分发挥在交通、沿黄生态资源及基础设施建设等方面的优势，重点抓好特色产业培育，推动种植结构不断调整，带动农业提质增效，初步形成了北中南三大板块。北部以思远家庭农场为依托，发展休闲采摘，采取"党支部＋合作社"模式，在原有 8 个大棚的基础上，整合涉农资金 200 多万元，修建草莓、葡萄种植大棚 14 个，建成后交由村集体，再由集体对外承包，年实现增收 11 万元以上新建大棚 14 个。中部以民宿改造为依托，投资 400 万元，引进了济南淘居院旅游开发公司，计划对村内 100 余处闲置房屋进行改造，先期打造 60 处，目前，已完成精品民宿 12 套。通过以

"民宿＋"的模式，每处民宿可带动村集体年增收 3500 元，村民年增收 2000 元，助推了产业发展，带动了群众致富。南部发展田园综合体，计划通过引进客商的形式，对村南 300 多亩煤矿塌陷地进行田园综合体建设。

我到大徐村采风的时候，非常幸运地见到了思远农场的老总张红英和济南淘居院旅游开发公司的老总汪强。

到了思远农场，陪同我的大徐村文书徐光宝对我说："那个正在拿着水管浇地的女汉子就是张红英。"

一直到我走到了张红英所在的地头，她还在非常专注地拿着水管子往玉米地里浇水。其实，这个时间点是下午两点多钟，我走了大约 100 多米，脸上的汗珠子已经是掉了不少，而张红英却一直在炎热的天气里没有停歇。

我喊她一声张总，她手里的水管

子一直没有放下，双脚也一直踏在耕地上，转回身笑着对我说："我哪里是什么张总啊，我就是地地道道的农民，这个农场一共占地 200 多亩，共有 14 个大棚，前几年大棚主要是栽种了有机葡萄、草莓、西红柿等，成了有些名气的采摘园，也是观光点，我不是大徐村的人，但这个村从支部书记徐书记到村里的老百姓都拿我当自家人，都对我大力支持。"

"你的收入怎么样？"

"每年总得收入二三十万元吧。不过种地就这样，你往地里只有年年投，才会有更好的收成，现在虽然收入不错，又都投进去了。"

"你这当老总的，还亲自干？"

"我就是个农民，种地要用心，我一刻也离不开土地，我亲自干心里踏实，也节省一个人工啊！我老公也是这样，天天干。"

为了不耽误张红英过多的时间，和她聊了一会儿，我们对她说了几句祝福的话就离开了。陪同我的村文书徐光宝深有感触地对我说："张红英的思远农场，已经成了有名的高标准的采摘观光示范区，是我们村的一大亮点呢。"

见到淘居院旅游开发公司老总汪强的时候，他正在大徐村委挂着游客中心牌子的房间里，他没有自己的办公室，他有的就是已经改造好的 30 多套民宿。

我和他聊了一会儿后，他就带着我到了一处他改造的民宿，院子外面是立体化的绿化，除了月季花等花草，还栽种了已经是果实挂满枝头的苹果树，从院墙到院内再到室内都是满满的乡村老味道。院墙上挂着用汽车轮胎装饰的花篮；院内栽种了西红柿、茄子、辣椒等家用蔬菜；改造后的室内厨房、客厅、卧室、厕所等不比城市人的居住环境差，我看着这样一个院落都想在这里生活一段时间。

因为采风时间有限，参观了一个院落我就匆匆离开了，过后汪强用微信给我发了一些视频和他个人的一些情况。他说："我出生在一个农民的家庭，从小父母便面朝黄土背朝天，天天累得直不起腰来。明明父母很年轻，才 40 多岁，看上去却像六十多的老人。我从小就下定决心给家里改变生活环境，改变生活方式。由于自己调皮捣蛋，初中没有念完就下学了。那个时候在家没有希望，那就出去打工，坚持不懈要干出成绩，干不出成绩来不罢休，我立志去北京打工。刚去北京一个月 300 块钱，省吃俭用攒钱，慢慢地积累了社会经验、工作经验，最后自己创业。我吃尽了苦头，夏天不怕热，冬天不怕冷，但我始终坚持着自己的梦想。终于在北京有了自己的房和车，把父母接到了北京，也有点小积蓄了。一次机会，听说政府大力支持搞民宿，我就回到了家乡赵官镇，我也想为家乡尽点微薄之力。于是从北京回到老家重新创业，在济南注册了淘居院旅游开发有限公司，在大徐村有一百多套闲置宅基地，我已经开发了 20 多套。

民宿都已开张，现在又在董寺村签约 合同进行民宿小院的打造。"

五

乡村要振兴，人才是关键。"致天下之治者在人才"，人才队伍是乡村振兴的基础。村支部积极从经济能人、致富能手、退伍军人、返乡创业人士、大学生等乡村人才中发现、培养后备干部人才。镇党委于 2015 年将在济南承包工程建设的徐加强作为支部书记培养人选，2016 年 5 月徐加强通过选举当选为大徐村支部书记。随后，徐加强将工程队交由儿子管理，回村专心带领群众致富；为确保财务管理规范、公开及时，大徐村聘任为人朴实、诚信经营的致富带头人徐光宝为村文书。徐光宝严格按照财经纪律管理财务，赢得了群众的满意和信任。他带头种植 60 多亩梨树，带动村民种植 200 多亩旅游采摘果园，带领群众致富。大徐村利用政策优惠，积极吸引人才回乡创业，并通过激励保障措施留住人才，培养成乡村振兴的生力军，为乡村振兴提供了人才保障。

我和支部书记徐加强聊起他个人的感受，其中有一段对话："你现在干支部书记，和你牵头干工程队相比，收入是多了还是少了？家里人对你干支部书记是什么态度？"

"干支部书记的收入肯定比牵头干工程队时少多了，干工程队是考虑自己的收入，当支部书记是为大伙；现在虽然收入少了，但看到祖辈生活在这里的父老乡亲生活条件好了，村容村貌发生了大变化，心里很高兴。家里人刚开始很不理解，现在是大力支持。"

"干支部书记这些年，也遇到过一些困难吧？"

"只要干事就一定有困难，特别是在农村，我们刚开始搞美丽乡村建设时，要把乡亲们院门前种的蔬菜等进行清理，乡亲们也不理解，也对我们有误解，骂骂咧咧的事也不少，过后都理解了，现在都是一片叫好声。"

"大徐村已经是全国文明村，也是乡村振兴的样板村，你最大的感受是什么？"

"最大的感受就是这些年党对农村的好政策，习近平总书记要求山东打造乡村振兴的齐鲁样板，省委省政府要求德州在打造乡村振兴齐鲁样板中率先突破，我们大徐村在打造乡村振兴齐鲁样板上先行一步，得到了各级党委政府的政策支持、资金支持，正是有这样的大力支持，才有我们大徐村今天的大变化，乡村振兴是五大振兴，哪一个振兴都不能少了，缺了哪一个都不是乡村全面振兴。"

离开大徐村回返齐河的路上，支部书记徐加强发给我一个纪录片《枕河听涛如画廊》，这个纪录片以"黄河文化"为主线，讲述了大徐村的"黄河故事"，将大徐村的建村故事、红色故事、黄河治理故事以及党的十八大以来大徐村乡村振兴的故事一一道来，荣获了第二届"美丽乡村"国际影像节"金稻奖"。

大徐村的变迁是齐鲁大地推动乡村振兴齐鲁样板率先突破的一个缩影，千万个像大徐村一样的新乡村在乡村振兴的大潮中奋力前行。

张岚，山东省临沂市作家协会主席。

第四届全国"大鹏生态文学奖"颁奖仪式在深圳举行

11 月 17 日上午，第四届"大鹏生态文学奖"全国征文活动颁奖仪式暨"生态文学看大鹏"座谈会在深圳市区银湖会议中心隆重举行。

第四届"大鹏生态文学奖"全国征文活动由大鹏新区联合今日国土·生态文学委员会、中国自然资源作家协会和深圳市文联主办，广东省作家协会业务指导，面向全球汉语写作者征稿。活动自 2022 年 12 月启动，今年 6 月 30 日结束。共收到来自国内外参赛作品 6500 余篇（首）。经评选，78 篇（首）优秀作品脱颖而出，分获小说、散文、诗歌一二三等奖及佳作奖。

颁奖仪式结束后，活动组委会举行"生态文学看大鹏"座谈交流活动，邀请与会专家、生态文学作家以及获奖作者，围绕对生态文学的理解、大鹏生态文学的发展以及大鹏生态文明建设工作的推进等畅所欲言、建言献策。

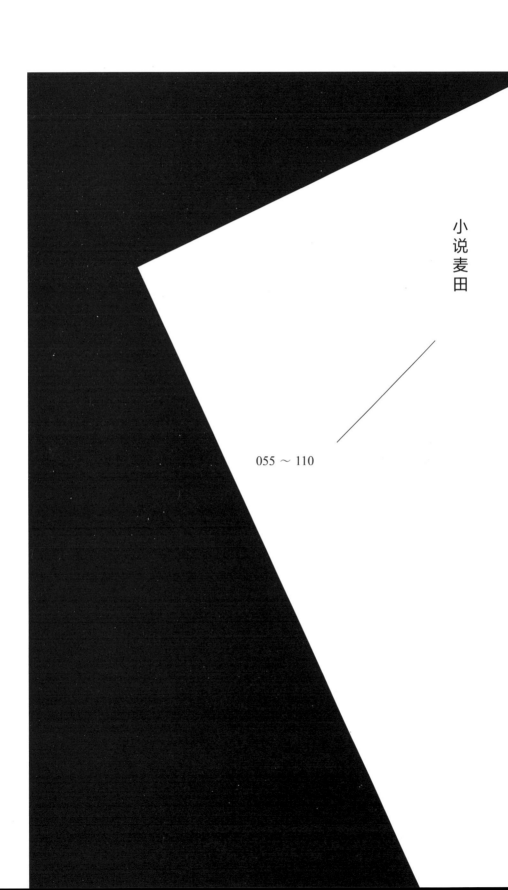

小说麦田

055 ～ 110

中国农民（长篇小说节选）

周 习

一

辽东平原的瓦房店和山东昌潍平原的三元朱，本来隔着中国最大的内海渤海，相距三万八千里，互不相干，不料到了 20 世纪 80 年代末，却因为一公斤带刺的鲜黄瓜结了缘。

三元朱坐落在山东菜乡的最南部，而菜乡又在山东的中北部，北纬 37 度线从此穿过，充足的光照，温暖的季风，携着雨水，滋润大地，生长万物。

黄河入海口南端，那里有一条与黄河平行的河，叫小清河，也流入渤海，自古至今一直特立独行。历史上黄河夺大清河入海，夺淮入海，夺济入海，也试图淹没挤兑小清河，但是终究在人类治理之下，这些年来和小清河平行流淌。小清河的水是泉城济南的泉水汇聚而成，出大明湖一路向东，奔流入海。一部分泉水也是黄河水钻入山谷又流出来的，从根子上来说也是黄河水，黄河永远是中华民族伟大的母亲河。

小清河在入海口接纳了一条从南面流过来的小河，叫弥河。弥河入海的地方高出水面不足一米，它将菜乡这块土地贯穿南北，就如庄稼地里的沟渠，数千年来灌溉着两岸的土地，灌溉着土地上生长的粮食和蔬菜。若逆河水南去，越走越高，就到了菜乡最高处海拔 49.5 米的三元朱。要到三元朱，还要经过三个对菜乡来说最奇特的地方。

在冬季农闲的时候，恰是勤劳的菜乡农民最忙碌的时候。

听到王仁义的声音，王为民心头一热，和蔬菜相关的事涌上心头。菜乡真正成为世界闻名的蔬菜之乡还得从 1988 年腊月二十八说起。

韩大山那时候三十八岁，正是一个男人要强的时候，他起早贪黑在大棚里摘黄瓜，每日汗流浃背。渤海南岸的三元朱村却下了一场大雪，天空中噼噼啪啪传来零星的鞭炮声音，狗儿在三元朱村的街道上撒着欢，摇着尾巴，这嗅嗅，那蹭蹭。家家户户的大门上换上了新对联，大大小小的门楼，被红对联、过门笺的鲜艳遮蔽起来，看起来都是新的。村东南头第一户人家是红砖门楼，窄窄的过道，直通四间北屋，北屋出厦，墙裙是黄绿相间的瓷砖，半米高的花墙上养着一盆盆橘子树、大头兰，门子和窗子上都镶嵌着玻璃。这算是比较好的房子了，这里很多户房子是土坯的，缮着麦草。有的是栅栏，连个院墙也没有。院子里种着一棵大石榴树，石榴树下站着一个比韩大山大十岁的男人，个头一米八，典型的山东大汉，一头黑发刚刚理过，人显得十分精神，他叫王仁义，是这个村的支书。他整理了一下院子里的卫生准备过年，平日里一切事都让妻子干了，自己天天为村里的事不着家。这时候闯进来一个年轻人，是堂弟王鑫。

"哎！稀客来了！"王仁义喊道，要知道他这个堂弟人品好，诚实可靠，脑子又灵活，常年在外面贩菜挣大钱，据他估计，堂弟手中的钱可能在全村是数一数二的。这个不显山不露水的堂弟王鑫，是他家族里第一个到新建的九巷蔬菜批发市场专做蔬菜批发的人。他跑到 50 公里外的临淄，把刚刚成熟的西红柿卖到大连，又把吸收日月精华蓄满元气的独根红韭菜卖到东北佳木斯，0.3 元批发的韭菜能卖到 3 元。王鑫长着和二哥一样的国字脸，宽肩膀。贩菜是菜乡有了菜市场后，发展起来的一个新兴行业，干这一行的被称为能人，过去叫投机倒把，是被禁止的，可是现在菜农最喜欢他们。也只有村里的能人才干得了这行，

这种人常年在外，见多识广，到年根了才回家。一进院子，嘴里喊着："二哥，我常年在外跑，也没有什么好东西孝敬您，给您捎了二斤黄瓜尝尝鲜，在冬天，这黄瓜的价格，可比肉贵。"

王仁义招呼堂弟进屋来，接过王鑫手中的黄瓜，眼睛一亮，他仔细端详着，黄瓜很鲜嫩，头顶上的黄花还在盛开的样子，墨绿色的黄瓜浑身的毛刺很清晰，好像刚刚摘下来。他很吃惊问道："这季节还有黄瓜？哪来的？"王鑫说："大连瓦房店，别看那么冷，大棚里种出来的，还不烧煤。"

王仁义吃惊了。他说："兄弟呀！我看你啥也别干了，赶快去看看，打听好，我们去学学。"

王鑫说："那个人叫韩大山，他当过兵，我们都是战友。他的大棚全种的黄瓜，人家的黄瓜蔓子这么粗！"王鑫伸出右手，拇指和食指组成了一个圆圈，吸引着王仁义的目光。"那么粗的蔓子，咱没见过，不知人家怎么种的？"王仁义说。王鑫继续沿着自己的思路说："产量真高！一茬子就摘 1000 多斤，我们去收购，开始还 8 块钱，年底了卖到 10 元一斤。猪肉才 2 块钱，是不是二哥？都比猪肉贵了吧？"王仁义感叹道："那可是，和金子一样值钱啊！"王鑫的眼中发出很是自豪的光，他看着二哥说。

王仁义感叹道："那可是，和金子一样值钱啊！"几年来，王仁义天天想着怎么让土地长出金子。一根小黄瓜就卖几块钱，这不是金子是什么？

同样是土地，让村里的地里也长出金子该有多好啊！王仁义招招手，正在读中专的二女儿爱芹笑着过来，他说："把你的中国地图拿来我看看。"扎着两条长辫子的二女儿急忙给他找。王仁义找到东北三省的地图，一眼就看到了瓦房店。它和山东半岛隔海相望，是辽宁的一个普通山村，在渤海的北岸，距离大连一百多公里，王仁义当年去东北林场的时候从大连路过，他觉得不陌生。人们最早叫东北为关东，闯关东，那是为了活命。王仁义17岁那年去东北林区，是为了当工人，吃上公家饭。他琢磨琢磨瓦房店所在的位置，他要去找一个叫韩大山的人。

按说东北三省在这个季节最不适宜去，为啥？冷呗，听说，东北人一到冬天就学生不上学，农民不干活，闷在屋里打牌，吃乱炖。一出门尿成棍，能冻掉耳朵。可是能在这么冷的冬天，不用烧炉子就种出了鲜黄瓜，这个叫韩大山的有什么秘诀？打开这个秘诀的密码是什么？这个必须去看看。王仁义很和蔼地看着二女儿爱芹，却恍惚间看到了大女儿美芹在恼怒地看着他，他摇摇头，清醒一下，一时分不出给他拿地图的是大女儿还是二女儿。这两个女儿相隔两岁，像一个模子刻出来的。可是令他心疼的大女儿美芹，在十六岁的时候永远地走了。

说起缘由，更令人心痛。美芹生在农村，十六岁回村后，就想跳出农门。机会来了，上边下来了一个招工名额，刚初中毕业的美芹，满怀信心地认为，父亲是支书，这个名额一定是自己的。事实上，这个名额就是给她的，为了照顾支书，因为当支书是义务工作，一分钱的报酬也没有，全凭责任心。可是，父亲把名额让给了别人家的孩子，她气不过，骑上自行车去县城里找三叔，看看能不能把名额给自己。那时候她三叔是县委书记，谁知道三叔和父亲一样，先人后己，根本不答应她的要求。美芹失望地回到家里，被奶奶和妈妈说不懂事，给三叔添乱。因为在奶奶和妈妈的心中，人不能因为当官就搞特殊占便宜。美芹跑到自己的屋子，捂着脸哭起来。她想，没有一个人替自己做主，全是指责，心里很失望，也感到很丢人。三元朱村在外人口中就是"要饭村"，自己生在这么一个穷村子有啥出息？透过窗子，她看到南墙根，有几瓶农药藏在一堆烂草边。她走出来看看金黄的太阳，秋日里，院子里静悄悄地，趴在南墙根下的黑狗打了一个呵欠，又提醒了她。她穿着一件白底碎花的短袖，一条蓝色的裤子，脚上穿着母亲梁佛手做的布鞋，跑出来，蹲下身子，拿起农药瓶，用手摇晃着。觉得一瓶里面的分量还可以，就扬起脖子，屏住呼吸，一口气喝了半瓶，连连咳嗽，眼泪都出来了。她觉得肚子开始难受，跑回自己的屋子，砰地关上了门。傍晚，家里人回来了，美芹却冰冷地躺在床上，永远地走了。

王仁义急急地从外面回来，号啕

大哭起来："你这个傻闺女啊！在家干活不好吗？你这是干啥呀！"可是女儿再也不能回答他。他的心在滴血，接下来的一段日子。他反复在想，农村就这么不好吗？这么留不住孩子们吗？我要让村民的日子过好，在农村也一样好，一样有好饭吃，一样有钱花，一样住楼房。

在王仁义的心中，瓦房店就是西天取经的唐僧心中的佛国。他一天也不能等待，他要去瓦房店看看。他似乎觉得，锅里的水煮开了，要找米下锅，米就在瓦房店。他要去那儿找种菜的密码，一旦这个绿色密码找到，村里就会富起来。

王仁义心中有了这种念头，再也无法消除。晚上躺下来，他盼着天明，鸡打鸣的时候，王仁义凑到窗户上往外看，天空微微发亮，他蹑手蹑脚地回到炕上，他耳边响着堂弟王鑫说的话："这是从沈阳一家超市里买来的，是辽宁瓦房店韩大山种的。"晚上，王仁义就睡不着了，他就想着这些话。妻子梁佛手说："你这么早起来干啥？"王仁义说："早啥？哪天不是这么早？"妻子说："你真犟，这不是又早了半个小时，大冬天的没有什么非干不可的事。"王仁义说："有那两只鲜黄瓜，我实在睡不着了，我得让王书记知道这件事。"妻子说："好，我给你去下面条，你吃了快去。"王仁义说："吃不下，我得早去，一上班，他处理事情，处理完，他会出去到各地调研，很难找到他，我还是上班前赶到他的

办公室。"于是，妻子不再说什么。王仁义从东屋里推出自行车来，这是一辆大金鹿，车把上缠着花花绿绿的皮子。

王仁义把昨天晚上堂弟王鑫送来的小黄瓜，拿出三根来，对媳妇说："这新鲜的黄瓜，大冬天谁见过？王鑫有孝心，你拿起来，给俺娘看看，给她吃。"然后他用报纸包着剩下的那几根黄瓜，小心地装在他随身携带的人造革手提包内。说："我要去找王书记，他也没见过，和他商量商量，想个法，咱们能种就好了。"于是王仁义推着大金鹿自行车出门来，他跨上车子，迎着刺骨的北风，沿着一条土路向县城方向去。约一个小时后，王仁义来到县城渤海路20号的县委大院。

王仁义外面套着一件短棉大衣，自行车骑得飞快，他感到全身热乎乎的，推着自行车进了大院。太阳刚刚露头，天空很寒冷，树条枝枝丫丫的，也很好看。县委大院静悄悄的，前天的雪落在树枝上，背阴处还没融化。大院里只有一栋三层小楼，满院子的梧桐树，他径直上了二楼，走廊里没有人影。快到王为民的办公室时，张秘书跑了过来，知道是来找王为民的，朝他点点头，领他进去。

王仁义轻轻地推开门，看到王为民正在捧着他的"天天读"。他这个"天天读"，是九巷菜市场管理中心每天给他送来的蔬菜价格表，上面列着上市蔬菜的数量、品种、价格、交易

量。表上的加号多了，表示交易量大，群众多、利益多，群众高兴，他也高兴。相反，减号多了，证明交易量少，群众会不高兴，他也会寝食难安，一定去找原因。王为民中等个头，四十多岁，一头乌黑的短发，显得干练。他穿一身蓝色的中山装，朴素，自然。他看到王仁义进来，忙站起来，握手，客气地让座。问："仁义呀！都腊月二十九了，不在家里忙年，还跑什么？我本来要去菜市场调研，可文件没看完，心里总觉得有事，心神不宁的，就把会议推到明天上午了，这不，还真等着你了！"说完笑了两声。

王仁义迫不及待地从黑皮包里掏出几根黄瓜放在王为民的手里，说：

"王书记，您看这是什么？"王为民接过来，仔细端详着，一副吃惊的样子。"仁义，大冬天的，哪来的这么新鲜的黄瓜？顶端还带着花，这是不是冷库里保存的？"

王仁义说："东北那边种出来的，据说不生炉子，就长出了黄瓜。"王仁义感到王为民的目光里发亮，像见到宝贝，他说："这不是黄瓜，这是黄金呀！东北能种，我们也能种。"

自从当上县委书记后，他包的村子就是王仁义所在的三元朱村。这是一个惯例，县委书记和常委们每年都要分工包一个村子。王为民包三元朱，天天琢磨找到一条什么路子就能让村民富起来。

二

王仁义将这些话记在了心里，他按照县委的嘱咐，没白没黑地去寻找三元朱村致富门路。三元朱村在菜乡的最南部，村子东南西方向有三个埠子岭，地势很高，有 530 多亩，占了村土地的一半，土质很差，浇不上水，种菜菜不长，种粮粮不收。他找到农业大学的李教授，请他来讲课。李教授戴着眼镜、背着手，岭上岭下转了两天，最后下结论说你们岭上的土质比青州山上的好，种庄稼不行，可以种果树。在李教授的指点下，他们就种了果树，看上去是东岭苹果，西岭桃，南岭山楂带葡萄。果园挂果多，效益好，人均收入由原来的 400 元达到了 1200 元，成了小有名气的富裕村。王为民包靠三元村，两个人接触多起来。每次出去考察，把他带上。这年春天，王为民带人到胶东考察学习乡村企业，把王仁义也叫上。回来后，王仁义照着做，他搞了村办企业，费了很大的劲，搞了个面粉厂，觉得还可以，又上了面条加工厂、罐头厂。到了年底算账，虽然挣了十几万块钱，但富不了各家各户，所以他觉得，搞村办企业不是最佳选择。

王仁义去王为民办公室，向他汇报以后，王为民说："还是在种菜上做文章吧。"

一天，王为民从北京开会回来，

他告诉王仁义，在北京他到了一个叫四季青的农场，那里面的大棚蔬菜，很气派，让王仁义去看看。王仁义买上去北京的车票，专门去四季青农场参观，他看到大棚的主体用钢管和玻璃钢构建，里面还通有暖气。问起造价，对方工作人员说，一平方米需要1000多元左右。王仁义认为造价太高，农民一定种不起。但是王为民记得王仁义从四季青农场师傅那里知道搞温室大棚关键是保温和光照问题，所以他就琢磨着土大棚能不能把后墙增厚。这一次，就提高室温的问题，王为民和王仁义有了大段的谈话。王仁义将茶杯放在桌子上说："要保温就必须烧煤生炉子。"王为民说："仁义你说，这么一个棚，一冬得烧多少煤？""一冬加早春，少说也有五六吨吧！"王为民说："就照五吨，全县有8万个

低温棚，都生火，是个什么数？"王仁义说："这好算，不就是40万吨煤吗？"王为民说："能堆一座山了，消耗这么多煤，成本太高，又污染环境，划不来！"王仁义说："确实是这样。"两个人沉默起来，王为民忽然抬起头对王仁义说："想个办法，不烧煤还保温那就好了。"王仁义回家后、反复琢磨这句话。他就琢磨怎么种菜不烧煤还长得好。他向书本要。他找来有关的书籍读，他的桌子上、床头上都放着关于蔬菜种植、保护土壤、有机栽培方面的书籍。白天干活，晚上看书。有一次晚上，老婆从睡梦中醒来已经凌晨一点了，灯还亮着，看到王仁义还在读书。老婆一生气，把灯给拉灭了。日有所思，夜有所梦，他梦里也在种菜。

三

其实，王鑫早就有了让韩大山来菜乡种菜的打算。循着瓦房店黄瓜的气息，王鑫下了火车，坐上汽车到县城的时候，天已经黑了。

出了汽车站，他雇了一辆三轮车，颠簸着来到瓦房店陶村。渤海就如一个大写的C，也有人说像一个葫芦，它和南海、东海、黄海不同，它几乎是封闭的，是中国唯一的内陆海，沿海只有三个省，沿岸著名的城市有青岛、天津、唐山、秦皇岛、大连。瓦房店陶村坐落在一处平地里，一百户

人家，三百口子人，主要农作物是小麦，出门就是麦地，没有几条像样的路，都是土路，也叫生产路。村南边是一片连绵不断的山。

韩大山家的邻居认得王鑫，知道他是来收黄瓜的，赶紧去大棚里找正在干活的韩大山。韩大山匆忙往家赶，他很高兴，心想刚过了年，就有买卖了，好兆头。王鑫看到好几个人往这边走，其中一个瘦瘦的、中等个头的男人朝着他们走过来，他戴一顶蓝色鸭舌帽，很惹眼，上衣是军绿色中山

装，下身穿着一条蓝色的裤子。身后跟着一个大眼睛、短头发的女人，和男人的年龄不相上下，大约三十多岁的模样，也是中等个头，看起来长得很洋气。王鑫认出这是韩大山夫妻，他们两个很豪爽，一个劲儿地将他让进屋里取暖。这是一个普通的院落，四间大北屋，一处东屋，大院子，新门楼，门口停着一辆崭新的蓝色轿车。王鑫说："韩大哥，还请多多关照啊！"韩大山看到王鑫在里面，压根就没往别处想，说："您甭客气，我祖上也是山东人，说不定还是老乡呢，咱们又是战友。"王鑫笑起来，觉得一下子拉近了距离。韩大山转向王鑫说："我刚从大棚里回来，黄瓜鲜着呢！年前摘了头茬，这第二茬又下来了，说吧，你要多少？怎么装车？"

王鑫先想看看韩大山是怎么种黄瓜的，于是就跟着韩大山一块来摘黄瓜。他们来到一处山坡前，一座大棚足足有五间大北屋那么大。王鑫注意到这个大棚在一座山的南面，北面的墙体有一米多厚，侧面一个小门，半米高，得蹲下身子爬进去。进去后，王鑫觉得身上立刻暖和起来，大棚内碧绿的叶子层层叠叠，滴着水珠，碧绿的叶子下面，露出一个个顶着黄花的头，有的露出半截身子，全都水灵灵地带着毛刺。一行一行的黄瓜秧子高过人头，齐着腰的叶子最浓厚，半遮半掩；眼睛平视处叶子嫩黄，须儿卷曲着，使劲往杆子高处爬，一朵朵黄花开在枝头，看得出那是将要坐果的。王鑫感觉到黄瓜蔓子这么粗，从来没有见过。他蹲下身子看了一会蔓子，自言自语道："蔓子这么粗？"直率豪爽的韩大山说："嫁接的。"韩大山说："走吧！再看也是这个样子。"他们恋恋不舍地离开了这里。

四

王鑫又到大连瓦房店陶村敲开了韩大山家的门。

这一次是他的媳妇周慈姑开的门，热情地将他迎到炕上坐着。王鑫愿意批发韩大山家大棚里的黄瓜，是因为韩大山种的黄瓜刺密、颜色深绿，卖相好，在市场上受欢迎。韩大山说："我使的底肥足，我们到离着县城 4 里路的县城，起早贪黑去拉粪。"

周慈姑听到韩大山说到这件事，她插话说："可不是，不能嫌脏呀！我将水桶的粪往车上大铁桶里倒，手里一晃，粪溅到衣服上，刺鼻的味道，让我好几天吃不下饭呢！"

王鑫说："那是沤肥吧？我小的时候，生产队队长就带着社员天天沤肥。"

周慈姑说："这就是有机肥，种出来的黄瓜好看，味道也好吃。看着了吗，我们在棚后面挖了一个大坑，将各种肥料倒进去，放上杂草、玉米秆之类的植物，和泥将这些粪和草沤肥。

凑上去，闻闻，一点臭味也没有了，可能就发酵好了。8月份施到地里，今年要撒上一扎厚的肥。"

王鑫来瓦房店收黄瓜，韩大山对自己的战友，呵护有加，把自己的手扶三轮车也用上，一次性收到1000多斤黄瓜。王鑫一次能挣1000多元，这可了不得。县委书记的工资才107元，一年也就是1000多元，王鑫这位头脑灵活的农民，收入很可观，在村里成了最有钱的人。

韩大山帮着王鑫上货，有些人给黄瓜箱子里放石头，有的压秤，韩大山很担心这么远的路，王鑫收黄瓜的时候被坑，时时地护着他。王鑫这一次开门见山地说："我们那里的地好，我家里也有块地，你去建棚，建好几个，我给你干活，你也可以雇人干活，我们那里有劳务市场，找人干活很容易。况且我们还有一个九巷蔬菜批发市场，你种多少菜，我就能卖多少，你不是能挣更多的钱吗？"韩大山忽然瞪大了眼睛，站了起来，借倒水的机会，调整了自己的思路，说王鑫你说得对。

韩大山似乎答应了王鑫的要求，不像村里那户，听了王鑫的建议，直摇头，不想离开自己的家。晚上，韩大山临休息前，特意对王鑫说："这是个好办法，让我想想。"

王鑫心情不错，三个来贩黄瓜的大男人挤在一张床上，盖着一条棉被就睡，睡得可踏实了。他似乎觉得心里有了盼头，心中升起了太阳。第二天他起了个大早，虽然辽宁还是春寒料峭，一片萧条。但是他们随着韩大山进入大棚后，满眼的绿色洗去了心头的烦恼。这一天，韩大山话也特别多，先讲他是怎么建大棚的，先找一个山的南面，背风，然后把土地平整，让山成为大棚的一面墙。用土把它们严丝合缝地垒起来，前面和顶上盖上薄膜，最好是无滴膜，就是太阳照在上面也没有水滴。只育黄瓜苗还不行，因为黄瓜太细了，所以还要用南瓜苗打底，黑子南瓜苗最好。南瓜苗和黄瓜苗同时开长，种植时，把黄瓜苗嫁接到南瓜苗上，它就有了粗大的根和蔓。王鑫用心地听着记着。

韩大山送走山东的客人们，回到家里，看到妻子周慈姑的脸黄黄的，说："这么多人来家里，把你忙坏了，谢谢你！"

周慈姑说："不知道为啥，他们邀请你去山东，我心里堵得慌。总觉得哪里有不对的地方。你看我们现在有来钱的地方，有车有房子，日子刚刚平静下来，孩子还小。"韩大山说："我就是去种菜，你担心啥？一整天在外面，顾不上孩子，去学校里把儿子接过来。"夫妻俩走在路上，去学校要绕过一片池塘，池塘里荷叶盛开。周慈姑说："今年暖得快，荷叶开始长了。"其实，周慈姑心里搁着很多话，一旦韩大山去山东留在那里，自己也要过去，自己的村子多么好，有自己的七大姑八大姨在这里，过年过节是多么热闹，一旦离开，心里舍不得。

五

弥河两岸的桃花一开，又是五月的季节。王鑫担心今年如果韩大山不来种大棚，又要错过一年。王鑫心里很着急，他也不想等了，他决定第三次去了辽宁瓦房店贩黄瓜，顺便再邀请一下韩大山。

韩大山还是那么热情，王鑫开着玩笑，把他领到自己家乡种大棚的事又提了出来。韩大山沉默不语。

这两年，王鑫已成为他的好兄弟。王鑫第一次来这里收黄瓜的时候，就让韩大山起了同情心，原因是两个人都当过兵。王鑫在青岛当过 4 年的海军，复员回家后，在县府招待所工作，做小灶。承包土地单干的时候，他给自己算了一笔账，于是回家种小麦种蔬菜。后来把临淄的西红柿卖到大连，把清明时候的韭菜卖到东北佳木斯，天南海北地跑。韩大山对他，就和一般贩菜不一样，这是自己的战友啊，大老远地贩菜，叫人坑了怎么办？于是王鑫和他三个一起来的住在自己家里，家里的大院子就是他们临时储存蔬菜的场地，收好了，一起往外走。王鑫拿出一张船票对韩大山说："大哥，现在大棚里的活干完了，也该歇一歇。船票给你买好了，你权当跟着我去山东旅游一次。"韩大山心里已核算，这个月份大棚里黄瓜基本卖完，正是拔架歇地的时候，由妻子周慈姑在家里照看着两个

孩子，把黄瓜架清理出去。再说了刘备三顾茅庐请了诸葛亮出山，我不是诸葛亮，战友说过几次了借这个机会到关内看看也好。大不了再回来。于是他答应下来。当天找出一个久久不用的行李箱，把自己需要的物品装上，告别家人，先坐汽车到大连，接着坐船，再转汽车一路颠簸来到三元朱村。

这里的路真平，庄稼地多，村子里人多，黄土地很肥沃，路边都是青青野草。韩大山一个人来到内地的菜乡。王鑫想给他安排在镇上的招待所，他一口回绝，他说能少花一分钱就少花。王鑫找了一户人家，有三间小破屋闲着，其中一间打扫了一下，让他住进来。晚上，韩大山听到屋顶上的老鼠跑来跑去。

白天，王鑫领着韩大山到他家的地里去。韩大山在地里走来走去，用步丈量了一下。远处平整的土地一望无边，韩大山俯下身去，双手挖出一捧土，仔细地端详着，这是多么肥沃的土壤呀，黑黝黝的，用手捏着捻一捻，一粒沙子也没有。韩大山老家的土地，在山脚，一块一块，巴掌大小，高高低低，沟沟坎坎，掘一掀土，都是些石子瓦砾。种植黄瓜一根主蔓到顶，喜肥，大棚靠整肥来种植，要费九牛二虎之力。

韩大山把王鑫家的承包地用脚量

遍了，来到地头说："兄弟哎，这块地太小了，建个小棚，出不来产量。"王鑫听了，很失望，他想了想说："不要紧，我们家的几个兄弟听说要种棚，都想种，这样吧，我去问问俺家当支书的二哥王仁义，看看他有没有办法，能不能几户联合包块大地？"韩大山这才看到王鑫的家族里，还有几个想种棚的人，站在地头上，过来和他很热情地打招呼。树上的小鸟，啁啾个不停，好像都在欢迎他。

三元朱支书王仁义是王鑫的堂哥，他在县里刚刚开完会，听说王鑫把种菜的师傅请来了。饭也没顾上吃，来到大队部，看到一位瘦削的青年人站在那里，长方形的脸棱角分明，眼神倔强而自信。这一定是瓦房店的韩大山了。果然，王鑫介绍后，韩大山向他问好，一口东北普通话，王仁义紧握住韩大山的手，诚心诚意地说："韩师傅，欢迎你到三元朱来！"韩大山很激动，握着王仁义的手，晃了晃，王仁义说："从今以后，三元朱就是你的家，菜乡就是你的家！"

这时候，王为民赶到了，王仁义介绍说："这是咱们县委书记王为民。"王为民微笑着，紧紧地握住韩大山的手，韩大山看到这位穿着朴素和自己个头差不多的人，感到一股熟悉的味道向他袭来，这股味道像父亲抚摸他的大手，像母亲揽着他的胸怀，他眼睛湿润了。他身上立刻滚过了一阵暖流，认定了这位书记就是自己的老大哥。王为民转向王鑫说："你辛苦了！真是功夫不负有心人呀，你为大伙子请来了财神，功不可没！"王仁义说完笑起来，在场的人也都跟着笑起来。

六

韩大山来到三元朱，村里炸开了锅，街上的行人陡然多了起来。王鑫得知自己的地不合适后，就和王仁义带着韩大山满坡转，为的是选一个合适地段种大棚。越看越让韩大山失望，因为三元朱村东南西是埠子岭，地势虽高，能挡北风，可是上不去水，保不住肥。其他地方一马平川，站在大田边，脚下是郁郁拔节的玉米苗，韩大山摇摇头说"老弟，你这地方怕是搞不成大棚。"

王鑫问道："韩师傅怎么能这样说呢？"

韩大山手一挥说："你看，一马平川，没遮掩，冬天的西北风厉害着呢！"

"这不怕，没有山，我们有土啊！土厚就成墙，照样能挡住寒冷的北风！"有人说话，王鑫一看是二哥王仁义。王仁义觉得王鑫和老少爷们的事就是村委的事，他这个支书不能不管，韩大山来这里建大棚，王仁义也在琢磨这件事，他发现用一米厚的土墙替代山，效果一样。于是他们穿过村子，在一片挺拔的玉米前站住了。这个地块大，离村子近，有水井，紧靠着一条进村的主路，便于卖菜。王仁义和两人就初步商定大棚建在这里。

这几天，韩大山、王鑫和王仁义形影不离，建大棚的地方有了，王仁义召集大伙子开会报名种大棚，韩大山跟着一起开会，他要回答村民的提问，和村民算算种大棚的成本。王仁义很激动，让村委会成员动员村民参会，每家保证一人来。这些年包产到户，各干各的，开个集体会很稀罕，村民也很捧场，呼啦啦来了很多人，会议室里很热闹。王仁义满怀激情地讲了一个多小时，不料大家反应平平，有的村民认为他简直是白日做梦。会还没开完，人已溜掉了一半。王仁义心里有些着急，他拉住一个正在往外走的村民，一看是发小王土豆，他叫大哥。他说："大哥，为啥要走，为啥不愿意干？"大哥掰着指头给他算经济账，说："咱三元朱村人手里没几个钱，万元户找不出两户来，手里哪有钱呀，建一个大棚没有6000元可不行，6000元能盖四间大北屋啦！"韩永山没有机会讲技术，他这个时候过来打消王土豆的顾虑，他说："投上6000元，只要不出特殊情况，当年会赚回来的。"听他说得这么肯定，王土豆说："你说能挣出来，就挣出来啦？大伙儿也不信啊，没有亲眼看见，冬天怎么能不生炉子就能够达到30度呢？"王仁义意识到自己这样开村民会议，是瞎子点灯白费蜡。会后一天

过去了，两天过去了，王仁义让媳妇出去打听一下大伙议论啥？媳妇梁佛手弹弹身上的灰，换上一件干净的短袖，拿着蒲扇，来树底下乘凉。知了在树上拼命地叫着，树下几个人坐着马扎，正在说话，没看到梁佛手，一个穿碎花上衣的老奶奶说："冬天不烧煤、不生火，长黄瓜，除非太阳从西边出来。"另一个穿着黑背心的男子说："钱又不是土坷垃，借上大半万，打了水漂怎么办？"说着一抬头见是王仁义的媳妇，就住了嘴。碎花衣服奶奶对佛手说："事是件好事，我们也没说别的，听起来挣钱很容易，有点不相信呀！"佛手笑笑说："开始我们也不相信，侄子王鑫他去辽宁三趟，亲眼见了。"说了半天话，梁佛手回家来，王仁义问她听到了什么，佛手如实相告："人家还是不信冬天种黄瓜不用生炉子，还有的人怕贷款打了水漂，还有的说这投资虽然不算大，但也不算小啊，万一赔了，何时能翻过身来。"仁义预料到村里会出现这些闲言碎语，他不着急也不上火，打算再开会，再动员。因为要改变农民旧的思想观念、旧的种植习惯，肯定不是一件容易的事，他准备着受磨难。

第二天晚上继续开会，来的人少了很多，王仁义说得口干舌燥，还是没有报名的。开会休息的时候，他就偷偷地拉着王土豆去外面谈谈。夜风温柔，天上有月亮，在忽明忽暗的夜光里，王仁义蹲下来，对矮瘦的王土豆分析了种大棚的好处，说："大哥，

种大棚也有时令，村里人不响应，这样下去啥也耽误了。你威信很高，平日里，你做个啥，大伙儿都跟着学，都很信任你，你若是报名，带个好头，说不定这事就好办了。"王土豆说："我手里没钱，怕贷上款，还不上，老婆孩子跟着我喝西北风，我心里也没底呀！"王仁义说："你先报上名，建大棚的钱，咱们凑，我也可以出一半，如果折了，我不要了。如果你挣了，就还我本钱。"王土豆点点头。等王仁义再号召的时候，王土豆站起来，举手说："给我写上，我要种大棚！"负责记录的小李笑了，赶忙写上王土豆的名字，看到有人报，坐在下面的几个人也报了名。王土豆说："我相信仁义说的话，在辽宁韩师傅都种出黄瓜来了，这大棚还有假？我报名了，我希望大伙也一起报！"呼啦啦，五六个报名的。

第三天晚上，他们继续开会，民兵连长王犇也是王仁义的一个侄子，徐子茄是村里的团委书记，论起来是王仁义表姐家的儿子，在农村这种亲戚比比皆是。徐子茄也报了名，王仁义很感动，关键时候见人心，对于今天晚上两个年轻人的表现，王仁义表示满意，散会后，他愉快地回了家。刚要进屋，听到隔壁有个男人在说话："不要听你二叔的，他净胡说八道，不烧煤就长黄瓜，这不是白日做梦吗，俺们种了一辈子的菜，也没有听说。从东北请人，东北人不爱干活，光想好事，靠谱吗？"王仁义咳嗽了一声，

里面的声音没有了。王仁义知道这是王犇的媳妇杨椒回娘家借钱来了，看来没有借着，王犇的亲家和王乐一家是邻居，都是当庄的亲戚。

报名的户少，韩大山着急，王仁义更着急，他想若没人报名，没有人种大棚，用上吃奶的力气请来的师傅，有本事也使不出来。这天傍晚，他正在着急的时候，王为民来了。王为民没去办公室，直接去了韩大山的宿舍，他坐在床上和韩大山聊天，问他适应内地的气候吗？村民种大棚报名情况。正说着，王仁义过来了，从墙边拉了一把椅子，坐在王为民的对面，一五一十地把报名的情况和他说了，并说，这是第四次开动员会了。王为民说："报名少不要紧，实在不行让干部都带头，看看党员干部的情绪对不对？群众看的还是党员干部啊！"王仁义说："我也想做做党员干部的工作，让他们带头，王书记，这一次，您参加我们的会吧，您在会上再强调强调，要党员们带头。"王为民说："你这个想法很好，告诉他们头一年搞大棚，如果搞砸了，一切损失，县里担着。"王仁义说："王书记，有你这句话保证能把大棚搞起来，没问题，你放心吧！"到了晚上再开会的时候，王为民到了会场，群众爆发了热烈的掌声，他们根本想不到，县委书记这么忙，会记挂着一个小小村庄的事。农业银行行长王耀也赶到了，王为民拍着王耀的肩膀说："好钢用在刀刃上，你这农业银行行长一定要大力支持建棚的

农户。"王耀说："这是当然的，有领导您这句话，我们很放心。"王为民又说："王行长，你们一定要帮助搞好这个，尽最大的努力，来支持三元朱村民建棚！"

不知道什么时候，镇党委书记李培也赶过来了，他站在王为民的身后，也表态说："不就是几万块钱么，没有什么大不了的，我和王书记汇报了我们镇上的方案，挣了钱是村民的，赔了钱是镇上的。镇里还不起，还有王书记，还有县委，你甩开膀子干好了。"王为民微笑着说："对！党员干部大胆干，村看村、户看户，群众看党员干部。"

劣质烟叶的味道弥漫了屋子，韩大山嗅出了父老乡亲的味道，尤其是父亲的味道。从小到大，他跟着父亲，晚上去得最多的地方就是生产队的记分处。会计记工分，社员把自己一天的活报上去，会计眉头一皱，就记上，3分还是5分，还是10分，全凭会计的经验，也许存在着不公平，大家也没有计较。这种每天一聚的集体感随着改革开放而消失了，十多年后，集体感以这种方式回归了。他内心激动起来，有了归属感。这个时候，他的思绪重新回到眼前，他看到会议室墙上很整齐地挂着五本记录簿，一张长方形的桌子横在前面，算是主持人所在的位置。下面是学生前几年换下来的旧课桌，做了会议室的桌凳。王为民和李培走后，大家坐在下面。王仁义坐到了主席台上，下面一位小青年

赶紧搬了凳子上去，韩大山坐在旁边内心激动，王仁义说："大伙商量决定在村北头最好的那块地里搞实验，有愿意报名的老少爷们，还来得及，今天是最后一天。"果然，人群中又有几名党员，上前报了名，加上昨天晚上的，共有17名党员愿意建大棚。韩大山站起来，拍了拍自己的胸脯，高声说："老乡们，不要怕，也不要担心，我们一起努力一定能种好大棚！"

王仁义说："过几天再不开始建大棚就耽误农时了，17位报名的党员到前边来，我们搞个宣誓。"党旗在黑板的一侧挂着，下面贴着入党誓词，每年入党都在这里。王仁义说："种大棚对于咱们村来说，是开天辟地的大事，这个仪式少不了，我们要重温入党誓词。"然后王仁义站在最前面，韩大山、王土豆、王犇、徐子茄和大家站在他的后面，庄重地举起了拳头。

宣誓完，王仁义刚刚回到家，就听到门响，梁佛手一开门，冲进一个人来，指着王仁义的鼻子就责问："为什么指示我家的徐子茄种大棚，他这么年轻，还没成家，背上一屁股债，找不上媳妇怎么办？他不种行不行？"王仁义一看是表姐，就说："你不种行，徐子茄不种不行。他是党员，也是干部。"看到徐子茄母亲在撇嘴，王仁义说："是的，徐子茄有文化又能干，能出把好手，这点风险都不肯担，还怎么能在班子里干。"一个说不种，一个说必须种，王仁义的表姐说话像打机关枪，在村里没输过，这次她更

不肯服输，几个回合下来，表姐红了脸。本来经常来来去去的表姐，气呼呼地扭头就走。梁佛手遗憾地对王仁义说："谁种棚谁挣钱，你真是不嫌操心。看我们两家来往得很好，这下子，把表姐气走了，两家不会来往了。"王仁义说："不来往就不来往，有啥大不了的。我有数，为这事我也不会惹着她。"

事情好不容易定下来了，去整地的时候，他们又犯了难。他们眼前是一片长势很好的玉米地，风一吹，绿色翻滚，玉米刚刚吐穗。韩大山说："按时间算，要想在元旦左右采摘黄瓜，必须八月份开始建棚。若超过下种的期限，怕是不赶趟，怎么保障黄瓜成熟呢？"但是王仁义站在地头上，看着眼下的玉米刚刚鼓泡、灌浆，还舍不得。韩大山说："若等玉米收下来再动工，就晚了，效益就不行了，要当机立断，不行就杀青。"

17个大棚需要占地36亩，也不是个小数目。王仁义说："可是，杀青在外地曾有过犯错误的教训，这次杀青我拿不准到底算不算犯错误？我得问问。"王仁义骑着自行车去孙集镇党委找李培，李培到县城开会去了，于是他又骑上自行车跑到李培开会的地方，等到了他，问道："这36亩玉米砍掉责任谁承担？"李培说："我在孙街镇当书记，三元朱村搞农业科学实验，也就是党委政府搞实验，出了问题党委政府集体承担！"话虽然这么说，但是李培还是就这件事向王为民汇报了。第二天，王为民立即赶到孙集镇，在孙集镇党委召开了县委办公室、县政府办公室、宣传部、粮食局、农业局等单位参加的小型会议，专题研究建大棚要损失部分玉米的事儿。会上大家发言讨论，王为民总结了大家的意见，他说："三元朱这次砍玉米，不是无故杀青，而是为了搞蔬菜大棚实验，县委支持你们！只要对老百姓有利的事，咱就大胆干，做好群众的工作，对老百姓的损失可以搞点补偿。"

8月10日，王仁义领着村里报名种大棚的人们来到村北玉米地，他们手里拿着镰刀，准备割掉玉米。站在这一片一人半高的玉米前，看着吐露着红色樱子即将长粒的玉米，有的不忍心了，他们把镰刀扔在地上，蹲在地头上唉声叹气。刚刚上任的年轻镇长马涛，急三火四地赶来，从一个党员手里夺过镰刀，说："乡亲们割吧！塌了天，我顶着！"他拿着镰刀第一个上来"噌"的一声，割了一棵玉米。他说："为了群众更大的利益，该舍得的时候就要舍得。"他的行动带动了其他不敢下手的人，一看他干了，也跟上来，用力割起来。很快他们的身后青纱帐倒下了，土地呈现在大家的面前了。

平坦、辽阔、肥沃，昌潍大平原的土地，一下子勾住了韩大山的魂，他蹲下身来，喃喃自语，捧起一把黄土，高高地扬起，土地是一个农人安身立命的法宝。

七

听说韩大山从山东回来了，去娘家走亲戚的周慈姑，急忙领着孩子往家赶。走到池塘边，已是绿意满堂，荷花盛开。住在他家里的侄子韩林过来问道："婶婶，你家要搬走吗？俺叔叔把车子和大棚都卖了！"周慈姑问道："卖什么呀？"看到婶婶一脸惊讶的样子，韩林很奇怪地说："俺叔叔已经将你们家的车子、大棚卖了！"

"是你叔叔老韩卖的？"周慈姑一听如雷轰顶，她着急地说："我真不知道，我这不是还没见到他吗，山东那边叫他去，他没说一定去呀！"周慈姑的心里七上八下的，便领着儿子深一脚浅一脚地往家跑。果然，那个买他家大棚的人过来拉草绳子，光草绳子就装满了一车。周慈姑气得说不出话来，心里想，他连房子都卖了怎么办？

进入屋内，周慈姑看到韩大山更瘦了，胡子也没有顾得上刮，才三十八岁的人，说他五十多岁，恐怕也有人信。心疼归心疼，说出来的话，不好听。原来韩大山怕妻子不愿意，根本就没同她商量，义无反顾地卖了大棚。周慈姑声音里带着哭声，她问道："你是不是把咱家的大棚和车都卖了？"

韩大山说："你不知道，那边的土地有多好！很适合种菜，我答应王鑫过去种菜，会挣很多钱。"

周慈姑说："我不愿意你过去，你不是也不愿意去吗？为什么变卦了？"

韩大山说："你不知道，那里一马平川，土地肥沃，种什么长什么。北魏时期，菜乡有一个在外地做官的叫贾思勰，写过一本种菜的书《齐民要术》，现在，那里人想种大棚，叫我当老师，我准备去大干一场。"周慈姑很忧虑地看着他。

韩大山自己倒上了一杯水，喝着，他对周慈姑说："这两年，你跟着我受累了，黄瓜嫁接、落蔓子这些很耗费心力的活，你都干了。有空的时候去买件好衣服穿。"

周慈姑没有接他的话茬，她压抑着恼怒说："老韩呀！咱们家在村里算是富裕户了，才盖了新房子，谁不羡慕呀，当初我们刚结婚的时候，租了一套房子住，接着盖了三间房子，大棚试种成功后，卖了黄瓜，盖了四间大北屋，还不够好吗？"周慈姑为自己新盖的房子感到惋惜，这套房子用石头垒着，拔了十二级台子，装上最时髦的玻璃窗子，朝阳，更显明亮。周慈姑打算，过一段日子，装上栏杆，刷上蓝色的漆，不让小孩子掉下去。他们奋斗了十多年，终于过上了像样的日子。

他们手头宽裕了，买了一辆小车。韩大山没有抽烟喝酒打牌的坏习惯，一个心思看书钻研种菜，天天围着大棚转，摘菜都在凌晨，也没有叫过苦。

女人的心细，想了这么多，眼睛里就有了泪。

周慈姑心里很难过，她用手攥着韩大山的胳膊说："看你瘦得，胃病犯了几次？你不会做饭，我真担心，记住吃饭要按时，咱们日子过好了，身体也要好！"韩大山说："男人嘛，就是要干事情，才觉得有尊严。我已经答应王鑫了，也答应三元朱的支书王仁义了，要过去指导种菜，不能反悔呀！"周慈姑黯然神伤，她说："看上去你瘦得皮包骨头，我就猜着你没有好好吃饭，是不是天天凑合着吃。"韩大山说："吃饱肚子就行，讲究啥呢？"周慈姑哭笑不得，她说："远利难求，你听说过这句古语了吧？前一阵子，一个人去山东枣庄，挣钱，挣了钱，也拿不回来。咱们日子刚刚好过，有新房子，有车，有存款，两个孩子都上小学，你就出去，你让我一个人怎么办？也教他们技术了，也去指导了，回来吧，别想那边的事了。他们什么时候需要你做指导，电话里可以问问，不过去不行吗？为什么要扔下这个家？"

韩大山说："趁着年轻干点事，我就是有这么一点技术，听说人家县委书记很看重我，要给我最好的条件。"韩大山也恼了。两个人互不相让，不欢而散，各自背过身去睡了一晚上。

周慈姑不说话，韩大山也不说话，二十多天，两个人互不理睬。

刚刚进入 7 月，韩大山就收拾了行囊，带着卖大棚和卖车的一万五千元，坐汽车坐轮船来到了三元朱。

这是一个平原上最常见的小村子，没有几户像样的房子，倒是横平竖直排列整齐。王仁义的家门口有一棵几百年的大树，多毒的日头也晒不透。树上有红嘴的小鸟，跳来跳去，那么快活。

心里再难过，也得问问情况。周慈姑打电话嘱咐韩大山种苗子前，要让这十多家子备农家肥。啥叫农家肥？王仁义知道，种地这些年，大粪、牛粪、鸡粪、猪粪都是好肥料。用沤肥，这也是前几年大集体时的做法。挖一个大池子，放进很多柴草一类的，倒进大粪，用薄膜盖好，看到生毛了，再过一个月，毛没有了，就揭开。一定要等它发酵好，若是没有发酵好的肥料施进地里，遇到合适的温度会继续发酵，就会烧死苗子。所以第一关马虎不得。

村北的田野空旷起来，36 亩新整好的地里垒起 17 座大棚，1 号 2 号是韩大山的，紧挨着 3 号就是王鑫的。韩大山和王仁义靠在地里，忙前忙后，王仁义说："用土堆墙，就像盖房子一样。"王仁义拿着竹竿，太阳出来的时候，他就琢磨怎么样才能让大棚接受更多的太阳。他根据本地的气候条件，把墙体加厚到 1.1 米，这样即使速冻层是 70 厘米，还有 40 厘米左右的保护层，将一溜斜坡，改为中间提高，增大了采光面，大棚的坡度也由 25 度增加到了 45 度，便于大棚里的热量储存。盖的薄膜是无滴膜，透光度由 45% 提高到 90%，为了减少遮阴，他又把那个支撑的竹竿换成铁丝，铁丝很细。韩大山教他们用黑籽南瓜嫁接技术，黄瓜的低温期怎么解决？大棚的朝正南偏西五度，更科学和实用。白天，这 17 户人家就在地里干活，晚上他们就开碰头会，提出遇到的难题，最晚的时候靠到半夜三更。徐子茄问王仁义："还有啥好办法，因为大棚里用的小竹竿架黄瓜遮光很多。"为了做试验，大家干脆在一个棚里排上一排竹竿，丈量阴影面积，想对策。

王仁义躺在被窝里反反复复地想，他忽然想到了塑料包装绳透光，可以扯起来架黄瓜，有了这个念头，他再也睡不着了，披上衣服就往外跑。老婆佛手说："你搞大棚搞疯了，这么晚要到哪里去？"他不说话，敞开门就跑了出来。挨户去拍人家的大门。他们开会先在村委办公室，后来直接去了韩大山的住处。喝水、抽烟，屋里的气氛温馨起来，韩大山很激动，他听到王仁义介绍了自己的想法。大家觉得很在理，干脆跑到大棚里做起实验。白天，他们带着竹竿、尺子、罗盘表，在烈日下蹲了一周，太阳照着，每个人身上都脱了几层皮，高温时密封消毒，墙上放着红色的标注，大棚里达到了理想的温度，这一关键技术突破了。王仁义心里的石头落了地。王仁义在墙体的厚度、顶棚结构、大棚的骨架、塑料薄膜、方向等五个方面进行改进，还是

采用韩大山的云南黑子南瓜与东北长春密刺黄瓜嫁接技术，利用远缘杂交优势。

王为民这时候来到了三元朱的大棚地，王仁义、王鑫和韩大山正在那里量土地，建大棚的人们看到王书记来了，停下手中的活儿。韩大山在王为民面前有些腼腆，王为民握着韩大山的手，久久地不放开，他嘱咐王仁义一定要集思广益。他说："咱们要多听听韩大山的意见，韩大山你也不要保守，要把真本事拿出来，我们的党员干部和乡亲们一定要听王仁义和韩师傅的指挥，咱们是在搞实验，关系重大，丁是丁，卯是卯，一点也不能马虎。"大家都答应着，17 个冬暖式大棚建成后，全部种上黄瓜。

这个时候，周慈姑在家里坐不住了。她想，光生气不是办法，十月里，黄瓜要嫁接，17 个棚他要当老师指导，听说他自己种了两个棚，那得多少活，他自己是干不过来的，我得去帮他。于是周慈姑给远在 60 里外的老爹打电话："爹哎！死犟的老韩去山东了，到那边教人家种菜，他自己也种两个棚，十月里，要嫁接黄瓜，我干活比他强，我得去帮他。可是两个孩子都小，在上学呢，你来帮一下吧？"

周父在电话里说："行是行，我做的饭大人凑合着吃还可以，小孩子不知道能不能吃得下？"

周慈姑说："爹，好吃不好吃，我们不讲究，不饿着孩子，不冻着孩子就行了。"

周父说："慈姑，那我收拾一下，明天就过去，你尽管买票吧。"周慈姑一边收拾东西一边掉眼泪。自己的母亲去世得早，一辈子让父亲受累，一言难尽。周慈姑的家，离着瓦房店60里路，他和韩大山的缘分，说来话长。韩大山9岁的时候，父母因病先后去世了，他一个人无依无靠，上面三个哥哥，自己好歹照顾自己，几个大姐姐成年后陆续成家，没有人顾得上。只有和他年龄很近的小姐姐与他一起生活，可是小姐姐到了18岁也出嫁了，他非常伤心，一个人在大队办公室住了两年，等到16岁的时候，队里干部推荐他去当兵。复员回来后，在二哥家住，二哥经济条件也不富裕，他就去六十里外的小姐姐家，在姐姐附近的企业里上班。小姐姐的婆婆是周慈姑的大姨，周慈姑去大姨家串门，大姨看到周慈姑亭亭玉立，落落大方，很喜欢，就给两人牵线。周慈姑和韩大山见面了，韩大山望着这个大眼睛的姑娘，心虚地说："我家里穷，你嫌吗？"周慈姑说："这个年头我们不怕穷，咱俩都有一双手，只要不怕受累，我们会过上好日子的。"周慈姑的婚事，由自己的父亲承办，所有的费用，周父都承担了，他既当岳父又当父亲，给他们举办了体体面面的婚礼。过段日子，两个年轻人想回到自己的家乡发展，正赶上村里开始承包土地，韩大山就和伙伴们承包了邻村的山地，开始了钻研蔬菜果树种植。

韩大山在部队养成了爱看书的习惯，有一天，他忽然看到一本外国书籍，是关于蔬菜种植技术，他想何不把种果树改为种蔬菜呢？于是他琢磨着承包的山地如何种蔬菜。

他试探着和小伙伴们种大棚，于是日光式大棚应运而生了。起初，他们用的是白色的薄膜，露水太多，他们改用吉林省浑江牌无滴膜，温度上去了。可是不久，村里的大棚都遇到了一个问题，黄瓜蔓子疯长，叶子茂密，全部不结黄瓜，棚里温度高达七十多度，叶子都烧焦了。周慈姑正在家里犯愁，邻居过来喊道："慈姑，快去看看，你家的老韩疯了，他在后墙上掏了几个大洞，把大棚的后墙搞坏了。"周慈姑穿上鞋子，套上棉衣，急急忙忙往大棚里跑，真的看到自己家的大棚后墙，被老韩用锄头砍出了几个大豁口。周慈姑很生气，质问他："不结黄瓜，只长叶子，得问问为什么，不能拿墙出气！"

韩大山恼怒地说："你不懂，别跟着瞎嚷嚷！"于是扭过头去不理她，对于她问的问题也不解释。一星期后，大棚里的黄瓜叶子不焦了，变绿了，出现了很多小黄瓜。人们才明白，这叫放风。于是周围村里种大棚的人家纷纷这样做，这一年黄瓜又大丰收了，卖的钱比任何一年都多。于是周慈姑对自己的丈夫老韩刮目相看，以后大棚每天放风成了必做的功课。

周父过来了，周慈姑知道父亲只会焖米饭，再也不会做其他的了，可是，没办法，为了丈夫能种好大棚，她得上阵。

周慈姑坐车、坐船两天后，来到了三元朱村。发现韩大山住在村委会，很干净，也很宽敞，心里安慰了一些。韩大山领着她来到村北的大棚地，周慈姑一看，这大棚比自己东北的大多了，土壤黑黝黝的，一看就肥沃，棚上盖的薄膜也是采用韩大山推荐的无滴膜，心里舒坦了些。

周慈姑不顾旅途劳累，和大家伙儿一块儿嫁接黄瓜。

日子这样过着，大棚里的黄瓜秧子一天天长大，绿叶纷披，花开蝶飞，周慈姑和韩大山在大棚里干活，他们说起女儿和儿子来。在老家瓦房店的时候，放了学，女儿韩青青会领着弟弟韩伦伦来大棚里。韩大山的住处有儿女两人的合影，韩青青圆圆的脸蛋，粉扑扑的，穿着一件蓝格子外套，齐肩的秀发，戴着一条和黄瓜花一样艳丽的发带，在绿丛中像只蝴蝶飞来飞去，帮着干农活。妻子由黄瓜说到了女儿，韩大山眉头紧锁起来。

这个时候，进来一个人，是徐子茄，他着急地说："韩师傅，快去看看，几片黄瓜叶子有些卷，快去看看吧！"韩大山立刻放下手中的活，跟着徐子茄就走了。周慈姑看到，十多个大棚，韩大山出了这个进那个，一天马不停蹄地转，饭都不能好好吃。

约莫过了一个多月，天忽然阴了，日光式大棚，没有日光怎么成？韩大山开始坐立不安。因为菜乡遇上了多

年未遇的寒流，半个多月了，天空阴云密布，北风呼啸着，大雪纷飞，天气冷得很。周慈姑和韩大山很心焦，王仁义也很心焦，大伙子都提着心眼子，他们蹲在大棚里，看着似乎停止生长的黄瓜蔓子发愁，他们知道嫁接的蔓子有一指头粗，暂时抗住了寒冷，若是普通的黄瓜蔓子遇到低温早就冻死了。

似乎心有感应，王为民在县委办公室里想到了三元朱的大棚，心想这么冷的天，不知道三元朱大棚里的黄瓜长得怎么样了？受不受天气影响？越想越睡不着，第二天他急急地来到三元朱村。

王仁义和韩大山看到王为民书记来了，十分感动要知道他们正发愁呢。王仁义说："王书记，怎么把您惊动了？"

王为民说："仁义，我这么长时间没来，天气这么不好，不知道你们有没有困难？"

王仁义一听正中下怀。他说："哎呀，天气冷，就是缺盖头，我们正在往上面加棉被，不顶用，棚里的温度不能再低了，再低了就要了黄瓜的命了。"原来天气一变化，本来黄瓜都是青枝绿叶的，生长很旺盛，偏偏寒流来了，温度只有一二度，黄瓜根开始收缩，蔓子不见长，黄瓜纽子不见大，再这样下去，黄瓜苗子也保不住命了。天气好像专门与三元朱的大棚赌气一样，就是不出太阳。王仁义和韩大山蹲在大棚里，眼瞅着黄瓜苗，

看温度计的变化。王仁义绞尽脑汁想办法，动员大家凑棉被盖上，也不见好转。王仁义不停地问韩大山怎么办？韩大山也唉声叹气，他觉得自己也没招了。王为民来了后，他们就觉得有了依靠。

韩大山灵机一动问道："王书记，能不能借雨布盖盖？"

王为民一听，说："只要有办法，我们就去试试！"他立即打电话给供销社李胖子和烟棉公司，要求他们全力支持。当夜烟棉公司开着卡车运来了30多块大篷布，几个小伙子一起动手帮着三元朱人把17个大棚盖了个严严实实，顶住了寒流。

蔬菜大棚的出入地方改为一间小屋，放上一张简易的单人床，角落里，可以放农具。韩大山就和衣睡在一座大棚的简易床上，不分白天黑夜，这里面十分暖和，他可以随时处理一些小问题。谁家叫他，他就快去，生怕耽误了黄瓜生长。裤腿上有泥点子，鞋帮上全是泥巴，手上缠着胶布，裂开的口子时常流出血来。一天说够了全年的话，嗓子冒烟了，咳咳咳！这样又过去了一个多月，秧子下面的黄瓜呈现墨绿色，韩大山在黄瓜架中挨个查看黄瓜成色，他蹲下、起来，再蹲下再起来，反复比较，终于，他对王仁义说："二哥，准备好，通知各户，第一茬可以摘了！"

雪后的大地，清冷刺骨，王仁义却热血沸腾，他站在大棚外面，招呼着车辆和村民，他们这一天要摘黄瓜了。外面滴水成冰，大棚里面温暖如夏，青枝绿叶间，一行行的黄瓜架有一人多高，黄瓜头顶鲜花，摘了一筐又一筐。

这一天是1989年的12月24日，农历腊月二十五，三元朱的田野里响起了鞭炮声。价格有5元的、8元的、10元的，最贵的卖到12元。预计要出17个万元户，三元朱村的老百姓轰动了，十里八村的人也轰动了，都来看摘黄瓜。

这一次王仁义骑着自行车还是按照原来路线来到县委办公室，提包里鼓鼓的，县委大院里的人都认识王仁义，纷纷向他点头。来到二楼，他说："王书记，我给您报喜来了。"说着从包里拿出几根黄瓜递给王为民。王为民笑着接过来，他像端详一个刚出生的婴儿一样，仔细地端详着黄瓜，也是顶花带刺，一扎长短，非常鲜亮。王为民的嘴裂开了，眼睛弯成一条线，他脸上的笑再也掩盖不住。他对王仁义说："大棚成功了！这可是咱们地上种出的黄瓜，仁义，你们立功了。"王仁义听到县委书记的夸奖，更有信心了。王为民心里很激动，第二天，他对县委办公室吴秘书长说："快，我们一起去三元朱大棚看看，新鲜黄瓜下来了。"

王为民和吴秘书长跟着王仁义钻进了韩大山的大棚里，有两个男人在摆弄黄瓜，只见棚里温暖如春，到处青枝绿叶，绿叶下是墨绿的小黄瓜，抬起头全是笑盈盈的笑脸。王为民说：

"祝贺你们，成功了！也受累了！"王仁义和韩大山笑着对王为民说："多亏您的支持呀！这是咱菜乡的成功，祝贺您呀！"

人都是有软肋的，没有人知道韩大山的软肋是什么？其实当他听到王为民、王仁义都是为大家伙儿谋利益的时候，他就动心了。因为他从小就没有了父母，在村委大院里长大，是村集体养大了他。他吃住在村委会，见得最多的人就是村委成员，他们都有集体观念，学习文件，为老百姓做事。他现在又被安置在村委大院里，这是多么熟悉的味道！一下子像过电影一样，眼圈都红了。

韩大山刚来的时候，屋子里只有一个电饭锅，韩大山不会炒菜，他每顿饭都是吃面条，清水煮。王仁义的媳妇佛手看着他天天吃面条，就有些不忍心。这一天，拿着一把青菜说："韩师傅，你天天清水煮面条，我都心疼呀，放上点菜啊，你是我们请来的贵客，可不能委屈你。"韩大山心里热乎乎的。

王鑫把韩大山邀请过来指导菜农种大棚，这个小小的举动，却是开天辟地的壮举，它开启了菜乡的富裕之路。

那年，韩大山 38 岁，王仁义 48 岁，王为民 46 岁。以后的岁月，三个人拧成一股绳，开始了绿色革命。

周习，中国自然资源作家协会副主席、秘书长，中国地质大学（北京）特聘作家，中国作协十代会代表，鲁迅文学院第十一期高研班学员。著有小说《土窑》《盐诺》《中国农民》等，著有《鲁院纪事》《行走乌蒙》等纪实文学。

巴彦塔拉草原的夜

孙永斌

我、大耳朵，还有宝音，三个人天没亮就出发了。我们的目的地是巴彦塔拉草原。我们所要干的营生是挖药材。载我们进入草原的那辆130车像一头坏了肚子的牛趴在草地上，一动也不动。每个人都盼望能把车修好，离开草原或者继续向前。

可事情总是难遂人愿。车子是宝音的，车子的毛病该怎么找，该修什么、怎么修，三个人中只有宝音懂，修车的事情自然由他来做。他用尽了一切办法，把自己弄得满头大汗，还是没看到一丝希望。

我是第一次进入这片无边无际的草原，在此之前，我只听说过关于草原的种种传说，但如此亲近还是头一次。我们每个人手上拎着一壶水，徒步穿行，一整天没吃东西。我们爬过一道山梁之后，太阳已经落入地平线。

"你那破车早就该扔掉，这家伙害得我们没着没落的。看，天眨眼间就要黑了，这茫茫草原，等着喂狼吧！"大耳朵埋怨着宝音，用力拧开水壶，把水倒进嘴里。

"要不是你说这地方有药材，我才不来呢，这可好，药材没挖着不说，还找不着回家的路了，这会儿你还唠叨我。"宝音不高兴地回了大耳朵一句。

"要不是你那破车坏了，现在早挖满一车了。"

"还挖满一车呢，到现在连根毛都没见着。"

大耳朵觉得自己理亏，没有接宝音的话，独自嘟囔起来："就是这一带，我记得很清楚，他们还领我到山顶上看敖包了呢，怎么就找不着那座山了呢？真是见了鬼！"

"你以为是在咱村儿？要去哪儿闭起眼睛都能找得到，你要知道，这可是巴彦塔拉草原！"

大耳朵被宝音呛住了，急得说不上话来，脸像山顶上的云霞一样红。

"都别说那些没用的，眼下要紧的是能找到一户人家，否则不是饿死，就是被狼吃！"在我的呵斥下，大耳朵和宝音都不作声了。我是宝音和大耳朵的舅，我的话他们不敢不听。

在来巴彦浩特之前我们是一个村的。

宝音十几岁就辍学了。家里穷，书不念了，在家不好好干农活，跟人到煤窑上去了。干了两年说那活儿累人，就买了辆农用车在村上跑运输。后来，村里的农用车多了，他离开村到巴彦浩特，冬天开车给人家从煤矿往外拉煤，夏天一般是往工地上送沙子。前些日子那个砂石场被封了，说是破坏了生态。已经闲了半个月的宝音对大耳朵说："都快闲死呀，钱挣不着，再这样下去该饿肚皮了。"大耳朵说："要不，我带你去巴彦塔拉草原挖药材吧，那地方药材可多了，挖一天能挣五六十块。"宝音一听高兴了说："这么好的事咋不早说呢？走，现在就去。"大耳朵说："牧民看管得很严，不让挖，说破坏草原，牧民可恨挖药材的了，那一次我们不是跑得快，差点挨了揍。"宝音说："咱偷着去挖，明儿个天不亮咱就走。"

大耳朵比宝音多上了几天学，他是高中毕业。大耳朵的高中是在巴彦浩特上的，他不好好学功课却喜欢写诗，说要当诗人，结果大学没考上，混了个高中毕业证，卖力气的活不想干，不卖力气的又干不成，成天游手好闲，说一些让人听不懂的疯话。村里不想待了，就跑到巴彦浩特来，拿他的话说是来体验生活的。这小子成天干些鸡鸣狗盗的事。听说有一次他还让人家告了，说是强行拉女同学的手了。

我不仅是他们的舅，也是他们的老师，宝音是我大姐的儿子，大耳朵是我二姐的儿子，我平日里喜欢和他们在一起。我以前在村小学教过几年书，后来被裁员了。那年听宝音说在巴彦浩特收废品也能挣钱。宝音这孩子说话稳重、办事靠谱，他的话，我信，于是就来了。前两年还行，一年下来除了开销，还有些结余。最近两年不行了，特别是这前半年收废品的比废品还多，满街巷里跑的全是蹬三轮车收废品的，有时为收块儿八毛的废品还要打架。知道宝音要和大耳朵一起去挖药材的，我就跟着他们一起来了。

巴彦塔拉草原真大，天高云淡，碧绿的草浪之中，那一簇簇山丹，像跳动的火焰。头顶之上，百灵鸟在不知疲倦地歌唱，所有的一切都像诗一样在阳光下流动。而在我眼里，这一切都犹如过眼烟云。我顾不上细细欣赏，我心里着急，早听说过这里有狼。我们必须在天黑之前，找到一户人家，哪怕一个人也好。可是，别说是蒙古包，就是看见个人影儿都难。大耳朵像个疯子一样，躺在草地上，伸开双臂，又是拥抱，又是亲吻，接着就"诗兴大发"了，叽里呱啦地说一些不成句的话。

我一边骂一边往前走。我说不清我是在骂谁，但我骂了。我后悔跟这两个没头脑的家伙来这儿挖什么药材了。在家，或沿街巷收些废品，或跟人唠嗑，总比在这前不着村后不着店的地方瞎转悠好，都怨这兔崽子大耳朵。

夜来临了，草原渐渐地暗了下来，

静得让人害怕。走在前面的宝音慢了下来。等我走近，他说："舅，前面是网围栏走不过去，四周又没有路，要不，咱就在这儿过夜？"

"再找找，或许蒙古包就在附近。"我说。

"就在这儿住吧，都找了一整天了，连个鬼影儿没见着，省点力吧，狼真的来了咱都没力气打。"大耳朵腿一软人塌陷了下去。

"必须找到一户人家，否则真要让狼吃了。"

大耳朵打断我的话，他带着哭腔说："舅，别说了，你要吓死我？"

"胆小鬼一个！"宝音说。

"你胆大，咱舅让你在那儿修车你咋还说不敢呢？你胆大，你别跟着来呀？"大耳朵气急败坏地说。

"那么大一片草原，空个晃晃的，让鹰叼走了喊声救命都没人听见，谁不害怕？"宝音嘟囔着说。

"在这儿就不害怕了？就不是胆小鬼了？"大耳朵不依不饶。

"你再说，再说我揍你！"宝音急了。

"你来、来呀，看谁揍谁！"大耳朵从地上起来，冲上去抡起拳头向宝音挥去。宝音没提防他，大耳朵这一拳正好打在宝音的鼻子上，血霎时从宝音的鼻孔里蹿出来。

宝音抹了一把鼻子说："真打啊？"

大耳朵恶声恶气地说："谁跟你玩虚的！"说着又挥拳向宝音抢去。

宝音后退了两步用足力气一脚踢在大耳朵的肚子上。大耳朵"噗"的一声跪在了地上。

宝音说："起来，起来再打啊？"

大耳朵像没了筋骨一般缩在那里哀号起来，他说："你等着，看我怎么收拾你，哎哟，疼啊……"

说实话，我有点偏心眼儿，宝音挨大耳朵那一拳时，我心一紧，恨意布满全身。当宝音踢了大耳朵一脚之后，我觉得宝音没吃亏，我心里才舒坦了一些，轻轻地呼出一口气。但我必须制止了，再不制止后果就严重了。于是，我大声地呵斥起来："看把你们能耐的，当哥的不像当哥的样，当弟的不像当弟的样，再这样，你们谁也别跟着我！"

"舅，我们离开，你不害怕？"半晌，大耳朵揉着肚子从地上爬起来说。

"鬼才怕呢！"我说。

"那你自己往前走。"大耳朵故意激我。

"走就走。"我赌气往前走。

此时，天几乎黑透了，能见度只有几米远。我捡起一块石头给自己壮胆，而膝下的草像挥舞的剑，发出"唰唰唰"的声响，那锐利的锋芒直指我恐慌的心。一个人面对空旷时是显得多么的渺小。置身于这片广袤的草原，我更是渺小得微不足道。

我想，大耳朵和宝音的眼睛在黑暗里盯着我呢，我可不能让他们把我瞧扁了。我又一次给自己壮了胆。刚迈出两步，看到一只鸟从我身边飞起，我像被万箭射中，软软地倒了下去，我趴在那里，心脏快速跳动，仿佛掉入万丈深渊，我害怕极了，我颤颤地叫了声"宝音、大耳朵……"宝音和大耳朵没有理会我，我又叫了一遍，这两个兔崽子还是不吭气。我想，这是草原在惩罚我们，每一个不怀好意的人走进草原都会得到应有的惩罚。我开始祈祷，请求草原之神饶恕我们。

那一刻，虚伪的躯壳与伪装的面具早已逃得无影无踪，我退缩着向他们靠近。宝音和大耳朵可能听到了我的叫声，他们正向我走来。我死死地抓住宝音和大耳朵，他们也紧紧地抱住了我，小声问："舅，怎么了？"

"这鬼地方。"我说。

他们感受到了我的恐惧，他们的身体也在发抖。

"就在这儿歇吧。"我说，宝音和大耳朵点头同意。

我们坐下来，谁也不说话，相互偎依在一起，似乎都能听到对方的心跳声。大耳朵最先骂了一句："这鬼地方……"还没骂完，就有异样的响动从远处传来，且越来越近。宝音警觉地跳起来，说你们别动，猫着腰向四周搜索。

我抬起头，天空像墨汁刷过的黑板一样，黑漆漆的。

大耳朵紧紧地抓着我问："舅，是狼吗？"

"别出声，可能是。"我说。

"那咋办？"

"等等看。"

"没事儿吧？"我小声问宝音。

"没事儿。"宝音回到了我们身边。

在我们绷紧的神经没有完全放松下来的时候，又一阵声响传来，细细分辨好像有人的声音，但谁也不敢确定。不一会儿，那声响又传了过来，但这次听得很清楚，是有人，是那种哀伤和叹息的声音。我们统一了判断和看法，悬起的心落了下来，慢慢地往前，向那声响靠近。

我们探着身向前移动，生怕突然间有个狰狞的怪物出现，我们手拉手、肩并肩，一寸一寸地向前挪动着僵硬的身体。走了不知多远，忽然又一声尖锐的响，让我们挤到一起。

一时弄不清这声响来自何方，大耳朵最先跌坐在地上。在这样一个空旷而又模糊不清的夜里，黑暗与惊恐好像是一个魔鬼。只要有一丝细微的响动，我们都高度紧张。原来是他俩的水壶碰在一起了。就在宝音和大耳朵相互埋怨的时候，有个声音十分清晰地传来。那声响听起来急切而又惊喜，什么内容听不懂，是蒙古语。

我们看到了救命稻草，欢呼起来，软弱的双腿也来了劲，脚底充满了力量。那听不懂的呼喊声像救援队的信号，从那团黑幕里不断地向我们发射。

我们靠近那团黑幕，看到一个女人抱着一个小孩，一头牛和牛车停在她旁边，一只车轱辘离了车子，倒在一边。再细看，她的一只脚被倒在地上的车轱辘压着。

她说着蒙语，我们听不懂她的话，也不明白她的意思。她改用生硬的汉话与我们说话。她叫乌云塔娜，孩子生病了，她要把孩子送到大夫那里去，走到这里车子就坏了，幸好遇到我们，"你们能帮我吗？救救我的孩子……"她哀求着，并挣扎着要起来。

我摸了一下孩子的头，烫得很厉害，看样子病情很严重。我说："你要去哪儿？"

"苏木卫生院。"

我和宝音帮她把脚从车轱辘下抽出来，草地上洇了一摊血，她痛苦地呻吟着，脸上呈现出痛苦的表情。

大耳朵在我们身后大声怪叫起来。

"苍茫的草原，困我们于无边的黑夜，黑夜像一把尖刀指向迷途的羔羊，星星在云层里跳动着恐惧……"

我帮宝音安装轱辘的时候，大耳朵又疯开了，他伸开双臂，面对草原，提高了嗓门儿：此刻，内心的绝望已被希望点亮，夜的虚狂，如我，被一位女子的美丽紧紧地扼守，她是来自黑夜里的女神……

乌云塔娜指着大耳朵问我："他是谁？"

我说："是我外甥。"

"你们来这里干什么？""是来……来走亲戚的，车子坏了又迷路，我们一直想找个人帮帮我们，直到现在才

遇到了你。"

乌云塔娜的车子修好了。乌云塔娜高兴地说："谢谢你们，你们跟我一起走吧，到苏木住一夜，明天我找人帮你们把车修好。"

宝音说："太感谢了，要不是遇上你，我们今晚就喂狼了。"

大耳朵停止了"发疯"。但我发现大耳朵停止"发疯"的那一刻，像个石人一样杵的那里，眼睛瞄向乌云塔娜上衣兜。

我拍了一下大耳朵，说："车子修好了，咱们一起走。"

"舅，你看，待会儿我就'割'了它。"大耳朵扯了我一下小声说。

我看到乌云塔娜的钱露出了一大半，我说："不能。"

"咱来这儿干什么来了？"大耳朵说。

"挖药材。"

"为什么挖药材？"

"当然是为了钱。"

"这不，她给送来了。"

"……绝对不能！"我加重了语气。

"这不费力就能得到的钱，不要，傻了你？这么多钱，马上就变成我们的了，嘿嘿……"

"你敢！"

"为什么不敢？"

"要不是遇上人家，咱们死了，你要是真做了，就别认我这个舅舅。"我知道大耳朵有时吃软不吃硬。

大耳朵不再理我，从地上捡起水

壶，又看了一眼乌云塔娜装钱的口袋，使劲儿把水壶把儿握得嘎嘎响。

我伏在乌云塔娜耳边小声提醒她："把你随身的钱物保管好，这夜黑乎乎，别丢掉一件。"

"没事，我没带什么值钱的东西。"乌云塔娜说。

"这里。"我指了指乌云塔娜装钱的那个上衣兜。

乌云塔娜把钱往里边塞了塞。

我们一起上路了。乌云塔娜不停地说着感谢我们的话，她已把我们当成了朋友。

乌云塔娜是个爱说话的女人。路上，她和我们聊起她的家事。

她男人前年因酒后驾车在交通事故中去世。她父母亲住得较远，家里的事全由她自己打理。她还告诉我们说，这片草原由于自然和人为的破坏，开始退化，近几年实行围封转移，草场都围封起来，划区轮牧，这里的牧户都搬到苏木和嘎查去了，原来的路好多都走不通了……

坐在我身旁的大耳朵，侧过身来，冲着乌云塔娜开始大声嚷嚷起来："我说得没错，就是这片草原，那年……"

我正要制止大耳朵，见宝音正用力掐大耳朵的小腿。好在大耳朵没有再往下说，否则乌云塔娜就该痛恨我们了。

车子在崎岖路上颠簸。乌云塔娜怀里孩子呻吟起来，乌云塔娜让宝音用力往牛身上甩鞭子。

夜深了，我把我的上衣脱下来，盖在乌云塔娜孩子身上。在我脱上衣的时候，我感觉大耳朵从后面帮了我一下。当我再去注意乌云塔娜的上衣兜时，那里不知道什么时候已经空了。

我是坐在大耳朵和乌云塔娜中间，可乌云塔娜衣兜里的钱怎么就没有了呢？这大耳朵的手还真够快的。

乌云塔娜一直在和我们说话，口袋里的钱没了还不知道，也许她知道不好意思说。我猜乌云塔娜的钱已十有八九在大耳朵的口袋里了。这个可恶的家伙就改不了这个坏习惯。

不能，我绝不能让大耳朵做这等龌龊事！那钱可是乌云塔娜给孩子看病用的。怎么能让大耳朵把钱还给乌云塔娜？我一直思考这个问题。

乌云塔娜叫着孩子的乳名抚摸着孩子。宝音焦急而有力地把鞭子抽打在牛身上。此时，我忽然想起那年大耳朵玩二踢脚崩掉手指头的事。这一直是大耳朵心里的痛，我要让大耳朵从这件事里觉醒。

我碰了一下大耳朵说："你还记得不？那年，你玩鞭炮崩掉了手指头，你爹不在家，是我赶着马车拉你去乡卫生院，你娘嫌马儿跑得不够快，我就狠狠地抽打着马儿，马鞭子都断了，胳膊也酸了。马儿忽然失了前蹄，倒下了。我们从车上跌下来，你娘抱着你，跪在马儿面前，向马儿磕头央求：'祖宗啊，你快起来，救救我的儿子，起来，求你了。'说来也怪，那马儿好像听懂你娘的话了，挣扎着站了起来。马儿又奔跑了起来。你躺在你娘怀里不停地哭，你娘也哭。到了卫生院，大夫说要不是送得及时，你的血就流完了。血是止住了，可你娘没带够钱，她着急地给大夫磕头，央求大夫先救你……大夫看你娘哭得跟泪人似的，被感动了。那年你只有七岁。"

讲到这里，我说大耳朵，那年的情形和今天一样，都是母亲，当年你娘心情和乌云塔娜的一样。

大耳朵悄悄抹起了眼泪。

我故意长叹了一声说，谁曾想当年差点丢了性命的孩子，如今竟然成了一个有才气的诗人。说完，我背向大耳朵，静静地看着夜色中那片让我们恐惧的草原。

我们坐在车上，谁也不再说话，只有宝音驱赶着牛车的声音。

过了很久，大耳朵跟乌云塔娜说，姐，这钱是你的吧，刚掉车上了，乌云塔娜向大耳朵投来赞许的目光。

大耳朵凑到我面前一本正经地对我说："我想娶乌云塔娜。"

我说："想什么呢？神经病，想一出是一出。"

"真的，我爱上她了，她善良、温柔、漂亮，求你了，舅……"大耳朵孩子似的摇着我的胳膊。

苏木卫生院到了，大耳朵抢先从乌云塔娜的怀里接过孩子，一路小跑进了医院。大夫把大耳朵当成了孩子的父亲，训斥他："孩子病成这样，怎么不早送来？再晚了，事情就大了！"大耳朵一时不知说什么好，对大夫一个劲儿地点头，直到乌云塔娜跟大夫讲清楚原委，大夫才改变了态度，夸赞大耳朵是好人。

大耳朵红着脸看着乌云塔娜。给孩子扎上液体之后，孩子安静了下来。乌云塔娜微笑着，轻轻地拍着孩子，哄他入睡。

孩子睡着了，大伙儿才想起乌云塔娜身上也有伤。

在大夫处理乌云塔娜的伤口的时候，大耳朵守在旁边，把手递给乌云塔娜，乌云塔娜强忍着疼痛，紧紧地攥着。看样子乌云塔娜不讨厌大耳朵，言语中还流露着喜欢。

窗外，是茫茫的夜色。大耳朵过来轻轻地推了我一下，小声说把你的钱借给我，我回去就还你。他说要替乌云塔娜付医药费。我把身上带的钱全部交给了大耳朵。我站起身，顺手拉了宝音一把，我们走出了病房。

此时，巴彦塔拉草原已进入甜美的梦乡，一弯新月像一只多情的小船轻轻地荡漾在这片宁静辽阔的草原上。风不再那么有力，一切都那么安谧，仿佛我们没有来过。

孙永斌，中国作家协会会员，中国自然资源作家协会会员。作品散见于《民族文学》《文艺报》《人民日报》《诗刊》《草原》《诗选刊》等，出版诗集《时光的掌纹》、小说集《梦痕》等。

铃儿姐

朱　斌

一

　　要是铃儿姐在，那夜，我的表姐们就掀不了我的被子，看不了我的光腚。铃儿姐若在，怎会让我受此奇耻大辱。在乡下的时候，她就一直护着我，帮我打土战来着。

　　打土战就是两帮男孩子拉开距离，捡起地上的土坷垃扔出去攻击对方。每遇这种打土战，铃儿姐就会急吼吼跑来加入我所在的一伙儿。她从地上捡起土坷垃不是扔，而是丢，好似玩跳格子游戏时丢沙包。铃儿姐跳格子丢沙包很准，即便是背转身盲丢也难不倒她，一准儿丢到要的格子心上。但这种丢法用到打土战里就不行了。铃儿姐丢出去的土坷垃对人家根本没有威胁，人家甚至可以接住她丢来的土坷垃回扔她。铃儿姐打土战最大的滑稽处是每丢出去一个土坷垃，她都要立刻用两只手捂住两只耳朵，然后在原地倒换着左右脚把整个身体晃摆着，活像姥姥家大座钟的钟摆，口中还念念有词。尽管她有这么一整套法术，可每次打土战，她的额头上都要

被土坷垃打出不止一个包来，红得像山里的野草莓。紫得像熟透了的桑葚。她本来长得就丑，这下丑得有些好笑了，让我觉得脸上无光。

　　铃儿姐是我众多表姐妹中长得最丑的一个，尤其是两只小眼睛，比鸡的眼睛大不了多少。惹得姥姥动不动就愁眉苦脸地说：

　　"三儿是怎么生闺女儿的，咋就越生越丑了呢。"

　　三儿就是我姥姥的三女儿，四个女儿中长得最漂亮的一个。要不也不会被一个二炮的军官看上，从山东小乡村嫁到大城市里去了。

　　每当看到姥姥在替她长相发愁，铃儿姐的两只小眼睛就一眨不眨地死盯着姥姥，胸脯鼓啊鼓的，那神情活像是一只急了眼的小母鸡。铃儿姐不出声，我都能猜着那时候她在心里说着的话：

　　"老巫婆，我才不要你瞎操心呢。"

　　铃儿姐生气的时候会叫姥姥老巫

婆，不生气的时候，铃儿姐管姥姥叫姥娘，没人记得她是从什么时候开始这么叫姥姥的。

当年，我父母在青藏高原上忙于边疆建设，一开始把我放在奶奶家养着，我奶奶家在江南乡下，那儿的方言管奶奶叫亲娘。后来，我被送到了姥姥家，和铃儿姐一起在姥姥家生活了好多年，我从没听说还有人管姥姥叫姥娘的，只有管妈叫老娘的。姥娘作何解？

"姥姥的姥，亲娘的娘，姥娘！"

我问铃儿姐时，她给我这么解释。

"那明儿起，我也叫姥姥姥娘成不？"

"绝对不成。"

"为什么呀？"

"不为什么。这是我的发明，别人不许用。"

铃儿姐用一对斗鸡眼死死抠住我，好似马上就要炸毛了。我连忙说：

"不许用就不许用，我还是叫姥姥好了。"

一直到后来说破她的身世，我才恍然大悟，直呼：

"叫得好！"

姥姥也特宠她。即便是铃儿姐没忍住，当面叫了姥姥老巫婆，姥姥也不甚计较，只不过咧咧没牙瘪嘴笑着说：

"你个小白眼狼哈，咋就喂不熟呢。"

要是换了我，腚上不知得挨多少笤帚疙瘩呢。在我记忆中，只有一次，

姥姥抄起了笤帚疙瘩要打铃儿姐。那次铃儿姐确实闯了大祸。小姨生的小表妹燕儿和铃儿姐拌嘴，骂了她一句斗鸡眼没人要，她竟然把半瓶子开水倒进了燕儿的脖子里，烫得燕儿从脖颈子到后脊梁上全是泡，疼得嗷嗷地哭叫。闻讯赶来的小姨搂着她眼泪扑簌簌地直往下掉。姥姥气得抿着嘴、黑着脸抄起那把都快扫秃了的扫炕笤帚要抽她腚，急得小姨大喊：

"娘！你这是要干啥嘞？"

小姨一嗓子喊得姥姥愣在那儿，一手摁着铃儿姐的腰把她捺在炕沿上，一手握着笤帚疙瘩扭头不知所措地望着小姨。小姨用一只手搂着燕儿，腾出另一只手来一把把铃儿姐拉进怀里，跺着脚蹦着泪珠子喊：

"娘，铃儿这是嫉妒燕儿有娘疼，她没亲娘疼哩！我可怜的孩儿啊。"

"我才不要你疼呢，起开！"铃儿姐像条泥鳅似的在小姨怀里挣扎着。

"王铃同学！"

情急之下，小姨喊了铃儿姐的学名，使出了老师的权威，这才镇住了她。铃儿姐在小姨怀里委屈地大哭起来。

我小姨是村小老师，好像学校里就她一个老师，又教语文又教数学的，我和铃儿姐不在一个班上，但都是她的学生。小姨用老师的身份管教我们是最好使的。

"我可怜的孩儿啊！"

愣怔了好一会儿，反应过来的姥姥也一屁股坐在炕沿上哭了起来。姥

姥一边哭着一边用笤帚抽打着自己的大腿，喊着：

"三儿、三儿，你作孽哟！"

我们也跟着哭了起来。我们其实是给吓哭的，因为姥姥和小姨就是我们这些寄养在这儿的孩子的天，她俩一起哭，我们觉得天要塌下来了。

铃儿姐打土战不行，跳格子、翻绳花什么的可是灵着呢。就说翻绳花，我只能翻出个驴槽槽就拉倒了。铃儿姐和村里的女孩子斗起翻绳花来，那叫一个精彩。只见那段两头系在一起的红头绳，有时用的是绿色塑料线，一翻一换地在两双小手上，一会儿勾出了水井样儿，一会儿勾出了摇篮样儿，一会儿勾出了五角星样儿，一会儿勾出了鸽子展翅飞的样儿……她们斗得难解难分，孩子看得眼花缭乱，大人也看得喝彩连连。遇到势均力敌的对手，她们半天都分不出输赢来。我敢断言：我铃儿姐翻绳花要是第二，就没人能得第一。惹得小姨说她："你这心灵手巧要是用到学习上该有多好。"

铃儿姐学习成绩是出了名的不好，尤其是写作文。小学作文动不动就以"我的母亲"或者"我的父亲"为题，遇到这类题目，铃儿姐把铅笔杆咬得满是牙印也写不出一句囫囵话来。回家来小姨说她：

"你说你这孩子，再有一年就上初中了，咋就不开窍呢？你就不能把我当成你妈来写吗？"

"不能！"

随着清脆的两个字，一双红红的小鸡眼盯得小姨一下子慌了神。

"俺没有妈妈，没有爸爸，只有姥娘。"

"你只有什么？"小姨一时没反应过来。

"俺只有姥娘！姥姥的姥，亲娘的娘！"

铃儿姐喊着说，把每个字都说得像枚钉子，钉得小姨心怦怦直跳。小姨情不自禁地伸出两臂要去搂她，她忽地闪跳到一边：

"燕儿的，俺才不稀罕。"

搂了个空的小姨被她的话刺得泪珠儿在眼眶里直打转转儿。

我待在姥姥家的日子没有铃儿姐长，等我要上三年级的时候，我妈接我回城里念书。我妈也是难得回来，加上又要把我带走，姥姥就请师傅上家来照张全家福留个念想。等到穿长衫戴礼帽的师傅在院子里架好照相机，小姨张罗着点人排队的时候，发现铃儿姐不见了。大家伙儿喊的喊、找的找，最后还是机灵的燕儿在灶房里发现了她。小姨去把我铃儿姐给拉了出来，大家伙儿定睛一看全笑得前仰后合的，姥姥更是把假牙都笑得掉在了地上。她老人家一边忙不迭地往嘴里安假牙，一边说：

"你们瞅瞅铃儿这熊孩儿哈，还臭美得不成。也不知她这是跟谁学的描眉毛，把双眼睛描得像对铃铛。"

原来，我铃儿姐一个人悄悄地躲到灶房化妆去了。灶房里能化个妆？

也只有我铃儿姐能想得出来并做得出来。她有那么多千奇百怪的主意，能把刚长出来的西红柿蛋儿用根花线系住蒂把儿吊在胸口当宝石，还能把韭叶儿编作翡翠镯儿戴在手腕上……这一次，她在照全家福前，偷偷儿地跑进灶房里，从灶膛里拣出烧了半拉子的细柴火棒儿，用顶上的黑炭头描眉毛。不知她怎么把两道眉毛描得比两只眼睛还大，在亮晃晃的日头底下在大家伙儿的笑声中忸忸怩怩羞红了脸的铃儿姐，倒显得不是那么丑了，反而显出一副可掬憨态来。

那次我妈来接我走，在姥姥家没住几天，因为还打算绕道去看我三姨。三姨生了腰子病，还很重。本来是瞒着铃儿姐的，但没能瞒住了。

我们走的那天，铃儿姐自个儿也拾掇得利利索索的，穿着我妈这次回来给她带的花格子小褂，胳膊上挎着个小包袱，一双小鸡眼怯生生地盯着我妈央求道：

"二姨，带上俺成不？俺要去找俺娘！"

就这么一个小小要求，难为得姥姥、我妈、小姨一齐扑倒身子搂着铃儿姐哭了出来。

好说歹说都不行，铃儿姐的两只手死死扳住由我姥爷赶着的要送我们去车站的牛车车厢板，两条小腿儿登爬着要往上上，姥姥和小姨费了老大劲儿才把她扳下来。我看到铃儿姐的小包袱"啪"地掉在地上，我的心一下子摔碎了，鼻子一酸，哭喊着：

"姐姐，我要姐姐！"

我哭闹着要跳下车去找她，被妈妈死死地搂在了怀里。

我姥爷狠狠地抽了两鞭子，牛车跑了起来……

唉！到底，铃儿姐也没能捞着见上自己亲生母亲一面。

虽然，我妈美得出乎我意料，但我一时半晌还和她亲不起来。即使这样，我还是忍不住在火车上问她：

"为什么不带上铃儿姐，她要找她妈妈的呀。"

我妈像被我的话蜇了一下，一把把我揽进怀里，搂得死死的，还把我的头按在她胸口上轻轻摩挲着，像是在减轻心痛。许久，我妈才叹口气回答我：

"等你长大了，我再给你讲吧。铃儿，这孩子，真是太苦啦。"

二

三姨家安在成都市区一幢气派的大楼里，但三姨生了重病住在医院里。我妈在医院里陪她，晚上我一个人睡在三姨家。没想到第一夜，我就遭到了两位表姐的算计。她们一定是早就预谋好了的，我刚刚关灯睡下，她们就闯了进来，一个开灯、一个掀我被子。天啊，我一下子暴露无遗，只能捂住小鸡鸡把身子蜷得像甩在光地上的泥鳅，气得浑身发抖哭不出声来。只听她们一个对另一个说：

"好吧，你赢了，乡下野孩子果然是光身子睡觉的。那卷果丹皮归你了。"

"那铃儿在乡下也是光身子睡觉的喽！好没羞哦！"

这两个生在城里长在城里的表姐哪里知道，岂止是睡觉，那时乡下农村里的孩子在大夏天成天都是光着屁股四处乱跑的。我们在农村里成群结队光屁股四处乱跑时并不怕人看，乡下也没人故意来看谁的光腚。但那夜，我被两个城市少女掀了被子开着灯看光腚，绝对是一种奇耻大辱。

"嘿，他好像在哭呢。"

"喂，有什么好哭的。你转过身来呀，你要是转过身来，我就把果丹皮给你。"

"好啦，我们走吧，黑不溜秋的，有什么好看的。走啦，睡觉去啦。"

我把这事告诉我妈，我妈风轻云淡地安慰我：

"是吗？淑敏淑华这俩小妮子有这么坏的？不过，小孩子家家的，给她们看一看又有什么关系呢。在姥姥家，小子丫头不都一起在河里玩水洗澡吗！"

"那不一样！"

"有啥不一样。"

见我妈不为我做主，我就想要是铃儿姐在就好了！转念一想，铃儿姐在又能怎样？难道我们能和她们打一场土战，楼下地上可是连个土坷垃都没有的。我恍惚了，这两个表姐像是两只花蝴蝶，和她们比起来，我铃儿姐只能算是一株草，一株狗尾草。狗尾草不受待见，却在乡下的道旁、荒野这里那里顽强地生长着。花蝴蝶么，不过是在好日子里来扑闪两下翅膀罢了。但这两只花蝴蝶好像有些歹毒呢，也许会把狗尾草往死里整的。想到这，我打了一个寒战：铃儿姐还是在姥姥家的好。

我忽而又想起一个问题来。要是，要是铃儿姐也如此这般地养在城里，会不会也变成花蝴蝶？也许，狗尾草做梦都在想变成花蝴蝶吧。我没梦见狗尾草变成花蝴蝶，我梦见绒绒的狗尾草冉冉拔地而起，像蒲公英般地飞了起来，飞着飞着，变成了羽衣仙子，让我喊着"姐姐"醒来，让我头一次撞上了黑夜。原来这夜的黑也是有硬度的，可以撞伤梦想。

光阴荏苒，我和铃儿姐一别十年。我拿到大学录取通知书就去胶东半岛那个小山村里看姥姥了。几乎是前后脚，铃儿姐也回来了。当时，我正在姥姥家的小院里打水洗脸，猛地看到一个年轻女子提着个小旅行箱挎着个小包袭袅娜娜地走进小院来，甜甜地喊道：

"姥娘、小姨、弟弟，我回来了！"

是的！我的铃儿姐回来了！她美得我都不敢相认了。一身白色的连衣裙束细细的黑腰带，白色的宽檐软帽罩若隐若现的黑色面纱，面纱后一双拉出了双眼皮的眼睛忽闪着恰似小时候夏夜纳凉时仰望过的星星。铃儿姐的一双眼睛虽然还是不够大，但已绝对可以算是美目流盼了。

听她甜甜的一声喊，院里的人迎上去，屋里的人跑出来，姥姥如梦方醒地用手背擦擦眼睛，不相信地问道：

"铃儿？你是铃儿？铃儿回来了？"

"是我，姥娘，您的铃儿回来了。"

"铃儿，我的孩儿，你可算回来了，这么多年，你都去哪儿啦？"

原来，这么多年过去了，非但我，大家伙儿都不知她在外干什么，过得怎么样。只知她读完初中就出去闯世界了。

不知咋的，我们间的谈话不能如小时候那般畅所欲言了。第二天午饭后，我想和她好好聊聊，却发现肚里装着好多话，却拣不出合适的一句来开口，突兀地问她：

"姐，你大名应该叫王淑铃吧？"

我当然记得她在小姨班上念书时的学名叫王铃。但是按照我们祖祖辈辈传下来的起名习俗，我不难推出铃儿姐的大名应该是王淑铃。可是，我这一问，似乎是弄巧成拙了。

"为什么要叫王淑铃？"她用一种我始料不及的冷冰冰的口气反问我。

我一愣，抬眼看她脸，却被那双久违了的斗鸡眼刺得目瞪口呆。好一会儿，我才小心翼翼解释道：

"我是这么想的，你有两个姐姐叫淑敏、淑华，接下来的你就应该叫淑铃。"

"No，我叫麦克铃，麦克风的麦克、铃铛的铃。"停了一会，她用强调的语气补充道："我从来就没有姐姐！"

她的话噎得我把眼睛瞪成了一对铃铛。

铃儿姐说完也不等我反应就起身向外走去。望着她的背影，我突然生出一种感觉，她一旦跨过那道门槛，就会化在热烈耀眼的阳光里，只剩下又黑又细的腰带和又黑又薄的面纱在夏日的气浪里飞翔。我刚要张口喊她，小姨放下手中的活计对我说：

"让她去吧。"

随后，小姨把铃儿姐的身世告诉了我。

原来三姨父重男轻女到了极致，接连生了两个女儿，等到第三个女儿呱呱坠地后，迫于经济压力，就要把她送人。是我姥姥获知后，让小姨陪着急急慌慌地赶去，把她给抱了回来。

"她就吃了你三姨挤的一搪瓷缸的奶。那还是在回来的火车上吃的。到家后，是你姥姥用地瓜糊糊和小米粥把她养大的。当时连个名儿也没有，是你姥姥望着咱家前门对着的铃铛山给起了个铃儿的名字，你三姨父姓王，于是她就有了个王铃的学名，当时也没想太多，就是凑合着叫吧。你姥姥把她当成了自己生的小闺女儿养着，除了没有奶水奶她，其余一个娘该做的你姥姥都做了。"

"哦，怪不得姐姐要叫姥姥姥娘呢。那么，铃儿姐后来有没有见到自己的亲娘呢？"

"唉，苦命的孩子！那次你妈带着你去看过你三姨后不久，三姨就去世了。你铃儿姐只能在相片上认认自己的妈妈。"

"相片？"我猛然想起姥姥家堂屋里摆着一个长方形的玻璃相框，里面一张挨一张地摆着许多黑白照片。那些照片，我们小的时候看了无数遍，每张都刻在我脑海里。我情不自禁地走过去捧起那个相框，一张一张看过去，独独少了三姨的那张。不等我发问，小姨就开口了：

"你三姨的那张早就被你铃儿姐拿去了。"

说到这，我姥姥愤愤地插话：

"要不是他逼着一个接一个地生孩子，三儿怎么会生那么重的腰子病！"

我知道，三姨父在姥姥心里就没个好！

"你三姨去世后不久，你三姨父就又找了个女人，总算生了个儿子，续了他们家的香火。可你铃儿姐再也回不去了。"小姨接着往下说道。

"为什么？"

"当时，我们也怕把你铃儿姐窝在这疙瘩给耽误了，也去找过你三姨父，劝他把你铃儿姐接到大城市里去读书。

你猜他怎么说？他说：要是不送走这个扫帚星，我还要不到儿子呢。你们愿养着就继续养着，不愿养就看着办。我可不要她来，万一妨了我儿子咋整。"

"你说说，他在部队上还像个人样，等转业到地方上了，特别是当了个什么国营土特产公司的总经理，就变质了。要早知道他是这么一个货色，说破天来我都不会把三儿给他的。"姥姥都有些怒不可遏了。

"那她现在为什么要叫麦克铃这么个怪里怪气的名字呢？"

"唉，"姥姥长叹一声，苦笑着说："昨儿夜里，她跟我睡一起，说了大半宿的话。她告诉我，她找了个美国人，那美国人叫麦克。她还说就要跟着人家去美国了，这次回来是来和我们道别的……"

"也不知那个麦克长啥样，家里都有些什么样的人，就敢跟着人家过去。人生地不熟地，要是有个什么事儿可怎么是好呀！"姥姥的语气中满是担忧。

我们三个正在屋里聊着，突然院中响起了一个大嗓门：

"哈哈哈，都说村里来了个仙女，在东头的老槐树下翻绳花呢，可厉害了，没人翻得过她。我说是谁呢，原来是你家铃儿回来啦。"

这嗓门一听就是村东芋棚姥的。芋棚姥打我们小时候就三天两头地来找我姥姥拉呱。听到她爽朗的声音，我连忙从屋里冲出来，一下子蹦到她跟前：

"姥姥，我也回来了。"

她愣了愣，随即一拳擂在我胸脯上：

"原来是你个臭小子，听说考上大学啦？好好好，长成大小子了，要在外头遇着了，姥姥都不敢认了。"

"姥姥，陈军呢？他在家吗？"陈军是芋棚姥的孙子，和我一起玩过尿泥的小伙伴，我想去看看他。

"他呀，被队里派去修水库了。每天天不亮就往工地上赶，老晚才能回来。天天回来都跟个泥猴子似的，就知摸到炕上往死里睡……"

芋棚姥的话勾起了我心中的惆怅。

铃铛山里有座铃铛寺，铃铛寺里有个五百罗汉堂。五百罗汉中，我只认得疯僧，也就是济公。铃儿姐好像都认识，她告诉我疯僧其实是第五百零一个罗汉。这次又踏进铃铛寺五百罗汉堂，铃儿姐兴致勃勃地给我讲起了罗汉。可不久她就发现我听得心不在焉，也就自顾自地一尊尊地往下拜去了。这里历来有拜罗汉的风俗。我反正是陪她来的，索性站了开去看着她拜。我一会儿觉得五百罗汉仿佛是一大团黄褐色的云，围裹着一个美丽的女子翻腾着；一会儿又感到有一个

四肢挣扎着哇哇哭喊着的女婴被丢进了一堆僧衣里……不管信不信，此时此刻，五百罗汉的的确确在影响着我的思维。我用劲甩了几下脑袋，看见铃儿姐双手合十已经拜过多半的罗汉了。那天，铃儿姐穿着一袭洁白的长裙，没戴面纱没束腰带，外面有风透进来，吹得她衣袂飘飘，让我觉得她就是在我梦里飞升为羽衣仙子的那株狗尾草。

从铃铛山下来的路上，铃儿姐一边走一边采摘狗尾草。等到了山脚下，她举着一大捧狗尾草问我：

"弟弟，这是啥？"

我不解地望着她，继而脱口而出："狗尾草呗。"

"还有别的名儿吗？"

"狗尾草或者狗尾巴草，没听说还有别的名儿啊。"

"莠，大名莠，良莠不齐的莠。"

我满脸困惑地望着她。

"若是我用狗尾草编条龙编个凤呢？只要编得好，谁还在乎莠不莠的。你说吧，要个啥，姐姐编给你。"

她兴奋地望着我。鬼使神差地，我脱口而出：

"编个兔子吧。"

我想起了两句古诗：茕茕白兔，东走西顾。

三

我原以为狗尾草毛乎乎的没啥用场，是一种贱草，并不知道它还叫作莠，也不知铃儿姐是从何得知的。后来，我专门做了一下研究，发现称之

为莠也着实冤枉它了。狗尾草浑身是宝，只不过在我们乡下，没人拿它当回事儿。再研究下去，我发现还有人叫它指天笔。这名儿起得可真好！我想铃儿姐该有一肚子的话写不出来，只能以笔指天了。唉，狗尾草也和谷子一样长穗，但我铃儿姐的一生却是穗而不实。

等到我和铃儿姐再次见面，我女儿都要上初中了。这么多年来，不是我不愿联系她，上次分别时，我问她要过联系方式，她嫣然一笑，说：

"到时我会联系你的。"

我原以为她会和姥姥保持密切联系的，所以每逢我和姥姥通电话时，总忘不了问问有没有铃儿姐的消息。姥姥告诉我：

"你铃儿姐也不常打电话来，也就过年的时候打个电话来拜个年。每次她打电话来总是问这问那的，轮到我问她了，她总是说在外面过得很好，让我们不要担心她。你说我们能不担心她么。哦，对了，她每次都问起你来着。要是她在国内，随便哪儿，我一准儿找了去看她。可她是在国外！浪荡了这么多年，至今连个孩子都没有。我说你倒是生个孩子送回来给我带呀，趁我这几年手脚还算利索，还帮得上你，赶紧地生呐。说着说着就都哭了起来……"

姥姥去世时，铃儿姐打电话来对着小姨哭了一场，小姨说铃儿姐一声一声的"姥娘"叫得揪心扯肝的。后来，小姨也联系不上她了。再后来，

我忙自己的生活，无暇顾及她了。直到我女儿小学毕业那年夏天的一个晴热的日子，她突然带着丈夫空降到了我存身的这座江南小城里。这真是太出乎我的意料啦。更出乎我意料的是她的丈夫长得和我们中国人一模一样。

"这，就是你的麦克？"

"No，他姓朴，韩国人，我的现任丈夫。你们可以叫他朴先生或者老朴、阿朴什么的都行，反正他听不懂中文。对吧？老朴！"铃儿姐把他往怀里一搂大大方方地介绍着，那男人微笑着连连点头。

"那么，姐姐现在叫朴铃了？"我故作幽默，想调和一下气氛。

"No，我现在叫王淑铃。"

"啊？改回去了？他们终于接受你了？"

"是的。老话说得好，血浓于水。现如今，除了我，他们还能靠谁。就我那两个亲姐姐，守寡的守寡，生病的生病，自己的日子还捉襟见肘呢。我那亲爹，他也老了，也是一身病。至于我那同父异母的弟弟，下岗在家啃老呢，偏偏亲爹又是块没肉的老骨头，那日子过的，啧啧！唉，除了我，他们还能靠谁！所以，老弟呀，老姐我也只能在你这儿歇歇脚，今天晚些时候就要乘飞机飞成都呢，那儿有一摊子事儿等着我呢。"

"可是，他们是怎么找到你的？"

"这个说来可就话长喽，都可以写篇动人的小说了，等有机会老姐再

慢慢给你讲吧。真真儿的是穷在闹市无人问，富在深山有远亲呐！何况我们还不是远亲，血浓于水也是真真儿的。"

铃儿姐滔滔不绝地说着，韩国大叔忙着喝酒吃菜，我们洗耳恭听。我没敢当面问铃儿姐在美国干什么挣多少，这个冲动被我生生地压了下去。我有一个大学同学在澳大利亚，我们保持着联系，知他过得很辛苦。别的不说，单是他每天晚上都要把电扇夹在案板上切百来斤的洋葱就远远超出我的想象了。我只能忐忑不安地想象铃儿姐在美国取得了巨大的成功，至少在金钱的积累上让我们望尘莫及。可是，她那一副未老先衰的容貌，瘪起来的嘴、垂下来的眼袋、沙哑了的嗓音让我心痛。

铃儿姐对我的心思全然不察，她又切换了话题，兴奋地问我女儿：

"说吧，宝贝儿，想要什么？尽管告诉姑姑，姑姑买给你。"

"快谢谢姑姑。请姑姑下次回来的时候，带点原版片和原版书给你学英语。"我怕孩子小不懂事来个狮子大开口弄得大家下不了台，就连忙代她回答。

"哦，its a piece of cake，小菜一碟。这次姑姑走得急忙急促的，还要赶回成都去处理一些大事，没给宝贝儿带什么礼物。下次吧，等下次回来一定给你带原版片和原版书来。姑姑还要帮你把英语好好捋一捋，美语发音正宗不正宗关键靠舌头，等姑姑下次回来，多待段时间，帮你把英语提高上去，将来好到美国找姑姑。我们小时候讲的是学好数理化走遍天下都不怕，现在时代可不同了，应该是学好英语闯美国挣大钱啦，哈哈哈……"

说实话，成都那边的情况我一直都不清楚。至于我这儿，铃儿姐自此强势地挤进了我们的生活。她居高临下地对我的生活指手画脚，后来发展到连我患了阿尔茨海默病的母亲吃什么药都要听她的。一会儿说要接她二姨——我母亲，到美国去治疗阿尔茨海默病；一会说要接她外甥女——我女儿，到美国去上高中。好像美国的医术能治好她中国二姨的阿尔茨海默病；美国的教育能把她中国外甥女教成高考状元。我都有些开始烦她了，她则热情不减，密切地关注着我们的生活。我女儿刚刚得知高考成绩，铃儿姐的越洋电话就打来了。我的天呐，我们这儿晚上七点多，应该是她那儿的早上四点多！她可真是有心呐！

"考得怎么样？不行就到美国来。"电话中，她的语音透着紧张。

"可以的，丫头争气的，考了个大市状元，上北京大学是没问题啦！"我激动地告诉她

"哦哦，能上北京的大学也不错啦。"

"姐姐，您搞什么呀！不是北京的大学，是北京大学！这可以让我们整个家族都感到光荣呢！"我兴奋地纠正着。

"是吗？"铃儿姐的语气一下子黯淡了下去。

"这丫头可比我们都强。"

那天晚上，我还想讲下去，可不知为什么，铃儿姐默默地挂断了电话。当时，我并没有多想，只顾忙着应付报社电视台等各路记者采访以及众多亲友各种形式的祝贺。直到把女儿送到北大后在返程的复兴号上，我忽然想起铃儿姐有好长时间没打电话来了。于是，我问妻子：

"我是不是无意中伤到她了？"

我妻子幽幽地说道："你的铃儿姐是个需要活得比你好的人。也许，等她有了孩子，孩子将来考上哈佛或者耶鲁了，她又会主动来找你的。"

"开什么玩笑？"我转头望着妻子，严肃地问道。

"我在开玩笑吗？"她鬼黠地反问我。

我无语以对，转头望向窗外，窗外的景色一片模糊。我不禁想起上次铃儿姐来我家时的一个细节。铃儿姐一直处于亢奋状态，有讲不完的话。而那个韩国大叔被时差、水土什么的联手为难着，加之多喝了几杯，所以直犯困，坐都坐不住。我铃儿姐往橡木长沙发的一端挪了一挪，撩起裙子，露出大腿说：

"Come on, baby, heres pillow."

韩国大叔很听话，身子一歪，硕大的脑袋就枕了上去。铃儿姐若无其事继续侃侃而谈。

我不知铃儿姐在美国累了困了的时候，有没有一个结实的臂弯可以靠一靠。

铃儿姐，我的铃儿姐！

朱斌，复旦大学中文系中国文学专业毕业，现居常州。作品见于《骏马》《椰城》《火花》《地火》《牡丹》《短篇小说》《延安文学》《北方文学》《四川文学》《中国铁路文艺》等文学期刊。

龙 窑

史 鑫

1

十年前，我认识了穆先生。那时他还留着长发，喜欢戴墨镜，牛仔装，一根接一根抽烟。不抽烟的时候，便是喝酒，一般是啤酒，嘴对嘴来喝。穆先生酒量并不大，可就是好这口，似醉非醉之时，便拿起泥巴捏了起来。泥巴在他手里，很听话，揉搓几下，拍成泥片，卷起来，就是泥身子，再装上个大脑袋，一般是男性，龇牙咧嘴，袒胸露乳，反正挺丑。有一次，穆先生做出泥身泥面，忽然，久久地盯着它看，人脸对泥面，仿佛入定一般。末了，骂了句："看你个熊样儿！"抬手把泥人摔在地上，泥身瘪了，泥头断裂，泥面彻底扭曲变形。骂完，摔完，愣怔了三秒钟，突然，穆先生哈哈大笑，拎起酒瓶子，摇头将长发一甩，嘴对嘴，咕咚咕咚，继续喝他的酒。

穆先生是陶艺家，具体来说，是当代陶艺家。

我为何要拜穆先生为师？你猜想我也是从艺之人？想好好学习、天天向上，至少，也蹭一下大家身上的名气，给未来铺条路？你想多了。我上班很努力，每天像服用了兴奋剂，谈不上是享受这种工作状态，只是被动式地接纳与消化；否则，万一哪天被炒鱿鱼了，岂不喝西北风去。

其实，我就是个写稿子的，是陶城一家陶瓷杂志的编辑，专门负责生活艺术版。那一年，我出差上海，参加上海国际陶瓷生活艺术博览会，在摩肩接踵、人声鼎沸的展馆里兜兜转转，在较为偏僻的一个拐弯处，我见到了穆先生，一袭长发用橡皮筋绑着，跷着个二郎腿，坐在塑料椅子上，嗑着瓜子喝着茶。让我感到惊奇的是穆先生的作品——大冬瓜，大裤衩，大脑袋，大磨盘，地排车，火车头，黑猩猩……这些陶艺作品，外形粗粝，光泽暗淡，却让我内心澎湃，不知不觉唤起童年时代的美好回忆。

第一次见面，我就知道，穆先生跟我是同一个地方的人，属于正宗老乡，隔着两个镇的距离。那个村庄叫景庄，第一次去穆先生家里时，我是开着导航去的。正值春节假期，由前女友小川开车，她刚拿了驾照不久，以龟速行进，开了一段柏油路，然后进入村道，田地里的麦子还在残雪里冬眠。车到村头的时候，抵近中午了。穆先生揣着手站在村头。我们让他上车，他说不了，走几步就到了。我们把汽车停在村头，然后一起步行，经过六条巷子，左转，第三家，门口停着一辆废弃的农用三轮车，车厢里堆满了麦秸和玉米皮，几只土鸡在那里欢叫。穆先生年迈的双亲见我们前来，便分头忙活起来，父亲煮水沏茶，母亲切肉择菜。

本来我没打算喝酒的，前段时间轻度胃溃疡的检查结果让我心有余悸。可是，等到喝酒的时候，穆先生指了指对面的老父亲说："前年，老爷子肚子里查出个瘤子，但没耽搁他喝酒，每顿喝一茶碗。"我张了张嘴巴。老爷子的茶碗就伸到面前，"来！我敬你一个。"哪敢怠慢，我举杯就喝。酒量小，加上他爷俩左右夹攻，我很快就喝迷糊了。因为要开车，小川没喝。隐隐约约，听见穆先生缓缓对小川说："三斤是个好同志，值得好好培养，艺术界需要这样的人，下一步，我要收

他做徒弟……"后来，我就听不见穆先生说什么了。

春节后，我和穆先生约定在瓷城见面。这是我的主意。单位主编指定我做个像样的专题，以便在多如牛毛的行业报刊中凸显与众不同的差异化优势，最主要的是，要带来经济效益；否则，大有被淘汰的苗头。据我所知，穆先生在瓷城有座窑。一个以制陶为生的人，在人间能有一座窑，那是祖上积德，了不起的事情，代表了身份、地盘与江湖地位，以及金光闪闪的投入产出比。而且，那是座龙窑，我能想象出它匍匐在山岗之上，吞云吐雾，无比壮观的样子。

最美人间四月天，我驱车经过一千公里的颠簸之后，抵达鸦镇元宝村。这里属于瓷城管辖，跨过一道山梁，山那边即徽州地界。沿途，我看见山岭上绿树葱茏，飞鸟穿行在天空与树木之间，间或有几个石材厂掠过，同时伴随着切割石材时发出的巨大的嘶鸣。果然，大老远，我就看见龙窑匍匐在山坡上，接着我看见了等待在路边的穆先生，随后，我看见了身穿黑色夹克的健硕老人。"这是我们的烧窑师傅，也是我的师傅，老金。"穆先生介绍说。

2

老金叫金安，江苏镇江人，生于陶瓷世家，算起来有十几代了吧，他们的窑叫蔡家窑，那里的房子以瓦片

建构，连墙也是用瓦片做的，出窑的都是些坛坛罐罐，罐子盛醋，坛子盛酒，大缸则盛粮食。"那个缸大啊！

足有六百斤，四个人可以在缸上打牌，现在没有了，只烧些小物件。"老金回忆道。

老金上了四年学，到了五年级时，上了二十多天就辍学了，那是人民公社时期，"生产队不允许我上学，让我放牛，故意欺负我。那样的年龄，做劳动力是不够的，但放牛可以，放牛我还得了奖。放牛没事的时候，我就在空地上写字，补充自己的文化。那时家里穷，人家看不起，只好自己奋斗。"

放了一段时间牛之后，老金想去做缸，生产队长不让，最后找个人去说情，这才放过老金。话说老金学做大缸，才几天工夫，就超过大缸师傅的儿子，要知道，人家可是学了一年黄泥手艺的人。老金在学黄泥手艺上所表现出来的天赋，让周围的人暗暗称奇。

我说："在老家干得好好的，你为何来了瓷城？"

老金长叹一声："都是龙窑惹的祸。我在蔡家窑除了做大缸，也会建造龙窑。三十岁那年，我被瓷城这边的大户相中，高薪聘请过来建造龙窑。"老金清楚地记得那天是三月十八日，当初孤身一人投奔过来，到了次年，又将妻子接过来。一眨眼工夫，整整四十年过去了，时间把老金雕琢成两鬓斑白的古稀老人。

"老金是当代龙窑的活化石，龙窑已是越来越少了，而老金的默默坚守，是值得令人尊敬的。陶，是水火土结合的产物，是有灵性的东西，与生命息息相关。缸、盆、锅等器物，从自然界中来，不会像工业制品带来垃圾，不会对人体产生副作用。用陶做出的东西，非比寻常，煎鱼、煮肉、熬汤都好吃。可当下，我们把陶文化遗忘在荒山僻壤，无人搭理，彻底被人遗忘了，这是不对的。龙窑是什么？龙窑世上几千年，伴随着炎黄子孙的繁衍生息，可以说，龙窑就是中国，龙窑就是中国千年的文化。"穆先生满脸通红，拿酒瓶子的手微微颤抖。

"你们是怎么认识的？"我问穆先生。

"这事儿，你得问老金！"穆先生咕嘟咕嘟喝酒，头都不抬。

老金嘿嘿笑了两声："是我请穆先生过来的。"老金说，来到瓷城，前二十年还好好的，顺风顺水，元宝龙窑出品的器物不愁卖，孩子们纷纷长大，该嫁的嫁，该娶的娶，发展变化皆在意料之中。何曾想，二十年之后所遭遇的境况，把老金杀了个措手不及。"似乎是一夜之间，那些罐啊缸啊就卖不动了，它们被塑料、铝、铁等制品所代替，陶制品几乎没有用武之地了。"

"那么，你请穆先生过来的目的是？"我强调了一下我的问题。

"哦！是这样的，我那个在北京的儿子说，传统手工业要转型，不能走老路，要创新，最好跟当代艺术相结合，他劝我多在这些方面琢磨琢磨。经他这么一说，我就想起了穆先生，十年前，我们曾经有过一面之缘，经过多方打听，去年找到了穆先生，请他来做我们这里的驻地艺术家，他居然爽快地答应了，这不，从今年春天开始，就来我们这里住了下来。"

"我来补充一下。"穆先生说，"首先，我看中了老金这个人，勤劳，本分，手上有功夫。其次，我来瓷城，创作是主打，同时，也是来寻一份宁静的心情，我喜欢安静，人一多就受不了，说不了话了。再说了，元宝村这个地方好啊，每天能够对话山水，听鸡鸣犬吠，神仙一般。尤其是，大记者三斤同志来了，接下来，好好把我们的元宝龙窑给包装一下，宣传推广一下，这真是鸭镇的福气，瓷城的福气啊！"

"是，是，多谢穆先生抬举，多谢大记者帮忙。"老金不停地颔首称是，"来来来，咱们喝酒！我先干为敬啦！"说罢，老金端起酒杯，一饮而尽。

3

元宝龙窑所处的位置，是一个非常接地气的地方，前方是明净的稻田，农妇们正在插秧。背后的山上，有高低的树木，有野草莓呈现的嫩小红颜，有松鼠跳跃，有鸟鸣不绝于耳，旁边有条小公路，运送陶瓷原料的车辆不时经过，稍远处有条小河，湍急的河水日夜奔流不息，远方的群山静穆不语，或浓或淡的云彩环绕着它们，恍若人间仙境一般。

次日，老金陪着我，边转悠边说，元宝龙窑曾经有过一次迁徙，原先的龙窑在河对面，有一条通往瓷城的交通要道，后来，在河的北岸修建新路，之前的路废弃掉，于是将龙窑迁了过来。

老金来到鸭镇的四十年间，一共建了五个窑，都是龙窑，而元宝龙窑则是瓷城现存的还在使用的最老的龙窑。元宝龙窑是一个系统工程，非寻常的电窑、气窑或电气两用窑所能比，要有规范的配备，例如：创作室、制作间、配泥房、杂物房以及工人宿舍、厨房、厕所等。大致来说，元宝龙窑整体占地二十余亩，大小房舍十余间。

我绕着元宝龙窑走了两圈，眼前这座窑呈长条形，长达六十四米，以当地黏土、砖坯依山坡建造，由下至上，如龙似蛇，故名龙窑。窑室分窑头、窑床、窑尾三部分。这种窑因建在山坡上，火焰抽力大，升温快，同时装烧面积大，产量高。元宝龙窑约与地平线构成 10°～20° 角。横断面积以窑头最小，中部最大，窑尾大于窑头而小于中部。顶部有投燃料的孔。元宝龙窑还有一个最大的优点，那就是升温快，降温也快；可以快烧，也可以维持烧造陶器的还原焰。

用穆先生的话说，元宝龙窑真是一块风水宝地，建窑、制陶所需的材料与原料，皆来自当地，可谓就地取材，这个地方的泥巴是天然陶土，无须添加任何原料就可以制坯，并且，它们黏度好、可塑性强。

在操作龙窑的日常分工方面，老金负责总体统筹、主创、烧制；老金的女婿负责泥料的配制供给以及装窑等项工作；老金的老伴及大女儿，则负责一日三餐及其他生活所需；老金的外孙子小志这一年上大四，即将在瓷城学院雕塑系毕业，空暇里搞一些创作，也跟外公学习古老的制作技艺，在家里人看来，小志无疑是元宝龙窑未来的继承人，因此，他肩负重担，而且，路还很远。

元宝龙窑出产的产品可谓庞杂，有不规整的异型产品，有椭圆形的器物，有大大小小的缸，有罐、坛、钵、碗、茶具，以及远近的院校师生、有名无名的陶艺工作者的诸多作品。在元宝龙窑入口处，还挂着一块牌匾，上面写着"瓷城学院教学实习基地"。其实，远不止瓷城学院，中国美院、中央美院、上海大学、北京大学以及国外多所知名大学的师生都曾来到元宝龙窑，进行艺术创作、参观考察、实习或是毕业创作。

在元宝龙窑找不到制作机械，一切都是纯手工的。而老金的制作手法也是独一无二的，他不借助于拉坯机，所有的坯体与形体都是打出来的，对于当下陶艺工作者，这是不可思议的，老金仅仅依靠一架做古脚（工作台），

这架做古脚老金用了半个世纪了，老金还总结出一套口诀：打缸时，往前走；盘泥条时往后走。他从20世纪70年代一直走到今天，整整四十年，经年累月，老金在地面上居然走出一圈深深的踏痕。

对此，老金认为，元宝龙窑是中国式的、传统的，非我所创，而是老祖宗传下来的，包括工艺、造型、烧制技巧，等等。有时，按照客户要求来量身定制一些产品，都属于陶制品。确实如此，在元宝龙窑内，找不到温度计，没有电表，烧窑时用眼睛看火，凭个人感觉来判断火候。在笔者看来，这就是原始的，这就是龙窑文化的传承。

穆先生讲，除了西藏之外，全国各地都有客人来访，世界几大洲都有朋友来过。而老金是淳朴善良的人，在四十年的经营时间里，对来访的四方客人一一热情接待，酒菜伺候，床位不够时，宁可腾出家人的床铺，来为客人尽可能地提供方便，并且，这些都是无偿的，连同一些制作技艺，皆无偿提供。正所谓：赠人玫瑰，手留余香。访客从老金孩子一般开朗的笑声里，找到了做人之道，找到了艺术之源，找到了文化传承之根。

当下，老金在我心底的形象，恰如远处的高山，苍莽而巍峨起来，如此生动，如此迷人。不禁让我想起穆先生评价老金的那句话：我们的老金，是这个时代龙窑的一个缩影。

4

一周时间很快过去了，可是，我的专题还没有出来。

在元宝龙窑的短暂日子里，白天看飞鸟在空中盘旋，感受田野的风温暖拂面；傍晚，蛙声又起，我知道，它们会持续鸣唱整个晚上，那是大自然所赠予的天籁之音；入夜，一轮明月从黑黝黝的群山之上升起，照耀着我们的都市之痛与回归之心，照耀着蜿蜒而上的龙窑与艺术家们的睡眠。在月亮不倦的照耀之下，一颗浮躁的心沉静下来，感觉这里就是故乡，这里就是天堂。

这一天，机会终于降临了。

一日上午，瓷城孙县长就元宝龙窑遗址保护和利用情况到鸭镇调研。瓷城政府办、文广局、规划局相关领导及鸭镇党政主要领导陪同。当然，老金、穆先生还有我全程陪在调研现场。鸭镇党政领导汇报了元宝龙窑基本情况及保护工作情况。孙县长对鸭镇在元宝龙窑遗址保护工作中，充分重视历史文化遗产，及时发现并保护传统制陶工艺遗址等工作给予了肯定，他希望鸭镇继续加大对元宝龙窑的修缮与保护力度，加强对周边环境整治，做好周边坟地的搬迁以及周边大理石厂的搬迁工作，加大对历史文化遗址保护和利用力度，要求规划部门和文广部门做好规划方案，为推动鸭镇文化旅游产业发展提供历史文化资源支撑，为促进瓷城文化事业的繁荣发展贡献力量。

本以为这次调研就这样圆满地结束了，穆先生突然举手示意，孙县长用手一指："您有话说？"穆先生从人群中走出来，"是的，我有补充发言，可以吗？"孙县长哈哈一笑，"当然可以，调研调研，就是要调查实际情况，研究实际问题嘛，请讲！"

"孙县长，不要怪我多嘴，据我了解，类似孙县长这样的发言，已经不下十次了，各级领导在不同的场合，所讲的话与现场表态，每回听了都振奋人心，可是，雷声大雨点小，收效甚微，实在令人遗憾呐！"

"能否具体说一下，你认为哪些问题没有彻底解决？"孙县长表情凝重起来。我看见身旁的老金脸上沁出细密的汗珠。

"鄙人姓穆，是元宝龙窑的驻地艺术家。我要反映三大问题三大诉求，一共六点！"穆先生打了一个六的手势，"问题一，龙窑前后左右散布着墓碑与坟墓，它们以得寸进尺的方式，以某种阴暗的势力在进犯蚕食着元宝龙窑，这背后到底是谁在充当保护伞？问题二，保护龙窑，传承技艺，不同级别不同场合，三令五申，但迟迟不见行动，问题的根子到底出在哪里？问题三，一个龙窑文化节吆喝了整整十年，到头来，还是一场空！"平时醉眼惺忪的穆先生，此时，怒目圆睁，声音铿锵有力。

"三大诉求一是龙窑及其制作技艺在 20 世纪 90 年代都纷纷倒掉了，不仅在瓷城，在全国其他地区也是如此，在老金的家乡，千年古窑被扒掉盖了房子，古老的龙窑正被当下梭式窑、电窑、气窑等所替代。所以说，元宝龙窑是稀缺资源，如何得到有效保护？二是元宝龙窑所出品的坛坛罐罐正日渐式微，销售上，仅是一些老年人要，年轻人根本不买；这些器物正被塑料制品、玻璃器皿等所取代；似乎仅剩下少量的观赏与收藏之用，它们可贵的功能性、实用性、环保性正在消失。所以说，元宝龙窑如何做好产品创新与销售创新？三是老金已是古稀之年，表面看起来似乎宝刀不老，但仍在发生着细微的变化——那些大型陶器，年轻时每天做八个，如今勉强五六个；小型陶器过去每天做三十个，现在不及二十个。龙窑文化及其技艺怎样传承下去？"说完，穆先生朝众人一拱手，"我的发言完毕！"在众人的掌声里，穆先生重新归入人群。

沉吟良久，孙县长说道："一个问题搁置了十年之久，依然悬而未决，令人心寒啊！一句话，刚才穆先生所提的三大问题和三大诉求，请有关部门负责人，三天之内，拿出存在问题的分析报告与解决问题的可实施方案，这里，我就不再一一点名了，谁把为官当儿戏，谁就给我下课！"

我再扭头看向老金时，他的布满皱纹的脸上，不再是细密的汗珠，而是老泪纵横了。

5

孙县长调研之行的次日，小川居然来到瓷城，寻了过来。

看见我诧异的眼神，小川白了我一眼，"怎么，不认识啊？"我说，"你怎么找到我的？"小川冷笑一声，"别自作多情哈！你以为我是来找你的吗？笑话！"发现话不投机，我干脆噤了声。这时，穆先生走了过来，拍了拍我的肩膀，"三斤同志，你可别见怪，人家这次是找她的老相好来的，哈哈！"穆先生的笑声，让我听起来，忽然觉得刺耳，十分别扭。难道这里面另有隐情？

想当初，我跟小川如胶似漆难舍难分，几乎到了谈婚论嫁的阶段，不料，一场史无前例的工厂改制所带来的下岗潮打散了我们的鸳鸯梦，对于家乡，我到了生无可恋的地步，围绕是否南下陶城的问题我们僵持不下，最后，小川选择留在北方小城，我单枪匹马直奔陶城。分开之后，我与小川的联系断断续续，随着时间的推移，我们从恋人彻底沦为普通朋友。

好在，谜底很快就揭开了。

小川在瓷城的创意市集上，跟她的闺蜜阿香会合，她们花五十元租了个小摊，摆上阿香近段时间制作的陶制品，有茶具、水杯、单只的小茶碗，一套手工的茶具能卖到二百元，那是一只把壶外加四只茶碗，纯手工，浅淡的青色里夹杂少量的啡色，茶碗里有一束荷花，或是一只枝上停息的飞鸟，实在别致，令人赏心悦目。有客人相中，阿香便用旧报纸把它们一件件包装好，再集中放在简易的塑料袋里，最后，双手递上。小川则在旁边摆弄着手机，现场直播，进行网售。原来，一别多日，小川已修炼成为一名网红。

阿香跟小川是初中同学，在瓷城学院毕业后，便留了下来，她不愿回到爸妈身边，她更喜欢自在的日子。小川呢，经过几段恋爱厮杀之后，彻底败下阵来。自从春节认识了穆先生，便一直关注他的动向，直到动了出走之心，方才按图索骥，寻到瓷城来，先是见了穆先生和我，再与阿香会合。

小川与阿香成立了工作室，名叫陶语堂。阿香负责设计开发，小川负责销售。她们跟专业团队合作，其中，设计开发在瓷城，销售则分别在瓷城与陶城两地，顾客以设计师、策划师、文艺工作者、收藏人士以及对美对陶有需求的群体为主。产品线涵盖茶器、香器、花器、容器、工艺品五大品类。

穆先生看好她们两个，说既有小资气质，又很接地气。譬如，小川在陶语堂的推广海报中，如是释义——《红楼梦》中那道"茄鲞"，数道工艺，

十多只鸡调味，腌制良久才出这一道素菜荤吃的小菜。所谓美，从来都是需要时间来酝酿的。陶语堂，坚持纯手工制陶。从泥开始，数十道工艺最终一火成陶。手工制作的每件都有细节的不同，我们祈愿，有幸抵达您手上的那一件，能陪您度过人生最美好的时光。

似乎是一念之间，于电光石火般的一瞬，灵感乍现。

我策划了一个饭局，周末的晚上，地点是元宝龙窑，出席的人有穆先生、老金、小志，以及小川与阿香，当然，还有我。

我说，"今晚邀请大家聚餐，有三层意思。首先是关于元宝龙窑明天的事儿，龙窑如何实现系统化的良性运作，希望大家头脑风暴一下，建言献策；其次是关于元宝龙窑今天的事儿，如何让龙窑摆脱困境，先活下去再说，大家多支支招；再次，是关于今晚的事儿，五一临近，新朋旧友，一起聚聚，过往的爱恨情仇，过了今晚，一笔勾销！"

"好！干杯！"穆先生话音刚落，便嘴对嘴，咕咚咕咚，兀自痛饮起来。

"我也来说两句。"老金把身子一挺，"这段时间，辛苦穆先生、三斤同志啦，他俩为龙窑操了不少心。确实，龙窑的命运危在旦夕，它到底有没有福气，全仰仗各位的支持和帮助啊！来！我敬各位老师一杯酒。"说着，老金端起酒杯就要往嘴里灌。

"先别！"穆先生抬手阻止老金喝

酒，"金师傅，可不能这么说，您可是瓷城的宝，龙窑的魂，离开了您，其他的都是浮云。所以，我们要感谢您才是！"

"穆先生说得对。"小志轻声附和着。

"大家就不要再互相谦让了。"一直沉默不语的阿香终于开口说话，"以前实习的时候，我去看过陶城的龙窑，那里的南风灶，五百年窑火不熄，被当作传奇。而这里，所有的一切，都浓缩在老金一个人身上，他就是一座龙窑博物馆，储存着整套资料，从建窑、原料、制坯、装窑、烧窑、看火、工具、技法，等等，都是整套的，市面上、图书馆、资料室、教授学者那里皆无系统的资料可查，全部装在老金的脑袋里。当务之急，要在最短的时间内，来挖掘整理出版，让龙窑能够存在下去，让老金那门古老的制作技艺能传承下去，让龙的精神能够在世界范围内发扬光大。"

"爱你，阿香！我想，此刻应该有掌声！"小川发声助阵，"咱们不妨趁热打铁，先分一下工，穆先生是杆大旗，继续坐镇元宝龙窑，吸引更多的艺术家入驻元宝村。小志跟随你的外公，做好技艺的传承。阿香负责进行龙窑文创产品的开发，我负责引流销售，三斤同志嘛，宣传推广最擅长。总之，咱们组个团队，搞好了，都分一杯羹。大家看看这个建议行不行？"

穆先生激动地站了起来，"我认为她俩的建议非常好，年轻人身上有很多闪光点，值得学习，或许，这是元宝龙窑得以续写传奇的大好时机，也就是说，一个等待了40年的春天，终于来到了！"

6

我的专题文章也有了眉目，标题为《老金的龙窑》。我写了龙窑的前世今生，写了老金在瓷城四十年与龙窑相依为命的日子，写了龙窑面临的问题与困惑，写了龙窑受到各方关注后，所发生的改变与转机，也把穆先生、小川、阿香以及老金的家人通通写了进去。

然后，我告别老金、穆先生等人，回陶城发稿及汇报工作。看了稿件，听了汇报，杂志社领导眉头紧蹙，声调低沉而缓慢，"三斤呐，仅有专题内容而没有经济效益可不行，咱们单位没有一分钱的扶持，每个人必须身兼数职，既是记者、编辑，又是宣传员、业务员，另外，还要拥抱新事物，尽快掌握新媒体，否则，摆在我们面前的，只有死路一条！"

我有心争辩几句，低头看见领导两鬓如积雪，额头的皱纹也似乎更深了，只好作罢。话虽这么说，末了，领导还是大笔一挥，同意了稿件签发。从总编室走出来，就接到了小川的来电，"三斤同志，工作忙吧？"我一听这话，有点不对头，她向来说话没有这般温柔。"有话直说，别绕弯子。"我怼了一句。"好吧！穆先生中风了，住进了医院。"我哦了一声，那样一个天天抽烟喝酒熬夜的人，生病是必然的，但没想到这么突然。我说，"严重吗？"小川回答，"还在重症监护室。"

放下电话，我像只饥饿的蟑螂，徘徊在办公室里，魂不守舍，慌里慌张。我想立即请假奔赴瓷城，但有个小心思阻拦了我——不如等杂志印刷出来之后，顺便带过去，说不定有点用处。不过，要等待三日，这三日怎么熬啊！毕竟，那是穆先生，认识时间虽然不长，但已然是忘年交般的情谊了。他的这场病，就像一个梦搁浅了一样。

回陶城之前，我跟穆先生有过一次夜谈，这一晚，破天荒的一次，穆先生很安静，只是抽烟，没有喝酒。因此，确保了我们对话的纯粹性。

我说，"你喜欢怎样的事物？"

"一是土，与大地相接，是接地气的；二是风，自由的，不受约束。它们形成一动一静的空间环境，环境不仅造人，也造艺术。什么地方出什么样的作品是一定的。因此，我来到了元宝龙窑。"

"你来到元宝龙窑，有实质性的创作主题吗？"

"当然有，题目暂定为《自然的永恒或平衡》，未来准备在俄罗斯搞一场个展，具体时间未定，还在商谈中。这场展览，与人性有关，打破国界的，共通的。"谈到这里，穆先生面色凝重。

"你有具体的创作规划或是框架了吗？"

"作品还是围绕着人而展开。人是非常有欲望的动物，动物具有破坏性。因此，我下一步创作的作品，人物的上半身会移植上牛、树、垃圾物品，等等。所表达的重点——人是建设者又是破坏者。你想啊！当我们的粮食、猪肉、鸡肉、蔬菜，等等，添加了某种物质之后，它们还香吗？还能吃吗？人会健康吗？生活还会美好吗？生态还平衡吗？自然还永恒吗？"

"你创作使用的材质还是陶吗？"

"必须是陶。瓷，令人感到油腻腻的，会打滑，陶质的多好，是有感觉的，是有生命的。譬如养花，用陶盆，透气，花才能生长，为何不用瓷的？瓷会困住生命。"穆先生接着说，"陶是低温的，1000℃左右，能循环再生，能还原给土地，所以，陶是环保的。"

面前的穆先生，恍若陶的化身，从里到外离不开陶。这样的一个人，应该得到天地的庇护，怎么可以得病呢？我望着窗外茂密的杨树林，一下子感到时间与空间上的双重无助。

7

回到瓷城，我第一时间赶到中医院，穆先生已经脱离了危险，从重症监护室转入普通病房，他剃了光头，溜光锃亮的后脑勺对着我，他侧卧床上，正在打点滴，小川陪在旁边。听到说话声，穆先生的身子动了动，我走过去，俯下身，握住他的手，手是湿冷的。我说，"穆先生，让您受罪啦！"穆先生的嘴角抽搐了一下，面部明显变形了，所以，此刻看不出他是笑还是哭。我说，"我给您带来了杂志，您看！"我从双肩背包里，掏出刚刚出炉的杂志，一页页翻动着，"您看，《老金的龙窑》，这是老金，这是您，这是小川、阿香和小志，龙窑也刊登上去了。"随着纸张翻动，穆先生的眼神飘忽着，闪烁着忧伤。

离开中医院，我驱车直奔元宝龙窑而去。小志在微信里说，下午晚些时候，瓷城朱副县长将带队走访元宝龙窑。果不其然，下午四点，朱副县长率队来到元宝龙窑，他们表达了对元宝龙窑整体保护、规划改造的美好愿望。确实如此，自打上次孙县长调研之后，元宝龙窑旁边两家大理石厂正在进行搬迁前的筹备工作。

除此之外，朱副县长还带来一份关于瓷城鸭镇元宝龙窑保护开发项目一期初步选址规划用地示意图，已经标示出一期用地二十八亩，二期待定。

朱副县长还在现场表示，要集中各种力量将元宝龙窑打造成为一个旅游文化产业区，她还计划今年在瓷城举办首届艺术节，届时，在龙窑举办一场新闻发布会，邀请海内外艺术家、新闻媒体来此，来发布元宝龙窑华丽蝶变后的相关信息。

这次，没有穆先生在场，老金居然壮着胆，说出他的一个诉求，"我还打算申遗哩，把咱们元宝龙窑，包括我那套古老的制陶技艺，全部都申遗。"大家都鼓掌叫好，我把巴掌都拍红了，我还看见小志偷偷捏了一把阿香的手。

这都是十年前的旧事。

想必阁下有诸多疑惑，譬如，穆先生康复了吗？老金还健在吗？元宝龙窑仍然窑火不熄吗？《龙窑》专著出版了吗？还有小川、阿香、小志等人，包括穆先生双亲的近况。先别急，先让我捋捋思路。哦！明白了，原来是我失踪了，我落荒而逃，逃离瓷城，也逃离了陶城，我流落他乡，隐姓埋名，从此，不再过问江湖事。

只是，到了晚间，每当一轮明月升起，我会不由自主地想起那座龙窑，它像一只仙界的巨兽，遨游到我的梦境里。

史鑫，笔名叁斤，山东青州人，现居广东佛山。作品见于《西部》《延河》《青春》《北方文学》《山东文学》《都市》《红豆》《黄河文学》《当代小说》《百花园》等刊物。

老家三题

田景轩

掀翻屋顶的笑声

我邻居名叫细丫，当年二十岁出头，和我差不多的年龄。她和我姐是好朋友，经常到我家来耍。她中等个子，圆脸，皮肤白里透红，笑起来感觉整张脸都在放光。她洁白的牙齿、清澈的眼眸，油亮的长发，无不让我欣喜。连她走路时匆匆的脚步，都会让我跟着她的节拍而激动。一句话，她整个人都让我感动。所以我就天天想看到她。当年我刚从大学毕业分配到地质队工作，单位事不多，就提前回家探亲，这一待就是大半年。这大半年里我几乎每天都和她见面。每次见面，都很开心，很激动。她似乎和我有同感，见面后，总有说不完的话，而且笑语不断。有时一件看似并不好笑的事，或者一句并不幽默的话，也会让我俩开怀大笑，那清脆的笑声，似乎能把房屋的屋顶掀翻。我们就这样肆无忌惮地开心了大半年。

记得一个夏天的中午，天气炎热。我去城里的二哥家小住，刚进门，还没坐下来，二哥就笑嘻嘻地问我："听说你和细丫谈恋爱？"我一听，脸顿时红了。"谈恋爱"这三个字，在这大半年里我可从来没想过啊！忽然有人点醒我是在"谈恋爱"。我又羞涩又激动。啊！对呀，如果不是谈恋爱，为何两人会天天黏在一起？只要在一起就会激动得全世界都在欢笑？

忽然二哥把脸一码，严肃地说："你好不容易跳出农门，难道还想回农村？"我沉默了。沉默就代表默认。

我不敢再肆无忌惮地跑到细丫家了。

我开始侍弄院子里的花草，或者和同龄人一起跑乡场，做点倒卖花生、苞谷，等等之类的小生意。我似乎在有意识地疏远她，淡忘她。眼看就到年关，回想起来，细丫也似乎好久没有像往常那样跑到我家来找我姐玩了。我俩之间仿佛又回到从前，似乎一切都没有发生过。直到有一天，我无意中听说细丫订婚了，男的是县城的，家里还有一间大门面。这在别人口中轻飘飘的闲谈，于我却像一道闪电。我跌跌撞撞一个人在大街上漫无目的地游走，像一个醉汉，怎么回到自家院坝都不知道。只感觉眼前的世界天旋地转，然后在心里自己说服自己，这与我没有关系，一点关系都没有，那是别人的事，别人的事啊，男大当婚，女大当嫁，很自然，很自然的。

但只有自己知道，我的心被掏空了。

我想起一句话：有一份幸福就放在眼前，却因为我的熟视无睹而丢失了。

我可以不要这个姑娘——天涯何处无芳草；我可以不向她表白我有多爱她，或者让这份爱胎死腹中；我可以当一切都不存在——事实证明，我就是这么做的。但我的心就是痛，就是悔，而且还不敢表露出来。

这是一个黄昏，我感觉最灰暗的一个黄昏。

春节期间，细丫出嫁了。我像一个普通邻居一样，去吃喜酒，像游魂一样穿梭在拥挤的人群中，不笑也不跟别人说话，看着接亲的队伍吹吹打打热热闹闹地走出村外。我站在自家院坝，眼光空洞地、面无表情地看着喧闹的人群像风一样从村口飘散、飘散……我还在心里对自己说：这是别人的婚事，别人的婚事当然要热热闹闹。我强迫自己把这一切都不当一回事。

可几十年过去了，我的心还在痛。

那些能掀翻屋顶的笑声啊，时时在内心深处醒来，在一个人的时候，只有自己悄悄地听。

母亲

我要回老家。时间是上午，长寿正准备去台球室开门做生意，母亲忽然说了这句话。这句话很突然，像是灵光一闪从内心里蹦出来的，显得突兀，让人不知所措。比如，她该在昨晚，或再早一些时候说，我明天，或某某天就回家。这一来，长寿就不会感到突然，说不定还会做些准备。比如，买点礼物什么的。但大清早的，母亲忽然说："我要回家，我放心不下你伯伯（父亲），家里有两头猪，他一个人在家忙不过来……我回去做一季庄稼，等收了庄稼有了钱再来看病。"听到这里，长寿有些心酸。看啥子病

哟，医生都说是晚期了！但他不敢说，只好憋着。他一直都在憋着。他知道憋着的味道要多难受有多难受。

五天前从医院得知母亲是癌症晚期，他就怔住了。心里五味杂陈，一时不知所以。医生是一个微胖的中年女人，看上去有几分慈祥。她看了检验报告，一脸平静地说："晚期！赶快住院。"他小心翼翼地轻声问："住院要交多少钱？"女医生头也不抬地说："先交三千。"

走出医院大楼，他一句话说不出来。他和老婆秀珍说好了的，得瞒着母亲，就说是普通妇科病，吃点药就行

了。母亲也没有话，她茫然地走着路，似乎早已知道自己得了什么病似的。秀珍安慰她说："没事的，妈，就是炎症，回家吃点药就行了。"但不知为什么，他想哭。因为他拿不出三千块钱，父母家也拿不出三千块钱。老实说，只能眼睁睁看着母亲生病而毫无办法。三个月前，因为单位集资建房，他还写信给父母，希望他们在老家能帮忙凑几千块钱，因为要交一万五千块钱集资建房款，而他东拼西凑也只有五千块。三个月过后，家里杳无音信。他知道没戏了，最后通过岳母想办法才解了燃眉之急。现在要三千元，区区的三千元啊！但在长寿看来，却比登天还难！长寿的眉头皱成了"川"字。他还不到三十岁，但抬头纹却过早地爬上了他的额头。

想起这些，长寿心里更是着急。他争辩道："妈，慌啥呢！在这里多待几天嘛，好不容易来一趟。家里事有伯伯在就行了嘛……"他感觉自己的声音带着哭腔。其实在他心里，自觉是尽一天孝算一天吧，哪怕就是尽其所能做几道像样的菜给母亲吃，也多少能获得一点心安吧。可母亲却不给他机会。

秀珍抱着快满周岁的小女从床上起来，小女还在嚷着要奶吃。她一面哄着女儿，一面眼巴巴地望着婆婆劝道："妈，慌啥子呢，多待几天，屋里的活儿一两天也做不完。在这里就别操家里的心……就当出门散心。"看她的神情，大约和长寿的想法差不多：

没能力帮婆婆治病，但总有能力做两顿好吃的，不然做媳妇的，心里也过意不去。

母亲去意已定。她不再多话，低着头，伸手从斜襟衣服的内揣里慢慢掏出一团东西来，是用一张皱巴巴的手巾帕包着的东西。用手巾帕包着的一定是贵重的东西——大多是钱。母亲穿着她平时出门才穿的那件簇新的深蓝色斜襟衣服，半新的蓝色裤子，脚上是自己做的黑面子布鞋。花白的头发梳得整整齐齐，在脑后挽着结，用一个黑色的丝网罩着。整个人看上去干净整洁，一点不像生病的样子。长寿知道母亲有这样的习惯：家里日常穿的衣服都是补丁摞补丁的，但出门时一定得穿一身新衣服。这让平时节俭的母亲在外人面前总是显得很得体。此时，只见她小心地把手帕一层一层地翻开，露出一沓十元的、五元的钞票来。钞票分为几叠，大约一百元一叠，用一张钞票夹着以示分开。她取出三叠来，随手递给长寿。长寿被母亲的这个举动吓了一跳，仿佛母亲递过来的不是钱，而是一团熊熊燃烧的火，看着都烫人。

"不不不！妈，我们不能要！哪能要您的钱呢！"长寿伸出双手挡着母亲递过来的钱，一面往后退，一面结结巴巴地推辞。秀珍也在一旁帮腔："不行，妈，我们应该给你钱孝敬你！"

母亲很执拗，她拨开长寿挡过来的手，硬是把钱塞进长寿的衣兜里。

长寿顿时感觉如芒在背，浑身不自在。母亲慢悠悠地说："这是三百块钱，你们集资房子要用，妈只能帮你们到这里了，我留点零钱坐车回家，等明年开春有了钱，再来看病……"听了母亲的话，想着母亲口中美好的春天，长寿顿时有些哽噎，一时竟说不出话来，感觉眼泪要出来了。

"妈……"长寿喊了一声。

"妈……"秀珍也跟着喊出了声。

房间里一下子显得分外安静，连开始还在嚷着要吃奶的女儿，也乖巧地躺在秀珍的怀里一声不吭。

不一会儿，母亲便提着她的小包裹，转身轻轻地走出了门，她的背影显得沉静而安详。她步履轻轻，走得安安静静，没有一点声音，仿佛一缕微风，抑或一片轻盈的秋叶，轻轻地，轻轻地，慢慢消失在长寿和秀珍他们的房屋所能及的空气中……

香花生

永生去偷集体的花生，是在一个初冬的上午。天气阴阴的。母亲安排他去拣苞谷秆。在路上他遇上了同龄的麻花。两个人就结伴上坡。永生十岁，麻花也是十岁。永生长得矮墩墩的，像一个身子浑圆的长条形的南瓜。麻花则要清瘦些，个头比永生高一二指。两个人一路上说说笑笑，不知不觉就走到了弯路的尽头，再往上走，就是后山的土地了。反正都是坡，两人并不介意是本队的，还是其他生产队的。后山和鱼子孔地在山梁上划界，前面是后山，后面就是鱼子孔。到了山梁，他俩看到了一片绿油油的花生地。花生地从山梁向后山延伸，覆盖了大半个土坡，一眼望不到头。他俩又惊又喜。这么多花生啊！永生在心头惊叹道。摘两颗来尝尝吧。一个念头在他脑袋里生成。

永生喜欢吃花生。他们生产队产花生，炒花生是永生他家过年时必不可少的吃食。花生米脆脆香香的，是永生的最爱。初冬过后，他家从生产队能分得半袋花生，母亲把花生仔细淘洗后，反复晾晒，干透了，用麻袋装起来，再用麻绳把口袋扎紧挂到房梁的檩条上，等过年时再取来炒煮了吃。永生等不到过年，就悄悄爬上楼，眼盯着花生袋，口水不断地涌上来。他太想吃花生了！但这是过年的东西，是不能乱动的。可是诱惑还是战胜了理智，他端上一条小板凳，站上去，仰着小脑袋，伸出一双又短又细的手臂，左手扶住麻袋一侧，右手使劲在麻袋底脚抠出一个拇指大小的洞，一颗一颗地掏出花生来，大约有一小把，揣进裤兜，然后把洞口抹平（不仔细看没人会看出破绽），再悄悄下楼，把小板凳放回原处。一切都做得天衣无缝。他很满意自己的这点小聪明。等走到没人的地方，再偷偷摸出来吃。他吃得很仔细，细嚼慢咽，一定要把所有的花生的味道在嘴里吮吸多遍再缓缓咽下肚，让香味在嘴里长时间地回荡。这是他最幸福的时刻。就这样，他隔三岔五地去抠几颗来吃，渐渐地，快近年关时，本来鼓鼓的麻袋眼见着瘪了下来。他发现情况不妙，大人一定会发现的，这才住手。这样的事，大约延续有两三年，直到上了初中，开始懂事才罢手。两三年里，他很庆幸母亲没发现他这个小秘密。可能只有母亲自己知道了。

眼前这片新鲜的花生地诱惑着他。他还在犹豫不决时，麻花已经蹲下身，拔出花生蔓，动作麻利地把花生根上的花生粒撸下来，连土带泥就往裤兜里装。花生地土质疏松，轻轻一抖，沙土就簌簌地往下掉，白生生的花生簇拥在一起，像一颗颗小脑袋似的快活地蹦到他眼前。花生粒很饱满，显然已经熟透了。他先扒下一粒花生，剥皮后送进嘴里，轻轻一咬，满口乳白色的浆液散发着清香。他还在细细品味，麻花提醒他："快扯！等会儿人来了。"他一个激灵，学着麻花的样子，手忙脚乱地把扯下的花生米往裤兜里装。一棵花生还没摘完，远远地走来了一个中年女人，身材饱满结实，穿一件蓝色斜襟上衣。右手臂上挽一根粗大的棕绳（他感觉这是准备用来绑人的），左手拿一只插着针线的白色

布鞋鞋底，急急忙忙朝他俩冲来。她的叫喊声洪亮、有力，让人听而生畏。麻花像一只受惊的兔子一样，"腾"地跳起来，转身就跑。永生跟着他朝坡下逃窜。下到半山，永生回头一看，那女人还站在山梁上骂人，那形象，像一只盘旋在空中的孤勇的苍鹰。

虽然他俩明知道女人不会再追来，但还是不敢停步，直跑到村边，离家已经很近了，才敢在路边停歇。他俩弓着腰大口地喘气，心脏都快蹦出来身体了。

麻花说，我娘的饭做好了，我闻到香味啦。

永生站在路边想编个什么谎言来搪塞父母。这时他才感到脚底板隐隐作痛，脱下球鞋，才发现满脚板是血。他瞬间心慌起来，怕自己会死掉。他在脚边撸一团苦蒿草轻轻揩干净血迹，再抓一把黄绵土敷住伤口。

他一瘸一拐走向苞谷地，要完成父母今天派给他的活。是在哪个地方戳伤脚了？他想，可能是在山梁上往下逃跑时，从四五米高的陡坎纵身跳下，也许是一根坚硬得像匕首一样的苞谷桩子戳穿了他的鞋底。

这样的疼在那个年代对于一个少年来说不值一提，倒是那满嘴的花生香味仍然让永生回味无穷。

田景轩，供职于贵州省地矿局117地质大队。有散文、诗歌、小说作品见于《中国自然资源报》《大地文学》《贵州作家》等。

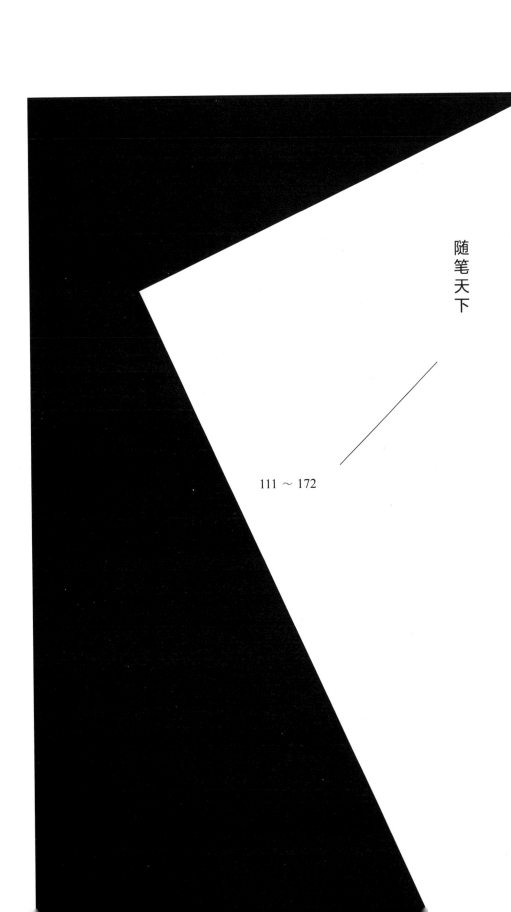

随笔天下

111 ～ 172

植物的隐喻

赵 丰

向日葵

向日葵开花时，是田野里最热烈的植物。

现在，我就面对着它十几米远。

强烈的向光性，注定了向日葵的叶片、花盘都面向太阳。朝阳花、转日莲、向阳花、望日莲、太阳花，人类将与太阳有关的词语都赠予了它。它也不客气，努力向上，除了树木之外，它是田野里最高的植物，可以伸高到两米多，仅仅为了接受高处更爽快的阳光。它花开盛夏，为了沐浴到每天的第一缕阳光，它选择早上四点到六点间开花。花朵金黄，从舌状到管状，这个过程需一个星期左右。在所有的植物里，它的花期大约是最为短暂的，热烈而来，激情而去，轰轰烈烈的三天，很多人还没有来得及欣赏它最美丽的时光，它就转瞬而逝，然后，花凋谢，籽粒生。

一生搬了三次家，一次次接近草木。对每种草木，我都保持着关注。最初看到向日葵，是在小城东，从西安到余下的铁路边，那儿有个工厂，围墙后四四方方一片，春末出苗，夏日长高，花盘一天天变大。花盘下的茎部，有一种奇妙的植物生长素。这种生长素特点有二，一是刺激向日葵快速分裂、繁殖，促进生长发育；二是它会受到光的抑制，所以向日葵背光的那面，长得比向光面快，茎托着花盘向太阳的方向弯曲。我对植物的关注度，一直在此种个性鲜明的草木身上。种植这片向日葵的是一对年近六旬的夫妇，他们告诉了我向日葵开花的时间和花期，这才有了我年复一年的关注。

终于等来了向日葵开花，花苞开放时，细长娇柔的花瓣似开未开，像娇羞的少女低眉含羞，半遮半掩。宽宽的葵叶为花朵作了屏障，金黄的花瓣拼成了润目的花蕊，每朵花瓣宛若金色的火焰，天真烂漫地迎向太阳，仿佛浴火而出的凤凰，眨眼间会腾空而去。风吹，花盘微摆，像极了莲花在水面荡漾，叶片在风中一片喧哗，蜜蜂绕着向日葵的花盘，进行着壮观的演出。

短暂，所以珍贵。有些美丽，即便只存在片刻间，也值得用一生来回忆。从此生命的年轮里，我不会错过向日葵开花的那几天。后来的家，先后迁至城北和城西，城北边缘的那条断头路，十几年没有打通，几行向日葵延续着它的断头向田野中间伸去，直到路被打通它才消失。城西的家离涝河不过四百多米，清晨和傍晚，我会在河岸上散步，一片向日葵在岸下，听说种植它的主人开着油坊，收获了葵籽榨油。生命的每个年头都可以看见向日葵，这应该是我的福运。在它们开花的那几天，若有空暇，我静静地伫立在岸上，向一个个花盘行注目礼，作为我生命中崇敬自然的礼仪。

无数个那一刻，向日葵在仰望太阳，我在仰望向日葵。

从小就知道有个外国的大画家割了一只耳朵，后来知道了他叫梵高，再后来看到了他画的向日葵，我看到的不是色彩、形状、线条，而是生命在画面里如星夜般涌动，若烈火般燃烧。铭记一个人、一件物、一句话，只需要一个打开他生命症结的某个瞬间。看到那些画时，我正陷入人生的低谷，对事业、前途失望之至，是梵高的向日葵，让我重燃生命之火。

1888 年夏天，梵高画了一幅向日葵，他从此就记挂上了这个植物。听说法国南部盛产向日葵，1888 年 2 月，三十五岁的他从巴黎来到法国充满阳光的小城阿尔，寻找属于他的阳光，

他的麦田，他的向日葵。当年十月，他邀请法国画家高更来他的租屋居住，为了装点高更的卧室，他画了一幅向日葵，画面闪烁着熊熊火焰，华美和谐，优雅细腻，富于动感和仿佛旋转不停地笔触粗厚有力，色彩对比强烈，在粗厚和单纯中充满智慧和灵气。此幅画后来珍藏于伦敦国家画廊，定格为梵高步入世界美术巅峰的标志。

高更与梵高相处了六十二天，12 月 23 日，那个平安夜的前一晚，天空没有月，没有人看见发生了什么，只听说梵高割掉了自己的耳朵，左边的。人类的任何事件都是有缘由的，割耳事件众说纷纭，有的说梵高因情绪激动而导致精神失常，挥刀割掉自己的左耳；也有说辞是两人争吵中，高更挥刀误伤了梵高。直到现在，学术界也无确定的答案。但有一点，两人相处期间，发生了众多的不和谐。我不禁这样想，顶尖的艺术家，很难成为生活情趣相投、朝夕相处的朋友吗？

人生的诸多谜，无须找到谜底，存世一个谜，比揭开谜底更为完美。

1889 年，梵高在给弟弟提奥的信中写道："向日葵是我的。"在这种自我认定下，他的生命就如向日葵的花期般短暂。三十七岁那年，精神疾病将他导向自杀之途，如向日葵花开般结束自己的生命。他留给世界的，是以《向日葵》为代表的后印象派画作，株株植物，携带着原始冲动和生命热情，独特于世。

独特，所以永恒。

割耳事件之后，梵高和高更再没见过面。梵高逝世十一年后，高更在大溪地绘制了《扶手椅上的向日葵》。画面的木制扶手椅上，摆放着十朵梵高最喜欢的向日葵。这幅画被视为高更对梵高的一份歉意。与梵高笔下向日葵的激情热烈完全不同，高更描绘出的温婉哀伤，像在忏悔，又像在想着心事。

大地造物，自有规律。花开之后，向日葵就奔着结籽去了，纵横的经络将密密麻麻的籽粒连接罗网。

小暑，蝉嘶鸣，草木香，向日葵的籽粒日渐饱满，年轮般的花盘，中间是葵籽，密麻紧贴，宛如蜂巢。

虞美人

一直在琢磨虞美人这个花名的来历，大多的说辞与西楚霸王之宠妃虞姬有牵连，这是一个植物命名的历史解读。《汉书·项籍传》载："虞姬，项羽之姬妾，常随侍军中。汉兵围项羽于垓下，羽夜起饮帐中，悲歌慷慨，虞姬以歌和之。"虞姬，缟衣綦巾，窈窕淑女，硝烟改变不了青春美颜，只需伴着项王，唯愿山高路长。

项羽兵败垓下，与虞姬双双拔剑自刎，后来虞姬墓上长出一草，娇媚可爱。民间以为此草为美人虞姬精诚所化，于是称之虞美人。

王安石叹曰："美人为黄土，草木皆含愁。"

碧血凝就，是一种死后重生的绝色。

传说这东西，我历来置之一笑，作为植物，虞美人原产欧洲，怎么会与一个华夏女性有牵连。再说了，大地上任何一种植物，其历史皆远早于人类，何以在西汉才得名？我疑心，它在欧洲有另外一个名字，那才是原始之名，而汉语中记载的虞美人源于何朝何代，谁也说不清。对于自然，对于植物，人类的认知距离真相很是遥远，我们现在所依赖的书典，对自然的解读十分有限，就像虞美人的命名。

我不想过分钻牛角尖，生命如此短暂，常钻牛角尖无益健康。我已华发，一切随缘，这是理智。尽管如此，看着虞美人三个字，就像一首远古凄美的曲子，在我耳畔轻轻弹响。

有人言，虞美人不过是田间杂草，野蒿子一样，贱生贱长。我有点质疑，难道一种花草会整容术，一夜之间完成了从黄毛丫头到美人的蜕变？它一直是在田野里的，花自绽放。它为自己开花，并非为了夺人眼目，恰如唐诗人严恽《落花》里表述的那样："尽日问花花不语，为谁零落为谁开。"

虞美人喜欢阳光雨露，适宜在旷野泥土中生存，少有花友养植。它长得极像罂粟，也就有了野罂粟的学名，不过细查两者有别。罂粟不多见，家乡鸡冠花的样子倒是烙印在脑海，感觉与虞美人身材相似，茎软长，叶对生，叶丛里高高升起数枝花茎，茎上满是柔软的毛刺。它的花开在乍暖还寒的三月，一开就是小半年。薄如蝉翼的花，在绿叶上举起一朵一朵，花瓣比鸡冠花薄，如绫似绸，或红、或白、或黄、或粉，艳阳下张扬，微风中舞动，纤细的枝干，撑起朵朵如太阳一样有朝气的彩色小花朵，那般千娇百媚的神韵，若美人袅娜娉婷，实在不辱其名。

传说，虞美人的花朵闻《虞美人》曲便花枝舞动。

植物的智慧，草木的灵性，人不一定能懂。

兼具素雅与浓艳华丽之美，二者和谐于一身，这便是虞美人。其容其姿，有中国古典艺术中美人之丰韵，堪称花草中的妙品。伫立观花，可以感受到生命之花绽放的那种自然，那般宁静。汉语里描写虞美人的文字，千篇一律扯到了两千年前的那个美人身上。"几枝亡国恨，千载美人魂。"明末清初那个著名的盐民诗人吴嘉纪的此二句，表述的正是国人在一株植物身上寄寓的情感。有了一个陨灭于历史悲剧的女性的壮烈而死，才有了文士们对虞美人花的深深叹息。"幽草默通神，旧题虞美人。""至今一曲唱虞姬，恨草摇摇向春碧。""请从剑下化香魂，花枝肯傍秋风主。"关于一朵花与一个人的悲情缠绵，在古诗词里蔓延生长，无尽无头，最终凝聚于一个浪漫的词牌名。

《现代汉语词典》如是解释虞美人这个词牌："一种韵文形式，由五言诗、七言诗和民间歌谣发展而成，起于唐代，盛于宋代。"在宋词里，虞美人为著名词牌，又名一江春水、玉壶水、巫山十二峰，始以所咏事物为题，配乐歌唱渐成固定曲调。原为唐教坊曲，初咏项羽宠姬虞美人，双调，五十六字，上下片各四句，皆为两仄韵转两平韵。

因了虞姬的激情自刎，奠定了虞美人词牌的哀伤与凄绝。绝美的诗篇，唐诗人已经写尽，宋代文人另辟蹊径，将词这种文学形式臻于完美，达到了空前绝后的繁荣。宋词人为虞美人填词，多是凄婉之语，像李清照那般"花自飘零水自流，一种相思，两处闲愁。"秦观也是这样，在"只怕酒醒时候、断人肠"的怨叹声中词情戛然而止。由虞美人所引出的传世之句，还有蒋捷的"悲欢离合总无情"，纳兰性德的"最是不胜清怨月明中"，陈亮的"黄昏庭院柳啼鸦"。

最美的虞美人词，我以为属南唐后主李煜。南唐亡国后，李煜被俘入宋，直悟人生苦难无常之悲哀，"日夕以泪洗面"，作词自叹。

春花秋月何时了，往事知多少？

小楼昨夜又东风，故国不堪回首月明中。

雕栏玉砌应犹在，只是朱颜改。

问君能有几多愁，恰似一江春水

向东流。

好个"一江春水向东流"！七个字，以水喻愁，既有感情升腾流动中的深度和力度，又赋予无形的愁以质感和具象。这是史所罕见的情感宣泄，却又含蓄隽永。与之相比，刘禹锡的"水流无限似侬愁"，稍显直率，少了点感人的魅力。作为千古词帝的李煜，后期之词用血泪抒写亡国破家的凄凉和悔恨，把自身所经历的惨痛泛化为对于宇宙人生悲剧性的体验与审视。一曲《虞美人·春花秋月何时了》，意象在情的贯穿下，构成了自然流畅、和谐完整的意境，抒发了亡国之后生命落空的悲哀，浸润着命运无常的哀伤。对于他的词作，虽不乏批评之音，但普遍以为在晚唐五代词中别树一帜，如王国维所言"李重光（李煜，字重光）之词，神秀也。"

想起了缪塞所言："最美丽的诗歌是最绝望的诗歌，有些不朽篇章是纯粹的眼泪。"李煜的《虞美人·春花秋月何时了》抵达了此种境界。

时光飞逝，赏花人换来换去，而虞美人年年依旧。

一曲词牌，将一棵草与一个美人融之一体，寓意生离死别，悲歌一曲。在中国诗词文化里，此为独特之相。

植物与人的命运纠结，除了虞美人，再无它。

在中国文化里，这是奇葩。

郁金香

花园或庭院，若选择低矮的花卉，非郁金香莫属。一位朋友的庭院，该有的花草都有了，但他还是辟出一块三米见方的泥土，栽下了几棵郁金香。只有几棵，叶色素雅秀丽，荷花似的花朵，色彩各异，开得那么鲜艳，那么招摇，红、粉、白、黄、黑、玫，将色彩这个词语用到了极致，汉语中的姹紫嫣红、娇艳欲滴竟然在它面前自觉羞涩。世人将它誉为花中皇后，一点不为过。

第二次见到郁金花，是在西安西郊的"诗经里"。从远古奔波而来的沣河，是它立身的依托。我去的那天，游人极少，这座诗经文化主题小镇静立于终南山下。非常喜欢此意境，虽是后天打造的风景，但它的构思还是给了我一点诱惑。

入园，有礼乐之曲嘤耳，有诗经之句入目，有周粟之餐可食，虫鸣鸟语，国学晨读，一碟蚕豆，一壶老酒，一杯咖啡，一张棋盘，泛黄的古籍，也不缺"兼葭苍苍，白露为霜。所谓伊人，在水一方"那样的场景。这些虽令我欣喜，但让我心动的还是一处院落大片色彩纷呈的花朵，园主人将各种颜色配植成几何图形的花坛。杯形、碗形、球形、百合花形，每株花型都惹我心仪。主人说此郁金香，供观赏，也出售，十元一盆。见过牡丹、芍药、月季花的硕大艳丽，也见过太阳花的娇小玲珑，但如此花色纷呈的草木还是首次入目，非身心荡漾的那种感觉，而是心荡神摇的那种陶醉。六色之外，还有各种复色，有种色彩从未见过，园主人说是羽毛色。这是色彩的大观园，像是曹雪芹笔下贾府里形貌各异的妹妹们，有阅不尽的美好。

我购了花色不同的四盆，再多，就抱不下了。

家中无泥土之地，只有置于盆里，照着网上说的没有施底肥，用沙质土埋住半个球，用生根水浇透盆水。弄完喝茶，查看郁金香的资料，于我而言，弄清一种植物的历史、文化和价值比养它还重要。

郁金香，别名洋荷花、草麝香、郁香，世界著名球根花卉，优良切花，原产地在地中海沿岸及中亚细亚、土耳其，全球有八千多个品种，为土耳其、荷兰、新西兰、伊朗、土耳其、土库曼斯坦、哈萨克斯坦等国的国花，冬喜温和，夏喜凉爽，被称为世界花后。

阳光一点点温暖，郁金香花一点点绽开。它的花期很短，两周左右。昙花一现，世上美好的事物，大抵都是如此。

此等夺人眼目之花，自然逃不过诗人的青睐，李白的那句"兰陵美酒郁金香"将它与美酒并列，给了它极高的地位。"画裙双凤郁金香""藕丝衫袖郁金香""新人绣罗郁金香""娼家美女郁金香"，众多的诗句，皆是以郁金香喻示美女，只是在诗中摇身一闪，再无踪影。完整描写它情态之诗，极为少见。

以郁金香为少女之化身，在西方绘画中不少见，亨利·马蒂斯创作于1910年的《年轻姑娘和郁金香》曾风靡欧洲。淑女风韵的模特珍妮，素衣黑裙，美丽静好，面前两盆含苞待放的郁金香，锋利的叶子，浓郁的绿色，恰是女孩的青春芳华。构图简约，和谐，花与人的互动构成了作品的主题。毕加索也有一幅《郁金香与女孩》，是1932年为热恋中的特雷莎创作的，简练夸张的线条、以解构碎裂、变形抽象、重新组合的方法展现了特雷莎的美艳丰丽，女孩头上的一条绿枝，如春梦萦绕，特别是那专注的眼神，传达了一种向往与憧憬。画面前端金色的花篮中，一枝双色郁金香正美艳绽放，寓意爱情想象的浪漫情怀。此幅画，是毕加索立体画的巅峰之作。

"每一朵花都是在大自然中盛放的灵魂"，法国诗人热拉尔·德·内瓦尔的名句令我击节赞赏。魅力无穷的郁金香，起初不过是荒原上的野花，1055年开始在伊斯坦布尔人工种植，十六世纪成为欧亚大陆最珍贵的花朵之一。世界上存在两种花，一种有果实，另一种没有果实，而不能结果的花绽放得尤为艳丽，如玫瑰、樱花、郁金香。一位园艺师如是表述："如果人类是上帝选中的生灵，那么郁金香绝对就是上帝选中的花朵。"

高贵温馨、鲜艳优雅的郁金香，

承受着一代代绘画大师赋予的寓意。让我们铭记这些名字和他们的画作：霍斯登克《花瓶里的郁金香》、佩普洛的《郁金香和杯子》、莫奈《荷兰郁金香花田》、梵高《郁金香花圃》、塞尚《郁金香》、塔玛拉《郁金香》，还有亨利·马蒂斯和毕加索。

容我细说霍斯登克、莫奈、梵高。

欧洲美术史承上启下的十七世纪，郁金香画作盛行。身为一名花卉静物画家，霍斯登克能熟练地以任何细节和逼真度绘制任何静止物体的绘画。他发现，用透明玻璃烧杯与郁金香有限的花朵混合，让花朵、树枝、叶子上的水滴经过准确的色彩点染，画面的花朵像是刚从花园里采摘下来。他为郁金香花朵表现出的优雅与简约，是那个时期静物肖像画的最好范本。

1883 年，莫奈绘画的名气惊动了法国外交官，被邀请访问荷兰著名的郁金香田。一到那儿，他眼前一亮，认定那是与他有缘的郁金香，也是有灵性的草木，他与它的相遇，仿佛某种天意。他先后创作出《三盆郁金香》《郁金香花瓶》《海牙旁的郁金香花田》等五幅油画，以天空、风车、地平线上的农舍为背景，以柔和的蓝、灰、紫三色为郁金香花海做着铺垫，花朵被涂上鲜亮的红色、黄色、紫色和奶油色的浓密，令蓝天、阳光为之逊色。

依然是 1883 年，梵高来到荷兰郁金香圣地库肯霍夫，他为激情绽放的

郁金香感动，使用对比鲜明的色彩和阴影，创作了纵向构图的黄、白、红、蓝的郁金香花田，花海中的蓝天、白云、农舍、风车、花丛间的园林人，构成多色和谐的视觉意向，整个画面洋溢着明朗阳光的气氛。他品味着郁金香的枝叶和花，一颗饱受苦难的心变得柔软，进而挥洒成笔墨下的线条，凝聚成画面上的光影，有别于同时代的印象派画家热衷再现的"光与色彩"，成为少数几位尝试用主观表现自我的先驱代表。

很少有华人画家为郁金香作画，印象里唯有常玉和唐云。前者作为纯粹的画家，二十世纪三十年代留学巴黎，受蒙帕纳斯巴黎画派的影响，以粉色和白色入画，笔下的郁金香以厚重的粉色平涂为背景，色彩雅致和悦，构图简洁明朗，既有印象派的象征，又有野兽派的容姿。后者唐云被称为"海上花鸟四大名旦"首席，其笔下的《郁金香飞蝶图》，数朵红、黄、紫、白四色的郁金香花迎风弄姿，高低呼应，溢满春之气息和青春情怀。

清晨，朋友发信息说郁金香开花了，早餐后赶去，日光斜射郁金香，多重曝光影像叠加，呈现出离奇、梦幻、飘逸的视觉效果。我走近它，蹲下细观，不觉有了新的发现，它的整体，是深紫色羽毛状鹦鹉形。与一种大自然神奇之鸟媲美，也是亨利·马蒂斯《鹦鹉郁金香》艺术审美的独到发现。

康乃馨

康乃馨为音译名，外来的植物。在我未曾去过的西方，它是母爱之花，枝枝叶叶总关情。是的，草木是人类之母，这谁能否认呢？在远古，人类的衣食住行，哪一样可以离开草木，每一样都是植物的恩赐。在草木身上寄寓情感，这是人类的感恩之心。

将一种花草定义为母爱之花，具有普世价值。

在中国，康乃馨是常见之花，名花谱却没有它的名字。它没有像西方那样，升华为母爱，但在某个情人节，我欣喜地看到一家花店门前的广告语："康乃馨，送给您最爱的人。"由于是从西方请来的情人节，这就排除了将一朵或者几束送给母亲，而唯一的获赠者，是异性的朋友。也好像，只有女性才可以是获赠者。不懂西方礼仪，不知是否如此。

毋庸置疑，能送情人的花朵，必是好看，这好看并非那种鲜艳夺目，而是芳香清幽。朵朵花儿在绿叶的陪衬下，毫无争艳之意，却显素净高雅。此种美，正是我心仪的。我骨子里学不会浪漫，自是无可送之人，但它的品相，那淡淡的清香，还是让我在一家小花店的门前止步。花店的女子（在我的设想里，花店的主人一定是一个素雅的女子，应该不会有人反对我对花店主人身份的构想）以为我要买花，在为一个年轻小伙包装完花

束之后，微笑着在门口问我："买花吗？进来看。"果然是位清丽的女孩，瘦身瘦脸、小眼小鼻，单眼皮，中等个，不是那种一看就入迷的女孩，但细品，却五官精致，处处耐看。我问：康乃馨是哪种花？她进店拿出一束花瓣紧凑、叶子秀长的白花，说就是它。闻闻，很香的味。我不成心买，不好意思伸手，有点心虚地说，我就是看看。说过，我以为她会不悦，谁料她微笑着说，没关系的，爱花的都是好人。就这一句，触动了我内心深处的情愫，曾经固执地以为，做生意的人身上一股铜臭味。看来，我错了，一个卖花姑娘，颠覆了我的认知。我一连说了几声谢谢，转身离开的瞬间，忽地闻到了从花店里飘逸出浓郁的香气，其中有缕淡淡的香，不知是那束康乃馨的香，还是那女孩的体香，或许二者兼而有之。

回家，查阅康乃馨的资料，方晓得它被称为"众神之花"，又名狮头石竹、大花石竹、荷兰石竹，属石竹科，常绿亚灌木，多年生高海拔植物，生长于岩石山坡上，原种只在春季开花，培育后花期从四月延长至九月，花色分白、粉、红、黄四种。它的原产地在欧洲南部，有两千多年的栽培史，史载英国十七世纪有八百多个品种。它是何时进入中国的，有资料说是二十世纪初，但明朝时期的《本草

纲目》却有记载，

康乃馨与原产我国北方、现南北普遍生长的石竹极为相似，花萼皆为圆筒形，差异有三，一是高度，石竹略矮于康乃馨；二是叶子，石竹略短于康乃馨，形状也小有不同；三是花朵，石竹花卵形苞片，单生或伞状，康乃馨花朵大多单生，苞片宽卵形。

谁也不会想到，梵高的梦想居然是开花店，显然，这个梦想是与他毕生痴情于花卉创作有关。见过他的一幅康乃馨油画，一株康乃馨结出了粉、红、白三色花朵，朵朵盛放在姿态各异的花瓶中。此幅画的背景，几乎全为暗沉的颜色，暗示着一颗痛楚与孤独的内心。作为艺术家的梵高，只是用画面展示自己的内心世界，画面上丝毫看不出母爱的光辉。此幅画没有标明创作的时间，在我的意念里，应当是他生命晚期的作品，绝望和晦暗，成为他内心的风景。

在艺术史的长河中，拉图尔是一位神秘的法国画家。他生活在战乱年代，故乡饱受战争摧残，生平鲜为人知。我所欣赏过的康乃馨画作，拉图尔有数十幅，他总是选择橘红的色调，采用特定的色彩，构成纯粹视觉上更为纯粹的母爱主题，花朵与花朵间的共同属性，让人性自然和谐。

梵高和拉图尔画的康乃馨都属于静物画。在西方，静物画于十七世纪的荷兰获得巨大发展。在中国，广义上讲，最早的是旧石器时代石头上和陶器上的画；从狭义上讲，最早的是北齐至隋之间画家展子虔的《游春图》。

画家马奈一生创作的全部作品中，有五分之一是静物画。他宣称，静物是"绘画的试金石"。

时光，在一朵花身上静止，这便是绘画。静物画，展示了艺术家让时间和美丽永恒的能力。

康乃馨泡茶，喝法极简，取三四朵花瓣，开水冲泡三四分钟即可，也可与其他花草搭配做茶，像勿忘我、紫罗兰、玫瑰王、牡丹花、蜡梅花，其好处《本草纲目》上面有载："茶性微凉、味甘、入肺、肾、经，有平肝、润肺养颜之功效。"

我喝过一杯康乃馨茶，入口，甘甜的滋味贯通口腔，入喉，五脏六腑跟着滋润。那晚，我睡得很是甜蜜。翌日清晨醒来，忽然想起一个比喻：人的身体是植物的试验田。自此，饮之便成日常。

不要以为，花店里的蒲公英可以随意栽培。前不久，朋友帮女儿开了间花店，听说店里的鲜花都是飞机从南方运来的，是温室培养出来的花，是花束、花篮专用花，这让我长了见识，一直以为是卖花者自养，或在就近花圃定购。

一般百姓人家也可盆植康乃馨，不过北方人很难养过完整的一年，它既怕水涝，也不耐干旱，稍不精心，温度掌握不当，就会烂根枯死。相比而言，石竹好养些。

同一种花的不同颜色，甚至花瓣

的多少，在审美目光的观照下，有着不同的内涵。用它做礼物，皆与爱相关。譬如康乃馨，白色喻示纯洁，红色喻示热烈，黄色喻示友爱，粉色喻示母爱。花朵数量不同，花语不同，一朵为你是我的唯一，两朵是心心相印，一千朵呢，爱你一万年。一种植物，蕴含人间大爱，便是包容了整个世界，就像美国画家奥基芙说过的："如果你手拿一朵花并且认真地观看它，你会发现一个世界，而我想将这个世界分享给其他人。"

植物是一个世界，这样的比喻我太喜欢。

赵丰，中国作家协会会员，出版《河流记》《哲学的慰藉》《禅与物》《小城文化人》等文学著作18部，在《人民文学》《中国作家》《北京文学》《散文海外版》《散文选刊》等报刊发表作品，获冰心散文奖、孙犁散文奖等。

茶青引

赖韵如

1

春雨霏霏，百万牙尖鼓胀，一垄垄青绿指向苍穹，那是故地的春茶。茶长在远处的大山上，日头升起时，云雾缭绕，雾慢慢散去，依稀可见山头圆实，中间有两座石山竖立，恰是公狗长吠。

山，便叫狗牯脑山。

茶，以山命名，曰"狗牯脑"茶。

据县志记载：1915 年，茶商李玉山采用遂川狗牯脑山的鲜茶叶，制成银针、雀舌和圆珠三小罐，交由农商部运往美国旧金山参加巴拿马国际博览会，一举获得巴拿马太平洋万国博览会金奖。此后，狗牯脑茶多次在国内国际获奖。狗牯脑茶叶片细嫩均匀，碧色中微露黛绿，表面覆盖软嫩的白毫，茶水清澄，略呈金黄。茶味清凉芳醇、回味甘甜。

我哪里懂县志，只知道故乡家家户户，都种茶。大事小情一壶茶，茶在茶山人心中，跟粮食一样重要，客家话甚至常说家里的茶为"口粮茶"。粗茶淡饭，粗茶放在前面，大概是因为茶连接了物质，也链接了思想、精神。口粮茶对一芽三叶或四叶不讲究，是新茶即可。碾揉好茶叶，烘干，放进厨房的陶罐里。一年四季早起第一件事，烧水煮茶，热水瓶塞一把茶，灌山泉水；大锡壶塞一把茶，泡山泉水；出门寻副业的，绿皮军用水壶还得灌满茶水。

日子寡淡，还细水长流，怎么能少得了一壶浓茶？左邻右舍见了面，寒暄几句就约上了："到我屋家食碗茶嘞！"

"那家人，小气着呢，去他家冷茶都不见泡一碗！"

"某某家的妇娘，灵醒得很，端出的茶，清清秀秀。"

茶是口粮，也是人情客往，更是村庄人的品性。

2

茶山日子袅袅，妇娘们有忙不完的茶事，编不完的故事。

清明前摘芽头，清明后采一芽一叶。茶叶一半出售，一半留家。

清明，自家园子的茶没摘完，趁着好时节，祖母又领着村里的留守妇人们去了附近的狗牯脑大茶场做"采茶客"。几天后，听闻高山茶芽头好价格有起色了，又陀螺一般，辗转老家国营林场的高山茶园。

湘赣边国营林场的高山茶园，有上百棵老茶树，栽种的多是老品种，碗口大的茶树长在宽阔的山谷里。深谷由长满荒草的鹅卵石古道连着，乔木、草甸、茶叶相接，在四季里肆意着色。

高山茶园中央有一排长坡地，依稀可见残垣断壁，据说原来是链接湘赣边的山市。古老的山市变成茶园，传说就蒙上了奇幻的色彩，那些老人们夜晚聚在屋场，就着浓茶，拼凑出各种故事：某老古人，爱女心切，女儿出嫁十里红妆送茶园；山上的那间阁楼，是九尾红狐住的宫殿；某年某月，过兵，土匪洗劫山市……

许是那些传说的缘故，坡地房屋遗址内长的老茶，生得油润肥厚，却很少人去采，像是怕惊扰了古魂。祖母才不管，背着竹篓和干粮，带上我和堂姐。在坡地闷声采摘。

有一次，我在山间的断壁间乱窜，隔着茶树和荒草，看见了一红一白两个影子在坡地的大树下晃动，我惊呼一声，风一般撤回到堂姐和祖母身边，说刚刚撞见了九尾狐。祖母没有慌，拿着砍刀径直走向大树后。一会儿，男女人声响起来，祖母打了一声响亮的吆喝，厉声呵斥：现世宝，你们光天白日发情，做鬼事吓到我崽，今天不按规矩走，我让你们跟我的骨子姓……

夜晚，月亮爬上屋场的瓦楞，妇娘们坐晒坪的竹椅上聊天。一个似曾相识的男人来了我们屋场，男人抱着一个森林防火的迷彩背包，放下一匹红布，一筐红鸡蛋，嗫喏着说了几句话。

长舌花嫂跟进屋，与男人撞个满怀，男人转身悻悻然匆匆离去。阿婆来不及收拾那包东西，花嫂抖了抖红布，嘴里发出"啧啧"声出去了。

屋场晒坪立马热闹起来，嘈嘈切切变成热浪滚滚，老仙婆说按老古做法，发生这号龌龊事被逮住都要浸猪笼，披红上门赔礼便宜他了；花嫂又进屋扯着阿婆的手肘出去，瞪大眼鼓问个不停，阿婆把茶缸举起，咕咚咕咚灌热茶，说我老婆子死皮耷眼，刚进屋的是谁都还没看清就被花嫂吓走了。上屋凤姑站起，她扯了扯裤腿，那条牛仔裤在她壮硕的大腿上显出十足的弹力，她大笑着搭腔，说老嫂子，你不用替人遮丑，今天现场直播，你老人家看过瘾了吧？阿婆把剩茶泼向凤姑，凤姑躲开，一屋子的笑声把瓦上的月光都震颤了。末了，隔壁做媒的婶娘开了口，说刚刚出去的小伙子面熟，托过媒哩，相上村尾的叶寡妇了，都什么时代了，单身男女自由恋爱郎情妾意有什么笑头……

小孩哪里能听懂大人的闲话，我们一窝蜂进屋，把红鸡蛋剥开，蛋白真白，蛋黄真香，三五个接连着塞进嘴，饱嗝声此起彼伏。鸡蛋分完，堂哥小胖解下竹筐上的红布，一伙孩子顶着红布跟出门。晒坪上，大人们依旧争论不休，孩子们哎呦哎呦卖力拔河，月色在长长的红布带上跳跃腾挪。

3

茶叶长势好，茶山的男人的茶，也做得精细起来。

铁锅是专用的，缺专用的去邻舍家借。锅烧红了，手翻飞起来，茶叶啪啪杀了青，捞到簸箕里用力挪搓，茶味出来后烘干，茶终于做出来，满屋茶香。舀一勺茶叶，瞅瞅，呈半螺旋状，放到盖碗里，开水一冲，汤色澄澈，绕舌三圈，不浓不淡，鲜爽得很。

"哎呀，清明前的狗牯脑，蛮筋道！"老人们呷一口自己手工揉搓的苦茶，非要打上狗牯脑的名号。往实里说，我们那旮旯，离真正的狗牯脑茶山还隔了好几个壁呢，可周边村坊，家家户户都说自己的茶，就是狗牯脑茶。

祖父好茶。他在村里做干部时，动员村民开拓了草岭、伯公坳等高山云雾茶场，村民们信服祖父，历经艰辛，村集体终于有了一份有收入的产业。

村里的男女在春天忙得团团转，早早起床去茶山采摘。祖父和各村的干部一样，派去学习正宗的狗牯脑种茶制茶技术，私下也常去茶山会茶友，按他的话说是"舀舀水"。公众也知道，附近同海拔的茶园，土壤肥沃适合种茶，山头常年阳光云雾眷顾，出品的都是上等好茶，差距更多体现在制茶的功夫上。

去狗牯脑茶山师父家"舀水"回来，祖父买来新铁锅，选了伯公坳采回的高山茶叶。杀青、揉捻、整形，烘焙，提毫，汤色一出来，嫩黄、澄净，天山共色。嗦一口，淡淡的栗香味。祖父嘴角藏着笑，吞咽的喉头，有了鸽子的欢叫声。

伯公懂茶，尝了一口，笑了笑，说："茶是手工茶，做茶的水还没有舀满，后味回甘还欠点意思。"小孩们听得云里雾里。

祖父依旧坚持做手工茶，但多数给自己喝。而远近村落高山茶园的茶叶，大多卖到茶青市场，制茶的事，交由专业的师父。

对茶讲究的村民，也来请教祖父

的手工制茶。做出的手工茶，仅有一小盅，用防潮纸包好，放进阁楼的洋锡瓶里，得闲了拨拉一小撮拿来享用，年节里来了外地的贵客，才大大方方地拿出来，顺便不显山不露水地夸一把自己手工茶的成色。

呷一口茶下肚，便想起春天的风雨，想起茶山的男人和女人，女人们钻进风雨阳光侍弄土地上的青绿，男人们打开厅厦的腰门，他们坐在凳子上对着簸箕里发烫的青绿揉捻，眼风时不时架往山外，山外有翠碧的青山，有苍老的浮云，更有浩渺的召唤。眼皮底下的手掌，运着暗劲，那暗劲里藏着艰辛，藏着爱怜，也藏着茶乡的沧桑日夜。

4

阿爸和村坊所有的男人一样，爱喝浓茶。据说浓茶入口苦，吞下回甘，饮后神清气爽腋下生风。但在我童年的味蕾中，浓茶，却少有回甘之味。

作为十里八乡有点口碑的裁缝，村口吊脚楼的杂货店，是阿爸的营生之地。漫长的冬日，阿爸早早开了店门，整理好货架，生好门外的炉子，剪刀便开始在案板上虎虎生风。等窗边的缝纫机轮子和线圈吱扭扭一转，火炉子上那壶浓茶也咕嘟咕嘟起了白雾。

吃过早饭，白气依旧在明灭的炭火里袅袅升腾，三三两两的人，顶着冬阳陆续进店，瞥一眼那壶老茶，便恋上了杂货店的长桌短凳。

一时间，新闻旧事复活了，荤荤素素的段子，就着浓茶流传开来。阿爸吩咐我姐弟俩守着柜台，并注意给来客加水添茶，我们脚上长了风火轮，哪里困得住？端一打搪瓷茶缸丢入锡盆，浇两瓢井水一泡，小嘴一努，各位自拿杯子自取茶吧，本姑娘有要事，尥蹶子走人了。

逛店的年轻人，会拉上杆子打几盘桌球，小孩子除了迷恋柜台的气球、松脆饼、"唐僧粉"，还对后院着迷。我家的后院有两棵树，一棵柿子、一棵柚子，树干有腰身粗大。树的一侧有溪流，那是鱼虾蟹出没的地方，夏天，树下的溪是我们孩童的乐园。秋天，稻子收割了，稻草把子被堆放在后院，供我们打仗、捉迷藏。冬天的乐事在树上，我姐弟俩在树上安装了稻草秋千。粗粗的稻草绳，两根搅在一起，一头安装在柿子树枝上，一头捆扎在柚子树枝上，中间倒吊的小板凳，被屁股磨得油光锃亮。

一伙孩子在后院跑得大汗淋漓，口干舌燥，回来杂货店猛灌一口茶，咕咚咕咚，真苦啊，茶不对孩子的胃口，纷纷吵着大人要柜台里的橘子汽水。一年四季，爸爸的橘子汽水都紧俏得很。

有一回荡秋千，胆子最大的华牯站在秋千架上，吩咐我们使劲推，飞到半空的少年还把一只脚向后翘起，柿子树枝惊颤着，我们合力推着，小胖哥挥着手臂憋红了脸喊节奏。柿子树枝发出怪声，一场危险在临近，树枝吧嗒一声折断了，少年一个趔趄，就冲到院门外去了，一伙人蒙住嘴怔住，院门外没有声息，只有冬风呜呜地吹。我们走出去，哭声才沉闷响起，华牯的手脚瘫软在碎石路上，头钻在沙堆里，血汩汩地从身侧渗出，后院门外是一堆明沙，打台阶备用的。看见血，我们冲着南杂店呼喊，大人们出来，抱起华牯往村外的寒先生家跑……

华牯的腿骨折了，肩背有外伤，寒先生说幸亏头扎进沙堆，要是扎进石头或溪流里，早就一命呜呼了。

秋千事件让后院儿童乐园成为禁地，我们的杂货店冷清了一段时间。来店里的邻里似乎少了，偶尔来人也匆匆买到东西就催孩子们走。门口炉子上的炭火明灭，茶壶吐出的白雾也飘飘摇摇。

阿爸板着脸，刀子般的眼神刺过来，他咬着牙齿，点着我们的鼻子骂：一天到晚，就知道飞天打煞疯玩。你们不愿吃苦茶，就给我好好读书，走出去，走出这片苦茶山，不然敲掉你们的牙槽骨。

转身，他摇晃着身躯，提着松脆饼干和水果，去华牯家了。我偷偷跟去，阿爸在屋内小声询问伤势，床上打着石膏绷着白布的华牯看到窗外的我，嗷叫了一阵。阿爸低声安慰着华牯的父母，又满脸歉意地拿出一个信封，放在桌面上。那里面装着一包鼓鼓的零钞，那是杂货店收来的零钱。

华牯黑胖的妈妈端了清茶过来，推开爸爸桌上的信封："不怪你，春叔，孩子调皮，在哪都难逃灾殃，没说是你家杂货店的错……"

阿爸说："我那两个鬼崽子，读书不上心，玩起来飞天，不知轻重。我也是一点心意，没多少。华牯没事就好，我天天起床都祈祷，孩子可不能跟我当年一样，跌倒留下后遗症。"阿爸撸了撸他的裤脚，那裤脚下的腿，有些变形，跟另一条腿不匹配，他坚决把零钞留下，喝了一口茶，便起身摇晃着走。

华牯的爸爸追出来，说："春叔，你回去不要打骂孩子，你有脚疾，还带着两个孩子，也不容易，这钱，算我们借你的。"

开春时节，华牯拄着杖，又开始瞒着家人找我们玩。满山的茶叶冒出芽头，大人们都去了茶山。杂货店后院门开了，我们丢下课本，后院又开始热闹起来，小伙伴们继续在后院奔跑、荡秋千、跳房子，跑累了，拽着零钱返回杂货店喝汽水。

阿爸不再允许我们姐弟俩拿柜台的货品。汽水本来就不多，更打不了马虎眼，只得自己想办法：半杯浓茶，半杯白水，一小块方糖，搅拌勾兑，用漏斗灌进空汽水瓶，自制汽水就好了。

我们坐在后院的树杈上喝汽水，一伙孩子汗津津的，对着汽水瓶嘴吮吸。我们也吮吸，舔瓶嘴，只不过我姐弟的汽水里，不再是往日的甜味，吞下，茶的清苦，霸道地掩盖住半块方糖的甜，像阿爸板结的脸。

5

故地出名茶，圩圩茶事盛。

茶事盛在山上，也盛在街巷，街巷的茶事，盛在茶馆。各个圩镇都开着茶馆。楼上楼下，前厅后堂，坐着茶客。

茶馆的对联雅俗共赏。

"客至心头热，人走茶不凉。"

"从来名士能品水，自古高人爱斗茶。"

"万丈红尘三杯酒，千秋大业一壶茶。"

门楣上的红喜帖，随风摇曳，写满了招财顺意的心愿。"招财进宝、财源滚滚、春和景明、春风得意、一帆风顺、四季平安、八方来财、门臻百福、恩泽千秋、万事如意……"

真正享受慢时光的多数是老人，一口茶点，呷一口茶，慢悠悠的时光在喉头流转。

茶山人聚会议会就说"吃集子茶"，婚前双方要在茶馆"写茶单"，茶单上有双方的生辰八字，有彩礼陪嫁协议。

茶在茶馆是社交，是应酬。茶事是茶山百姓的喜怒哀乐，生命节点。红白喜事、男婚女嫁得商谈，春耕秋收、商贾交易要交流经验，邻里纠纷、家族恩怨要调解，风水择日、乔迁升学哪件不是大事？是个事就得拿到茶桌上来。

一壶高山茶，一方八仙桌，四条方板凳，一盏浸坛青椒，一碟盐渍荞头，一盘葵花籽，几块油煎豆饼。茶一块钱管够，茶点也是几块钱。茶馆生意好，茶汤得清爽，茶点得够味。别看茶点品类都差不多，口味却千差万别。林家的浸坛辣椒爽口，邓家的炒葵花籽恰到火候，茶客们门清着呢。小镇那么小，逢人说乡音，日子久了，大家心知肚明。

祖父后来调入圩镇的信用社，他常常被请到茶馆谈事。谈的话题，多跟邮寄、账目、帮人存贷款之类的相关。他一边品着茶点，一边耸肩、搓手，把打算盘按计算器的指节按得咔嗒嗒响，他借着茶舒缓伏案的劳损与艰辛。

有时候，祖父也常被请来茶馆做中人。他们请祖父坐上席，各种茶事纷纷呈现：一对推脱赡养之责的兄弟被祖父骂得狗血淋头，两家商家握手言和。有一次，已订婚的女方突然反悔，跟着自由恋爱的对象远走高飞了。男方的家人在茶馆叫嚷着，把茶桌拍得咚咚响，茶点果子散落一地。祖父把咆哮的男人按坐在条凳上，给男人的父母加了一杯茶，他在纸上写写画画，说着和解的话："您两家啊，都是大姓人家，事已至此，先退还彩礼，时代进步了，早都恋爱自由了，婚姻前世定，姻亲不成仁义在哈……"男女双方还在争执，孩子们不知道发生了什么事，抓桌上散落的果子吃。旁座的一个妇人撩起衣襟，露出梅红的花裤边，悄声把糖果和瓜子抓进裤兜，看我盯着她，便顺了一把到我掌心。我咂巴茶果的时候，看着男人的嘴唇无力地哆嗦。窗外，茶山漫山遍野的翠碧在奔涌。男人猛灌了一壶茶，他踉踉跄跄，恓惶离去。

外婆家在山那边。赶集的日子，外婆就从山里出来。遇见外婆是欢欣的，她会给我们买汽水、油饼。欢喜了，也带我们进老街的林家茶馆，林家的茶点好吃，糖果好吃，老板娘还亲热得很。我照例和外婆共一个条凳，照例只对茶点感兴趣。

这一次，坐在我和外婆家人对面的，是两个陌生人，一个长发女孩和一个缺了牙的老人。外婆笑眯眯的，她点了正宗的狗牯脑绿茶，点了六样招牌茶点，轻声细语和他们交谈。他们说什么我一点记不清了，我一直在看那个女孩，我发誓，她是我整个童年时代的女神，她的睫毛弯弯翘起，眼眸里闪着星星。头发茂盛得像春天的森林，头顶的马尾辫子又多又长，连同刘海梳得一丝不苟，发尾一直垂到条凳下。我下意识地整理了一下耷拉在我头上的羊角辫。她的胸部隆起，把碎花衬衫撑起一个优美的弧，她抿一口茶，吃一小口茶点，抿着嘴嚼。我盯着她看，她对我微微笑"细妹子，你今年几岁？"她的声音温润，那是被好茶滋养过的音色。我开始忍住频频伸向杯盘的手，学着她的样子，整理刘海，小口喝茶吃茶点，斯文端坐。

后来，那个长发女孩成了我的小舅妈。

6

请采茶师父，一直是茶农的心头事。

春天一来，茶叶呼呼生长，茶农的心事也呼呼蹿上喉头。中老年是采茶的生力军，本地不够，外地的中老年妇女涌进来，在去茶场的班车上，你可以听到不同地域的方言，他们都是"采茶客"，奔赴同一片区的茶园。

高山老树茶，茶叶金贵，都长在犄角旮旯的大山深处，茶叶贩子找到当地人问路，摩托车呼嘟嘟响，一脚油门，茶山便到了。山区高山茶园看不出垄行，栽种的多是老品种，高过人头的茶树在地里生长，一声长长的吆喝，茶娘们就出山了，背上的一筐筐翠绿倒出来，在电子秤盘上渲染春天的色彩。

采茶队伍里，还有一群特殊的群体。他们是一群中学生，大多留守在家，利用周末挣一点零花钱。

阿绿就是学生妹采茶队的一员。她成绩一般，干活是一把好手。

周五的下午，临近乡镇中学的门口围得水泄不通。一些女学生留在门口张望，她们三五成群，在等待熟悉的茶东家召唤，或者等陌生的茶东家发出邀请。茶东家陆续赶到，他们刚刚从茶园或者烘茶房出来，腰间别着钥匙和一个年代特有的翻盖手机，指甲缝里都是黑色的茶汁，头发上还粘着茶叶沫子。茶农一眼就能发现那些淳朴利索的采茶高手。

好看的阿绿伸长脖子，酡红的脸，浅浅绽放的酒窝，小麦色的臂膀，胸前有了微微的奔凸，她撩刘海的动作迅敏利索。她很快就被询问上了，交流一番之后，阿绿用茶东家别在腰上的手机打了父母的电话。就和小伙伴们踏上了茶乡的班车。上车的女孩有着共同的特质：精干勤谨，忽闪的眼眸里透着耐性与灵巧。

阿绿今年又去老主顾家采茶，我是刚刚上初一，跟她同扫一片包干区，周末她便带上我，我们去了邓通三郎村庄的一户茶农人家。

老主顾邓家妈妈见到熟悉的学生妹来了，嘴上亲切呼唤，晚餐做了一桌子饭菜，喂养我们肚兜里饥肠辘辘的馋虫，夜晚，我们四个女孩住在同一个房间的两张床，叽叽喳喳地聊天。

一早，雾还舒坦地盘在茶山山腰，我们背着背篓采茶了。阿绿的双手飞快地在茶树上翻飞。她摘下的贡品短小精壮，匀称颗粒分明，一点杂质都没有。我虽然快，但是，背篓里的贡品常常出现芽叶和其他杂质。旁边的小胖玲儿，蹿上蹿下，摘下的芽头常常从掌心漏出来，干脆换了采法，专掐一芽一叶。我对面垄的小玉慢慢地采，像数一颗颗翠绿的米。

邓家妈妈爱唱山歌，她在靠近杉木林的角落里采茶。扯着嗓子唱客家方言山歌，偶尔也和对面的汉子对唱，那些山歌里，充满了娇怜妹妹心肝哥哥的内容，半大的姑娘们听着脸红，而邓妈妈不管，她扯着喉咙唱，嗓子如溪边泠泠作响的水流。

邓家的男孩岳也在上中学，他提着袋子给采茶人送饭。听到妈妈拖着腔调唱山歌，难为情地别过脸去。真是神经病，他嘀咕。我们在茶树下吃饭，他偷看着嘻嘻哈哈的女孩们，眼睛转到阿绿身上时，脸立马红了。他把女孩们茶叶篓里的茶青一一放到电子秤上。阿绿甩着马尾拿眼风笑他：秤那么久，看不看得准哦？他哼了一声刚刚变声的鸭公嗓子，脸又红到耳根了。

傍晚下山的时候，几帮学生在一个山头相遇，他们交换了电子秤的数字，便开始打闹起来，互相扔粘衣裳的草籽。团战时，岳扔得最起劲，他把草籽一把把丢在绿的长发上，看着阿绿哇哇大叫，便更起劲了。

7

身居异乡，自我介绍籍贯时，对方便心领神会大笑一声：哦，你是狗牯脑的！说完抿抿嘴，打量一番。好像刚饮完一壶清茶，好像我是狗牯脑茶山上的一枚叶子。

其实，过去不少时间，我们都被人用嘴和眼神唤着：乡巴佬。我们羞于提及故地的人和事，对狗牯脑人这样的称谓和打量，常常心有波澜——狗牯脑，那是多土的名字。品茗读书，是风雅之事，历来的茶名，也一个比一个文明。相比于西湖龙井、碧螺春、铁观音，狗牯脑这样的名字，算名字吗？它约等于乡土、野蛮、生猛、粗粝。

茶山姑娘阿绿，成为茶园的新妇。当年羞涩的男孩早变成成熟稳健的新时代茶农。夫妻二人有了专门的门店，家里采茶、制茶、包装、门店一条龙。阿绿娴熟地称茶、包装、封口，还对着抖音直播的镜头，大胆地唱歌跳舞，推销讲解，她酒窝绽放声音甜美。

小舅妈已人到中年，茂密的青丝已夹杂了多缕银线，叫嚷孩子的声音里，高亢有力，夹带着岁月的风尘。而笑眯眯的外婆，和很多采茶的妇人一样，早已把血肉和骨头隐进茶山。那桩茶事，那个喝茶的长发女孩，谁会记得呢？它只变幻着在我脑海中出现，那笑容，还像春风吹过森林。

采茶的阿婆已老迈，她受得风湿多，手脚发抖，哆嗦着在房前屋后踽踽独行。做茶的祖父，瘦成皮包骨，他再没有气力站到大铁锅前炒一锅手工茶给儿孙，更没法出街赴一场茶事。这个爱热闹的体面人，在一次大病后面如茶色，他喘气，摆手，不愿跟儿孙一起上桌吃饭。有时候从床上坐起，都需要阿爸搀扶，他接过家人煮的饭菜，草草点几筷子。他郑重端起浓茶，嘴唇颤抖着，在满是茶垢的专用茶杯边沿试探。茶后，他在躺椅坐下来，把眼风架向窗外的茶山，以及茶垄之下的万丈红土。

茶山的小伙伴一拨拨远走，我遵循阿爸的告诫，通过读书在城市安身，远离乡巴佬的称谓，我也常常劝慰故地的弟妹，要远离那个贫瘠的旮旯，走出茶山见世面。回望，却常常心生愧疚，觉得自身是故土血地的逆子，是祖先的不肖子孙。我的口中，讲不出茶的工艺，我的味蕾，从未在茶水里开过窍，我的头脑里，装不进茶的生意，茶的文化，更不谙茶的道行。

这几年，我附庸风雅，每有师友远道而来，我常常赠予故地的茶叶。我穷尽很多力气远离的茶山，成了念想与乡愁的落脚之地。

在城市的茶庄聚会，老板拿出一包狗牯脑手工茶，据说是一位老人手工做的，友人正准备泡开拍摄杯中舒展的茶叶。一位练书法的老茶师过来，得知是狗牯脑手工茶，他的长寿眉兴奋得一抖一抖的，告诉大家，此等尤物，不可以寻常方法泡制。必须用翻腾的沸水，高冲之，轻摇之，然后焗之，焖之，发之，趁热牛饮之。喝完之后，友人大笑：这下开眼界了。

不就是一壶手工茶么？我迟疑着喝了一大口。怪事，这次，我的味觉竟然奇迹般被打开，口中的茶，清新回甘，茶下肚，脾胃里都绵延着漫山遍野的花木香。我听到自己的身体拔节，每一根毛孔都找到姓名。默念一句故地之名，那些的记忆又沉渣泛起，那些悲欣交集，在茶雾里奔涌。

赖韵如，江西省作家协会会员，作品散见于《散文海外版》《散文》《散文百家》等。合作出版《瓷上记忆》文集，有作品入选《原浆散文精品集》。曾获第八届井冈山文学奖等。

寻访老凹村遗址

包光潜

一

去老凹村的山道，被蓁蓁草莱堵得严严实实。事先没料到这一层，我就匆匆忙忙地随着松林进山了。好在松林仍然保持着乡民的果敢，在前方开路，左踩，右踏，蹚出一条路来。高过一人深的芒草和白茅，难免不与肌肤亲密接触，而致浑身瘙痒。汗水浸渍后的痒与痛，令人苦不堪言。溪水泠泠，我们不约而同地就着汪汪的溪流洗濯一番。清澈的溪水可以解渴，可以暂时解除溽热，却不能止痒祛痛。

我问松林，老凹村真的就这么废弃了？

松林回过头来，冲我笑笑，无可奈何地摇摇头——还能怎样呢？

是啊，还能怎样呢，难道让乡亲们再一家一户地搬回到这个出行多有不便的老凹村来？

谁会想到经历了千年时间洗礼的老凹村，竟然如此悄无声息地消逝了。恐怕很多当地的青少年都不知道老凹村的存在了，有的恐怕连老凹村这个名字都没有听过了。打开百度或谷歌地图，已经没有老凹村这个标记。它已然成为山野的一部分，自然的一部分。世俗的喧嚣消失了，便有另一种超凡的静谧。有人远离，有人向往。

即便在生灵涂炭、战火纷飞的年代，老凹村依然保持一份人间的安宁与寂然，俨如世外桃源。即便是躲避战火的流民和退守疗养的伤员纷至沓来，让这个深藏云岩中的野寨喧哗一时，但喧嚣中仍然葆有天然的宁静——治愈的伤员重返部队，流离失所的氓流有的又回到了故乡，有的留下来生儿育女，成为老凹村的村民。

二十世纪七十年代之后，老凹村连年遭遇山洪肆虐，然后是天旱地坼。水土流失，地墒恶劣，庄稼歉收，粮油供给严重不足，青山绿水一下子变成了穷山恶水。流水潺潺的溪与涧，一年当中有一半时间是枯竭的。造了几次山塘，都被山洪冲垮，还造成了下游民舍被毁。集资掘井，可资在哪儿？面对日益恶劣的环境，各人想各人的辙，譬如女孩子想方设法嫁到山下，最好是城镇，而男人想娶上媳妇更是难于上青天。

最大的民生问题，自然是人畜饮水。遇到大旱，村民们下山到几里外的水库汲水。问题出在哪里，大家心照不宣——连续多少年的森林砍伐，导致资源枯竭，生态平衡被彻底打破。进入二十世纪八十年代，一些先富起来的"万元户"，悄悄地下山安家落户，在镇子上做更大的生意，再不济的也能买一辆农用车或三轮车跑跑交通。看别人先后下山了，而且富裕了，老凹村哪个心里不是痒痒的，穷则思变，

变则有了活路。等到新世纪国家落实移民建镇的政策，老凹村只剩下两户人家了，而且都是空巢老人。一家在山坡上种植烟草，一家在山林里放养蜜蜂。后来实在经不住子女的劝说（其实也耐不住山野的寂寞），他们就撂下手中的活儿，下山享清福了。

松林说，一开始的时候，老人们还悄悄地返回老凹村，在坡地上种点庄稼或烟草，该放蜂的还放蜂，该种玉米或芝麻的还是照常种植。随着那个放蜂老人掉进山涧而意外身亡，其他老人也就不敢再上山了。

二

抵达老凹村教学点，面对坍塌的二层小楼，我潸然泪下，突然哽咽。

我也是一位教育工作者，见不得如此荒凉与颓废。望着东倒西歪的楼房上生长着茂盛的草木，莫名的忧伤深深地震撼着我的心灵。蓬勃无序的荒草，无边无际，漫山遍野——掩映其中的一切人为的物件，包括粗粝的混凝土、断裂的砖瓦……它们又回归了自然。藤蔓处处，苔藓蔓延。操场边沿的旗杆似乎没有完全腐烂，攀附了密集的藤本植物。近前一看，竟然是生命力旺盛的拉瓜藤，学名葎草；再仔细端详，先于葎草攀缘的乌蔹莓已然被它俘获，精血被无端吸噬，奄奄一息而致叶片渐渐枯黄。

我凝视旗杆的顶端，滑轮似乎忽辘辘地转了起来，对我们的到来表示

欢迎。山风一阵又一阵吹拂，仿佛听见红旗招展的声响。少先队员们站在飘扬的五星红旗下，行注目礼，然后是《义勇军进行曲》的旋律回荡在老凹村的上空。

松林说，包老师，您太多愁善感了。像老凹村这样被废弃的村庄，全国不知有多少呢。

我问，教学点的黄老师可好？

松林说，黄老师患了肺癌，走了好几年了。

我立即转身，朝着黄老师的办公室走去，寻找那扇永远敞开的门扉和在风中摇晃的白炽灯，还有挂在墙壁上的那把破损的二胡。每次看到或想起那把二胡，我便忆起父亲。父亲是乡村鼓手，又拉得一手好二胡，不仅能够演奏，而且还能自制二胡，工艺

精湛，不输名家。

我和黄老师先后有过两次照面，印象深刻。

第一次邂逅是在一次义务教育大检查中。当年为了完成普及义务教育的指标，黄老师日夜奔走在老凹村的各个角落，家访，动员，苦口婆心，不厌其烦，生怕漏掉一个，不好向领导交差。在普及义务教育验收汇报会上，黄老师突然闯进了会场，诘问现场领导，"你们搞义务教育，是真搞呢，还是假搞？如果是走过场的话，那就劳民伤财了，我也被伤得不轻。"他一边说，一边撸起裤腿，露出结有血痂的伤疤，"这是前天晚上，我走山道时，不慎摔进沟里留下的——花了这么多的人力、物力和钱财，把几个辍学儿童找回来，又是写材料，又是汇报会。我敢肯定地说，你们前脚走了，他们后脚就离开了学校——老师又有什么法子留住他们呢？政府花费这么多钱财，就白白淌水了，还不如直接给予家庭补助，让孩子来读书。"大家面面相觑，又不好当着许多人的面批评他，只好任由他说了。说够了，他便坐在旮旯里，低着头，抽劣质香烟，一声不吭。

第二次是我专程来到老凹村拜访他，也算是一次采访。我觉得他身上有一种光亮被大山遮蔽了，被泥土潜埋了。

至今弄不明白，村领导怎么知道了这事儿。他们便以请我吃饭为由，横加阻挠，当然没少说黄老师的坏话。

一言以蔽之，就是宣传黄老师十分不妥，对于其他乡村老师也很不公正，还会给义务教育工作带来负面影响。后来，这事儿竟然捅到了县里，我写的稿子自然变成了死稿。这番经历之后，我更觉得黄老师是一个个性非常特别的人。即便稿子不能发表，我也一定要在以后的文章里写到他，或者专门为他撰文。

印象极为深刻的是，年过半百的黄老师，牙齿焦黑，右手食指和中指之间被香烟熏得焦黄，如同他皱褶累累的脸。我劝他戒烟，甚至运用动态平衡的原理跟他讲解"烟瘾"的道理——当血液中的尼古丁含量渐渐减少时，也就是犯烟瘾了，必须补充尼古丁才会感觉舒服；吸足烟之后，血液中的尼古丁达到饱和状态，就过足瘾了。如此循环往复，周而复始，而且烟瘾越来越大。"你必须趁自己年富力强时戒了，建立起新的身体平衡。否则老来想戒烟，身体受不了。"我说的时候，他像小学生一样认真地聆听。可他终究没有戒烟。

山风一阵阵地吹来，周遭出奇的安静。

我们面对面地坐在一张简陋的学生课桌两边。黄老师好像想起了什么事情，犹豫了片刻，然后起身，从柜子里拿出一只变形的一次性纸杯，为我泡了盈盈的绿茶。他说，这是老凹村自产自销的上等茶，一般人喝不到的，除非你是大队或公社干部。其实大队或公社的称呼，早已变成了村或乡（镇）了。不知道他是习惯了原来的称谓呢，还是顽固不化？我虽然有点渴，却自始至终没有端起它。我想象那柜子里，有许多蟑螂或其他虫子到处乱窜……问题在于，黄老师见我丝毫不动纸杯，也没有提醒我，一句也没有。他是粗心大意呢，还是心思缜密？我一直为自己当初的行为感到羞愧。

在一棵茂密的构树下，我捃拾一块锈迹斑斑的犁耳。松林告诉我，它十有八九是黄老师生前用过的。他用这块犁耳为学生上课或下课司号，声音有点嘶哑，似乎铁质里迸发出铜的音色。当时正值分田到户的时候，我父亲是老凹村上畈生产队的队长。年轻的黄老师无意中相中了这块尚未生锈的犁耳，便开口要了去，还要了一根几米长的尼龙绳。回到教学点，黄老师将犁耳悬挂在教学楼前的一棵桂花树上，找来一根短钢筋，试着敲了几下，十分满意。虽然它不能与洪钟大吕相提并论，却比素日里尖锐的哨子要厚重得多。

其实，我是见过这块犁耳的。

当时我们讨论复式班教学技巧时，正值上课时间到了。黄老师抬起左腕上的"钟山"牌手表，左一个对不起，右一个对不起，边说边奔向桂花树，抄起短促的钢筋……我伫立在黄老师办公室门口，望着他佝偻的身影，剧烈地起伏——他急促地敲击犁耳，一下、一下、又一下……事实上，我是分辨不清的，只能看到一条弧线在空中闪亮地切割桂花树。金属的声音并非洪亮，也不清脆，甚至有点沉闷，不像我熟悉的生铁。

孩子们大约习惯了，一听到犁耳声，便停止游戏，跑向教室。一边跑，一边回头张望——我朝学生频频招手，黄老师也朝我招手，示意我回办公室等他。他撂下一句话："中午，我们喝酒。"我目送他佝偻的背影，铿铿锵锵地进了教室。

酒实在难喝，不仅苦殷殷的，还烧脑壳子。

有了先前喝茶的教训，我不能再让黄老师小瞧了我，更不能让如此好客的黄老师生出半点尴尬。我十分诚恳地端起笨重的玻璃杯，一巡又一巡过酒，一次又一次杯底朝天，感觉自己豪情万丈，一下子融入了乡村生活的氛围。酒后，我整整昏睡了一个下午。晚上，黄老师说接着喝，我拒绝了。脑壳子依旧昏昏沉沉，看着昏暗的白炽灯，还有点晕眩。黄老师到底还跟我说了些什么，我一点也记不得了。我想出去走一走，呼吸一下山野的空气，遭到了黄老师的阻挠。他说酒后不能吹山风，否则容易伤身子骨的。黑漆漆的山野，稀稀拉拉地亮着几盏灯光，偶尔传来一二声鸟鸣或兽唳。我突然有点想念城里的家了。

敲击犁耳的钢筋条，依然斜倚在构树旁的断壁上。它好像跟犁耳患难与共，不分不离。它们既是共鸣体，更是患难共同体吧。我抄起钢筋，觉得挺沉的。诚惶诚恐地举起它，仿佛举起一段艰难的岁月，由轻而重，由缓而疾……没敲几下，犁耳便碎成了几片，还撒下碎屑若干，落在草叶上"沙沙"响。

松林捡拾一块比较大的碎片，不无伤感地说："我还是保存一块吧，既是对黄老师的缅怀，也是对父亲的一个交代。"

奇怪的是，松林忧伤时，我脑海里却浮现出春耕的景象，譬如犁耳所过之处，泥土有如浪花盛开，散发出特有的芬芳。春天里的另一片田地，我的父亲正在训练一只童牛——"撇着，走沟里""撇着，走沟里"……一遍又一遍地重复着驯化的口令。

三

步入老凹村腹地，透过新生的植被，随处可以看到那些可亲可爱的生活器物，譬如糖罐、菜瓮、酱钵、灯盏、盂、竹篓、连枷、竹耙、畚箕、竹筛、笪笋等。它们曾经喧嚣在岁月的舞台，光鲜了许许多多的日常生活。可如今，它们潜藏在时光的暗处，尽量避开光亮，归于宁静。那些金属的，陶瓷的，玻璃的，依然保持了原有的形态，在尘埃、锈迹的覆盖下，安睡着一颗颗劳碌的凡心。那些竹木制品，多数已经腐朽，有的还可以看到它们的原形，但稍一动弹，便化作齑粉，留给你的只是惋惜或痛悔。

村庄消失了，器物腐败了，新的生命又诞生了。

新生命不断地吸噬腐烂器物的养分，从一种物质变成另一种物质，从无机到有机。它们在鬼斧神工的自然伟力的作用下，又悄悄地回到自然。从物质不灭原理来讲，世上既没有生，也没有死，即便人体也仅仅是一堆碳水化合物而已，跟其他动物和植物别无二致。这不，我们行走的过程，不断地惊扰栖息在器物中的小生灵，飞禽，走兽，昆虫……它们对闯入其领地的陌生人，是异常警戒的，而且恐惧。它们的惊慌失措或逃亡，令我不安。于是，我只好对那些新生的植物——宏大的，或微小的，另眼看待。

一蓬蓬致密的野葛，纵横如网，连成一体，仿佛连绵起伏的波涛。它们正盛开着紫红色的花朵，簇拥着一柄柄圆锥体的花序，矗立在绿叶的上方，恍若冉冉的火焰，有释放不尽的热量。我采撷一束野葛花，凑近鼻孔，嗅了又嗅，似乎有淡淡的香气，似乎什么气味也没有。我问松林，现在山里人还挖野葛吗？松林说，有倒是有，极少，而且都是些老年人，年轻人已经吃不了那个苦了。诚然，挖野葛是一桩很辛苦的事，既要有力气，还要有耐力。过去的岁月，大凡山里人，每到秋收之后，农闲之时，总要上山挖一些野葛，洗一些葛粉，留待来年炎夏冲凉喝，身子不生疮。

扒开密密匝匝的葛藤，我想到荒芜的院落里去看看，遭到松林的竭力劝阻。在拉拉扯扯的过程中，我的脚踩翻了一只罐。提起来一看，几乎完好无损，釉色尚未脱落，上面镌印的兰草，清晰可辨。意外的收获，如获至宝。我将其揽入怀中，好像有人跟我抢似的。有趣的是，里面竟然蹦出一只蚱蜢，吓得我不由自主地扔了手中的釉罐。好在釉罐坠落在密集的葛藤上，抖了几下，安然无恙。那情景逗得松林开怀大笑，既看到我极其贪婪的一面，又看到我叶公好龙或胆小如鼠的一面。

松林说，这个院落应该是老支书家的。他家最先离开老凹村，在山下的镇子上造了一幢风情别致的小别墅。因为两个儿子长年经商，他家成了当地的首富。

我们继续往前探测，亦步亦趋，小心翼翼。

一只偌大的柳条筐，隐隐约约地呈现眼前，里面好像盛满了许多造型别致的空酒瓶子。透过木棍撬开的空间与光亮，我看到筐子旁边有一尊大抵是铜陵大缸窑生产的陶瓮。有了前车之鉴，我没有立即搬动它，而是抬起右脚，踏在上面，轻轻地摇晃，怕里面真的藏有什么小动物，特别是蛇蝎之类。除了听到轻微的水晃荡的声音，别无他物。我才放心将它从葛藤下方拽了出来。

如此上釉的陶瓮在皖南乡村极其常见，家家都有，户户都用。一般用作腌制萝卜等食物，称之为菜瓮，而盛水的则叫水瓮，它们口径普遍都比较小。大口径的广口陶器，也是常用的，通常称之为缸，譬如水缸、米缸等。日子再老，生活再难，什么都可以省一省，但这些器物还是要置办一些的。即便搬家，也是极少抛弃的。

现如今，很多人分不清缸和瓮、坛与罐，常常将它们混为一谈。

小时候，村子里有个上海知青喜欢带领孩子们玩一种游戏，叫请君入瓮——生一堆炭火，在其上方悬吊一个农村常用的陶罐，将捉来的小动物，譬如青蛙、蜥蜴等，扔进去，火一烤，它们便从陶罐中往外跳跃，有的跳出来了，有的又坠回去；跳出来的，也在劫难逃，十有八九又掉进炭火里……整个过程十分残忍，现在想起来，仍然毛骨悚然。

请君入瓮的"瓮"，当然不是吊在炭火上的陶罐，否则人怎么钻进去？后来上学了，方灿华老师讲解放战争的"三大战役"，说到了"瓮中捉鳖"。他说瓮就是每家每户都有的小口坛子，鳖放到里面，怎么也爬不出来。我自然而然地想起上海知青给我讲的"请君入瓮"的故事，立即在课堂上跟方灿华老师顶了起来——我说，瓮如果是小口的话，请君入瓮怎么可能呢？方老师被我问蒙了，躲在老花眼镜后面的一双小眼睛，一眨一眨地瞅着我，不知道如何应对。许多同学回转过头来，幸灾乐祸——看以后老师怎么整你吧——你这个小兔崽子！

方老师非但没有整我，反而逢人便说，说我将来一定会有出息的，然后又深深地叹气。心想，天天被人喊着兔崽子的我，哪里还有什么出息？可时势总是在变化，不然社会就是一潭死水了。恢复高考之后，我成为整个生产大队第一个考出去的大学生。方老师笑吟吟，他啊，我早就知道不简单！

四

在老凹村，遗弃最多的器物还是那些农具和家庭生活用品，譬如锄头、铁锹、镰刀、连枷、竹耙、畚箕、锅闷子、竹筛、笸箩、陶钵、瓷碗等，遍地都是。其中有一只叫"猫叹气"的竹篓大抵因为悬挂在避雨的屋檐下，还没有完全腐烂，尽管墙壁上已经长出多棵构树，叶片毛茸茸的，在微风中晃动。

松林小心翼翼地取下竹篓，徐徐转动，左瞧右看，啧啧称赞制作精巧。不仅篾青和篾黄交替编织，有条不紊，而且厚薄均匀，宽窄一致，十分致密。不可思议的是，篾匠师傅还在竹篓上面编织了一条鱼和一只猫，有点粗放，却栩栩如生。我问松林可知道篾匠师傅的用意何在，松林反而问我，您可知道它俗称什么？我说，应该叫"猫叹气"吧，因为它口径小，又带盖子，却不妨碍空气流通，里面可以盛装鱼肉之类的保鲜食品。面对只闻其香、不见其影的鱼肉，猫儿只能望篓兴叹。松林紧接着以攻为守，既然老师知道它叫"猫叹气"，您就应该明白篾匠师傅的深刻寓意了——中国民间有许多美妙的器物，它们的图案都富有十分深刻的内涵，或庄或谐，机巧迷人。

仔细端详这些即将融入自然的器物，我们的灵魂岂能安宁？它们身上不仅负载着中国几千年的农耕文化和生活习俗，更重要的是它们都有灵魂，有呼有吸，有精有灵的。它们不开口说话，却能借助风声或凝望来表达它们的思想。它们营造的寂静更能穿越时空，一如微波具有更强大的穿透力。

在一处开阔地，我看见一柄斧头楔入木垛中，斜斜地倒在地上，保持了当初被弃的姿态。斧头生锈了，朵朵暗红色的梅花，令它更加美丽，仿佛一位沧桑的老人站在飘摇的风雨中守护着故园，寸步不移。木柄和木垛上都生出了几朵大小不一的红色蘑菇，鲜艳夺目。这是自然通过新的生命的方式，回收本来属于自然的东西。一阵小南风，我闻到了蘑菇的气息，还夹杂缕缕汗香和盐的气味。劈柴的主人为什么突然撂下正在劈的柴，而匆忙离去呢？

我们收获颇丰，不仅看到了大自然的鬼斧神工——在很短时间里将一个好端端村庄变成了生物多样性的植物园，还搜集了许多乡村器物的影像或实物，除了坛坛罐罐，我还找到了一只残损的锡壶和一片搓麻用的瓦缶。

锡壶黯然，丧失了昔日的光芒。尤其是壶嘴插入泥土已久，早被酸性的土壤腐蚀殆尽，我好像看到了一个失势的太监，恹恹无力，蔫头耷脑。我拿起它的时候，正好对着阳光，一束刺眼的光亮穿透缝隙，让其内部变得更加黑暗。作为传统文化的载体——锡器，往往精致美丽，不仅实用，而且耐看。

那片瓦缶倒是实实在在的，完完整整，只是纵横的纹路有点漫漶，毕竟是泥土烧制的，经不起时光的淘汰与风化。

它既不是乐器，也不是容器，而是一片青瓦，却比青瓦大，比青瓦厚，宽度差不多，俗称搓麻瓦或搓线瓦，上面有纵横交错的刻线，便于搓麻绳。讲究的瓦缶，四边还雕刻许多几何图案，譬如菱形方块或几条鱼，意味着年年有"鱼"。不过，在我老家麒麟畈，许多妇女根本上不用瓦缶的，直接在白皙的大腿上搓麻线。我祖母拥有一块精制的瓦缶，青色，锃亮，周边雕刻的就是两条鱼，像鲤又似鲫。每逢暴雨来临，我家老屋的地面以及石礅都要发潮，祖母的瓦缶也"出汗"，淋漓尽致，越发亮晶晶。

最美的风景应该是许多妇女坐在屋檐下，每个人都在大腿上架一片瓦缶，漫不经心地搓着麻绳。更多的情况下，妇女们白天下田干活，晚上搓麻、纳鞋，对着一盏昏暗的煤油灯。此情此景，自然而然地令人想起范成大的那首诗："昼出耘田夜绩麻，村庄儿女各当家。童孙未解供耕织，也傍桑阴学种瓜。"

器物自有形，意蕴皆形中。

古话说得好，形而上者谓之道，形而下者谓之器。器与道当然有别，却往往是统一体，譬如鼎与铭文、"猫叹气"与那条鱼和猫……所以，道与器是不能分离的，形而上和形而下也不是决然割裂。所谓器物，皆人间精灵。倘若在几年前重访老凹村的话，我一定要好好搜集那些被农民兄弟丢失的器物。不一定要摆放在家里，可以呼吁有关部门建立一个农耕器物博物馆。不过，现在呼吁也不迟。要知道，每年都有许多美好的村庄在消逝。消逝的是乡村文化与乡村记忆。

包光潜，在《青年文学》《星火》《飞天》《芳草》《滇池》《四川文学》《湖南文学》《天津文学》等杂志发表各类文学作品200余万字。作品被《散文选刊》《新华文摘》《人民日报》《读者》等众多报纸杂志转载。

古树，在时间之上活着

彭　玲

仰望一棵树，拥抱一棵树，在尘世之中，也在尘世之外。它的喧哗和寂寞，它的嘶喊和挣扎，交给了风雨，也交给了流云。每一次相遇，都让我的心颤了又颤。

塔尖之榆

有这样一枚小小的榆钱，在某个时刻，被命运糊上了满身的泥浆，运往了一个不可知的地方。它原本可以轻飘飘地，随风乱滚，滚到一个低洼的存身地带，小憩或沉酣。现在这些都成了奢望，大自然的魔法，是一枚榆钱永远也猜不透的。

裹住它肉身的，是特制的泥浆，土是细细筛过的土，灰膏也是上好的灰膏，再细心的瓦匠，也没意识到，里面搅进了一枚榆钱。面目全非的它，被托举到了几十米的高空，做了塔顶瓦片下坚实的黏合剂。惊觉的时候已经晚了，这不是一次旅行，所有的挣扎都变得徒劳。

死是自然而然的，活是千难万难，这枚脆弱轻薄的榆钱，被命运的手捏得死死的，动弹不得。

这个意外，发生在清康熙三十七年。

那时候，从南到北，从北到南，运河还是一条生龙活虎的河，河里流淌的不仅是水，更是南来北往的船。人们摇着船、拉着船，把各种物资和梦想，源源不断地运往京城。当人们终于看到一支塔影的时候，他们会止不住惊呼一声：通州到了！京师到了！

古塔叫燃灯塔，建在运河边的最高地，自身高 56 米，绝对高就达到了近百米。始建于南北朝北周时期的宝塔，历经千余年的风雨，巍然屹立。塔有 13 层，密檐实心，砖木结构，八角八面，双束腰，每面多嵌精美砖雕。塔身雕有 424 尊神像，檐角悬铜铃 2248 枚，风来，铃声丁零，清脆之声不绝，游人听之涤心荡魄。晴天丽日下，航船上的人们，在 50 里之外，就能看到塔影，所以这塔不仅是通州的地标建筑，也是风浪中船家的航标。

康熙三十七年，发生了一次大地震，塔身被震裂，摇摇欲倒。这样一座被人们视为航标灯的宝塔，自然不能让它坍塌毁掉，修缮工程紧锣密鼓开始。一枚榆钱怎么也没想到，它被裹进了泥浆里，运送到了塔顶。

睁开眼的时候，它才明白，它站在了几十米的高空，它落脚的地方，只有薄薄一层泥浆。那是塔顶第十三层的西坡，这一惊，差点让它摔下去，它哆哆嗦嗦地缩进了瓦缝，很长时间不敢再冒出头。一枚榆钱，当它鲜嫩无比时，可以做成榆钱汤，也可以变成一种叫"苦累"的食物，那都是幸运的死法，不像这一枚种子，身不由己地摁在了高塔的瓦缝中。

念一万遍救苦救难、大慈大悲都是没用的，死给谁看，活给谁看，都是种子自己的事。

有时候是有艳阳高照的，有时候是有狂风暴雨的，但对于塔顶嫩芽来说，都是一场噩梦的开端。有时晒得昏晕，有时冻得僵死，有时渴得冒烟……命悬一线，那就是它的生活。

但是它都挺过来了。

这一活，就是三百年。

那叫活吗？春天大地飞花散尽，它才抽出几片嫩叶，秋天果挂枝头，它已经飘尽最后一片叶子。可那怎么不叫活呢？在夏天它也有那么一蓬绿意，在冬天它把根紧紧抱住瓦片，从未被风扭断脖子。

它死死活活，活活死死，奇迹般地存在着，直到有一天，塔下的人们无法再漠视它的身影，奇怪地对着塔顶张望：快看，那上面有一株榆树。

惊奇的人们，满心又是困惑的，不知道它是怎么活下来的，也不知道它能活到什么时候。有一年，它没发芽，人们以为它死了，可到了第二年，它竟又长出了绿叶。人们以为它活了，可一场秋霖，它早早光秃了身子，又如枯死了一般。

榆树自己也闹不清是怎样的存在，它只知道有一滴雨也要活下去。那雨，叫天雨，实在太珍贵了，它用薄叶的嘴紧紧吸吮，用鼓皱的皮肤紧紧渗透。但塔身实在是太坚硬了，灰膏泥实在太坚固了，它扎不下主根，生出的全是根须，这些须根像一把扇子，紧紧地抱着顶瓦。三百年的时间，它只长了三米多高，腰身也只孩子的胳膊粗，可是，这就够了，夏火冬冰，风狂雨骤，雪打雹摧，它活成了人们眼中的传奇。

1976 年的唐山大地震，又一次对燃灯塔造成了破坏。塔身搭起了支架，工匠又一次接近了塔顶，这一次，人们小心翼翼把它请下了塔顶，为它修枝打杈，喷药杀虫，并精心栽种在燃灯塔紧傍的西海子公园里。

风柔花娇的春日，我到通州寻访北运河，在公园的葫芦湖畔，偶遇了那株榆树。

如果不是汉白玉的围栏，不是围栏边的碑记和铜牌，我真的很难注意到那棵榆树。那棵古榆只有成年人的腰粗，枝杈蓬松，正在抽枝长叶。

碑上有这样的文字：清康熙三十七年，修建通州燃灯塔第十三层时，榆钱随泥带至瓦垄间，遂生出幼树，此树只靠西北一坡顶面瓦底薄土生存，斗干旱抗风寒战贫瘠，顽强拼搏，屹立于塔顶三百余载。1987年，重修此塔时发现它的直径只有17厘米，高仅3.7米，为保护古塔，将此树移植到葫芦湖边，现在枝繁叶茂，树身挺拔，被视为自强不息精神的象征。

一字一句，像是颗颗雹子，噼噼啪啪砸在我的心上。

这棵并不苍颀的榆树，竟然在塔上生活了三百年！

心中的惊诧和惊喜，瞬间又像阳光一样，倾洒了一身。

如果是在平原旷野上，三百余年的树龄，早该有数人合抱之状。现在它只有几十年的样子，过去的记忆和风雨，似乎全然没有渗透进它的骨骼。是塔顶的风雨，给了它钢铁之心？还是眺望的日子，给了它不老的容颜？如果剖开它的筋脉，那又会是怎样一种密如蛛丝、圈圈交缠的生死记忆？

碧桃映空，古榆生机一片，阳光在嫩叶上跳跃，榆叶也在随风起舞。它似在低语，又似在招呼，它说什么呢？

说那枚榆钱细弱而又顽强的生命，是怎样在瓦底薄土抽出了一个细芽？说那瘦削的根须，是如何抓紧凌空的飞檐，以防风中的跌落？说塔身与垂脊的坚硬程度，让它拼尽全力也无法生出壮根？说脚下的波涛曾经撼动塔影惊醒它的噩梦？说高天的流云和鸟儿曾在它手掌停住，为它耳语一定要撑住？说三百年严寒酷暑它看尽了世人的悲欢，却以无畏的姿态安抚商旅行人的背囊？

在塔上生活了三百年，它的枝叶比塔尖还要凌云。

在塔上摇晃了三百年，它的根须比河水还要动荡。

所以，当人们把它移下来的时候，送给它一个满含敬意的名字：塔榆。

有时候，命运真的很苛刻，生活在草木荫浓处的我们，大概永远不会想到，一棵树，用三百年的时光长得只有胳膊粗，它拥有的是多么稀薄的营养。也永远不会想到，在三百年的风雨中，它靠着稀薄的营养，如何吊着一口气努力地喘息。但当它活成了传奇，活成了一种精神，它就成了不屈服于命运的孤勇者。

爱你不跪的模样，爱你对峙过绝望；你的斑驳，与众不同；你的沉默，震耳欲聋……就当这是送给它的歌吧。

有力量穿透了我的骨骼，是塔榆的教谕，它说，有多少难也要活下去。

活着，像一棵树一样活着，斗干旱、历风寒、抗贫瘠；活着，像一棵塔榆一样活着，即便在塔尖，即便没有土壤，也在瓦缝里展翅。

古柏秘语

大地把沧桑交给树，树又把钢骨晾给天，树在天地之间传递着隐秘的信息，也无言承受着四季的暴脾气。树是走不动的，它只能在风雨中呼喊，在雷电霜雹中硬扛，待到终于把一身筋骨练成化石坚硬，它便成了绝世之树。

不遭三五百年的轮回，是练不成绝世之姿的。这绝世之姿，便是世所罕见的沧桑美，惊心动魄。

欣赏绝世古柏，北京天坛公园是绝佳的地方。它们以庞大的群体出现，和精美绝伦的建筑一起，共同构成了"天人合一"的秘境。

那些建筑我是爱的，旷远朴真的圜丘坛；三层圆檐、青琉璃瓦的祈年殿；像一柄巨伞撑开的皇穹宇；会传递声音的回音壁……它们把寓意、象征、玄学、声学、美学，完美地糅合到了一起。只是，建筑和树各有其美，建筑是匠心独运，而树是天选之姿。人可以拿捏每一个殿阁的造型，可以描摹最精致的玺彩花纹，却无法规划每一棵树疤痕的走向。从这个角度说，树是天然造化。

天坛是"人天对话"的主场，那些参天古树，恰恰为"人与自然"作了无缝对接。树走的是"天然雕塑"的路子。天地的手，爱抚那些树时，从不依着图谱去干活。于是，古柏才有了千奇百怪的身姿。

天坛里有多少古柏，人们数不清，这里是北京最大的"古柏林海"，踏入的那一刻，只觉得它们手挽着手，根牵着根，带着风雷的印迹啸聚而来。随便拎出一棵，就有三五百年的树龄，而六百年以上的古树，也屡见不鲜。

不用我去寻觅，它们自己就轰地撞了上来。门边，是俯身探枝的"迎客柏"；圜丘旁，是干纹扭动的"九龙柏"；欣赏完了"卧龙柏"，"问天柏"又撞入眼帘；刚惊叹完"莲花柏"的神奇，又被"旋转柏"征服；你以为"车裂柏"已奇崛，"抱槐柏"又世所少见……一株株古柏数人合抱，面目沧桑，全脱离了世俗的形状，傲骨冲天，虬曲盘桓，惊世骇俗。

我没办法用语言去描摹它们。筋脉断裂处，似化石直戳人心；骨瘤扭突处，似钢铁巨手掰扯；隆皮少骨处，似酷刑挣扎不屈；盘曲指天处，似绝处逢生的呐喊。每一棵古树都让人浮想联翩，每一棵古树都震颤人心。我对着古柏，有些走不动步子，感觉所有的断裂和扭动，都是在向我心上复刻画面。它们所经历的山崩海啸般的岁月，在这一刻变成了扭动的伤疤复活。

树干都呈着黑棕的颜色，那是木化石的状态，腰腹有的四分五裂，有的骨瘤累累，有的树皮剥离裸奔向天，有的则是褶皱扭结如河如川，但它们都无一例外地活着，老的、残的、断的、裂的……都以各种不屈的姿势抽枝长叶。主根坏了，就生出侧根；躯体裂了，就长出粗干撑天倚地；巨枝劈掉了，小枝就奋起畸斜。

如果不看那些树，你从来不知道岁月会有过怎样的凌厉。一定是有柔和的日子的，但谁又能说得清，和颜悦色和风刀霜剑哪个更多？活到一二百年，它们有资格挂上绿牌。活到三百年以上，它们被挂上红牌，成为一级古树。这是一种保护标志，也是人赋予的殊荣。

其实，那些骨断筋扭、虬枝结疤处，已是岁月给它的最好勋章。数百年的挫磨，沁入树的皮骨，活着，就是它们共同的肢体语言。它们的根向着地下不断钻探，枝向着天空努力扩展，在阳光与大地中，寻找不同滋味的蜜糖。根与枝相背而行，越走越远，但它们却在风雨中不断地呼唤，这呼唤，让飘摇的枝权时刻找到母体的支撑，也让翠羽被撕烂犹如旗帜高悬。

古柏，是替那些深藏其中的建筑，呈现风雨的往昔吗？那些久远的建筑，早已经过了坍塌、重修、复建、多次的垒砌，它们被雷击过，火焚过，炮轰过，我们现在看到的，皆是工匠一次次地修补。当建筑以坍塌表示了哀绝，又以一次次重建掩盖苍颓，其实我们已经摸不到它们的伤口，看不到它们的破碎了。我们只有到资料里去寻觅，或者去想象，某一次地震，某一次雷击，某一次炮轰……建筑的伤害是容易抹掉的，而树不会，守护在

天坛公园里的这些古柏，为那些建筑，也为自己，为人类，做了伤痕累累的代言。

很想问问，它们疼不疼。看那些扭曲或旋转的姿态，会感觉惊雷正从天上滚过，十二级的暴风正摇撼它们的头颅。那个全身开裂的"车裂柏"，肚腹就是这样被生生扯开的吗？那个缺了一条胳膊的"断臂柏"，就是这样被电斧施了酷刑吗？而两株依偎了数百年的"槐抱柏"，是要在彼此的胸膛里，寻找一些庇护吗？而那个不断旋转生长的"旋转柏"，是瞬间被龙卷风扭转了筋脉吗？

600多年，是个什么概念呢？那时候朱棣还在谋划大明的江山，那时候我们的先祖正从山西大槐树底下出发，向着北方寻觅荒园；那时候黄河还一阵阵横冲直撞着改道；那时候燕赵大地有滚滚的洪水向着渤海漫延……那是我们遥想不到的洪荒，古柏全都承受了下来。它用骨疤，暗淡了古殿檐头浮夸的琉璃，祭奠着一次次又一次次焕然的玉砌雕栏。

公园里，一位白发老人，坐在自带的马扎上，面前摆着摄影的架子，他说，这些古柏，不但在四季有不同的身姿，在一天十二个时辰，也都有不一样的美。他像对着路人说，也像对着古柏说，那神情，颇以树的知己自居。也许，他已经拍了无数次了，也许，他想一直这样拍下去，那些树，一定给了他四时八节不一样的美，也给了他从未有过的精神支撑。

这是一个值得凝视的地方，因为震颤的心灵触摸到了生命轮回的光影。名园易建，古柏难寻，每一棵古柏都珍贵如文物。它们由专人保护，并植入了信息钉，有的还设置了围栏，以免游人的打扰。我仰望着它们，在它们伞盖一样的浓荫下，接收着它们对我倾诉的秘语。

历史有时真像一个传说，几页纸就翻过去了，而古柏却坐实了所有的天灾人祸。你看看它们的瘦骨铮铮，也许会明白，岁月的有情与无情，希望与绝望，连同那些无法逃避的暴风骤雨，与无法剥离的酸甜苦辣，全变成了日日夜夜的抵抗和挣扎。它们把枝杈撑起在天空深处，像是为我垂下无限的恩泽。那一刻，我也想一直这样坐下去，看晨曦初照，看日薄西山，看日升月落中的古柏苍颜，在风雨中集体起舞涅槃。

帝王银杏

被意外的相逢震惊，是因为两株银杏树。我现在才知道，大地如果预备惊喜，一定是人无法提前预料的。

北京的潭柘寺，是任何一个季节都不会冷清的寺院。我姗姗而去的时候，正是初夏，漫山遍野的绿植，层层起伏如波浪。我一直以为，树是最奇妙也是最绮丽的物种，蓝天与黄土造就出的树，最是彰显生命的淡定和蓬勃，它们把漫山的生机呈现在我眼中，未入山早已收获了满心清爽。

偏偏绿里闪出山路，山路带出红墙，红墙环绕着黄瓦绿檐的古殿，一路走进去，就看到了潭柘寺山门。人们有句话，叫先有潭柘寺，后有北京城，这句话一下子把古寺的年龄推到我够不到边际的地方。

在我够不到边际的时间之外，两株银杏树猛然撞入眼中。

它们立在寺院中，分列东西，遮天蔽日，仰望如云，恍如仙姝。它们是那么粗壮、挺拔、威武，粗壮到六七人难以合抱；挺拔到躯干若剑，直指苍穹，不见一丝佝偻和扭曲；冠入层云，俯视众生，所有的殿宇都不自觉低伏了下去。

两棵树都活出了千军万马的气势，其中一棵挂满了红布条黄布条，红黄相映，成了院中最显眼的存在，连那些惶惶殿堂，都成了虚化的背景。

树旁有碑，清楚写着，东边的一棵叫帝王树，西面一棵是配王树，曾受乾隆御封。怪不得这么高大威猛，有如天神降临，原来是帝王级别的古树。

帝王树历经风雨，已经是神般的存在。

碑文记载，两棵银杏栽种年月并不相同，先有东银杏，后有西银杏，栽树的人是想给东面的银杏找个伴，没想到新栽的树也是雄树。做不成夫妻，那就只好做兄弟了，千年的兄弟啊，就是这么一齐扛着日月顶着星辰走过来的。

能做一千多年的兄弟，并肩而立，根牵着根，叶搭着叶，晴天里，你对我点头，我对你摇臂，雨雹时，你给我鼓劲，我给你加油——就像那首诗所说的——分担寒潮、风雷、霹雳；共享雾霭、流岚、虹霓，也算是世所罕见的患难树了。

这两棵银杏树，给予我的不只是惊喜，更多的是世所罕有的震撼。

站在这样的巨树旁，骤然觉得人是如此矮小。它们的铜干铁枝倚天驻地，一棵树，就活成了一片森林。

粗干旁，有小树苗在侧根上齐齐往上长着，也有胳膊粗的小枝干在它们的腰身上依偎着，一个个小枝干有一天会抱住主干粗大的腰身，与主干融为一体，这也让一棵树生成了千万棵树，万千棵树又合成了一棵树。庞然树冠竟是它们合力举起，所以树身一点也不畸斜，树枝一点也不旁逸，威武气势妥妥的霸主气象。

木秀于林，风必摧之。许多古树，长着长着要么腰裂，要么腹空，要么变形，也许就是因为树冠的高大，枝杈的拉伸，让躯干难以承受风雨的摔打。可是银杏树竟跳出了这一轮回，树冠连云，腰身由小干不断聚合加粗，既不中空也不弯曲，不能不让人道一声神奇。

我坐在帝王树下，看见千年的流光翳影。它们不是因受封而成为树王，而是因为有了王者之姿，才感动了人

主而已。我震撼的，也不是因为它们曾被加持的荣誉，而是日月星辰如此钟情于一棵树，让它历千年风霜依然茁壮不息。它们的丰茂是大自然的创造，而非人为的给予。

它身旁那些建筑，尽管殿阁峥嵘，但早已不是原身，它们塌过了又塌，修过了又修。黄琉璃绿剪边、重檐歇山、雕龙绘凤、鸱吻脊兽，早已经过了历代工匠的无数次抚摸。人们修复那些建筑时，仿佛是在把一代代的祈愿在心中高高堆叠，而树，无言地见证着一切，灾荒、战争、瘟疫、苦难……承受着一切，又把一切呈现在春天的每一丝嫩绿中。银杏，成了人们眼里的生命奇迹，一次次在冬天顶风傲雪，又一次次在春天苏醒昂头。它的骨骼、筋脉、汁液，饱吸着千年的日月精华，仿佛每一个小叶都带着千年的月华。

树是有智慧的，树是天生的悟道者。它知道根如何向着潮湿的地方钻探，知道叶如何向着阳光下铺展，知道果如何长得圆润以减少风雨撞击，知道雷击中如何断臂求生，知道雨水丰沛时以葱茏昭示欢欣，也知道旱涝不均时以年轮记录挣扎。它们在风雨中校正着身姿，也在霜剑中昂起头颅。

前人栽树，后人乘凉。那双栽树的手，也许想不到，这两棵银杏树，竟可以承接上千年的星辰，铺叙上千年的恩泽。难怪，许多人在树下仰望，惊叹，甚至膜拜。唐宋元明清，一千多年的岁月说翻就翻过去了，可是对

一棵树来说，它经历的是无数个天雷与地火的真实淬炼。那些红布条黄布条，与其说是为祈愿所系，倒不如说是人们用这种方式表达心中的敬意。我在心里，其实已经给它磕了无数个头，不为有所求，只是为平凡世界里的一次相遇。

生而为人，谁不是渺如蚁芥，一粒灰也常视为一座火山的挫磨。现实的皱褶和未知的际遇，给人的总是难以抵挡的手足无措。跌跌撞撞，悲欢喜乐，机关算尽，也不过是百年春秋，遥想千年，真是梦幻泡影的光阴长河。一棵树，每天站在风雨中，超脱了生老病死，一如既往地抽枝长叶，实在是超越了时间的束缚，走过了我们永远无法触摸的河。

我仰头看着它们，看见它们托云举日，每一个扇形的小叶，都闪着岁月的光。我被它照拂，也感知它的力量，山在它面前矮了下去，时光也在它面前跪了下去。

彭玲，河北省作家协会会员，出版有《单桥传奇》《青春酿酒》《巍巍华北》《从修脚工到董事长》《颐和密码》《夺命书香》等多部著作。

野生缘

徐　文

老鹰

十几年前，春节前夕，朋友给我打电话，说过春节要送我一个特殊的礼物，是他在山上用夹子夹住的一只野老鹰，活的。他在电话那头很兴奋，说老鹰肉特别好吃，因为老鹰是吃野鸡飞禽的，所以营养价值特别高。现在是宁吃飞禽一口，不吃走兽半斤，他自己都没舍得吃，特地送给我过年吃。听了朋友的一番诚意表达，说实话，很犹疑，因为我的确没吃过野老鹰的肉。

长白山区有过"棒打獐子瓢舀鱼，野鸡飞进饭碗里"的时候，但那已是久远的过去了。不过，我们小时候对长白山区的野味并不陌生。后来，野味稀少了，国家也开始管制了，但在实际生活中，野味偶尔还是会跑到有些人的餐桌上。

下班回到家，妻子告诉我，刚才朋友送来了一个编织袋，朋友告诉她，袋子里装了一只活鸡，是送给我们家过年吃的。我们家的年货都是由我采买置办、收拾妥当的，妻子从来不碰。

进了厨房，把朋友送来的编织袋打开，拎着袋子底部，倒在厨房的水泥地上，一只硕大的老鹰就斜着躺在地上了。它的一条腿被夹伤了，有血，看起来很严重。它拼命地扑腾了几下，想要站起来飞走，但此时的它也只能在地上打磨磨，根本站不起来。它拼力挣扎一气儿，无果后，突然回头看向我。我们四目相对的时候，我惊呆了！那是一双又大又圆的眼睛，里面充满了惊恐，似乎还有哀怨和愤恨。我的心震颤了，这双眼睛还告诉我，这只老鹰是不能吃的。我第一次和野生动物对视，就感受到它眼睛里充满了灵性，那双眼睛在说话，直到十几年后的今天，我都无法忘记。它用那双有神会说话的眼睛和我对视了很久。我看着眼前受伤的老鹰，心中突然升起一股热血，直冲脑门。

我慌忙把妻子喊来，妻子一看，立马说，这是一只有年头的鹰了，你朋友送的不是鸡吗？我说，这只鹰不能吃。不用说别的，你看它的眼神，我们怎么能吃它啊！

和妻子商量后决定，不但不吃这只鹰，我们还要救它，但一时不知怎么救。于是妻子给林业部门和电视台分别打了电话。林业部门告诉我们自行处理，让我们自己去放了。电视台来录了像，当天晚上，电视新闻播报了。可是等了两天，没有任何人来收救。这期间，我们给老鹰的腿上了药，又进行了包扎。妻子买来鸡肉喂老鹰，又给它饮水，然后又找了一个大大的纸壳箱，把老鹰放进去，给吃给喝，并给它的腿勤消毒、勤换药。

老鹰毕竟是野生动物，一开始，我们给它换药治疗腿伤，它很不配合，一直处于惊恐状态。期间多次用它那锋利的尖爪抓伤了妻子的手腕，但没有伤过我。

那年春节期间，在我们的精心照料下，老鹰的伤腿逐渐好了起来，食量也越来越大。我们一家人虽然很辛苦，但都毫无怨言。

随着老鹰的渐渐康复，它已经不能只在我们给它准备的那个大纸壳箱子里安稳养伤了，它时常会冲出纸壳箱子，在屋子里飞两圈。在我们把它抓回纸壳箱子里的时候，常常被它抓伤。奇怪的是，每次被抓伤的都是我妻子。

天渐渐暖了，春天来了。屈指一算，这只老鹰已经在我们家住了快两个月了。它的腿伤彻底好了，我们家已经无法为它提供飞翔的空间了。

于是，在一个晴朗的天气里，我打开了门，把它抱到了院子里，对它说：你的伤已经彻底好了，放你回到大自然，去过你自由飞翔的好日子吧！

老鹰似乎听懂了我的话，又用那双有灵有神的眼睛看着我，然后在我没注意的情况下，突然从我的怀里腾空而起。这一次，它飞起的时候，抓伤了我的手臂，而且流血了。我感觉到了疼痛，但不知为什么，我没有一点怨怪的意思，反而觉得，这只老鹰是让我记住它。

我们一家人站在院子里，看到这只老鹰竟然在我们家院子的上空盘旋了两圈，才向远处飞去。

刺猬

县城中间有一条河流穿过，河堤两岸做了亮化工程。为了活跃县城的市场经济，也为百姓生活提供便利，政府在一侧宽阔的河堤上开辟了早市。早市上人很多，不仅聚集了大量的小商小贩，周边的农民也都起早来早市出售他们在田里、山上获得的物产。

有一天，和朋友军子又去早市上闲逛。早市上的人很挤，有叫卖的，有讲价的，有偶遇唠嗑的，整个早市彰显着嘈杂与繁华。我们俩正盲目地走着，突然，走在前面的一个小女孩拽着她妈妈的手哭了起来，一边哭一边说："妈妈妈妈，我求求你了，你就答应我去把那两只刺猬买来吧，然后让舅舅去山上放了，那个阿姨说了，那两只刺猬，是娘俩，就像咱们娘俩一样。"妈妈并没有停下来，而是不管不顾地继续往前走，那个小女孩的哭声大了起来："妈妈，求求你了，求求你了。"妈妈还是一直往前走，并且边走边大声训斥女孩说："买什么买，妈妈没那么多钱！"这时，军子拉住女孩问："小朋友，不哭，告诉我卖刺猬的在哪儿？"小女孩愣了一下，用手一指说："在那边……"然后又认真严肃地说："叔叔你可要答应我，你去买了那刺猬娘俩，不能吃了它们，一定要放回山里去，它们那么可怜。"我忙向小女孩保证："放心放心，我们两个大男人说话算数，我们一定去救下你说的那刺猬娘俩，跟你拉钩！"小女孩看我认真的样子，破涕为笑了，并伸出手指跟我拉钩，还看着我的眼睛说："拉钩上吊，一百年不许变！"

按照小女孩所指的方向，我们找到了卖刺猬的小贩，看到了小贩的柳条筐里蜷缩着一大一小的两只刺猬。问了小贩价钱，小贩要价很高。又问小贩，根据什么说它们是娘俩？小贩不屑地告诉我们，那个大刺猬，是雌性，小刺猬也是雌性，据抓刺猬的人说，抓到它们的时候，是在一个洞里，它们就是一个妈妈一个女儿啊。

我听了小贩的话，心里突然莫名地难受，那种难受说不清楚，潜意识里想，我一定要买下这娘俩，把它们放回山里去。

军子这时已经跟小贩讨价还价了，最后，我俩把兜里所有的钱都掏出来了，离跟小贩最后讲定的价钱还差五块钱。小贩说，我们现在给她的价钱，她就挣五块钱，如果这五块钱不给的话，她就一分钱没挣，白忙活了。

我说，我们买这俩刺猬，不是吃的，刚才有个小女孩哭着求她妈妈买，然后让她舅舅去放了，她妈妈没钱买，我们答应了那个小女孩，买了也是去放了的。

那个小贩听我这么说，看我一脸的真诚，不像是撒谎，刚才也看到我和军子把所有的衣兜翻了一遍，实在拿不出钱了，就低下头，低声说："既然你们是买了放掉，那我也积点德吧，拿走吧。"

我和军子拿到刺猬，研究了一下，最佳方案就是放得越远越好。我们俩各自骑上自行车，往县城北边的一个大山沟里去。

山沟里的路实在无法骑自行车了，我们又把自行车锁上，走了很远，最后爬到一座山坡上，觉得安全了，才把那刺猬娘俩放下。

刺猬这种动物，只要受到外界的威胁，或者有一点刺激，一点声音，都会蜷缩成球形，把刺张开，把头部和腹部那柔软的部分包藏起来，以保护自己。所以，在危险的时候，它们是不会伸开自己的。

当我和军子抹着脸上的汗水，再

看草地上的两只刺猬时，它们竟然没有走，而是一起伸出头来看向我们。停顿了一会儿，这刺猬娘俩，似乎对我们俩点了点头，然后才恢复成两个球体，迅速滚动而去。

蝲蛄

家乡有一条河，叫蝲蛄河。这条河，是家乡流域内最大的一条河。从家乡的最北端发源，流到家乡的南部，纵贯家乡南北，也是家乡的母亲河。有十几万人口，包括县城，都是吃这条河的水。如今被冠为家乡县城的水源地。

长白山区的很多山川河流，都是以地形或者物产命名的，当然也有很多是由满语音译过来的名字。但是，即使是满语，当初给这些山川河流冠名的时候，很多也都是以物产命名的。

蝲蛄河就比较好懂了，就是这条河里盛产蝲蛄。毫不夸张地说，我们这些在蝲蛄河边长大的孩子，很多都是吃蝲蛄长大的。

记得小时候，蝲蛄河两岸都是茂密高大的红柳树和杨树。那时的河堤都是天然的，那些茁壮的大树和茂密的蒿草，把河岸固定得牢不可破。所以，发洪水的时候，即便河水漫过了堤岸，待洪水退去后，河堤依然是坚固的。

那时的蝲蛄河，又深又清澈，有的河段，水流湍急，是我们大家的天然浴缸。水浅的地方，我们能够清晰地看见各种鱼在水里游，可以看见蝲蛄在水底慢悠悠地爬行。

那时，蝲蛄河里的蝲蛄多到什么程度，现在说来，很多人都不会相信。我们闭上眼睛，左手掀开水里的任意一块石头，右手向掀开的石头下面随意抓一把，就能抓到一大把蝲蛄，还有一些蝲蛄慌忙逃掉了。我们都喜欢抓蝲蛄，不仅是因为蝲蛄多，还因为抓蝲蛄比较简单。蝲蛄在岸上爬行，动作慢，在水中也很慢，所以我们这些做人的，就欺负蝲蛄吧。抓那些鱼和蛤蟆，用抓蝲蛄的方法就不灵了。

蝲蛄很美味。我们抓了蝲蛄，有时是白水加盐煮了吃，有时也用柴火烧了吃。那时的人头脑简单，不会玩着花样去吃，虽然那时的肚子里没有多少油水，但都不会暴饮暴食。

蝲蛄河岸边茂密的植被、清澈静深的流水、随意在岸边就能看见的各种鱼儿和众多的蝲蛄，在我记忆中，有十几年的光景了。

后来，蝲蛄河两岸的树陆续不见了，岸边都被开垦成了水田。再后来，蝲蛄河发源地所在的乡镇为了发展林业经济，成立了很多木材加工厂，那里的树木越来越少。于是，河里的水也少了。蝲蛄河又经历了几场浩劫。有人从上游往河里撒药，据说是专药鱼的。这种药是绝户药，上游撒药，整条河里的生物都会被灭绝。再加上河岸两边田地里的农药和化肥，等等，一点点地将蝲蛄河侵蚀，昔日那健康的蝲蛄河就不见了。

如今，我们意识到了生态和环境的重要性，对蝲蛄河进行了保护，在河两岸修了景观带，用钢筋水泥和大理石修筑了漂亮的堤坝。我们怕洪水泛滥，所以花重金来治理蝲蛄河。然而，蝲蛄河里那瘦弱潺潺的水流，好像已经无法反抗我们的强人了。

每每看到如今蝲蛄河里的瘦水，就能唤起我过去的记忆。现在蝲蛄河里的鱼和蛤蟆不多了，但还有；而蝲蛄却几乎是绝种了，原因就是，蝲蛄的生存对水质和环境的要求很高。

也许，在水中慢悠悠爬行，憨态可掬的蝲蛄，是水中的贵族。而这个贵族，或许会在国家对生态保护的重视下，随着大自然良好生态的逐渐恢复，会重新回来的。

蛤蟆

蛤蟆是长白山区人们对林蛙的俗称，隐藏在大山沟沟里的家乡人，很少有人说林蛙的，都习惯叫它蛤蟆。

春天的时候，蛤蟆带着细瘦的身子、空空的肠胃，从河中跳上岸，成群结队地到山上放青觅食去了。历经一个肥肥绿绿的夏天，母蛤蟆的肚子像孕妇一样饱满起来，有了油，有了受精的子，公蛤蟆也多了肉。到了秋天，它们就带着一个夏天的采撷收获，到山下的河洼池塘里生儿育女了。待到完成这一伟大的传宗接代的历史使命之后，已近初冬。这时，它们开始找水深的河洞和不至于在三九天冻干碗的河流中去，猫冬。

蛤蟆的生活习性，我的姥爷太谙熟了。于是，姥爷每一次去抓蛤蟆，都是满载而归。所以家乡人都称姥爷是蛤蟆王。

长白山的每一条沟谷里，都会潺潺地流出一条河流来，大大小小、弯弯曲曲，长流不息。清澄的河水中含有丰富的矿物质，为蛤蟆这种两栖动物提供了优质的营养物质保证。

初秋，山野飘飞红叶之时，蛤蟆开始下山了，它们钻进河中卧牛般的巨石下，钻进急流险滩的河底，钻进深黯的水汀，就算是山里人，也不是人人都能如愿地捉到它们。它们常常会在你紧张地盯视下溜掉。掀动河水中的一块石头，眼巴巴地看着肥肥的蛤蟆迅疾地溜掉，它们甚至还在你的面前翻两个跟斗，炫耀一下它们那漂亮的花肚皮，而你却只能死死盯着它们溜掉。那种心情比吃醋难受。于是，姥爷在长期与蛤蟆的斗智斗勇中，发明制造了"蛤蟆钩子"。姥爷用小手指粗细的铁条打成两股铁钩，另一头绑上一根又长又直的木杆。当蛤蟆在深水中出现的时候，姥爷手握木杆，直伸水中，钩子一抖，又斜刺里猛地向身后一拉，只见一道水花飞扬，再看姥爷身后的岸上，肥胖的蛤蟆正在河滩或草地上抖腿，此时的它还没反应过来呢，就已经飞上了岸。

姥爷这一大发明，填补了家乡人在捕捉深水中的蛤蟆时无工具的一大空白。于是，很多爱好抓蛤蟆的人，纷纷来学习制作蛤蟆钩子的技术和使用本领。

然而，在家乡，靠原始的下"杌"子，靠姥爷新发明的蛤蟆钩子抓蛤蟆的历史，不久就结束了。有人用摇电电蛤蟆了。把电线插入水中，一摇发电机，蛤蟆隐藏得再密、再深，都会被电出来，在水中麻木成死的样子，轻易就捡起它了。使用这种工具时，只要穿上齐胸的水裤，电不到自己就行了，不用像使用蛤蟆钩子那样，需要练眼疾手快的真功夫。

记得那是一个漆黑的夜晚，姥爷喝了个大醉，大概是酒后吐真言吧。他说，他是蛤蟆精托生的，他永远是蛤蟆王……

那时，我已经很懂事了，看见姥爷蒙眬的醉眼，看见姥爷那布满皱纹的脸，看见他那双粗糙的大手，我流泪了，在泪光中又出现了姥爷和我在一起的画面：

在银色的沙滩，在洁白的雪野，在光明的冰原，有一堆红色的篝火在燃烧，篝火在幽静的河谷，噼啪出生命的亮点，红色的火炭像希望一样惹人。姥爷领着年少的我坐在火堆边，

光环润着姥爷饱经风霜的脸，润着我稚嫩的眼睛。火炭上烧烤着肥胖的蛤蟆，不加盐，不放醋，从它们那漂亮的身子里滋滋地向外渗着透明的油液，而蛤蟆独特的香气，默默地传出很远很远。那时，天空中或许飘浮着几朵白云……

长白山的深秋，冷雨总是那么缠绵，下得日子都惆怅起来。而这个时候，正是抓蛤蟆的最佳季节。

我要去城里，住在姑姑家读书。姥爷说："今晚我领你去抓蛤蟆，明早好好吃一顿。"我很纳闷儿，如今的蛤蟆，摇电电、炸药炸、毒药药，已经很少了，所剩的也都变得训练有素了，白天都难抓，更何况是晚上。过去蛤蟆厚（多）的时候，晚上拿了火把，倒是可以在河岸上就能照见并抓到，可如今……

这时，姥爷已准备好火把和口袋，催我快走。

天阴得死葫芦一样，冰凉的细雨打在我们的雨衣上，姥爷哧溜哧溜的脚步声像勾死鬼一样紧紧拽着我的神经。在这样的夜晚，这样走路，什么都可以想，也可以什么都不想。

喧哗的流水声横在我们面前时，姥爷停住说："坐下等吧。"我实在摸不着头脑了，问姥爷在这儿等什么呢？姥爷说，一会儿就知道了。

姥爷在大河边找了一处比较平整的沙滩地，默默地坐下了。我紧挨着姥爷坐下，在黑暗中疑惑地望着姥爷那朦胧的身影。

我和姥爷坐在黑暗的夜里，面对着涌动的大河，听着流动的河水发出动人的乐声，仿佛穿越到了另一个远古的世界。面前黑暗的大河中，仿佛有一条绵长的生命在流淌，有一个没有开头，也没有结尾的故事在流淌，有一个空洞的意念在流淌，有一首古老而神奇缥缈的诗在流淌……突然，有一只蛤蟆在我面前鸣叫。这是一只来自远古、来自天堂、来自遥远的外星、来自地狱的蛤蟆在叫。这叫声凄丽可人，这叫声秀丽迷人，这叫声勾人魂魄，这叫声钻过暴风骤雨，这叫声掠过花塘池面，这蛤蟆的叫声在旷夜里久久不息……

是姥爷在模仿蛤蟆王的叫声。

当静下来的时候，姥爷点亮了火把。在我和姥爷坐着的沙滩上，聚集着成千上万只蛤蟆，好像千军万马受到了将王的召唤。

蛤蟆在夜晚突然见了光亮，就都一动不动了。

姥爷模仿蛤蟆叫，是蛤蟆王的叫声，所以才引来如此众多的同伴。

姥爷说："少抓一点，够吃就行了。"

姥爷的声音在黑暗中显得有些凄凉。我似乎突然明白了姥爷这一绝技为何从来没用过。

秋天的夜晚，细雨淋漓。

这秋天的雨夜，这成群的蛤蟆，还有蛤蟆王——我的姥爷，是属于长白山的。

徐文，中国少数民族作家学会会员，中国诗歌学会会员，鲁迅文学院第十二期少数民族创作高研班学员。作品散见于《民族文学》《芳草》《意林》等报刊，部分作品被收录于各种文集。

客从山中来

周 春

1

从云贵高原俯瞰四川盆地，高原之上，白云悠悠，磅礴乌蒙和巍巍大娄山，山风浩荡，高山峡谷沟壑幽深，贫瘠又富饶的土地上，西南暖流带来的湿热，到了高原东边被巍峨连绵的山脉阻隔之后，润泽着山间草木和芸芸众生，古树苍然郁郁葱葱，山间多奇花异草，"芝兰生于深谷，不以无人而不芳"。而地处川南的泸州，却为交通西南滇黔的要津之地，往北是成都平原，再往北过广元进入汉中，再就是长安城了。一条盐茶古道，沿永宁河逆流而上，然后经叙永县城南下毕节、黔西州、威宁、水城、普安，或过雪山关经大定的瓢儿井至大定、平远、普定而达安顺、镇宁。"永宁三百六十滩，顺流劈竹上流难。"水路虽然少了陆路的爬坡上坎，但由于河道狭窄，船只失事时有发生。一条盐茶古道，写满生活的艰辛和人间的不容易。

泸州是川南的名城。1909年的春天，一个叫朱德的人从南充仪陇老家出发，途经泸州入滇，在经过70多天的步行后到了昆明，报考云南讲武堂，开始了自己的从军生涯。而那一路之上翻山越岭跋山涉水漫长的旅程，需要何等坚韧意志和强健体魄。1916年2月，朱德随云南蔡锷护国军入川讨袁护国，参与进攻四川泸州及保卫纳溪的作战，任护国军第六支队长。泸纳之战，朱德以少胜多，智取棉花坡，使得张敬尧（时任袁军前敌总指挥）落马，然后晋升为靖国军第二军第十三旅长兼下川南清乡司令官。驻节泸州，治军之暇，朱德以文会友，饮酒咏诗，和赵又新、孙炳文、陶开永、温翰桢、陈玉珍、艾承庥、苏启元等一起参加罗筱吟为社长的东华诗社。一年除夕，朱德赋诗一首，"护国军兴事变迁，烽烟交警振阆阆。酒城幸保身无恙，检点机韬又一年。"

刘备在成都建立蜀汉政权，诸葛亮被任命为丞相，主持朝政。后主刘禅继位，诸葛亮被封为武乡侯，领益州牧。诸葛亮勤勉谨慎，事必躬亲，赏罚严明；与东吴联盟，改善和西南各族的关系；实行屯田政策，加强战备。诸葛亮曾率军经泸州入黔和滇，据《滇元纪略》称："七擒孟获：一擒于白崖，今赵州定西岭。一擒于邓赊豪猪洞，今邓川州。一擒于佛光寨，今浪穹县巡检司东二里。一擒于治渠山。一擒于爱甸，今顺宁府地。一擒于怒江边，今保山县腾越州之间。一以火攻，擒于山谷，即怒江之蹯蛇谷。"诸葛亮南征，他重用地方势力，对南中既不用留人，又不用留兵，更不用运粮。既笼络了地方首领为他效力，又得到了金、银、丹、漆、耕牛、战马。军资所出，国以富饶。进而专事北伐中原，后方南中始终保持安定。

滚滚长江东流不绝。在长江边讨生活的泸州人，常年风里来浪里去，于是朴实和直白成了一个地方的性格和处事态度。据说唐代宗永泰元年五月，诗人杜甫从成都路过泸州，将船拴在江边东岩一块大石头上。在泸州，他尝到了当地的龙眼，写道："忆过泸戎摘荔枝，青峰隐映石逶迤。京中旧见无颜色，红颗酸甜只自知。"泸州人好客，没有嫌弃落魄的老杜甫，当年他们喝的酒是不是泸州老窖，不得而知，但是三杯两盏下肚后，老杜兴致上来了，不光赞美了泸州的酒，更赞美了泸州的景色。"自昔泸川负盛名，归途邂逅慰吾身。江山照眼灵气出，古塞城高紫色生。代有人才探翰墨，我来系缆结诗情。三杯入口心自愧，枯口无字谢主人。"

2

关于四川盆地，"天府之国"是她给我留下的最初印记，"巴蜀安，则天下安，巴蜀熟，则天下足。"这样的说法虽然有失偏颇，但居汉中巴蜀的汉王刘邦，终究打败了不可一世的西楚霸王项羽，全赖富饶的"天府"确实不假，没有巴蜀给汉王刘邦提供源源不断的后勤补给，那历史终究只能重写。至于后来的三国蜀汉政权之所以没能一统天下，那又是天下大势使然，以偏安一隅之力抗衡天下，无论诸葛丞相如何兢兢业业，人力、物力、经济就摆在那儿，也落得"出师未捷身先死，长使英雄泪满襟"的一声惋惜。有时，历史就是历史，身为凡人，纵然是英雄也难于逃避命运的捉弄。

如同日月永恒，九曲河在泸县大地上潺潺地奔流不息。

我在想，一个出土了那么多有关龙的浮雕艺术品的地方，除了泸县，还有哪儿？泸县的工匠们，不，应该是泸县人，每个人心中都会有龙活灵活现的样子，千年泸县，悠久而漫长的历史长河中，龙的印记似乎已经镌刻在他们心里。

"潜龙腾渊，鳞爪飞扬。"在九曲河岸边的崖壁上，浮雕上的龙扭头回望着暴虐的九曲河，发出阵阵咆哮和怒吼，我不知道冥冥之中神秘的龙是否真能镇住洪灾和苦难，但是，我看见泸县人生生不息、勤劳勇敢、不屈不挠的精神。龙是华夏民族的图腾，那马头、蛇身、鹿角、龟眼、鱼鳞、虎掌、鹰爪、牛耳的形象，泸县的工匠们将它从坚硬的石头中发现出来，娴熟精湛的技艺，似乎只是将石头中多余的屑石粉尘用锤头和錾子一阵鼓捣过后，龙自身就呈现出来一般。泸县出土的龙的石浮雕之多，此外还有一百八十余座龙桥组成的龙桥群，如此规模和气势，自然无人能出其右，所以泸县又多了一个名号叫作"龙城"。

九曲河边残存的古道，石板路上来来往往的马帮和路人已经消散在时光深处，漫漫长途中的离合悲欢和往事早已消散在风中。龙脑桥据说建造在明代早期，之前宋时原有木桥经受不住山洪侵袭，然后邑人倡募弃木换石，为让桥梁永久，以龙、象等物镇水以建桥。平素的九曲河缓缓地流淌着，宛若温文尔雅的少妇，散发着成熟典雅的光芒，但是在难以计数的春夏秋冬季节轮回中，当夏天来临时，温柔善良的九曲河变得像怨妇一般暴虐撒泼，卷走河中的木桥，漫过河岸冲毁人们辛苦耕种的庄稼。在龙脑桥建成之前，河中的木桥是冲了又建，建了又冲，这样的情景，总是频频发生。

桥建成后六百多年间，虽中途偶有修缮，但在现代公路交通出现前，它始终是人们跨越河流到达彼岸的通道。九曲河上，麒麟守卫着桥梁，大象在水中狂饮，似乎要饮光绵延不绝的流水，青狮对着河流怒吼着，"王"龙率领龙族在河中遨游……河中这些瑞兽，其实源于人们心里最朴实不过的想法和愿望，在古老的神话里，龙是司水的神，在不可抗的自然灾难面前，龙定能安澜平波，守护着桥梁和河流两岸人民的安宁。

1909 年的春天从龙脑桥走过历经七十多天抵达昆明考入云南讲武堂的年轻人，经年后看透了军阀的黑暗，改弦易辙后又远赴欧洲求学；1927 年参加了八一南昌起义，后来成为中国人民解放军总司令。而作为扼守"西南"的兵家必争之地的泸州，也从军阀争来夺去、烽火兵匪不绝民不聊生的战乱之中走向祥和安宁。

九曲河上，龙脑桥被人们尊为"中国石板梁桥龙雕艺术第一桥"，"它开启了梁板桥艺术化建筑风格的先河，而且达到了一个高峰水平，是中国古代桥梁建筑从简单实用走向艺术浮华又不脱离实用价值的开山杰作。"尽管从前的古驿和茶马古道已然荒草丛生，尽管九曲河上龙脑桥已被远处的现代公路桥梁代替，但是，龙脑桥，像川南大地村庄深处的一个长者，历经六百多年风风雨雨，见证了这片土地上无以计数的悲欢离合和岁月沧桑。

3

据马端临《文献通考》记载，宋神宗熙宁年前，泸州已是当时"年交商税十万贯的二十六个城市之一"，也就是当时经济发达的大城市了。和战乱时期的北方不一样，泸州一方面吸纳躲避战乱的中原移民，同时因为独有的区位优势，发展经济。宋朝时的泸州，"毓秀泸川"既是当时长江上游的航运中心，也是西南重要的物资集散地，是和成都、重庆"鼎足而三"的大城市。

在泸县草木葳蕤的玉蟾山下，泸县宋代石刻博物馆静静地屹立着，那不是一个普通的博物馆，那里陈列着一个王朝遥远的人间烟火。那里陈列的物件，是刚出土没有多少年的宋代高浮雕石刻，泥土的气息还没有远去，沉睡千年，它们见证了宋代"毓秀泸川"逝去的繁华。

时光匆匆而又如此短暂，悠悠千年仿佛弹指一挥的刹那。作为土地和生产资源的占有者而言，不论在什么样的时代，他们在社会经济关系中始终处于统治地位，那些占有生产资源的阶层，自然过着锦衣玉食的奢华生活，而作为寻常的劳动人民，他们只能出卖劳动力，依附于乡间那些地主和绅士。宋代的泸州，村庄祥和安宁的人间烟火深处，"女侍手执长柄团扇，站立于椅子背后。"这是当时泸州一官宦人家普通的生活场景，扇子是古代达官贵族出行的一种仪仗，而那椅子，却是宋代才开始出现的家具物件，女侍头梳双螺髻。脸庞圆润，内穿抹胸，外罩被子，下沿露出着地长裙，脚穿翘尖鞋。

如果不是那些地下的高浮雕的出现，不论如何你也想象不出那时泸州人的日常会有多么奢侈，活着的时候，墓主人尽享人世间富贵，死了，他们还想要将那些奢华带到"阴间"，他们似乎确信死后自己还要到另一个世界，生前所拥有的一切一样都不能少。那些陪伴着墓主人的高浮雕，除了侍女、护卫、武将、文臣，还有传说中的瑞兽青龙、白虎、朱雀、玄武，以及和实物同比例的卧床、雕栏门窗、动物、花卉……除了这些，还有瓦肆勾栏，石刻里的人物，正在跳着"六幺"舞；还有伎乐器乐：扁鼓、齐鼓、横笛、笙、拍板；在一处采莲舞石刻中，舞女头戴软脚花冠，身着圆领窄袖上衣，衣外罩云形罩肩。下穿及地长裙，跷脚尖。系腰带，束腰袄。手执以荷花、荷叶、蒲草等舞具。隔世隔空，"柳岸，水清浅。笑折荷花呼女伴，盈盈日照新妆面。水调空传幽怨，扁舟日暮笑声远。对此令人肠断。"一曲笙歌，似乎还在我们耳际萦绕千年。

据博物馆解说员介绍，泸县出土宋代石刻数千件，我们看到展出的是三百件左右。泸县石刻仅珍贵的一级、二级、三级就有近七百件，都是属于国家珍贵文物。

到泸州，你应该来玉蟾山脚下的博物馆看一看，这里陈列的，不仅仅是些冰凉的石头，更是一千年前川南大地的人间烟火，是一幅石刻版的《清明上河图》。

沃野千里的四川，农耕文明一直伴随着历史的脚步。"蜀沃野千里，号为陆海。……水旱从人，不知饥馑，时无荒年，天下谓之天府也。"从北宋到南宋三百多年间，经济、政治、文化、科技、社会发展达到高峰。这三百年间的辉煌，从生活习俗、风土人情、制作工艺、文学艺术、诗词歌曲、哲学思想、社会规范、政治理念等很多层面得到了集中反映，宋朝时期的经济高度发达，但又是中国历史上积贫积弱的一个朝代。三百年间，长期遭受北方少数民族政权的袭扰，

但是，宋人却以其独特的智慧和创造力，承接盛唐，营造了继先秦以来又一座"文化高峰"。"天水一朝人智之活动与文化之多方面，前之汉唐，后之元明，皆所不逮也。"（王国维），确是一个不争的事实。

"芝兰生于深谷，不以无人而不芳。"从山中走来，我深深地明白："十行诗抵不了一行稻子。"（《我在乡下教书也写写诗》沈荣均）从乌蒙山到泸州，从云贵高原到川南大地，不论高山深谷还是丘陵平原，勤劳的人民在贫瘠或富饶的土地上生生不息。森林、高山、草原、鱼塘、果园，村庄的炊烟始终是人间最温暖的风景。九曲河上，龙脑桥依然守护着村庄和黎民的祥和安宁。而我，只想化作一片白云，为那些在千年古驿和盐茶古道上络绎不绝的马帮赶马人，为万里长江之上的纤夫和艄公，为大地之上耕耘的农家带去一丝荫蔽和凉爽。

周春，中国自然资源作家协会会员、贵州省作家协会会员，首届鲁迅文学院国土资源文学创作培训班学员，有诗歌、散文见诸报刊，著有诗集《带着故乡远行》。

锻匠太爷

杨小梅

锻匠太爷一口气活到了八十六岁。

"锻磨锤，狗咬哩，拿个锤锤胡绕哩。"一想起锻匠太爷，我就想起这句话。离开家乡很多年，一些记忆已经模糊，关于锻匠太爷的故事，依然记忆犹新。良工心苦，他凭借精湛的锻匠手艺，温暖和方便了我们当地几代人的生活，"锻匠"这个称谓，也不知不觉替代了他的真实姓名。

我一直想去看看太爷。挑一个太阳很好的日子，我和太爷坐在冬日的暖阳坡里，听他说话。背阴处的残雪，被那一天的太阳晒化了，拉出一道道水印子，像春天遗落在冬天里的一行泪水。风儿柔得很，有一搭没一搭地飘过来。

我就坐在太爷的对面。太爷用他枯枝一般的手，端着一根长旱烟锅，一遍又一遍地摩挲着羊杆腿做的长烟管。空气中，弥漫着旱烟叶子点燃后的辛辣味，干木头烧着时的清香味，让人想起铁杆蒿烧红了灶膛，大铁锅里贴着玉米面饼子。

太阳落山了，我和太爷提着马扎子，回到屋里。关上门，太爷那间被柴火烟熏烤成琥珀色的厦房，暖烘烘的。按在屋子的正中间的铁皮炉子，火苗欢快地舔着炉壁，火炉上的茶罐罐，吱吱地冒着水汽。炉盘上烤着白面馒头，馒头的表面被炉火烤得黄灿灿的，仿佛一弹即破，麦香味呼之欲出。我和太爷坐在火炉旁，吃一口太爷递过来的烤馒头，吸溜一口滚烫的浓茶，人间美好，恰在此时。

这样的场景我设想了无数回。当身边的老人一个个离开的时候，想去看太爷的想法就愈加强烈。一天，我接到一个电话：太爷走了，殁于一场意外摔伤导致的病痛。

锻匠太爷家和我家是近邻，只隔着我大爹家和"法官"太爷家（本地人称能治邪病的人叫法官），我们同属一个大队，隶属两个紧邻的生产队，我家在三队，太爷家属于二队管。太爷家的地坑庄子就在涝坝边的胡同里，靠崖壁的两孔窑洞正对面有一座大一间的砖瓦房，北面土夯的院墙紧靠涝坝边的小树林，墙根下栽着一排花椒树，树下种艾草。缺医少药的年月，艾草，无疑是乡邻心头的温暖回忆。太爷家是唯一种有艾草的人家，多年以后，太爷家院墙外那一片绿油油的艾草，依然顽强地扎在我心田。

时隔多年，我依然被这样的画面深深吸引：一个瘦小的中年男人，背着长长的帆布褡裢，佝偻着腰身，走在晨光中，蹒跚在夕阳里。他的身后跟着一群雀跃的小娃娃，谁家的狗，也在虚张声势地"汪汪"。狗主人赶紧从院子里跑出来，作势要打狗，更想看看谁弄出了这么大的动静。狗仗人势，大黄狗一边狂吠，一边往前扑，拴在狗脖子上的铁链子，被甩得啪啪响，掀起一团黄土。一霎时，一庄的狗都挣命似的叫唤开了。

中年男人回过头来，冲着身后的娃娃笑嘻嘻："你这些欠收拾的龟儿子，吃饱了不得饥咧，不怕把肚子里的粮食吆喝跑了吗？快回家溜土土去。"

这个背着褡裢的男人就是我的锻匠太爷。因为太爷的好脾性，好心肠，方庄二塬的人，锻磨子，都喜欢找太爷。

太爷家包产到户前在新集公社喂马大队的牛圈沟、寺沟做过山庄，一家人就住在喂马川王沟生产队山窝里的窑洞里。大塬上的人习惯把喂马川叫老南川，除了地域因素之外，多少还有些看轻的意思，殊不知，喂马川的山泉水质清醇，空气洁净，喂马的男人健壮脱条，女人面若桃花，身材苗条！二十世纪六七十年代，喂马大队是多少人向往的好地方，也是新中国成立前后我国重要的兵源地。

这样一个好山好水出人才的地方，太爷一待就是十几年。喂马川川宽地平，水源充足，气候温润，是当时产粮的好地方。大塬上的人家，地少人多，庄稼歉收的时候，家口大的人家就得饿肚子。山区地广人稀，日子相对好过些。我们大队共有三个生产队，都住在沟边的塬边上，一个生产队人口最多的时候，差不多都有五六十户人家，而土地面积又很有限，所以，有好几户人家，相互带挂着去新集的喂马川做山庄。农忙时节，就拉家带口地去了山里，家里有娃娃上学的，留下老人看护。后来，做山庄的人陆续回到了老屋，太爷家的山庄还坚持了十几年。

太爷在还没结婚之前就在新集的喂马大队种庄稼，一次去新集街道百货公司后面的山货厂买农具，看到工人在用水柳条编簸箕、笸篮，用竹篾编筛子和牛笼嘴，用酸枣树的枝条打糖。乳白色的柳条和柔软的竹篾在工人们的手中上下翻飞，匠人们像罩在飞舞的白纱中，如梦似幻。太爷看得目瞪口呆，深受感染，立即有了学艺的想法，回家跟家里人商量，家人积极支持，毕竟，在饿肚子的年代，多一门手艺，就多一个盼头。

太爷家住在新集公社喂马大队的深山里，到新集街道往返要走四五十里的山路。他早上天不亮就背上干粮去山货厂，一边学艺，一边打杂。因为是学徒，厂里不管饭，也不管住宿，不发工钱。厂里食堂开饭的时候，太爷用搪瓷缸子打来开水，泡上自己背来的冷馍，就算安顿下了肚子。晚上工人下班后，他负责整理打扫完卫生，才趁着月光回家。做学徒期间，太爷非常用功，深得厂里领导同事的好评。因为太爷天资聪颖，勤于钻研，两个月的时间，就学会了柳编、竹编及打糖的全部手艺。这期间，山货厂一个来自庄浪县的篾匠师傅，看太爷学艺认真，人老实厚道，有一天下晚班，篾匠叫住了太爷，看看四下无人，偷偷地把他领到山货厂后面山崖根底的窑洞里，插上门闩，小心翼翼地掀开炕墙后面的破草席，取出一个小木箱，从里面拿出锻磨锤、剁斧、錾子，又从土炕的炕窑里提出一副脸盆大小的小石磨，放在太爷面前，问他："技多不压身，艺多不养人，你学不学锻匠的手艺？学，我就教，不收你学费。不学，就权当我没说，出门后就把这个话咽进肚子里。"

太爷赶紧跪在锻匠师傅面前，不迭声地说："学！学！"从此，篾匠师傅就在他的窑洞里，偷偷地给太爷一个人"开起了小灶"，手把手地教太爷学习锻匠手艺，并利用厂里放假的机会，偷偷带上太爷去相邻的陕西千阳一带去练手。后来，到了不用偷偷摸摸学手艺的时候，太爷早已出师了。

农业合作社的时候，生产队里的农机具是比较值钱的物件，因为经常要用，所以损耗很快，加之当时农机具属于集体所有，有的人细心，爱惜

工具，有些人工具上手后糟蹋得快。农业机械化还没有普及的年代，农机具的需求量很大。置换是要花钱的，庄稼人来钱不容易，自然当宝贝使唤。

簸箕筛子用起来是否顺手、结实，自然得仰仗篾匠的手艺。太爷因为手艺高、人品好而深受人们的敬重。太爷编的簸箕、笸篮、筛子，打的糖，手劲大，力道足，花纹精致又结实耐用，不用挑到街市上去卖，需要的人自会上门来预定。太爷虽然不识字，却能准确记清楚每一位客户的需求，不管隔多长时间，太爷的"作品"都能不差分毫地让顾客满意地带走。农闲时节，来找太爷的人能把门槛踏断。那时，你要是问公社的书记、乡长是谁，很多人可能说不上来。你要是提起锻匠太爷，几乎人人知道他。

太爷走州过县，耍得最开的手艺是锻匠手艺。电磨还没有普及的年代，石磨是庄稼人唯一的粮食加工工具，不光磨面，还磨豆腐，磨油籽，使用频次很高，磨子老得也快，需要及时将磨齿錾一下，当地人叫锻磨子，锻磨子的师傅就叫锻匠。

石磨选用硬度极高的岩石做磨扇，耐磨损。石磨分上下两扇，各有"七齿九旋"，新买的磨扇有七八寸厚，出粉率高，当地人叫磨子快的能"咂麸"，越到后来越薄，就不好好"咂麸"了。家口多的人家，隔三岔五就要推磨，磨子老得更快，光买新的不行，如果不是磨成巴掌厚的薄扇扇，都要叫锻

匠来錾錾，接着用。

谁家要锻磨子，要跟太爷约好，几月几日能来，好早做准备，就叫"号"下了。别的大队或者其他公社的人，更要提前好几天跑到太爷家来说定日期，回家磨面、榨油，整理客房，就怕到时招待不周。太爷因为常年在新集老南山里做庄稼，深山里阴冷潮湿，落下了腿疼的毛病，但凡家庭条件好一点的顾客，骑着自行车来接太爷，没有车子的人家，步行几十公里来请太爷，太爷从来不"挑肥拣瘦"，只要有人叫，不管多远，他都会如约而至，因此，挣来了很好的口碑。

锻匠锻磨子，先让主人家叫上三个精壮劳力，抓着三个磨橛，把石磨的上扇抬下来放到地上，太爷蹲在磨扇跟前，一手拿錾子，一手握锤子，锤子砸在錾子的木手柄上，发出怦怦的响声，錾子落在石磨齿上，尖锐、清脆的叮当声，能传出好远。锤子的一头是锤面，一头是剁斧，锻完磨扇，再用剁斧一个齿一个齿地剁，来增加磨齿的摩擦力。锻完了上扇，再锻下扇，下扇是固定在磨台上的，锻匠要坐在磨台上处理。太爷做活认真，一个磨子不等不歇一天就能锻完，太爷经常说，能一天做完的活，绝对不拖到第二天，拖一天就要增加主人家一天的负担。

很多时候，太爷锻磨子，坐在磨道里很少出来，叫主人家在磨台跟前放个火盆，火盆上熬上罐罐茶，烤上玉米面角角，困了吸溜一口茶，咬一口馍，埋头接着干。人都说太爷好伺候，但主人家还是上顿油饼，下顿长面，想着法子招待。只要谁家响起锻磨锤的声音，谁家的烟火就整天不断，就连烟囱里飘出的袅袅炊烟，都缠绕着香醋炒葱花的味道。磨子锻好后，上下磨扇安置规整，太爷爬上磨台，坐在石磨上，让主人家的年轻后生推着石磨转动几圈，听听响声，看看上下磨扇的磨齿是不是严丝合缝，才可收工。

太爷引以为自豪的事情，就是当年四十多岁的他，和庄里人一起去西固赶场（当地人把去外地帮人收麦挣钱叫赶场），收完麦，太爷没有急着回来，因为他看到了一个挣钱的好机会，就是西固那边很少有锻匠，得花费两三天时间到很远的地方请。太爷告诉主人家，他是个手艺人，而且还带着工具。主人大吃一惊，他想不到其貌不扬的太爷，还是身怀绝技的匠人。那人喜不自胜，连夜开上拖拉机去了县城，买来十几斤大肉，倒了几斤烧酒，回家就张罗太爷给他家锻磨子。完工后主人上磨磨面，果然磨子的"大眼"出的糁子大小匀称，"小眼"出的面粉细如绸缎。一传十，十传百，太爷的锻匠手艺一下子人尽皆知，活多得忙不过来，一直干到了腊月二十八，那家主人才把他送到车站上，帮他买了车票，送他上了回家的汽车，相约第二年太爷一定要再来。结果转年，电磨就在各村落户了，赶场的人也越来越少，太爷就再也没有出过远门。

"锻磨锤，狗咬里，拿个锤锤胡绕里。"如今，能记起这句儿歌人已经很少，当年的娃娃也当了爷爷奶奶，太爷也走了。生活一直在变好，那些弃置于屋后或路边荒草丛中的石磨，依然纹理清晰，棱角分明，无声诉说着它们曾经的光辉岁月，而太爷的锻磨锤和他的"线猴娃"，早已无人知晓其用途。

怀念太爷的日子里，能让那些曾经温暖了我们生活的手艺人，时常来梦里走一走，说一说他们经见过的人和事，也让更多的传统手艺被看见，真是一件令人感动的事。

杨小梅，甘肃省文联文艺评论家协会会员，有文字散见于《解放军文艺》《中国书画报》《飞天》《甘肃日报》《甘肃工人报》等杂志、报刊。

中国自然资源作家协会六届五次主席团会议在京召开

2023 年 12 月 16 日，中国自然资源作家协会六届五次主席团会议在北京大地书院召开。会议传达了自然资源部宣传思想文化工作会议精神，中国作家协会十届三次全委会精神；总结 2023 年工作、部署 2024 年重点工作；审议批准 2023 年新加入中国自然资源作家协会会员名单，部署第七届中华宝石文学奖有关组织评选工作。

会议强调，深入学习贯彻习近平文化思想是中国自然资源作家协会的重要政治任务，要始终高举中国特色社会主义伟大旗帜，坚持以习近平新时代中国特色社会主义思想为指引，深刻领悟"两个确立"的决定性意义，增强"四个意识"、坚定"四个自信"、做到"两个维护"，团结带领广大会员听党话、跟党走，自觉担负起新的文化使命，将自然资源部宣传思想文化工作会议精神，中国作家协会十届三次全委会精神落实在 2024 年的工作中，不断推进新时代自然生态文学高质量发展，为社会主义现代化强国建设、中华民族伟大复兴做出新的贡献。

蒙山松记

张　艳

明人公踰奎《蒙山叠翠》诗中有"名山高并已无多，此去遥天能几何。""安得拂衣凌绝顶，白云丛里发长歌。"既谓蒙山之雄奇多姿，又把人生抱负写意得淋漓尽致。自古以来，无数的仁人志士多与蒙山结下不解之缘。

一

蒙山的黄昏妩媚而清新，树木参天，万古葱茏，纳于一须臾。

山的修饰宜用一个字：大。山不厌其高，海不厌其深，大山大海，何其苍莽。下午四点钟，披一身金色的夕光，我们一行人，在蒙山人的引领下开始登山。

蒙山古称"东山""东蒙"，屹立于沂蒙山区腹地，屏峙于平邑、费县和蒙阴三县间，有"九州之巨镇""中国生态名山"之雅称。陪同一起上山的向导孙颀，人高马大，慧不多言，他介绍说，每天下午五点后不允许再上山，现在游客大多已返途。四下环顾，唯有我们一行人，此时此刻，整个蒙山堪称是独宠。

路渐峭陡，开始进入有"江北第一栈道"之称的蒙山悬崖栈道。同行皆谨慎前驱，如果这时候从对面相眺，人如悬蚁，栈如飘带，悬崖绝壁，似锁链，似缆绳。尽管大家前后携手，两腿也不免打战。向导孙颀身经百战，一边"凌波微步"，一边绘声绘色地解说。比如蒙山石，有"金蝉献宝"，有"仰望星空"。攀到精彩绝妙处，一个不太恰如其分的比拟是，"醉后不知天在水，满船清梦压星河"——那种不真实的梦幻感，令人铭诸肺腑。

孙颀有满肚子的蒙山故事却寡言少语，并非生性"讷于言"，不过是社交中的陌生感所致。等一众人打道回府后，再向他请教某个传说时，他回复得又认真又详尽，完全不是蒙山初见的拘谨模样——他回道：期待你们再来蒙山。他又回：沂蒙花海，平邑可人。

过栈道，沿一条小路继续攀缘，复五六百米，向沟壑另一端凝望，赫然一尊寿星巨雕映入眼帘。这便是世界上最大的山体雕刻，已载入吉尼斯世界纪录。寿星雕像脑门硕大，须眉飘逸，堪堪过腰。一手拄杖，一手托桃，双眸神注，栩栩如生。巨雕高218米，宽198米，单头部便高达85米，足足三倍于四川乐山大佛。其作为鼻孔的两个石洞，里面能摆下十几张桌子，双目亦然，据说下雨天，当时操作的工人们便在里面躲雨。更为神奇的是，无论从哪个角度的山径仰观，他都慈眉善目，无边安详。

几只大鸟展翅飞掠，巨雕笑而不语。这个情景如此熟悉。忽想起，在灵山，在木兰围场，风吹云动，一尊尊佛像安坐，低眉处有万丈光芒。

初见泪如雨，再见不怅惘。我扬起脸与同伴们一起大声呼喊，还对面一脸甜蜜。

二

一池绿波在眼前，曰九龙潭。水流轻缓，清澈可鉴。潭中倒影，仿佛平行空间。一只白鹭，突然急掠水面，水花四溅，后又昂首冲起，势若疾矢，雄姿英发，或有渔获在爪，又或空空如也。谁道水至清则无鱼？向导说，此地鱼儿多野生，因地僻潭幽，视之为水族福地，曾一时鱼多到挤挤挨挨。

生态环境决定生存状态。甫进山门时，便注意到竖立的指示牌上，至少有四十多种珍禽的图片，不乏画眉、斑鸠、鸿雁、苍鹰、伯劳，等等。

渐行渐远，恍惚间省悟到竟然掉队了。也好，遂踱到另一条小路，扒开草棵，坐石头上小憩，栈道上正有三两人通过。我电话打给向导，问接下来怎么走，他说，一会儿会原路返回，既然这样，坐下来等他们好了。当体力不支时，等，也是一种明智的选择。

耳畔虫鸣高低往复，曲律回环，山林间明明暗暗，疏疏密密。远处人声蓦起，慢慢自归于宁静，"空山不见人，但闻人语响"，人语并没有打破静默，相反，倒圆满了一种万物静观自得的温馨。

窸窸窣窣，一只草兔悄悄现身，我大气不敢出，生怕吵到小家伙。再默默把攥着的手机调到静音，人也跟着噤声。此处离栈道不远，为何会有草兔出没？未几，便有了答案，这里人迹并不多至，近乎原生态，四周草丛，长势旺盛，草嫩得像九龙潭里的碧波。草兔不曾发现异常，四处张望了一会儿，然后身子贴着草丛闻了两下，头又微微扬起，似乎很陶醉。它吃草的姿态很优雅，一枚草叶在它抿着的小嘴边转来转去，随着长须的上下扇动，咯噌咯噌，啃食的声音在这个傍晚，宛若天籁。

我轻轻转动一下身体，试图换个姿势仔细观其色泽，它警觉地一耸，然后迅速转过身钻入草丛，尾巴在草尖上摆了两下，就完全让草淹没了。

三

我家乡的黄昏拿不出手，尤其到了夏季，七八点灯火外，天幕淡淡星光，不鲜明，不清楚。其实黄昏该是一天中最柔情的时刻，许多事情都发生在黄昏。1920年的某个黄昏，英国小说家毛姆开始了他独自在中国的乡村旅行——古桥栏杆上的狮子，运输砖茶的纤夫的低沉号子，窗户上的花格，"泼墨"的山水……这些形象都被毛姆写进了游记《在中国屏风上》。斯人虽逝，丢下一壁锦绣文章。

蒙山的黄昏，笼罩在光晕中，树木由绿转而发黑。它们有强烈的性格，又有共同的理想，拔高，想去天空，有着出世的哲学。憋足了劲向高处生长，迎接光，倾听辽远的声音。它们似乎也更由衷地热爱宇宙深处的浩渺，仿佛只要给其一个支点，就能破开星河万界。它们通过占有面积的方式占有空间，把尽可能多的生命拢在怀里，比如鸟、虫、兔和人。

我家乡的树木以柳、杨和海棠居多，因为无法站于树顶之上，总是仰视，视角受限制，树冠的形势是模糊的。而在蒙山，树木皆是敞襟而"立"，斜坡的角度正好完全可观树木的全貌，我甚至看到一棵油松为了向阳光处伸展，硬生生把自己的躯干折成了九十度角，折向正是阳光照进来的方向。而油松身下的矮植们就没有那么幸运了，上方被高大的同族挡了路，下边挤着挨着，透不过气，再怎么争阳光抢风头，也只能忍气吞声，时间久了，病恹恹提不起精神。它们多羡慕时而从头顶飞过的鸟儿，恨不得插上一双翅膀，飞起来，把自己的生命向云端拓展，恣意生长。恨急了，矮植们就集体萎靡，甚至以死示威。

转过几片类似的山体，再向上攀，到了北坡，这儿的油松们，竟也有着很大的差异。尽管俯瞰山体仍然是绿色，但贴近地表审视，林子快被"糊"死了。而快被"糊"死的植身又阻挡了空气的流通，这般恶性循环，长期下来，一座山便显出了疲态。

一百多年前，哲学家尼采看到园艺师把花木多余的枝叶剪掉之后，花木反而得到更多阳光照耀，长势更好。于是提出，人也可以像园艺师一样，"修剪"自己。把无节制的情感、愤怒和欲望，一一剪除、疏减，便可似花草树木那样重新焕发生机。

修剪、疏减，简简单单的四个字，却有着深沉的内涵。

故乡的乡亲们也晓得此法，每年炎夏，玉米地是最需要疏通减伐的地方。棵子种植的间隔最大化地让土地多收食粮，棵下半部分的叶子便挤堆到一起。此时的玉米锤正值吐穗，紫红色花须从玉米穗上披散开来，蜷曲着，丝丝缕缕，可媲美芭比娃娃的披肩发。我一直理解为这是玉米在开花，只许花草开花，哪有不允许庄稼开花的道理。玉米一开花，大地也激动不已，在玉米花穗上涂脂抹粉，引导我们的目光投过去，让我们知道，它们一直在努力生长，生长。不止它们，身下的杂草也没闲着，匍匐着，顽强地跟高大的玉米棵抗衡。拔草、拽去多余的枯叶为玉米棵提供良好的生长环境，是长夏中庄稼人必做的事。

穿行在玉米地里，上晒下蒸，大汗淋漓，呼吸仿佛要窒息。但活儿总得干，双手扯向棵叶，吱拉拉，与闷热的空气合成另类的声响。半黄半绿的叶有韧劲，不好拽，要用巧劲。母亲多年的经验传授于我，一定要穿上粗布的长衫长裤，不然叶子划破胳膊腿轻而易举。即使全副武装，脸上、手上、胳膊甚至腿上还是免不了扫出一道道鲜红的血印，玉米棵透过布衫给肉体做上记号，汗水一浸，生拉拉地疼。

拽下来的叶子捆成一捆，背到地头，对玉米棵来说，它们的作用已尽，但对驴和牛，正是肥美的饲料。

四

自二十世纪八九十年代以来，我国土地荒漠化问题日趋严重，固沙保墒牵动着一代代植树护林人。城市建设中，为了保护一棵树，不乏改道或绕道。譬如北京寸土寸金的西二环，天宁寺桥施工时，为了留下一棵国槐，车流如潮的主路一分为二，道分两路，车行两边，路主动为树让行。又譬如每天走过的地质大学南侧，一棵树龄约一百三十年的老杜梨，矗立在道路正中央，细心的道路施工者，将之用铁栏杆围了起来。这样一围，道路就更显逼仄，但这却是一种理念的开枝散叶。杜梨树上挂一个鲜绿的牌牌：古树（二级）/年代：清朝。

蒙山多油松，既要坚持山体高覆盖率，又兼顾木本生长旺盛，山林决策者们是否能平衡这两下的关系？

如此疑问，才是问题的核心。

"平邑县退化公益林修复与森林质量提升工程已经实施了几年，我们通过抚育间伐、人工更新、修枝、割灌、刈草等方式，构建健康、稳定、优质、高效的蒙山森林生态系统，这是我们自然资源人义不容辞的责任。"此次全程陪同我们的平邑县林业发展中心生态保护修复科负责人刘海燕如此斩钉截铁的话语，可谓一言破局。山林要有活性，就得讲究适度，而且另一个重要的环节，就是要建立生物的多样性——多样性保持了生机，多样性维持着物种间的平衡，适者才是最好。有时适者生存在自然界表现得更直接。生存、竞争对于物种的繁衍的意义，并不是从达尔文才开始的，达尔文只不过用论文的形式把它定格在科学史上。

又爬上一阵，一块大大的展示牌立于眼前，这便是刘海燕说的退化公益林修复与森林质量提升工程的核心区域，展示牌上面标有公益林修复工程项目的概况、建设内容、施工区对比图等。立于展牌前，我专心记下：此区域有林地 22405 亩，其中国家级公益林面积为 22090 亩。林场共有木本植物 91 科 174 属 440 种，树种主要以黑松、刺槐、麻栎、赤松、油松、栓皮栎等纯林为主，部分混交林。退化公益林已经修复 4309 亩，森林质量提升 6757 亩，其中生态疏伐 7.8 万株，修枝 6.5 万株，补植补造 69.2 万株……

在已经疏减的松林旁，明显有补种的栾树、侧柏、平邑甜茶等，它们与油松形成异龄复层混交林，树种结构上发生了质的变化，透亮了许多。身旁的一棵松树下的杂草和低矮的灌木已经被割除，老松有新芽发出，摸一摸针状芽，有点扎手，它挂着一个鲜亮的标牌：平邑县松林线虫病预防／编号 NO2622。在电视上看到一种名为松材线虫病入侵松树的专题报道，技术人员手执针剂，小心地给松树注射一种叫阿维菌素的药剂进行防控，那是我所看到的人与植物最温情的场面。

大自然当然会以友好来表达感谢。

蒙山的松林，对于守护它们的主人来说，其实只是小恙，疏一疏通一通，便可还原松涛阵阵了。

五

开篇提到的公跻奎，乃晚明大家公鼐之曾祖，嘉靖十四年进士，素有战功，身后有吟咏"蒙阴八景"之律诗八首传世。《蒙山叠翠》一诗，荡气回肠。循着此诗，再念公鼐，其诗力愈发青出于蓝。都写家乡，都写蒙山，"晚霞挂重塔，微月碧殿空。林壑松桧响，十里闻秋风。"

一样的深情款款，一样的感同身受。

张艳，中国自然资源作家协会会员，河北省作家协会会员。作品见于《散文百家》《参花》《阳光》《北极光》《大地文学》《北方文学》《中国自然资源报》等报刊。

走近故乡

武玉强

向来认为，别人眼里的故乡和我眼里的故乡是不一样的。尤其是那些从远方来的访客，对这里的一切知之甚少，尽管他们有着虚怀若谷的诚意，一般来说仍难逃浮光掠影的缺憾。

然而，我却不能由此要求一个客人，像我一样熟稔故乡。

2023 年的孟春时节，我陪同中国自然资源作家协会作家调研采风团，来到了我的故乡，一个沂蒙山腹地的小村子。

这是本次活动计划其中的一个点，早就安排好了的。我得知沂水县里把我的故乡作为一个参观点的时候，我并没有多想，但随着行程推进，一步步接近，我的心情却变得复杂起来。古人说，近乡情更怯，我无法解释这种掺杂着自卑与胆怯的情绪来自哪里。进入故乡的那一刻，我一改常态，躲在他们身后，变得沉默。当有人喊着到了某某的故乡时，我拘谨地笑笑，不想多说一句话

有人说，故乡是用来怀念的，而时间将拉长这种怀念。

我的家乡，在二十世纪七八十年代，还是贫穷的代名词，现在自然今非昔比。以前在部队时每次回家探亲，也都有恍如隔世之感，对家乡日新月异的变化充满惊喜。我觉得，那是因为我了解自己故乡的过去，有了前后对比的缘故。而在来自北京、江西、河北等地客人们的眼里，会是怎样的印象呢？谁不希望家乡好，谁不希望有人夸赞自己的故乡呢，这真让我心里有些打鼓。

这次调研采风的一个重点，是参观祖秀莲村子里的一个微型的纪念馆。这个村子有一个土得掉渣的名字——桃棵子村，这个名不见经传的小村，因一个故事而小有名气。

故事的主角叫祖秀莲，沂蒙红嫂代表人物之一。

一九四一年冬，抗日战争处于残酷的防御阶段，日寇对山东实行大扫荡，战火烧到这个叫桃棵子的村里。那天祖秀莲下地做活，发现了躺在草丛里身负重伤的八路军战士郭伍士。她不顾一切，把他背回家里，找地方藏了起来。等鬼子一走，她立刻为他治疗枪伤。她家本来就生活拮据，现

在增加一个人，生计成了大问题。除了每天上山采药，她还纺线织布，想方设法维持生计，购买食物养活他。一家人吃糠咽菜，她却把家里唯一的一只下蛋母鸡宰杀掉，为他疗养身体。后来日伪军到处搜捕八路军伤员，她又和老伴儿一起，把伤情危重的郭伍士，转移到山后的一个隐蔽的小山洞里。每天熬药为他治疗，送饭送水。祖秀莲担惊受怕，却又义无反顾，竭尽全力细心照料。经过三十多个日日夜夜精心养护，战士终于脱离了生命危险，身体渐渐痊愈。后来伤势好转，组织上把他转移到了后方医院，伤愈后重返前线。

分手的那一刻，战士泪如雨下，她也如同送别儿子一般，难分难舍。这个故事，后来被著名作家刘知侠写成短篇小说《红嫂》，发表在《大众日报》上，又被改编成歌剧《沂蒙颂》。

故事说到这里，并没有值得大书特书的地方。因为这种情况，在我们家乡并不少见，几乎每个村子都在发生。关键是新中国成立后，这个叫郭伍士的战士，知恩图报，从部队一复员，没有返回老家，而是走上了寻找沂蒙山母亲的漫长之路。因为当时他是八路军山东纵队司令部的一名侦查员，进入地形复杂的沂蒙山区执行侦察任务，对当地的情况非常陌生，身负重伤后，生命垂危，更无法了解这个村子及周边情况，所以他的寻访之路非常艰难，前后历经八年的时间，足迹踏遍沂蒙山的九区十二县，历经

无数次的似是而非，最终找到了他的沂蒙山母亲——桃棵子村的祖秀莲。一九五八年，他带妻子和两个孩子从山西老家迁出，落户扎根到桃棵子村，如亲生儿子一样，形影不离地照料年迈的祖透莲，并为她养老送终，再也没有回山西老家。

一个基本事实是，小说《红嫂》刻画的"红嫂"这个艺术形象，并不是指一个人，而是一个群体。当时在沂蒙山区沂南县有用乳汁喂伤员的明德英，有抚育八路军后代的王换于，有蒙阴县拥军支前的沂蒙六姐妹等一大批沂蒙女性，她们无不彰显了沂蒙人民对亲人子弟兵的大爱大义，谱写了一曲曲爱党爱军的壮歌。郭伍士之所以辗转八年之久才找到祖秀莲，不仅因为八百里沂蒙，山高水长，而是类似的情况太多，他只能一村一庄地去甄别、辨认。

我们要采访的，大概就是这么个故事。

坐在村里的小纪念馆里，通过一个短片重温了这个故事，又让我心潮起伏，情肠涌动，哽咽在喉。因为有客人在场，我竭力控制住情绪，尽量保持表面的平静。但我发现，在短片结束的那一刻，大家都沉默了，眼里都有泪花闪烁，共同为这个红色故事而感叹不已。

直到这时，我才从胆怯中振作起来。

他们的眼泪与我的眼泪都晶莹透亮，在这一刻，我磨难深重的故乡，

与别人眼中的故乡，高度契合在了一起。那契合的纽带和力量，来自一种血浓于水的革命情感。在这种情感召唤之下，我们不分彼此。

李白曾有诗云："但使主人能醉客，不知何处是他乡。"只要有共同情感在，何处又不是知音？又有人感慨，这就是"党群同心、军民情深、水乳交融、生死与共"的沂蒙精神。红嫂们大写的历史，像浩荡的沂河水一样，从历史中走来，依然鲜活动人。

我听了心里特别坦然。这与其说是一种认同，一种赞美，更是对信仰力量的一种皈依，是对我们共产党"不忘来路，不忘初心"，全心全意为人民服务的一种民心所向。当年在这片热土上，从减租、减息，到土地改革，分田分地，"不荒掉一分田，不饿死一个人"，我们党拯救民众于水深火热之中。而人民回报的是："最后一口饭做军粮，最后一块布做军装，最后一个儿子上战场。"

为了让作家记者们深入了解沂蒙精神，我找到了这样一组数字：在解放战争中，沂蒙解放区作为全国的重要战略基地，当时四百六十万人口中，就有一百二十万人支前参战，有三万一千多名沂蒙儿女献出了宝贵的生命，涌现出了如"沂蒙六姐妹""陈毅担架队"等一大批拥军支前的模范集体和个人。

按照计划，我们即将开始奔赴下一个点，渐渐远离我的故乡。

中午吃饭时，我开玩笑地说："喝了我故乡的水，吃了我故乡的饭，各位不要忘了为我的家乡做宣传。"他们听了，都笑了，我也笑了。曾经让我自卑的故乡，现在达到了被人敬仰的地步，这是对我最大的安慰。

这也是一面镜子。我从他们的表情中看到了他们眼中的我的故乡，如果我的故乡能为国家、为民族继续提供源源不断的精神力量，难道不值得歌颂吗？

我忽然想到一个问题：世界上有哪一个国家，哪一个党派，能把普通的群众老百姓，当作全党学习，甚至膜拜的对象？

村村有红嫂，处处有殿堂，巍巍沂蒙山，静静沂河水，我的至亲至性的故乡啊，到底还有多少让我们思考的奥秘？

从返程的车窗望去，道路蜿蜒，山岭叠翠，时有溪流映带左右，牛羊群擦身而过。

大家情不自禁地哼唱起来：蒙山高，沂水长，军民心向共产党……

武玉强，中国自然资源作家协会会员，作品散见于《解放军文艺》《山东文学》《当代小说》《大地文学》《解放军报》《临沂日报》《沂蒙晚报》等报刊。出版短篇小说集《举手礼以及爱情》。

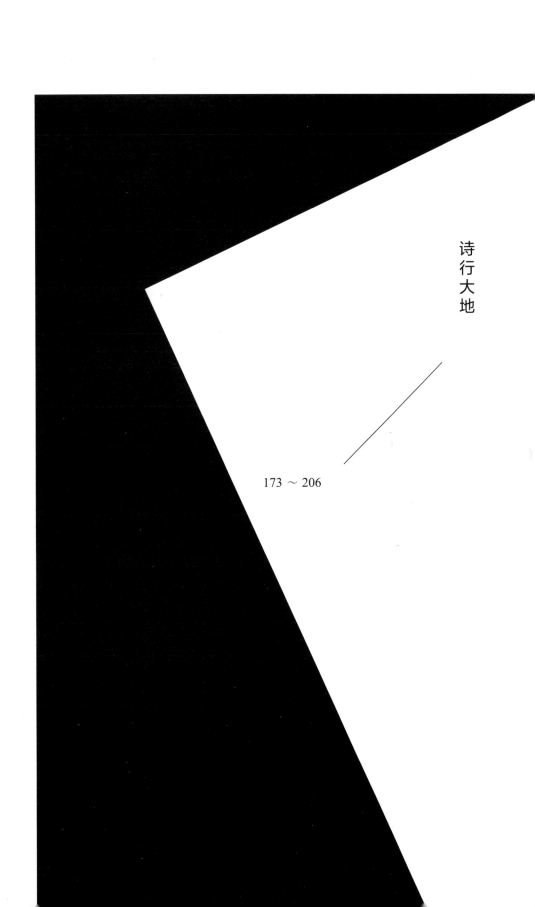

诗行大地

173 ～ 206

风吹大地，也吹着一个人内心的光芒（组诗）

敕勒川

梅雨

你说，江南又到了梅雨时节，天
一会儿亮一会儿暗的，像一个人
变着法儿地，思念着
另一个人

你说，下就下吧，反正，思念是一种
无法治愈的渴……天地苍茫，你
斜依着青瓦白墙的江南，你一一细数着
这一场姓梅的雨，无数的雨滴，仿佛
　无数的
思念，你知道的，只有打在你心上的
那一滴，最疼

爬山

秋日里，有一座山爬
是一件多么美好的事，一群人
说说笑笑，走走停停，心足意满地站在
那么高的地方，仿佛真的
收获了一座山……而我
一直小心翼翼，害怕一座山
忽然翻过身来——

高于人间的，不是天堂，只能是
秋日的一座大山

下山时，我被一条路反复叮嘱
仿佛人间，有了些许的陌生，仿佛
去往人间，是一件危险的事情

庞泉沟，或者给某人

这完全是意料之中的事，在庞泉沟
我爱上了秋风，爱上了秋风中的
红桦、云杉和落叶松，顺带的
我把它们头顶的蓝天和白云
也爱了一遍……我爱它们的笔直、浅红
和直上云霄，甚至，它们的残枝落叶
和自由散漫，也让我心生怦然……而
　一棵沙棘树
不动声色地扎破了我的手指，那几乎
看不见的刺，多么像我想你时
隐隐地疼

光芒

早晨起来，看到一缕阳光，从昨晚
没有拉严实的窗帘的缝隙间
钻进来，明晃晃的，像一把刀，在我
　眼前
闪着锋芒……回想起小时候，寒冷的
　冬夜

铁炉子里的火光，透过炉盖间的缝隙
浪花一样映照在屋顶上……这说明
所谓光芒，只不过是事物
露出了
它的破绽

演义

我们原本有四条腿，后来
不知道被什么所迫，变成了
两条

原本四条腿支撑的身体，现在
只能用两条腿支撑，原先的两条腿
有的变成了两条胳膊，有的
变成了一双翅膀

变成胳膊的，不停地
攫取着什么，所以我们的人生
才变得，如此沉重……

变成翅膀的，它们驾着风
一边放弃，一边
飞翔

夕阳

我对黄昏有着莫名的欢喜，我常常想
这个世界如果没有黄昏，那夕阳
该落向何方，无处可落的夕阳，会不会
像一个人一样，着急，跺脚，骂人

我还常常想，即使再伟大的事物，也
　需要
一个落脚地吧，也有累了的时候吧，
　也有
撑不住的时候吧，也需要一些安慰
　吧……
那些大大小小的山和高楼，那些人和
　树木
大概就是对夕阳的安慰吧

看到夕阳，我的内心就会升起温暖
这个世界，在夕光中又一次返回家园
而我，又一次把自己安放在无边的黑
　暗中
黑暗，会提炼出我身体里一天少于一
　天的光芒
直到我，完全熄灭——

我知道，一件事物在黑暗中，待得久了
就会发出光芒

苏泊罕草原的落日

如果不是在苏泊罕草原，落日
不敢这么辉煌，我不敢
起了如此辽阔的相思……或许
再给我一点时间，我就会说出
那个我深爱的人，并允许
风把天地
吹得更远一些

我爱过，像一场孤独的浩大的落日……
而一只大鸟飞过，将天空运向

不远处的刀劳岱山……那里
群星会将光芒继续

像此刻，落日强忍着无数的巨大的不
　舍——
我是说，在苏泊罕草原，我爱过，却又
不敢一下子
爱完

再访曼德拉山

不知道曼德拉山还记不记得我，但
可以肯定的是，曼德拉山的大风
一眼就认出了我：一场梦
认出了另一场梦，无数的我
认出了唯一的我

认出我的，还有一块岩石上
奔跑的马、马上蹲着的小猴子……不
　用说
这让我与曼德拉山，达成了
某种默契——

来不迎，走不送，而我
从未到达，也从未离开……时光漫漫
如果不是大风紧紧地拴着，一座山
早已跟着一个人
远走高飞了

樱桃记
　　——给旭东

一个人与一粒樱桃相遇是多么不容易
一粒樱桃，像是某种生活，红，饱满，
　脆弱
而又多汁，被两个相隔千里的人
一再惦念——
旭风东来，一颗小小的心，也有辉煌
　的时候

多么不容易啊，从烟台到呼和浩特，
　千里迢迢
一粒樱桃借助你的手抵达了一个诗人
　的手中，仿佛
某种命运，这小小的果实，因为
你的喜欢和我的疼爱
又辉煌了一次

这辉煌，是小的，甜的，羞涩的，是
被两个大男人捧在掌心奉为宝贝的……
　此刻
它们一个挨着一个安静地坐着，依然
　是你
最初安顿好的样子……而我坐在它们
　旁边
时间久了，也像是被你安顿好似的，
　仿佛
也可以，小小地，辉煌一次

多么幸运，我们都被一粒樱桃
悄悄地，加持过

历史缝隙中的光（组诗）

张世勤

爱情

单于让我嫁给那个
从东方而来的使者
我明白单于的目的
绝非是为了我的爱情
但九年里
我始终与他相濡以沫

那天，他和随从堂邑父
貌似正常去打猎
我默默给了他一个拥抱
因为我知道
这是我们分手的时刻
他们这次不是去打猎
而是准备逃离

我不知道的是
我们的缘分并未断
他们从西域东行时
尽管十分小心
但仍然第二次做了
我们匈奴人的俘虏

又是三年
我与他仍然是
相濡以沫

单于的病亡
再次给了他们出逃的机会
这一次
我没有选择给他拥抱
而是直接打起包裹
坚定跟他同行
因为我并不想让他
当一辈子俘虏

一路往东
我们到达长安
他终于见识到了一个
完全不一样的天地

有人说，如果没有我
他不会坚持下来
更不可能完成汉帝国交给他的
那个看似不可能完成的使命

没有人比我更了解他
没有我也会有别的匈奴女人
即使没有别的匈奴女人
他也一定会出色完成任务
当然那又是另外一部历史

我的夫君张骞出使西域这件事
作为一个了不起的事件
载入史册理所当然

我一遍遍地翻着史书
厚重和庞杂之中
却并盛不下
一个匈奴女人的名字

其实，张骞给我起过一个汉人的名字
只有他在叫
我又从来不说
我只能相信
这是因为没有一个史官
知道的缘故

对历史来说
也许我叫什么
我做了什么
都不重要
我即使付出我所有的爱
也永远都难以迈过
那道正史的门槛

荆地女人

她只是一个女人
一个出身荆地的女人

在掖庭，并不受待见的她
从不曾想过
有人需要用她的两只手
牵起两个民族
需要用她的肩膀
扛起一个国家
需要用她年轻的怀抱
把长达二百年的战争

包裹起来

北出长安
翻越赵北长城
穿越戈壁大漠

曾经的长弓短箭
曾经的战马嘶鸣
曾经的杀戮封侯
全踩在了一个
柔弱女子的
脚下

她先嫁的那个男人叫呼韩邪
后来又嫁的那个男人叫复株累
只听名字就知道她的悲苦
更不消说这两个父子关系的男人
给过她多少恩尊

她必须适应羊奶
习惯毡帐
懂得骑射
会说胡语

当然
她也得学会
如何不情愿地生下孩子
比如儿子伊屠知牙师
比如两个女儿
须卜居次和当于居次

这些名字让她温暖
但同样也让她悲伤

她只是一个女人
一个出身荆地的女人
既然她做出了这么大的事
后世史学家赶紧补给她
一个出色的容颜
丰容靓饰
光明汉宫
顾景徘徊
竦动左右

文学家赶紧递给她一只琵琶
让她弹奏漫天黄沙
让她抒发千古幽思
并告诉天边大雁
一定要忘记飞翔
先别管沉鱼的事
先制造出平沙落雁的景况之后再说

民间更是赶紧行动
将她不伦不类地与
西施貂蝉和杨贵妃并列到一起
作为美女资源
进行世俗消费

史学家的事件
文学家的人物
民间的野史故事
本来就是三本糊涂账
不管它们哪一部
相信都会与历史自身
相去甚远

公元前 33 年的那一天
一队人马北出长安

然后长河落日
然后大漠孤烟
那个女人再也没有回来

有人说
远离刀耕火种的故国
她早已化作牛羊遍地
也有人说
背离茂林修竹的家园
她早已青草连天

她叫王昭君
一个来自荆地的
女人

公孙大娘

人们都喊她大娘
但她并不老
她其实和大唐的春色一样年轻
美女们都习惯跳软舞
风摆杨柳百媚千娇
而她却总是执一柄长剑
嗖嗖嗖
刮起一阵阵盛唐的风

属于她的风
从民间一路刮进宫廷
只要杨玉环喜欢
唐明皇就喜欢

剑光耀眼
堪比后羿射日

179

身手矫健

婉若游龙翱翔

起首便是雷霆震动

收气便成江海凝波

不能说是因为看过她的剑舞

张旭才能写出龙飞凤舞的绝世书法

杜甫才能把诗写得那么慷慨悲凉

吴道子才懂得了作画的用笔之道

但作为当时最有代表性的三位观舞者

他们的确都曾在她的风中

不只醉过一次

不止梦过几回

可惜大唐太过雍容繁丽

太过华贵奢靡

也落满了太多的风花雪月

她的舞蹈跳得好

但她的剑法瞄得更准

她的一剑寒光

即使把正在走弱的盛世气象已经刺破

也未能把一堆颓废人的忧患

挑醒

年轻貌美的公孙大娘

到底嫁没嫁人

不知道

知道的是

她嫁给了剑

嫁给了舞

嫁给了一个朝代

嫁给了史书中的一个段落

补天

四极废，九州裂，天缺一角

世间没有比这再大的事

天的颜色和质地那都是有讲究的

不是随便拿块石头就能补得上

好在有女娲在

她的手最巧

她连人都会造

就这样

一个弱女子

面对着一面残破的天

成为了一个修补匠

这场景，既让人心疼

又让人惊艳

这行为，不像是传说

更像是现实

女娲费了好大劲

总算用五色晶石补好了

天空不时泛起五彩的云霞和雨虹

经女娲之手重新补过的天

经验收，竟比先前的天

还要美出许多

一些未被选用的石头

有的落到了日照涛雒

有的落到了寿光石臼

有一块被辛弃疾藏到了袖子里

有一块被曹雪芹拿去写了书

我也是其中一块不堪大用的顽石

被埋在了鲁国

经女娲补过的天
一直用到现在
再没坏过

我们这些未被启用的石头
嘴上不说
心里其实都希望天能再坏一次
据说，这也正是当初我们未被选上的
　　理由
因为没有别的石头
比我们的想法更坏

经女娲补过的天
质量超好
后人无须再担心
但女娲还是让自己的手艺
以神话的形式代代相传
作为非物质文化遗产传至今天
女娲的想法是
她的手艺用不上没关系
但每一个人起码都应该有
补天的冲动和补天的担当
也许一个人
就是一片天

弧形的侧脸（组诗）

张伟锋

樱花之寂

一年一年，看着它们长高长大
终于，打包、盛开。又一年一年
看着它们败落。多年如一日
我看它们的位置，始终在青龙亭

时光在反复叠加，它们静默不语
陪伴着岩石上的寺庙
引渡了无数人，有人看破红尘
有人淡然离开，有人祥和地住进土里

落日投射下来的冬天

我斜靠在一棵个头不小的樱花树
我知道，它此刻仍在生长
我读了三遍经书，但都没有读进心里

早安，临沧

早晨的临沧，到处是生活里的人潮涌动
一个年轻的妈妈，背着年幼的孩子出门
她小心翼翼地驾驶着并不熟练的电力车

早安，临沧。无论美不美好，无论苦
　　不苦闷

所有的人，都已经在生活之中，像天
　空在高处
大地在地处一样，无法抗拒

梨花之白

梨花开得正好，而种植它的主人
却死了。没有人忧伤，也没有人
接受肩挑死人的活计。好在，这个家伙
已经死了。对于身后之人的
种种语言，种种冷淡，已彻底地
毫不在意。我折了一支梨花
轻轻地盖在他身上

百丈漂

百丈漂有三次落水
一次宽，一次深，一次高
但，无论怎样，都是垂落
都是向下
这真像，一个人登临山顶
一个人下至谷底。除了水
还是水本身。除了你
还是你自己

弧形的侧脸

那个画山水画的人，此刻坐在我的身边
一动不动，从他弧形的侧脸可以看出来
他现在是一个世俗之人——
他经常把自己关在画里，不食人间烟火

但此时，我们允许他有挚爱和憎恨
默认他的低落和缺点，他可以不停地
向外倾倒，腾空胸腔

空间节省

失眠症患者。抑郁症患者
焦虑症患者。社交恐惧症患者
情感双向障碍患者。全部汇聚到一个
　人的身上
而且他能在沉重中
背负前行。那么，换个角度看
未必不是一件很好的事情。有多少的
　空间
已经被节省，有多少更宽的伤害
已经被省略——如果，迫不得已
或者必须做出选择，由我一个人承受
或者你们中的任何一个人
站出来。我们都应该理所当然地
认为那是合理的

画家与落日

"突然间，想买一根拐杖给自己
我想我快需要它了。"流浪的画家
在途中自言自语——
他翻过横断山，去到祁连山
又远途折返。他遇见攀升的年纪
和不利索的腿脚。落日之下，冷风猎猎
他用年轻时抽烟的姿势
面对涂了一部分颜色的画板，他还有
　理想

尚未来到人世

乌木龙即景

身体佝偻的人，在山梁上放牧
她的腰比之前的几年，弯得更加厉害
从远处看去，已然近乎弓箭。她年轻时
充满力度和热情，在靠近梦的路上

但现在，她老了。不知道
她是否依旧充满理想，也不知道
即便不能实现，她是否依旧执着。我
　有机会
向她走过去，但显然不合时宜

泥步修行

永不坠落的星辰，仿佛在一瞬之间
集体隐匿。广阔的黑暗，凸显
并延伸了它的边界。我在一个美好的
　春日
经过乌木龙，却遇见了大雨倾盆
迷雾层层递进，高山布出无解的阵法

我的肉身在南方，我的灵魂仿佛也在
在熟悉的乌木龙，在我迷恋的地方
涌来了陌生的，可以吞噬念想的事物
啊，我的热血的人生，遭遇褶皱和挤压
啊，难以接纳的，我将融化；难以改
　变的
我将扣进骨骼

一个人过乌木龙，困顿中难以前行
疲倦中，感到万念俱灰的绝望
我坐在雨水冲刷的河畔，背负空寂的
　宇宙
我是我，自始至终。啊，从今时今日起
我将流放自己三千里，泥步修行

不安之书

奔腾的河流分裂成两条，去向不同的
　地方
这等同于坚硬的岩石，被爆破成两半
一半用于建造一座房子，另一半用于
　建造
另一座房子。在不同的格子
居住着不同的两对人。夜深人静，醒
　着的人
应该都是孤独和焦虑的人

不安之人席地而坐，我随同他一起
他读着漂泊的诗，并执意要让这种声音
从我的喉咙发出。我宽慰这个男人——
他臂膀结实，做事果断，经历过风波
　和起伏
但在爱的面前，是那样不堪数落
他的幻灭感爬满他的心头，同时辐射
　着我们

胡杨

阿拉善的胡杨发出金色的邀请
在蔚蓝的天空下，你的绿衣服变成翻

动的海浪

阿拉善的胡杨，热烈而温情，浓密而
　　轻盈
你像个包容万物的跋涉者

你接纳了所有。躺下来，委身在砂石上
倚靠着此起彼伏的胡杨，做一个永恒
　　的逝者

始终保持一颗盛开之心（组诗）

鲍秋菊

玫瑰树下

花瓣，散落在地
七零八落，像在灵魂的小屋
左手到右手的距离
我独自行走，吸纳它的火红
让大地将它占有
玫瑰刺遗留在树干，玫瑰香浮动在空气
我尝试了不被消失
因为你的存在
我从这里经过
因为你的存在
我看见自然的美好
我拖着它的步子，走向你
一只洁白的手臂
拾起玫瑰，像是拾起我和过往。

后花园

相对禁锢的身体和灵魂，我是自由的

相对疾病和战争，我是幸运的
哦，走在放歌亭
我感受无数自我
在美人蕉和湖水里进出
混合了早晨的空气和蜂鸟的鸣叫
我没有被生活裹挟
诚实的，和内心一样活
瞧，那湖边的云杉无拘无束，闪耀着
　　翠绿

试着赞美看着的一切

那是一片格桑花，不是虞美人
它们活在柔软的日子里
把全世界的优美集中在一起

有人问，你是通向哪里
它没有回答

远处的白雪楼，把震荡搬进湖水

终日让更多的湖水
重复性的迷惑，从一个浪口
赶往另一个浪口

小白菊

那段记忆怎么可能忘记
小白菊的纯真绽放的时刻
是你到来的时刻

我怎么能不等很久，即便是昙花一现
小白菊和你同时出现
命运的低处与高峰，我们曾寄居里面

我不曾后悔有这般过往，不曾遗憾停
　　留存在的美好

你看到的，是我维持的
如你忘记，所有的预言还在这里
我需要一个空瓶，插上这些白菊

被一只苹果引诱

现实主义不一定有果，终极审美是真
　　实与想象合体
被一个苹果引诱，神似的状态趋于悬挂
绝不是色泽本身，是知觉与敏锐属性
　　的总和

山风吹动苹果树的叶子，得到苹果是
　　一种浪漫
个体在整体的状态，红润、饱满、纯

粹的意象
专注于悬挂，停留二维空间，不操纵
　　任何术语

被一只苹果引诱，不能保证抽象意义
　　的色彩和声音
以生活的某一种自然形态出现，苹果
　　树像伞
地球有无数把伞，无数个身体

树和果，有天性的部分，是空气、水，
　　是自然和触觉
现实的果，并非理想中的花，美感的
　　副产品
她在上帝的内部，是一种力，似乎引
　　诱又被摧毁

始终保持一颗盛开之心

它绽放，由生到死
从蓬勃走向虚无
石榴，罂粟，金丝桃都是这样

它渴望开在时间周期表里
不需要有任何客观的迹象
它反复脱离物种本身，把强大松懈到
　　全无

如同沙漠之地，绿洲越来越少
而骆驼刺仍然没有忽视需要的能力，
　　水源之处
它抓住无限深陷的东西，把根脉直入
　　地层的属性之中。

噢，不要丧失那一声鸟鸣

水草在湖底摇摆
叶子挂着露珠
命运怎样与众不同
它也会成为脸旁擦过的风

噢，不要丧失那一声鸟鸣
你还在森林，没有走出那一日
你还在坠入，一张无形的网
你游离过的地方，涨满觉醒

发生过什么呢？事物的终点站
天空笼罩着寂静
夜晚不能制止琴弦发声
那些迷惑的遇见，正迎面而来

哦，不要让风波过度迷惑

我怎么能制止风波流向你，流向秦岭
流向祖国其他的地方
它是静态、液态的，有时候是动态的

这些年，我存放它在宇宙不容的范围
它在白昼里虚弱，发出冷冷的光
它在夜晚格外热烈，如同熊熊烈火

上帝到来，亲吻它，轻抚它
无需你是谁，已习惯在气流中吞噬它
在命运毫无所知的时候耗尽它，塑造它

它有辽阔弯曲的影子，竖立在夜色
细长、炽热，视你为光体
它独一无二，集中关闭自己，从此不
　　再忧患

闪电（组诗）

白发科

异乡的云朵

墙角的绿被一段时光染成黄色
一条白色的狗睡在落叶里
它那么安详，此时也许故园的某个下午
母亲拄着拐杖
正一瘸一拐地盯着远方

一些花朵开得很孤独
孩子们追着足球跑
月亮很早就露出半个脸
她看着那些爬上篱笆的绿植
偷偷地笑

那条狗跟在主人身后
一个孩子登着闪亮的脚踏车

远方传来扩音器里的歌声

我望着天空成群的云朵发呆
不知道，他们是不是
来自我的家乡

回眸

我看见草尖上的穗子
看见向上攀缘的牵牛花
看见一尾鱼
把自己遗忘在
前一个七秒里

一些花朵看见蝴蝶
看见蜜蜂
看见它们青春的样子
看见一些花瓣
难舍难离

而果实就站在秋天里
一回眸
就看见一群孩子
阳光一样的笑脸

有一场生离死别的爱情

夕阳离最近的山还有
一段距离
半个月亮便偷偷地
爬上插满旌旗的屋顶

南瓜蔓上开一枚枚黄色的花朵
那些柿子绿得慈祥
麻雀们站在一根电线上
一起商量
回家的日子

白云擦干净一块蓝宝石
树枝上心形的叶子
像一只鸟
跳来跳去

而我注定要和那片叶子
有一场生离死别的
爱情

喝一杯思乡的米酒

斜阳把最后一缕余光
装进一枚
狭小的瓶子里
这金黄般的孤独
属于一个异乡的游子

这是重阳节的黄昏
菊花落满南山
远隔万里，我都能
听到故园一地
破碎的乡音

酒杯就在那里
昏黄的乡情就在那里
我不敢登高
满山的茱萸

哪一株能帮我捎上
故乡的信札

从你身边路过

当洁白的云朵路过天空
欢乐的小草路过风
那么多红色的粉色的白色的花朵
路过阳光

一只麻雀路过
我的窗子
而花蝴蝶路过草地
蜜蜂路过格桑花
河流路边
开悟的石头

当春天路过枝头
鸟鸣路过空山
麦苗正路过
一场雨

当苹果园路过秋天
江河路过年轻的祖国
此时，我最想路过的
是你的身边

啜一口清泉

整个秋天，微风都在
细数那些白杨的叶子
有哪几片变黄了

有哪几只鸟
还停留在树枝上

而阳光就这么一寸寸
矮下去
河水在暴涨之后
格桑花正安静地
看着自己在水里的影子

而清泉在抚摸每一块石头之后
我能听到它们发自内心的快乐

我啜一口清泉，把水里的云朵和故事
一饮而尽

向阳的一面

这些被孩子践踏
被花狗压弯的野草
它们在又一个黎明醒来
被阳光一寸寸扶正

而昨天的夜晚裸露着伤口
一粒星子和另一粒星子似曾相识
我看见的北斗，它一直
指向我故园的方向
在这个秋天，叶子一片一片老去
而枝头悬挂的果实
向阳的一面
都是我故园的颜色

夕阳把一株树的影子拉长

夕阳把一株树的影子拉长
然后告诉
另一株树
它即将离去的消息

一根草已经老了
顶着满头白发
它在风中挺直腰板
一只蚂蚁就能把

它的脊梁压弯

向日葵低着头颅
斜靠在断墙上
长不高的格桑花
够不着结满
果实的秋天

面对夕阳我一个人走
留给大地的
是一树的孤独

桐溪的天空（组诗）

刘九流

午后

她坐在马路牙子上
他坐在马路牙子上

一棵树，枝桠向外伸
伞状一样

刚好容得下两个人。太阳照过来
一小撮树影。适合特写

像手，只是挡了一下
叶与叶之间，空隙星星点点

一阵风吹来，树影晃动

而他们，一块吹不动的磐石

最生动的，莫过于
他给她夹菜，她给他递水

远远地看，塔吊林立
旁边是一个刚揭开锅的深坑，轰鸣声
　　翻滚

里面好像煮着什么

桐溪的天空

桐溪的天空，依然用着

八十多年前的太阳，只是每天，不一样

炊烟蛊惑太阳，眼神从未迷乱
青草拴住黄牛，脚步从未走失远方

秧苗移栽，一步一步往后退
豆角攀藤，顺势向上牵

太阳底下，流水打开梯田
将军故里，游人如织，泅红生活

群山环抱。飞鸟在飞
永不疲倦，于褶皱处飞出

高速路，从天空引下来
诗和远方，从此不再是千沟万壑

很多人出去了，又回来
青山绿水，不只是乡愁

还有生活，爱上田间地头
螺旋一样上升的幸福滋味

父亲的菜地

父亲的菜地，大多数
是他垦荒而来
要么在无人认领的荆棘地
要么山冈的小小平坦处
或者小河滩上不起眼的滩涂
那些别人看不上的地方，经过他
一锄一锄荷垦过来
变成他的菜园。种上芋头地瓜紫薯

随时令更换。拔掉一层又一层杂草
作为肥料。他们长势很好
每次挖，都会拦腰斩断几个
常常令父亲生气。每棵豆角
插根小竹竿，豆藤顺势攀爬，开花结果
长成自己想要的样子
父亲的餐桌上，从不缺新鲜菜蔬
有时，也会送些给左邻右舍，有一年
他提着西瓜，到城里
大而滚圆的肚子，仿佛是一种炫耀

一生向土地刨食的人
一生饿怕的人
最懂得粮食的重要。看着满桌菜肴
满心欢喜的样子
像极了开疆拓土的功臣

复垦记

它挖土的样子
像那年的饥荒，大口吃饭
每一口，丰盈饱满

它伸出手臂，长长的，狠狠的
对着这片荒芜地，就是一通
指指点点

是的，它要对这块养育我们的土地
沉寂多年的土地
愤愤不平地挖，疯狂地挖

每深挖一次，掘进一尺
都是刀口向内，如剜身上的肉

腐肉剔除，它要让这片土地重新活过来

看到良田颓废的样子
荒土荒木，野草丛生
不再是那年的稻香葱茏，蛙鸣列阵

那些嗜土为命的人，老了
扛农具的人，少了
而土地，依然是养育我们的全部

烈士纪念塔

这高耸的碑塔，早已在人民的心中
占据着至高无上的位置
底座形似小山，据传是忠烈
埋骨之地。青砖石块，青色垂立
用名字建筑的塔，它的高
永刻人民心中

太阳从东边照过来，从西边落下去
身影斜下来，不断有人路过扶正
每天，敬仰在增高

一座塔，被阳光描写
它的光芒，肯定有那么一束
射入云隙和人心

碑身，1180 个烈士，浅浅的字迹
一笔一画，那是碑
最有骨质的材料
最敬重的一笔，当然要用最硬的骨头
刻画。阳光，已用金线勾勒出光环
鸟鸣与青松，将流水与白云扎成花束

骨头修筑的碑塔，它的高度
在人民的心中，兀自托举着
向上生长

阿步的诗

阿　步

新客

窗外的梧桐树
还没有长出新的叶子
光秃秃的枝条
被一些鸟早早地占领了
那是我未曾见过的鸟

它们沙沙地鸣叫着
飞的时候
我看到它们
都有一只漂亮的长尾巴

这小小的聚会

这是久违的酒
劫后余生的开始
坐在身边的
还是那熟悉的面孔
他们的语气，神情
端起酒杯的姿势
都没有变
这些不会老的人啊
是不是只有坐在一起
才能让时间
心甘情愿慢下来

果盘中

一只泊头鸭梨
和一只新疆苹果
在一只蓝色
果盘中不期而遇

鸭梨很大
苹果很小

看它们依偎一起
特像一对情侣
喜欢着自己
又深爱着对方

日常生活

西红柿太贵

我就没买
只买了黄瓜和土豆
还好除了西红柿炒蛋
我也喜欢黄瓜蘸酱
和酸辣土豆丝

我拎着它们往回走
夕阳的余晖洒在我们身上
我真爱我手里的黄瓜和土豆
我真爱它们
我爱所有的蔬菜
我爱这不刺眼的光芒

忽然我就后悔了

我打死了一只蜜蜂
这不是我第一次
打死一只蜜蜂
它闯进我的房间
在里面飞来飞去
我怕它蜇我
而当我走出房间
在楼道里遇到另一只
同样的蜜蜂
看着它一动不动地
停在那里
忽然我就后悔了

中元节之夜

有几个小朋友奔跑着
在院子里燃放艾草味的烟花

许多年前的中元节
我领着小侄子
站在滹沱河南岸看河灯

那一年，滹沱河里
淹死了两个小女孩

河灯漂走了
往回走的路上
有一只很大的刺猬
从豆子地里出来正要穿过这条小路
我们就停下来让它先走过去

像个孩子一样

他像个孩子一样
坐到我的身边
说着这一天
所发生的事情
点燃了一支烟

他说嗓子不舒服
问我还有没有药
我说没有

他说一起做工的人
太过聪明
我说不管他
做好自己就好

我没有看他，我知道
离开了故乡的黄土地
随之而来就是他所不能承受的轻和重

这些，我们的土地并没有教给我们

他说要给家里打个电话
说着就走出了屋子

我一直装作很忙的样子
没有起身留他
我那越来越老的父亲

羞愧

最近，我总是想起
那几个泥瓦匠
他们身上总是挂着
很多泥点；他们走路总是
离我很远。只要一想起
那个晴朗的早晨
我就为我这身
干净的衣服
感到羞愧
为我内心肮脏的
那一部分
感到羞愧

回不去的……

一套餐具
从盒子里
被我一件一件
拿出来
摆在橱柜
后来我发现

太占地方
就想把它们
一件一件
再放回盒子里
可我无论怎么摆放
就是无法再把它们
全部放回去

一个混浊的下午

在混浊的天气里
最应该打扫卫生
把桌子擦得一尘不染
选一本陌生人的书
打开，去读他
和他产生一些
既远又近的关系
就静止在这一刻
这一刻就是历史
包括这闪着幽光的桌面
以及沾满灰尘

被丢进垃圾桶的纸巾

天黑之前

天彻底黑下来之前
我不太喜欢开灯
看着屋子里一点点暗下来
这让我觉得时间离我很近

在厨房里，借着一些光
我切开了一个西瓜
挖出瓜瓤把它们放进榨汁机里
看着它们破碎，旋转得越来越快
很快，它们就变成了一杯鲜红的果汁

最近，我很迷恋这个过程
也迷恋擦拭那把水果刀
看着刀刃被我擦出光亮
继而又被夜晚熄灭
这让我深信时间经过了这里

寒夜旅人集（组诗）

江 江

祁连山

衰败的雨水中，铜质的右臂短暂冷却
一侧的车门打开，仿佛那只断翅的黑鹳

无处躲避，也小面积改变了雨的形状

群山蜷缩着，找信号，摇摇晃晃地在
　世间

找信号。拉着他的马车，绕过铁塔
穿过云杉，再翻过山的背面，投入炉火

风吹着人质向前走，弓箭在后
石头被射中。人们从硬盘里取出无尾草
从草里取出风，从风里取出另一块石头

更类似的是，从 X 光机里取出小岩羊
看着她，双膝跪在雨后潮湿的草原
吻着大地隆起后形成的褶皱，轻声唤着
妈妈。妈妈，翻过群山的路在哪里

柏林禅寺

古桥还在流淌，滹沱河水不动
风铃摇晃屋檐，神在众人之间

晚云缝补的百衲衣，笼罩大地
无所谓东去西来，柏树子落下的时候
我行走在一个无法选择的位置，看着它
落在我面前的一刹那，同样无法选择

寺里的晚钟响一声，山川就低一些
山川低一些，我的影子就暗一些
直到钟声铺满了所有山川
暮色吞噬了全部的我
才能听到草木在遥远的旷野，唱着寂
　　静的歌

从沾满露水的清晨出发，一直走到夜
　　空下
仅仅是为了抵达那一点点遥远的寂静
这一路就要走那么多桥，过那么多河

要吞噬那么多黑暗，或者被黑暗一点
　　点吞噬

下渝州

如黛。叮叮叮。摇晃。杧果沙冰
流动的褐。刺破孤独的猎手
"可以喝了，先生。"三分之一的位置

温暖的光。合上。拨动
打开。折角的一页，念珠悬挂在天上
落下。轮回。下落不明

大地上的事物，可以平静睡去
墨绿。穿透雾气，驶向更深的地方
月亮。银色匕首。刺碎你的梦

午夜飞行

从林间的灯正在一盏一盏灭掉
莲花夜之绽放，秋风吹皱湖水
我有十万大山不动
你推开窗，你看不到太阳
那些试图遗忘的 都已经死亡
在午夜抵达，黎明前离开
一生都在重复着一种孤独
黑暗中一切都飞行在低处
失去光芒的石头会从星空坠落
只不过是一条项链
只不过是一场命运

风声序曲

前奏再长一点，再长
让树枝可以自由摇晃
一切都要趋于平静
目光所见的物质终会消亡
在空无一人的街道行走
没有岸的海吹来无形的风
可以听到背叛者的回声
时光是一封迷路的信
字里行间是隐秘的倒影
你要学会离开词语
以及离开你自己
这是存活在世间的唯一方式

浪花与披萨

移动，在海和更多的海边
寒冷让我们有了形状

海面，时间打碎的玻璃
浪花或者是披萨
那些锋利的小碎块，不断涌向我
像奔向你的，夜晚的火

心是被脚印改变的海滩
记忆从流逝的身体里渗出
跟随你，在遥远的午后
采集自己一生粗粝的标本

时间之木

天暗下来的时候，雨后的空气有繁星
　　的味道
我擦拭着花上的水滴，像在多年前的
　　夜里

那时月亮落得很迟，爱的人还很潮湿
那是被写入书中的一年，百花的花冠
　　飘然落地
病毒有了好看的形状，语言不再产生
　　新的词

那时万物在做减法，古老的墙开始倒塌
于是，一座墙的倒塌，就是所有墙的
　　倒塌
爱过的所有人，都是同一个人
林中只剩一声蝉鸣，天上只有一粒星辰

那一年，北方吹来的风二十六岁
身后的地坛四百九十岁
那颗孤寂的星又是它的无数倍

时间挂在枯朽的树上，又被雨水冲入
　　泥土
溅起了一些繁星的味道，在天暗下来
　　的时候

桥北路 5 号

北方落雪纷纷
覆盖了一场又一场罗曼蒂克
一些人乘着迷途之舟从流而行

偶尔也会在星夜里，遇上另一些曾经
　　的山河
一些花只在夜里绽放，人们叫不出名字
太阳从未照射过它们，更不必说体内
　　的秘密
无从知晓，就像我们不知道要多少杯
　　B52
才能在寒夜里唤醒其中的一朵
但有些事物注定一生漂泊
沉睡吧，至少不必被时间捣尽汁液
只有天空是完美的圆形墓穴
我们不过是轻易就被吹散的碎屑
南方的河水暖如体温
温暖着最后一根寒冷的肋骨
而想起你时会是在北方

皖南记

菩萨的铜像已经泛出幻影色的黄金
触摸并不能使人分辨出露珠和闪电
重阳木三百年的树龄应当属实
和阳光交换着气息，枝头栖满蝉声
白鹭隐于丛林，扬子鳄匿于浮萍之下
只有我们和青草无处躲藏
灼伤是一束烈日简单的喻体
"你的肉体只是不停流逝的时光"
既然要先于他们衰老
就提前把暮色泼向一张生宣

营造出河流隐秘的命运
选用粗糙的狼毫，蝇头小楷
在一面被雨水冲刷过的墙壁
写下那天夜里黑色的蝴蝶
从你身体里飞出
去见证一朵花枯萎
的过程。以及学习如何从记忆里
剔除猛烈奔跑产生的心跳
体温和一个完整的夏天
之后，树上的叶子都会落下
像是给一首诗去掉那些不必要的注释

岳阳记

那时，我身披暮色而来
时间的石板上生出青苔
明天是暗中虚构的谎言
那时的尘埃在低处飞
夜的咏叹调未眠了整个荷塘
一粒莲子作药引，你用阳光
修补我的每一道裂痕
看这世间，有水牛，有稻谷
可以走一小段泥泞的路
去种树，然后长成风和尺素
在云溪，长江边上的古渡
把一小块命运，也放入水中
等待一生中的某个黄昏
回忆起一场雨的复杂性

在矿山（组诗）

宁　晔

在矿山

山，交出自己
张大嘴巴，吐出体内的骨头

他走出窿口，阳光一下抓住
佝偻着的脚步
背着 33 年里欠下的光明

葱郁的林木隐藏了
800 米地下，火一般的操作面

最后一树桃花，
拼命地开在，两公里外的小镇上

一群孩子追逐着
闪光的笑声

霜落在坟头

霜先一步落在母亲的坟头上
风摁着茅草的头颅，不断下跪，磕头

你半生的寒，粘在柿子上
它们那么红，点亮老屋的灯盏

风，数着地坎、小野菊和未归仓的庄稼，

旧门板拒绝开口

雕花落了，
豁嘴的窗丢掉了唠叨与叮咛

顶着一头白霜的人，
只好山道上寻找着往昔的脚印

远离

蛙声一点点升起
群山一步步后退

穿越无尽的人海
等来一个最好的黄昏

远离霓虹灯下的慌张
栀子花用月色，绽放第一朵洁白

在遥远的地方
有人手把灯盏，迎一缕夜色入门

林荫小道

她喜欢在清晨或黄昏
深入林间

并对此乐此不疲

那些关于草木的美好，让一条小路说
　　出来
而那些关于他的
依然藏在最高蓝天上

多好的日子，也已被时间用旧
没法像鸟那样自由，
亦不能成为风，穿梭在林荫道上

领地

夕阳收走渔夫的钓竿
湿漉漉的鸟鸣，正临摹着两岸的风景

我放出体内的闪电和雷鸣，扑向这片
　　旷野，
抢占草木的领地

等黑夜赶来
为我送上一枚弯月的宁静

临沂短章

李　点

武河湿地

芦苇深处
不知名的野花在开放
不知名的小鸟在唱歌
偶遇的一只白鹭
突然箭镞一样向空中飞
在这里现身的水鸡、水鸭、鸳鸯和鸿雁
会不会把芦苇长高的消息
透露给更多的同类
修建湿地栈道的民工自豪地告诉我
这里以前叫五河
自己的家就在此处向南 3 公里

红嫂

29 日，水上涑河
我忍不住给临沂诗友轩辕轼轲发了一
　　个信息
我说在涑河他立刻赴约
像恋人约会一样准时
谈话间
同行的诗友孙捂说自己的母亲
十三岁给部队做军鞋
对他来说，仿佛红嫂司空见惯
在沂蒙，每一个慈祥的母亲都有故事
她们个个都是红嫂

白沙洲

石头堆砌的堤岸
被五颜六色的格桑花簇拥
寂静的湖水
容纳下白沙洲上空的一片蓝天
不远处的杏林，错落有致
金黄的杏子令人垂涎
谁知道这里曾是矿山废弃的矿坑
大山曾经的四处疮痍
正被当地一个叫袁中玉的人一一抚平
伤痕累累的矿山正变成绿水青山

护林老人黄培先

他守护的这座山是紫山东山
他说自己已经守护了整整 16 年
尽管即将超龄
但他仍然想在这里继续护下去
他说东山变得越来越绿越来越好看
有感情，放不下
他想护到一百岁
他脸色黝黑，警惕性高
监督着上山的人最后一个上车离开

我是你的尘埃

——梦回楼兰

茂 华

孟夏夜
与友微醺走在若羌街上
月裹挟着路灯的清光
照在身上
微尘荡漾
我仿佛一粒尘埃
游弋在历史的苍茫
忽而，远方
幻化出一位美丽姑娘

孔雀河畔一湾石潭
倒映着古老的城墙

带着卡拉库尔
忙着交易的两个男人
牛羊结群
还有几口袋馕

黄沙海漫
阿尔迪克坚定地走来
他手中的
千年画图里尽是
雅丹沧桑
衣袂飘飘
古琴铿锵

唇角轻扬

眼望着那位漂亮姑娘
成了国王的新娘
幸福的模样
刻进了西域八百年的故乡
路尽头一派荒凉
几处残垣似在讲当年
长风凄烈
雨骤风狂

战马嘶鸣
剑指四方

遥想千年前
那一叶海棠
竟美得如此悲怆
月影隐去的是
古时的辉煌
今生的泪光

中年的脚步

——四月二日登长城

青 山

中年的脚步已然沉重。行进的路程
却仍在迂回。而这长城
横亘成石质的岁月。爬升的途中
压力扑面而来。于是,我想放弃
安静地躲避。登此山一半已是壶天
然而,苍鹰的叫声俯冲而下
击入我骨头里的河流
多少人,终其一生也不过在溯流而上
而我,来到了第几座山峰?在八达岭
　　之巅
我看见了蛟龙蜿蜒,如此多娇

时间仿佛在这一刻凝固
所有的山脉,都围着这座碉楼旋转

停止,只会让岁月湮灭得更快
时间爬过我们的头发,白马的蹄声
踏过我们耳边。生命的真谛
难道不在其中?哦,仲春的山谷仍有
些许荒凉,却再也阻挡不住
杏花噼啪作响地开放。路在脚下铺开
一块又一块砖石延伸而去
阵阵东风吹起,涌动了远方的雾霭

壬寅端午依文彰先生韵（外九首）

林　峰

壬寅端午依文彰先生韵

欲除大疫过端阳，心底蟾辉冷似霜。
犹记童年蒲艾色，清思遥共晚烟长。

诸城齐长城遗址

似闻塞上起兵声，马踏龙湾势纵横。
险隘千年皆废垒，人心亿万即长城。
注：齐长城遗址穿过诸城马耳山和皇华镇龙湾头等地。

欢庆二十大

十年砥砺自雄奇，日灿高天纵远思。
墨子双清惊汉表，蛟龙七彩动瑶池。
天开星眼出尘想，海涌礁心绝世姿。
独爱千山秋色好，菊黄正是梦圆时。
注：墨子指墨子号卫星。蛟龙指蛟龙号载人潜水器。天开星眼指中国天眼是世界上最大的单口径球面射电望远镜。海涌礁心指南海造岛工程。

凤山县之歌

金光万点接重霄，醉里江洲紫翠娇。
凤起林梢秋未晚，天生桥上事何遥。
蒹葭已谱鸳鸯曲，霜露新催薜荔潮。
不用世间明媚色，白云赠我烂银袍。

初到梧州

谁将百越一灵珠，翻作红尘绝妙图。
云气蒸腾龙未远，夕阳浓淡鹤来孤。
天移山火明瑶海，石炼井冰辉玉壶。
恍见秋风千丈里，联翩彩翼下苍梧。

浣溪沙·梧州六堡茶

波泛清芬六堡东，渺绵嘉气百千重。满山翠影漾轻红。
春老方知茶味绝，秋来始信客思浓。此心已似碧云空。
注：茶味绝此处指佳绝、绝美。

破阵子·寿光巨淀湖红色旅游区

帆自湖心西去，鹭从苇上徘徊。

菡萏花浓摇绿垛，翡翠湾开接落晖。流光转瞬飞。

风似潜龙举甲，月如织女凝眉。八卦玄机涵电火，神器千钧响霹雷。心潮天际归。

浪淘沙·昌邑绿博园

垂柳拂朝阳，塔影云光。林中花气绕回廊。万古天音谁识得，缥缈霓裳。

白水亦生香，鸟语悠长。伽蓝开处即心窗。绿满楼头秋一点，共我成双。

注：绿博园中有崇圣塔、天音阁、伽蓝殿诸景。

鹧鸪天·青州驼山

天河如玉漾遥空，眉边幽岭起长虹。云笼石窟三千载，日上梯崖十万重。

今古事，往来风。晴光照处旧题浓。明驼不肯逍遥去，佛在连山紫翠中。

临江仙·海棠雅集喜迎二十大

风暖长街杨柳，春浓深巷青棠。满庭花木竞芬芳。枝头闻燕语，座上见诗光。

高下千重紫气，蒸腾万丈朝阳。神州箫鼓正轩昂。海门声浩荡，天宇任翱翔。

蔷薇（外九首）

江合友

蔷薇

庭园植碧丛，孟夏发玲珑。
惹客长条动，迎风数朵红。
馨香萦户外，零落在泥中。
月下仍飞堕，繁华刹那空。

建强手植荷开数本

益清香午后，院落满蝉声。
叶翠方塘小，花红别样倾。
种鱼因护梗，裁树好输晴。
远眺亭亭汝，风中老眼明。

笔记本电脑

怜君如手足，相伴每晨昏。
码字常生厌，蓝屏最断魂。
纠缠非可剪，爱恨岂堪论。
回首荆妻在，油然百感存。

悲欣

变流生五浊，四大化为人。
欣幸何如此，悲酸亦有因。
萧墙兴衅隙，郑伯碍慈亲。
万里乾坤内，无常信乃真。

洗衣机

横空君出世，夺我浣溪沙。
游女非常遇，菱歌偶一呀。
水声听上下，心事晾横斜。
砧杵无人顾，中宵漫自嗟。

手机

宵中难去手，梦里恨无机。
已黡蛾眉宠，多矜玉指持。
视频迷碎片，文字猎新奇。
露电人生短，流光弃置之。

庚子秋日王京州兄自花城来访

溽南邻十载，近岁一逢难。
君复匆匆过，杯仍累累干。
参商多感慨，少壮有悲酸。
岭外江山远，应怜赵郡寒。

题西岭别院

暂去红尘事，来栖西岭头。庭种千竿竹，地开三大畴。山楂门外红，榴果挂当楼。墙左成畦菜，院间杏叶稠。蓬门缘草径，窑洞抱岩陬。踏雨不嫌滑，采菊独爱秋。青山环村矗，明月照溪流。手执诗一卷，心远自无忧。无才轻璧马，有幸恶牺牛。光阴移蓦地，荣辱忘沉浮。知交偶一至，倾杯笑群鸥。还待梅开日，良会雪中酬。

重庆旱

山城今岁热，昼夜火燎炉。百年不一见，莫可称雾都。空中杳水汽，行云望处无。闻道嘉陵涸，干透江底鱼。巴南起山火，江津北碚趋。浓烟蔽白日，狂焰吞翠株。水无而火有，天道失其途。老子斥不仁，万物为狗刍。无奈应黔首，汗瀑遍微躯。更怜虫兽鸟，炙烤近于枯。奋勇救火者，力疲气长吁。所盼惟大雨，此难或能纾。龙天故不许，晴日曝同初。当时共业集，报此酷烈荼。半域燃红火，满城渴甘濡。一变通则久，易理诚不虚。季风携水至，水火各裕如。江山喜恢复，好景归古渝。天地行常道，三才有鸿图。戒去贪嗔念，千古等须臾。我痴笺造物，我苦叹无辜。故乡仍亢旱，青草满鄱湖。

石门秋雪歌

穷秋来暮雨，中宵夜飞雪。及晨一庭白，朔气转凛冽。密叶仍在枝，绿盘承玉屑。其重不能负，往往枝断折。满地未枯草，尽衣缕绮缬。茱萸点点赤，翠素隙中血。又有几枫栌，风中摇明灭。树头二月花，一片披粉褐。行人都赞叹，此景何妙绝。此雪来何早，祥瑞趁佳节。我怜物性伤，雪早皆夭杀。天地有时序，四季当分别。寒暖反其常，物死生灾孽。兹雪虽或美，其早伤何烈。农者长太息，畎亩不忍瞥。况复疫时侵，念之肠内热。古来多达者，独善身无缺。滥竽而不吹，歌舞无消歇。

辛丑除夕（外九首）

周冠钧

辛丑除夕

疫恶人同愤，年来事尚艰。
如何诸相尽，都向此时闲。
小醉联先贴，新辞福莫怪。
梅开春步响，已逐好湖山。

游竹西古邗沟

楝紫槐香思欲迷，满园芳草正萋萋。
云行一水居邗上，路转千年到竹西。
燕子风中红欲尽，鹁鸪声里绿先齐。
岂堪轻论英雄事，遥指楼台天未低。

晚行荷花池公园

晚来云又起，独步向园林。
水气分荷重，波光映柳深。
雀归喧树杪，蛩语动秋心。
小坐无尘虑，薇花忽上襟。

壬寅立冬前日赴江都大桥三江营金秋诗会呈邵公鹤庭先生步谢朓《暂使下都夜发新林至京邑赠西府同僚》韵

吾爱邵夫子，乐之诗无央。名迹

一何胜，高义亦何长。远来大江畔，郁郁木已苍。骋怀烟波渺，矫首时旷望。吴山绘秀屏，白水献兰章。振衣斑斓下，把臂沐秋阳。人情老还似，赍志清吟乡。颇得观鱼意，快哉向濠梁。风能幻群听，鬓且仁飞霜。神游不可遏，此心如鸥翔。

清平乐

深深浅浅。鸿迹如过电。雪色侵窗风欲乱。不语心头断片。

想来或是归人，个中消息难分。偏惹狸奴轻试，无端印上梅痕。

鹧鸪天·早春咏柳

临水含烟袅袅垂，鹅黄犹自染参差。舞余纤影惟多态，惜罢柔怀更几枝。

酬旧识，弄新丝，因风相见亦迷离。凭将婀娜分春早，怕得梅花寂寞时。

青玉案·壬寅上巳有约分韵得上字

桃花水逐风烟涨，满眼是，春模样。酒酽灯清都一晌。泠泠星夜，悠悠过往，都在人心上。

尘香欲住无相忘。已觉流光幻成像。别后犹添愁几两？与鸥深语，看舟微漾，纤柳垂如浪。

虞美人

疫中岁月情偏扰，满地榆钱老。小荷初覆碧新连，自是水光风影白鸥闲。

桐阴涨断无穷路，仍见人来去。不堪惆怅暮春时，又惹楝花香碎紫云飞。

朝中措

梦回花落水流东，容易又秋风。百十年来行迹，无非鼠虎龙虫。

浮生总是，朱颜何似，白发犹同。剩有胸中丘壑，笑看天际云鸿。

暗香疏影·壬寅春暮

暮春消息。惹趁风蝶子，来寻芳迹。弄影残香，时有蔷薇舞深碧。一水圆荷正小，覆凉波、纤鳞纷觅。漫听得、蛙鼓声中，杨柳乱如织。

长恨经年疫在，奈何竟误了，终成幽忆。泥酒愁生，坐倚南窗，人远画林朝夕。而今多少疏狂意，尽付与、云飞鸥逸。怕旧游、重到须惊，但把梦华轻拾。

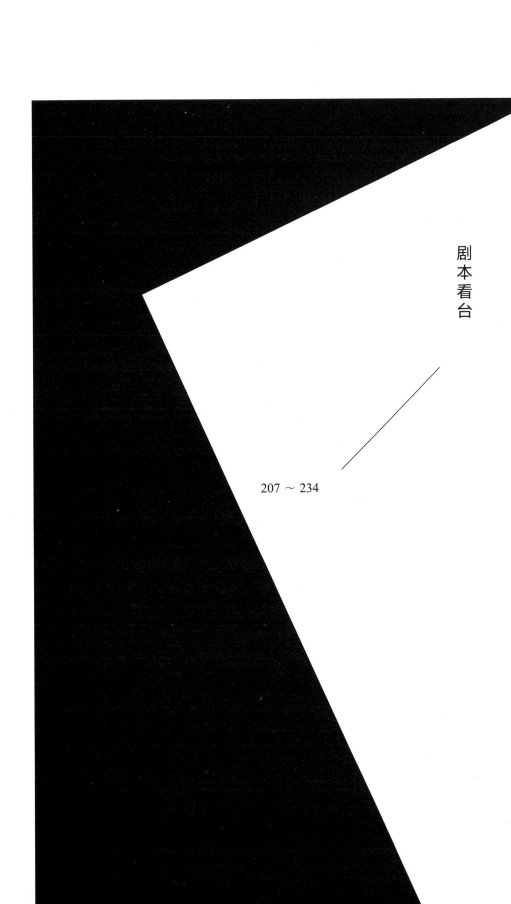

剧本看台

207 ～ 234

地苑赤子

周子健

剧中人物：

肖继业：剧中主人公，地大校友，地质工作者，后担任地质局副局长。

岳芳仙：肖继业第一任妻子，地质工作者，因公牺牲。

袁露珍：肖继业第二任妻子，地大校友，女登山运动员。

南德：肖继业早年同事，地大校友，科学探险家。

王志远：肖继业早年同事，地大校友，户外摄影师。

金书文：肖继业早年同事，地大校友，地质工作者。

陈知行：地大教授，后当选中国科学院院士。

林夏：林育生、夏倩茹之女，地大教师，后担任地学院院长、校党委副书记。

肖乐山：肖继业、岳芳仙之子，地大校友，乐山旅游项目总经理。

肖乐水：肖继业、袁露珍之女，地大校友，乐水珠宝品牌创始人。

肖梦祁：肖乐山之女，地大学生。

【播放电影《年青的一代》片段，片段结束，演出开始】

序幕：芳华如梦

【1960 年代末，地质队员们上场，剪影内容地质队队员舞蹈。老年肖继业拄着拐杖缓缓走上来，肖继业环顾四周，看向剪影出现的方向，注视剪影】

肖继业：这是哪儿啊？不会是在青海的高原吧？一晃 50 多年过去了。战友们，当年我不辞而别离开了青海，不知道那时候你们有没有原谅我。那时候没有勇气向你们当面告别，那件事情发生得太突然了，每当想到再也不能像你们一样和自己的伴侣相守余生，我就心如刀绞，我只能选择逃避！

当年我的妻子岳芳仙和七位同事共同迷失在柴达木的漫天风沙里，为地质事业献出了生命，芳仙牺牲的时候手里还紧紧握着一块化石。

【闪回，画外音：所有队员呼唤岳芳仙】

（陆续上台）地质队员们：岳芳仙、岳芳仙你在哪？（下台）

肖继业：这是什么声音？像是一支地质队！是芳仙他们的地质队！芳仙！芳仙！你知道吗？他们都夸你是好样的，是地质队员中的女英雄，我知道这句话不仅是对你的褒奖，也是对我的安慰。

岳芳仙：肖继业！

肖继业：芳仙？芳仙！

岳芳仙：继业，我们的孩子还好吗？

肖继业：好，都好！乐山还小，不敢相信你离开了这个世界，我把他送回了老家，让他奶奶帮忙照顾，希望换个环境能让他尽快走出悲痛。

岳芳仙：你还是离开青海吧！

肖继业：不，我不离开！我要永远守在青海，守在你的身边！

岳芳仙：到最接近天国的地方去，到我更容易看到你的地方，去延续我未完成的事业。

肖继业：到最接近天国的地方，去延续你未完成的事业。

岳芳仙：继业，忘了我吧，你会有新的生活，会有新的妻子替我照顾你。

肖继业：芳仙！芳仙！你别走！我永远不会忘记我们在祁连山共同工作生活的那段日子。芳仙！芳仙！芳仙！

【熄光】

第一幕：老友重逢

【2012年11月。地大校史照片展览。群演参观展览，学生志愿者（肖梦祁）带领老校友参观】

志愿者：校友您好，今天有校庆晚会，欢迎您来参加。

肖梦祁：欢迎各位校友参观地大建校60周年校史图片展，本次展览我们征集到了一批首次展出的珍贵照片。下面由我来为大家进行讲解。我校创办于1952年，初名地质学院，1987年……

南德：1987年成立地质大学。小同学，我打断你一下，你说的这些老皇历啊，我们哥仨比你清楚。今天是60年校庆的校友返校日，我们在这等会老朋友。就不麻烦你给我们讲了。

王志远：是啊，小同学，就不麻烦你讲啦。

【王志远脖子上挎着数码照相机，熟练摆弄】

金书文：别听他俩瞎说，小同学，你刚才说，这次的展览有很多首次展出的珍贵照片，能指给我看看吗？

肖梦祁：当然可以，您往这边看，这部分展出的照片就是刚从师生校友手中征集来的。

【画外音：梦祁！】

肖梦祁：三位校友，你们在这慢慢看，我去那边的展览帮个忙，有事可以随时叫我。

金书文：好的，小同学。

王志远：谢谢你啦，小同学。

肖梦祁：不用谢。

【肖梦祁下台】

金书文：诶，你们看，这是当年我跟着马老师完成五台山区域地质图的照片。

王志远：我看看，你在哪呢。

金书文：这个，瞧瞧多清楚啊。这是一、二、三、四、五，第五排最靠边，露出半个额头那个，那个就是我。

南德：真能找补，还露出半个额头，你咋不说被挡住大半个脸呢？不过，老金，你属黄花鱼的，干啥都溜边，这位置应该是你拍照爱站的地方，除了看不见脸之外，我相信这是你。

南德：你们看，这可是池老师带我在八达岭研究燕山花岗岩的照片，老金，你看我这张照片可太珍贵了。

【王志远和金书文上前】

王志远：哪呢？哪个是你啊？（走到照片前）

南德：在这，戴着草帽

王志远：啊？

南德：哎呀，你啥眼神啊，背对照片那个人就是我。

金书文：嘿，就露一个后背啊。（走向另一侧）

王志远：这明显是个女的吗，虽然我眼神不好，老南你也别想蒙我。我要说当时给你们拍照的是我，你信不信？

南德：我信，你说那个草帽是你编的我都信。

【王志远走到台中拍照，突然发现照片】

王志远：哎，你们快看这！这是

59 年学校登山队登上秦岭主峰——太白山的照片，袁露珍也在里面。

金书文：还真是，那时的袁露珍不仅漂亮，身上还带着一股巾帼不让须眉的英气，不愧是登山女将啊。

南德：老王你可以啊，眼神看别的不行，找袁露珍一找一个准。当年在西藏，我们一起遇到袁露珍，没想到最后让肖继业这老小子抱得美人归，咱白忙活一场啊，缘分呐，还真是说不清楚啊。

王志远：我单身汉一个，向袁露珍献殷勤是人之常情，你说你老南当时孩子都会跑了，跟着自作多情个啥。

南德：这是什么话啊，爱美之心，人皆有之。他老肖和袁露珍不也是二婚吗？凭什么"和尚摸得，我就摸不得"？

金书文：老南，你这话就不对了。肖队长第一任妻子岳芳仙，那可是牺牲在柴达木的地质女英雄。人家肖队长那叫"续弦"，你那叫"吃着碗里的……"

王志远："看着锅里的"。

金书文：这性质能一样吗？

王志远：哎，书文，听说袁露珍和岳芳仙长得很像，要不当年在西藏老肖怎么能一见钟情呢。

金书文：是啊！

王志远：可就算没有老肖，轮到我，也轮不到你老南啊。

南德：行，打住，算我说不过你们。（坐下）这老肖真不讲究，张罗着今天一起回校，这会儿还不来，让我们等到啥时候啊。

金书文：肖队长腿脚不方便，路上慢点也是应该的，我们就再等一会儿吧。对了，岳芳仙的事可是肖队长心里抹不去的伤疤，一会儿千万别提。尤其是你，老南！

南德：放心吧，我这心里比你清楚。正好，今天是60周年校庆，我呀，准备了个小节目，我先演给你俩看看，哎老王！老金！

肖继业：老伙计们！老伙计们！

南德：老肖！

王志远、金书文：肖队长！

肖继业：老伙计们，大家都好啊？

南德：好，可把你给等来啦，哈哈。

【肖继业和南德、王志远相继拥抱寒暄，金书文鞠躬，握手寒暄】

王志远：我们的女中豪杰袁露珍也来啦，刚才正在说你的登山故事呢，现在还是风采依然啊！

袁露珍：哎呀，现在上楼梯比当年登贡格尔九别峰腿还沉呢。

金书文：（有些动容）肖队长，您的腿好像更严重了。

肖继业：不要紧，医生50年前就说要锯我的腿，结果它陪我走遍了青藏高原。我一辈子走过的路比别人两辈子还多，不亏了。一晃好多年没见，老金，你们都还好吧。

金书文：好，都好，我家那口子的心脏手术恢复的也好。肖队长，我想把这个还给您。

【金书文伸手想要从口袋里掏东西，肖继业挡了回去】

肖继业：老金，今天不说这个。

肖梦祁：爷爷，奶奶，你们来了！

袁露珍：祁祁！

肖梦祁：诶，这三位老校友说在等人，没想到等的就是你们啊！

王志远：老肖，孙女都长这么大啦！上次见她还在怀里抱着呢！

肖继业：祁祁，这三位就是我经常给你讲的，爷爷在西藏时同一个地质队患难与共的战友。我给你介绍一下，这位是王志远，王爷爷，他是58级校友，上学时就在你奶奶隔壁班，他从小就爱好摄影，天天抱着相机不离身，后来做户外摄影师了，他拍的自然风光多次登上国家地理杂志的封面。

肖梦祁：刚才大家看到的那张池老师在八达岭的照片就是一位叫王志远的校友捐给学校的，原来就是王爷爷您啊。

王志远：哎，我就说那张照片是我拍的吧，他们两个老家伙还不信。祁祁，这次时间匆忙，我还有很多照片来不及整理，等整理好了，我要把它们全部捐给学校，到时请你做个联系人好不好？

肖梦祁：好啊，谢谢王爷爷。

肖继业：这位是金书文，金爷爷，62级校友，地质世家、扎根一线、专利等身，是名副其实的劳动模范。

肖梦祁：金爷爷！我知道您。我们新生入学教育课上，老师还特意讲了您的事迹，您参与的青藏高原项目今年刚刚获得了国家科技进步奖特等奖，老师说这是地质人首屈一指的荣誉，您可是咱们地质人的骄傲！

金书文：哎呀，我不过是一名普通的地质匠而已。

肖梦祁：您太谦虚了，听说您在西藏找到了超过千万吨级的特大型铜矿，当时我爷爷把新闻看了不知道多少遍，激动得连着几个晚上都没睡着觉。

肖继业：我那是晚上吃多了，遛弯儿。（众人笑）

金书文：惭愧啊，我取得的这些成绩离不开你爷爷的鼓励。

南德：更离不开陈知行院士主动让给你的获奖名额啊！

金书文：对！（众人笑）

肖继业：祁祁，这位是……

南德（南德掏出快板，抢先说）：我叫南德，是咱们学校 56 级校友，一直在搞科学探险，祁祁，就这么跟你说吧，在这个地球上，像什么戈壁荒滩，高山极地，就没有我南德，没去过的地方。像什么老挝万象，泰国曼谷，缅甸仰光，孟加拉国，印度加尔各达，孟买新德里，巴基斯坦，阿富汗，伊朗，伊拉克，叙利亚，黎巴嫩，土耳其，安卡拉，过黑海，到伏尔加格勒，圣彼得堡，莫斯科，爱沙尼亚，拉脱维亚，立陶宛，波罗的海到芬兰。瑞典斯德哥尔摩，挪威，丹麦，德国柏林，波兰华沙，捷克斯洛伐克，匈牙利布达佩斯。罗马尼亚，保加利亚，索菲亚，希腊，阿尔巴尼亚，南斯拉夫，意大利，瑞士，瑞马，法国巴黎，

马赛，地中海，直布罗陀，葡萄牙，西班牙，马德里，过英吉利海峡到伦敦，到伦敦坐飞机就回到了北京。（亮相）

肖继业：对对对，这世界上啊，就没有你南爷爷不敢去的地方。

王志远：哎，除了他前妻家里他不敢去！

南德：老王！当着孩子的面，少给我添油加醋。嘿嘿，梦祁啊……

肖梦祁：我知道，我爷爷说过你们关系不一般，才能这样开玩笑。南爷爷，我出生的时候是您送了一块珍贵的南极化石吧，现在还摆在我的床头呢，谢谢南爷爷。

南德：哈哈哈，好孩子，你喜欢就好，南爷爷以后争取再给你找一块更稀有的化石。

林夏（上台）：肖伯伯！

肖继业：你是？

林夏：我是林育生和夏倩茹的女儿，我叫林夏。

肖继业：林夏，上次见你的时候我还没离开青海，你还没上小学呢，这时间过得可真快啊。

林夏：肖伯伯，见到您真是太高兴了，听说您的腿……不过，看您气色还是那么精神，英姿应该不减当年。我爸经常在家提起您，说当年要是没有您，他可能就误入歧途了。

肖继业：别听你爸瞎说，我们就是互相鼓励。来，我给你介绍一下，这位是我老伴儿，袁露珍。

林夏：袁阿姨好。

袁露珍：小林好。

肖继业：这几位是我在西藏工作时的同事，南德、王志远、金书文，他们都是地大校友。

林夏：三位伯伯，你们好！你们的事迹我父母也经常提起，见到你们非常荣幸。

南德：小林啊，我先给你讲一下我的事迹啊。

王志远：行了，老南，当着孩子面瞎嘚瑟啥啊。

南德：诶，我这叫嘚瑟吗，你们忘了，当年在地质队我可是号称"地院马三立"啊，那女队员见到我那叫一个崇拜。

金书文：你确实忘了，你当年是号称"地院马三立"吗？我看你叫"地院猪八戒"还差不多，这一见到女队员，就像猪八戒一样。

肖继业：小林啊，这次你爸怎么没来？上次纪念支援青海 40 周年的座谈会，我听说他作为中国国际救援队的领队，因为有国际救援任务没能参加，我和他可是好久没见过了。

林夏：我爸本想要来的，但因为在外省的地质灾害科普讲座临时调整时间，他实在赶不上了。

肖继业：哎，那你一定要代我向他和你妈妈问好啊。

林夏：好，肖伯伯，您等一下。陈教授。

陈知行：哎，小林啊。你们先自己看看。

【陈知行和几个工作人员上台，边走边讨论学术问题】

肖继业：陈教授！

陈知行：老肖！老肖，你这是回来参加校庆来了？

肖继业：陈教授，不仅我回来了，您看还有谁回来了？

【陈知行上前端详诸人，用手指点】

陈知行：南德（老陈！）、王志远（陈教授！）、金书文（陈院士！），再加上你老肖……"难忘今宵"！

肖继业：哎呀，好久没听人叫我们"难忘今宵"了，当年在西藏可是您给我们取的这个雅号啊，哈哈。

陈知行：可不嘛，自从给你们取了这个绰号，我是年年看春晚年年就想起你们，这不知不觉就多喝了两杯。哈哈哈。哎，诸位，今天中午怕是来不及了，等我主持完"深部碳循环研究"的学术报告会，咱们今晚啊还得喝个"难忘今宵"。

南德：英雄所见略同啊，这不，我把咱们当年在西藏珍藏的两瓶青稞酒可都带来了。加上你陈大院士一起，咱们一个也不多、一个也不少。

金书文：陈院士，这次您让出名额推荐我进入国家科技进步奖特等奖的名单，我都不知道该怎么感谢您才好。

王志远：书文，别总酸溜溜的，人家陈教授可比你爽快，你就等晚上再来个舍命陪君子不就完了嘛。

陈知行：书文，你在一线做了多少工作我最清楚，这是你应得的，安心拿着吧。

南德：老金，老陈都评上院士了，不在乎这么一个国家奖，你今晚多喝两杯就行了。

陈知行：老南说得对，别说一个国家奖了，就算十个国家奖也换不来咱们这么深的交情，咱们今晚不醉不归啊！

金书文：好，不醉不归！

袁露珍：都这么大岁数了，你们就少喝点吧。

肖继业：不要紧，大家今天高兴。

王志远：今天真是太巧了，要不我们大伙一起拍张照吧？

袁露珍：我给你们拍。

林夏：袁阿姨，还是我来拍吧。

肖梦祁：你们都别动，还是我这个志愿者来拍最合适。

【众人热闹赞同。众人在镜头前显得有些拘谨】

肖梦祁：来，一二三。哎呀，大家都开心一点嘛！

陈知行：哈哈哈（主动上前指挥），老南老王你俩换个位置（众人疑惑），哎，这不就是"难忘今宵"了吗！

肖梦祁：来，咱们再拍一张。

众人齐声：难忘今宵！

【咔嚓，所有人定格。幕落。播放歌曲《光阴的故事》】

第二幕：难忘今宵

【1975年5月。西藏。众人在寒风中各自忙碌，金书文烤兔子，王志远拍照，陈知行看地质图】

王志远：来，书文我给你拍张照吧。

金书文：哎我不拍，我不会拍照。

王志远：来来来，先别管你那兔子了，就站在这儿，以这珠峰为背景，我会拍。

金书文：哎呀，我兔子还没烤好呢。

王志远：一二三，欸嘿。

肖继业（跑上）：书文，志远，你们看这块岩石上的层理类型，和纹层之间的交错关系，是非常少见的。

金书文：是啊，确实很少见，值得研究。

陈知行：小肖啊，你绘制的这个区域的地质图我看了，非常精准，最近为了这个地质图你是从早跑到晚啊，看看你这腿，小肖啊，还能坚持住吗。

肖继业：不要紧，就是有点酸，不影响工作。

陈知行：小肖啊，我呢虚长你几岁，总想充个长辈劝你一句，岳芳仙的事我也略有所闻，但日子还得往前奔，你也该再找个可心的人了，生活得有个照应，总不能和石头过一辈子吧。

肖继业：陈教授，您说的话我都听进去了，芳仙走了这么多年，其实我心里也明白，不过两情相悦这事终归是可遇不可求，比我们找矿还难呢，还是请您先看一下这块样品吧。

陈知行：嗨，真希望你能早点遇上哦。来，我看看。

王志远：哎，书文你看。

陈知行：这是海相灰岩，可能对研究"青藏高原生长的深部过程"有用，得拿回学校进一步分析，收好它吧。

王志远：你们看，这满天繁星多绚烂、多壮丽，自然之美真是妙不可言，真希望我能在有生之年，看尽天下奇观，把最美的自然风光都拍成照片，留给世人欣赏。

肖继业：志远，你有一双发现美的眼睛，真让人羡慕。在我眼里这一山一石都是样品，都是图纸，都是报告，都是我们永不停歇的脚步，跟你一比，真是无趣得很啊。

陈知行：一个仰望星空，一个脚踏实地。小王、小肖，你们说得都很好。你们看眼前的大地，一望无垠、苍茫辽阔，它经历了亿万斯年沧海桑田的变化，成了大自然馈赠给我们的宝藏，既涵养了我们的精神世界，也支撑起我们的物质世界。你们再看远处的珠峰，没有仰望星空的梦想，人类就不会有登顶的决心，没有脚踏实地的奋斗，人类就不会有登顶的成功。15年前，我们校友王富洲从北坡登顶珠峰，给我们树立了仰望星空、脚踏实地的榜样，这才是地质人应有的大气魄、大格局。

金书文：仰望星空、脚踏实地。仰望星空、脚踏实地。陈教授，您说得真好！

【南德身背猎枪，手提大口袋上台】

南德：同志们，我回来啦。

肖继业：南德，难得你还知道回来，出去找当地人买食物整整走了两天，是不是又去瞎逛了，我们都很担心你啊。

南德：刘少奇同志讲过，地质工作者要做建设时期的游击队员，就凭我这身手你们有什么可担心的。告诉你们，等科考任务进入阿里地区，我还得带着猎枪第一个给你们开路呢。看这，看这，满载而归，哈哈哈。

【众人嘻嘘】

肖继业：嘘，低调点吧，你可真敢说！

南德：怕什么，我这是仗义执言，勇者无畏！

【南德被香味吸引，走到篝火旁坐下，想抢吃，被王志远拉住】

王志远：南德同志，这可是我们最后一只野兔了，你这次出去，打了什么猎物没？

南德：猎物当然有！……不过都让我拿去跟当地人换酒了，4瓶青稞酒，隔着瓶子我都闻到酒香啦，哈哈哈。

【众人用怪异的眼神看着南德。陈知行轻轻叹了一口气】

肖继业：南德同志，不是我批评你，在野外开展工作，食物就是我们的生命线，怎么能随便拿食物去换酒呢？

南德：哎呀，我高兴过了头，忘了告诉你们一个好消息了。

王志远：什么好消息？

南德：我在附近的村镇听说，就在前天，中国登山队成功登顶珠峰！

【众人惊喜】

陈知行：小南，你得到的消息可靠吗？

南德：绝对可靠，附近村镇的人都在庆祝呢。

【众人激动地抱在一起】

陈知行：太好了！当年，王富洲登顶的时候遗憾没能留下影像资料，一度受到国外登山者的质疑，这次登顶我们终于可以扬眉吐气了。

【金书文挥舞着拳头】

金书文：是啊，真是太好了。这次登顶成功是对我们登山科考队最大的鼓舞，我们也不能落后。

肖继业：书文，说得好。我们这次的登山科考任务，由陈教授带队，相信一定能像这次珠峰登顶一样，取得新成绩，达到新高度！

陈知行：小肖，你谦虚了。你是这里的地质队队长，你们的支持更重要，我们要共同努力，争取打造一个学校与地质队合作的优秀典型出来。

肖继业：陈教授，我从青海调到这里时间不长，经验不足，多亏了这几位校友的支持，也希望您多指导、多帮助。

陈知行：小肖，客气话咱不说，既然是校友，都是一家人。小南，我看你这酒换得对，咱们今天要为庆祝登顶成功喝一杯，也要为预祝登山科考任务能够圆满完成喝一杯。

王志远：好，我去把书文藏着舍不得吃的罐头也拿出来，（跑去拿金书文的包）给大家下酒。

【金书文追王志远】

金书文：嘿，王志远，你自己的罐头怎么不拿出来。

【王志远把罐头掏出来，把包丢给金书文】

王志远：我的俩礼拜前就让南德这家伙给包圆了。

肖继业：好了，好了。我这还有点牛肉干，大家有什么好吃的都凑一凑，大家一起庆祝一下。

南德：好嘞。不过，我跟各位先说好，今天的酒咱最多喝两瓶，这剩两瓶我要珍藏起来带走。

王志远：真抠门，先打开喝着再说好不好？

金书文：反正我是沾酒就醉，喝多少都是舍命陪君子，你开一瓶才好呢，但这酒我必须喝。

陈知行：我同意小南的意见，明天咱们还要继续工作，最多喝两瓶，不多喝。

肖继业：对，陈教授说得在理。

陈知行：酒都倒上了吧，来，小南、小王、小金、小肖，嘿，你们几个这不是"难忘今宵"嘛，哈哈。

王志远：欸，这个名字好啊。

陈知行：好，那咱们今天就喝个难忘今宵。

众人：对，难忘今宵，干！

【袁露珍上台】

袁露珍：请问肖队长在这吗？

【肖继业看到袁露珍先有些惊讶，

后有些出神】

肖继业：我是肖继业，你是？

袁露珍：我……

王志远：你是袁露珍？

袁露珍：是我，肖队长，你还记得我吗？我和夏倩茹是同班同学，我们毕业那年，你还回学校看过我们。

王志远：我知道，你毕业时主动要求参加登山队，之后就来到了西藏。我叫王志远，上学时就在你隔壁班，你对我有印象吗？

袁露珍：没有印象了（看着王志远摇摇头，走向肖继业）肖队长，你对我还有印象吗？

肖继业：我也没有印象了。

南德：哎呀，继业，你愣着干什么？先让小袁坐下来，再慢慢说嘛。

王志远：对对对，让袁露珍快坐下来休息一会儿。

肖继业：啊对，露珍同志，你过来坐吧，你的脚怎么了？

袁露珍：路上不小心扭伤了，不敢吃力。

【南德挤开肖继业】

南德：我帮你拿包。

王志远：我来扶你吧。

袁露珍：不用了，谢谢！

金书文：你好，袁露珍同志。

袁露珍：你好。

【书文扶着袁露珍坐下，王志远自然坐到袁露珍旁边，南德顶开肖继业坐到另一边】

肖继业：露珍同志，我看你也饿了，先吃点东西（把自己的兔肉让给袁露珍），你边吃我边给你介绍一下大家。这位是陈知行教授，是本次登山科考任务的带头人（袁露珍：陈老师好）；这是金书文，负责数据记录；这是王志远，负责影像采集。

南德：我叫南德，这只兔子是我打的！（众人发笑）小袁，你没吃饱吧，我这块兔肉也给你。

王志远：露珍同志，还是把我这块给你吧。

南德：我的给你。

王志远：我的给你。

南德：我给你。

王志远：我给你。

……

【南德、王志远争抢着把兔肉递给袁露珍】

袁露珍：两块都给我也行。

【袁露珍说着又接过两块兔肉，目光停留在陈知行的脸上】

袁露珍：陈老师……

陈知行：小袁啊，要不……我这块也给你？

袁露珍：不用不用，陈老师，我不是这个意思，我已经够吃了。我是看到您想起上学时您带我到周口店实习，您讲得特别好。

陈知行：谢谢。

南德：继业、志远，来，咱仨喝酒吧。

袁露珍：不好意思啊，就这么点兔肉，你们都给我了。

肖继业：不要紧，我们地质人都是铁打的筋骨，这点肉吃不吃无所谓。

南德：肖继业，你可真不讲究，你是秀色可餐，无所谓了，我可是饿了两天，你这点牛肉干我可都拿走了。来，小袁。

【南德说着就去抢肖继业面前的牛肉干，抢过来递给袁露珍】

陈知行：小袁，你怎么到这来了？

袁露珍：我们登山队最近在珠峰集训，准备最后冲顶。三天前，队里一名年轻队员突发肺水肿，情况危急。我把他送下山来，把水和干粮都留给了他。从接应点回来准备和大家汇合，结果回来的路上不小心扭伤了脚，听附近村镇的人说有地质队的人刚带着猎物找人换酒。之前就听说肖队长的地质队在附近工作，我看见篝火就找了过来。

南德：小袁，那你岂不是因为送队员下山，错过了登顶？

【袁露珍默默低下了头】

王志远：那可是太遗憾了，这是一生难逢的好机会啊。露珍，咱俩是同年级的同学，虽然上学的时候你对我肯定没什么印象，但你是出了名的登山女将，咱同学谁不知道你的梦想就是登上珠峰啊。

肖继业：露珍同志，你不要难过。我觉得你做得对，在关键时刻你能把登顶机会留给别人，把救助队友的使命留给自己，这种公而忘私的精神让我由衷敬佩，你一样是登山英雄，来，我要敬你一杯。

【肖继业给袁露珍倒了一杯酒，碰杯后，自己一饮而尽】

袁露珍：肖队长，你不是安慰我吧，你真的这么认为？

肖继业：当然是真的。

陈知行：小肖说的对，我觉得人类在登山过程中所展现出的团结和勇气要比登顶更加可贵。小袁啊，我从你身上看到了更值得赞颂的攀登精神。来，我提议，让我们共同举杯，向眼前这位登山英雄致敬。

众人：致敬！

南德：致敬！

【陈知行率先起身，众人随后起身向袁露珍敬酒。袁露珍忍着脚痛起身】

袁露珍：谢谢大家，谢谢大家的开导和鼓励。其实，我当时也没考虑那么多，就是一门心思想着救人要紧，在接应点回来的路上，听到其他队友成功登顶的那一刻，说实话，我的心情还是挺复杂的，有些落寞，有些妒忌，还有些自我怀疑。听到你们的话之后，我想明白了，我为登顶的队友感到高兴，也不为自己的选择感到后悔。珠峰！你在我心里已经被我征服啦！

陈知行：珠峰，我希望可以为地质事业奉献我的一生！

王志远：珠峰，我希望有一天我的镜头可以拍下天上的每一颗星星。

金书文：珠峰，我希望我可以早日找到大矿！

南德：珠峰，我饿了！

【金书文拿出口琴，吹起了《勘探队之歌》的旋律，众人共同唱起"是那山谷的风，吹动了我们的红旗。是那狂暴的雨，洗刷了我们的帐篷……"
突然传来一声雷鸣，天降大雨】

南德：嘿，这西藏的鬼天气，说变脸就变脸。

王志远：（快速收好相机）真邪门，歌声也能招来雨。

陈知行：（环顾四周，观察山下的水势）不好，这暴雨来势汹汹，我们所在的阶地很有可能被上涨的洪水冲垮，我们得尽快转移。

肖继业：对，大家快穿上雨衣（说话的同时，把自己的雨衣让给了袁露珍）。书文，你拿资料；志远，你拿帐篷；南德，我和你一起拿行李。露珍同志，你和陈教授先走。

【众人几乎与肖继业的话音同步，熟练地忙碌起来】

袁露珍：肖队长，我不能穿您的雨衣，我穿了，您可怎么办？

肖继业：（一边忙碌一边大喊）你快穿上，我不要紧。

【肖继业给袁露珍披上雨衣】

陈知行：你们两个别争了，大家要快，这雨越来越大，洪水马上就要涨上来了。小肖，小袁的脚受伤了，走不快，让小南一个人拿行李，你背着小袁快点走。金书文：不好了，陈教授，这边的路已经被洪水冲垮了！

肖继业：大家快分头找上山的路！（众人散，肖继业给袁露珍披上衣服，搀扶着跑，被洪水截住）

南德：我兔肉还没拿呢。

【音效雷声】

袁露珍：肖队长，我行动不便，

这样下去我们两个都走不了！

肖继业：露珍同志，我背你。

袁露珍：肖队长，你放下我吧！带着我是累赘啊。

肖继业：别说丧气的话。小袁！

袁露珍：肖队长，再这样下去，我们两个都得死！

肖继业：一起死就一起死，我绝对不会丢下你！

【肖继业背起袁露珍，再次被摔倒，反复几次。背景音乐《假如爱有天意》】

肖继业：小袁，你怕死吗？

袁露珍：我不怕！我什么都不怕！

肖继业：可是今天，我们真的走投无路了！

肖继业：奶奶，我离开家快两年了，走之前跟您说好了等这次任务结束就回家孝敬您，可是我接下这个登山科考任务，就走不了了，我就是个普普通通的地质匠，我们党把这么艰巨的任务交给我，我肩上有责任呀！奶奶，自古忠孝不能两全，我不能给您尽孝，乐山还得交给您抚养，我只能把对您的孝心放在地质事业上。奶奶，今天我可能走不出这珠峰了，我只能隔着山隔着海给您磕头啦！

金书文：肖队长，肖队长！我回来了！

肖继业：书文，你怎么回来了！

金书文：肖队长，上山的路都被封死了。

肖继业：那南德他们呢？

【金书文摇头】

肖继业：你们说我怎么这么没用呀，我这个队长咋当的呀，我整天带着大家跑呀，跑呀，最后还让暴雨给困在这！我还能干什么！

金书文：肖队长！

肖继业：志远。

王志远：肖队长，我回来了！

南德：还有我！

肖继业：南德。

南德：继业，你也太不讲究了，

我们是一个队伍的，怎么能掉队呢，要死一起死！

王志远、金书文：对！要死一起死！

肖继业：好，好！要死一起死！

陈知行：小肖！小肖！路！路！

肖继业：陈教授，什么路啊？

陈知行：我找到上山的路了！

众人：（看到路，狂喜大叫）啊！

【幕落】

第三幕：生日礼物

【1996 年 8 月。肖继业家中，陈设简陋，背景挂有"全国社会主义建设积极分子"证书。肖继业、袁露珍手上戴着婚戒。袁露珍端饭菜上桌。幕后传来收音机的声音：近日，第 30 届国际地质大会在京胜利闭幕，来自世界 120 多个国家和地区的 6000 余名地质科技工作者参加了本次大会】

袁露珍：老肖，别听收音机了，快点来吃饭。老肖，老肖！

【肖继业跛足上台】

肖继业：来了，来了。

袁露珍：老肖，腿怎么样了，今天又疼了没？

肖继业：不要紧，这腿阴天下雨才疼得厉害，比天气预报准多了，这两天肯定没雨。

袁露珍：就是爱逞强，儿子让你去治腿，你也不去，看以后坐轮椅了谁推你去爬山。

肖继业：当然是你推了，哈哈。

我这腿是老毛病了，治了也不能完全恢复，就不浪费那个钱了。来，吃饭吧。哎？这面里怎么有俩鸡蛋，鸡蛋给你，我不爱吃。

袁露珍：每次都夹给我，今天可不行，过了今天你就 57 了，这个鸡蛋你得吃了。

肖继业：57 喽，行，我吃！吃你多少个鸡蛋，你也报答不了当年在西藏我背着你找路的恩情。

袁露珍：老不正经的，我跟你说，今天咱儿子、女儿说要一起回来看你，你可少批评他们啊！

肖继业：哼，他们两个能有时间回来看我，真是太阳打西边出来了。天天看不见人影，这乐山在地质调查院多好的工作，说下海就下海了。我就看不惯他那个资产阶级做派，一点都不像我肖继业的孩子。

袁露珍：亏你还是领导干部、优秀共产党员呢，还资产阶级做派，要我说你这思想比谁都守旧。乐山难得回来一趟，再说乐山他媳妇儿这两天就要生了，你可高兴着点。

肖继业：我不是守旧，是⋯⋯

【敲门声】

袁露珍：不说这些了，孩子们回来了，你高兴着啊！儿子，儿子。

【开门。陈知行站在门外】

陈知行：叫谁儿子呢！

袁露珍：陈教授啊，还以为我儿子回来了呢。

陈知行：有我这么老的儿子么？

肖继业：陈教授，您可是稀客，唉，我记得你不是去"区域成矿系统研究"的项目验收会了吗？

陈知行：刚从会上下来，正好顺路，来给你送一样东西。

肖继业：来，进来说。

陈知行：不进去了，老肖，我下午还有个⋯⋯

肖继业："地下水循环与污染防控"的项目论证会，对吧！

陈知行：行啊，我的肖局长！都退居二线了，消息还这么灵通啊。

袁露珍：这老肖啊，天天抱着收音机，拎着报纸，只要是关于咱们地质行业的消息，一个都不落。

陈知行：老肖啊，告诉你一个好消息，咱们在西藏合作的科考成果，在第30届国际地质大会上获奖啦，我是来给你送证书的，看，上面还有你的名字呢！

【肖继业接过证书，反复摩挲】

肖继业：太好了，陈教授，看来我们在西藏的十年辛苦没有白费。

陈知行：不仅没有白费，国际地质界的同行还对我们的成果给予了很高的评价。老肖，这军功章可有你的一半啊。

肖继业：我哪有什么功劳，也不懂那么高深的学问，都是听您指挥出点力气罢了，没有您陈教授哪来这些成果。

陈知行：你瞧瞧，还谦虚上了。老肖，不跟你多说了，我得赶紧走，你把证书收好吧，等我今年参加完"太平洋海底资源科学考察"回来，把老南老王从国外喊回来，和你们"难忘今宵"再好好聚一聚。

肖继业：好！

陈知行：我先走了。

袁露珍：陈教授，您慢走。

【肖继业、袁露珍目送陈知行离开，回到房里】

袁露珍：陈教授总是这么忙哈，好像有做不完的项目，开不完的会。

肖继业：那还用说，陈教授可是业内数一数二的学者。露珍啊，快把证书收好，明天去复印一份彩色的装裱起来。

袁露珍：好，我把它和你在青海获得的"全国社会主义建设积极分子"的证书挂在一起。瞧把你乐的，要不要我把这证书裱起来挂到楼梯口去啊。

肖继业：挂到楼梯口就不必了，你见到街坊邻居多念叨念叨这事就是了。

袁露珍：哎哟，你还真能顺杆爬。

肖继业：对了，露珍，回头你把

老南、老王他俩从国外给我寄明信片的地址都找出来，帮我给他们写一封信，把这个好消息也告诉他们。

袁露珍：好，上次老王他们还来信关心你的腿呢，我告诉他们一声。

肖继业：好。书文住得近，改天我当面告诉他。

【敲门声】

袁露珍：这回该是孩子回来了。儿子，儿子。

【开门。金书文走进来，神情有些凝重】

金书文：嫂子。

袁露珍：是书文啊。

金书文：嫂子，肖局长在家吗？

袁露珍：在呢，快进来。老肖，书文来了。

肖继业：哟，书文，说曹操，曹操就到啊，我正要告诉你好消息呢。快进来坐！露珍，给倒杯茶。

金书文：不用了，嫂子，我想跟肖局长单独说几句话。

袁露珍：这样，你们坐下慢慢聊，我去给老南和老王写信。

金书文：肖局长。

肖继业：唉，书文，这又没外人，我也退二线了，别再叫我肖局长了，咱们就和过去在地质队里一样。来，进来坐，书文啊，你妻子身体恢复得怎么样？

【袁露珍走进后台。金书文依然站在门口】

金书文：肖队长，我是专程来跟您说一声对不起的。

肖继业：书文，你这叫什么话？

金书文：肖队长，这话我必须说。

肖继业：（打断）书文，你先坐。

金书文：肖队长，这几年地质行业不景气，我全家收入减少了一大半，这么多张嘴等着吃饭，老的要看病，小的要读书，处处要钱，真是压得我喘不过气来啊。要不是您一直接济我们，我都不知道这日子该怎么过了。

【金书文有些哽咽，强忍泪水】

肖继业：书文，可别这么说，这行业改革总会带来一些阵痛，我们要顾全大局、主动适应。再说了，你精通业务，行业未来发展离不开你这样的人才，你要对咱们行业、对你自己有信心。对了，告诉你个好消息，咱们的西藏科考成果刚刚在国际地质大会上获奖啦。

金书文：真的吗？

肖继业：真的，陈教授说国际地质界的同行对咱们的工作给予了很高评价。

金书文：太好了！

肖继业：书文，现在国家矿产资源形势不容乐观，青藏高原地质调查和找矿工作还有很多空白，我相信你扎根在那里一定大有可为，咱们是有资格挺起腰杆来搞好地质工作的。

金书文：（看着证书，颇为动容）我明白了，肖队长，感谢您这几年来一直这么鼓励我，要是没有您，要是没有您，我可能早就从地质尖兵变成地质逃兵了。

肖继业：老伙计，你是不是又遇

到什么困难了？

肖继业：我明白了，这样，我手头还有千八百块钱，我先给你拿去。

金书文：别，肖队长，您别动，我这次来真没什么困难，就是跟您来说个对不起的。前一阵我家那口子做心脏手术，您给我拿了两万块钱，可事后我才知道，这是您孩子拿给您治腿的钱啊，这钱我一时半会儿肯定是还不上。您的腿就一直拖着没治，肖队长，我对不住您！

【金书文的眼泪夺眶而出，欲向肖继业下跪】

肖继业：书文，快起来。书文啊，我这一条腿怎么能跟一条命比，再说了我这腿上的老毛病也是根治不好的，我早就习惯了，你可千万别放在心上。

金书文：肖队长，我知道今天是您生日，我家那口子亲手给您做了一副护膝，带着它多少能缓解一些疼痛，这点心意还请您一定要收下呀。

【肖继业接过护膝，反复摩挲】

肖继业：好，我收下了，你们夫妻俩的心意我领了。我这啊你大可放心，虽然我和露珍的收入都不算高，但孩子们下海后多少还能补贴一点，日子过得去，钱不着急还。书文，你一定要坚持住，地质行业需要你啊！

金书文：我知道了，肖队长！那我就先回去了。

肖继业：书文，这件事你别和你嫂子提。

金书文：肖队长，您和嫂子的恩情我这辈子都不会忘记，您和嫂子保重啊。

肖继业：你也要保重啊。

【金书文匆匆离开。肖继业目送金书文离开，又看向袁露珍，发现袁露珍过来了，匆匆落座。袁露珍走上台】

肖继业：（吃面）面没放盐吧？

袁露珍：放啦。

肖继业：真放了？

袁露珍：真放了。

肖继业：那怎么没滋味呢？

袁露珍：我看你心虚了吧！

肖继业：我心虚了，我有啥事儿心虚啊？天不是还没塌下来嘛？

袁露珍：嗯，老肖啊，你让我给老王他们写的信，我给你念念，你听听这样写行不行？老王，我是老肖，和你们说个好消息，咱西藏科考的成果获奖啦。你放心，我的腿恢复的挺好啦。

肖继业：停停停，这信不能这么写，什么叫我的腿恢复得挺好的啊，我的腿要是恢复得挺好的，是不是他俩就不想回来看我了？

袁露珍：噢，对对对，老王啊，我的腿恢复得很不好。

肖继业：（生气）什么叫恢复得很不好？老王他们听了不是更着急吗？报喜不报忧你不懂啊？（生气）你干脆让我截肢算了！

袁露珍：噢噢明白了，老王啊，我的腿截肢了！

肖继业：谁截肢了啦？谁截肢啦？这信你会不会写？啊？你要不会写的

话，我……

袁露珍：你写，你当过地质局副局长，天天批文件，肯定比我写得好。

肖继业：（尴尬停顿）这刚才谁说替我写的？

袁露珍：我呀。行行行！老王啊，我是老肖，我在这边时而腿挺好，时而腿不好；时而要截肢，时而不截肢；时而挺想你，时而不想你！

肖继业：袁露珍，我看啊你就是故意的！你在诚心拱我的火！

袁露珍：（追赶过来，把信递给肖继业）你再看看。（转身下）

【肖继业认真看信，背景音乐】

袁露珍（画外音）：近来几年，知道你难，但忍不住想写几个字给你。你是党的儿子，是地质事业的儿子，也是我的丈夫，孩子们的父亲，既惦记着国家大事，又操心着自家小事。书文的事你不用瞒我，他不来我也知道，你以为孩子那边没人帮你打掩护你能蒙混过关？钱嘛，孩子们挣得虽然不容易，但我也不在乎，我就是在乎你啊。孩子们都长大了，抽空你也跟孩子们好好聊聊，他们总说你绷着个脸，对他们太严厉。亲爱的，请不要忘记，我们的相爱是在珠峰的暴风雨中，是远征了无数高山大川，经过了无数生活曲折，我记得，在那些危难艰苦的日子里，我总是一想到你就鼓起勇气，请坚信，我永远属于你，我们将永远生活在地质人的精神中。情深纸短，就此打住。妻：露珍。

肖继业：露珍，我饿啦！我饿啦！

【袁露珍上台，在音乐的衬托下，两人紧紧相拥】

【开门。肖乐山提着生日蛋糕，肖乐水提着大包东西一起走了进来】

肖乐水：（惊讶）爸、妈，你们这是……聊天呢？

肖乐山：这么不懂事呢？爸妈这也该到聊天的年纪了。

袁露珍：你说你们这俩孩子，回来怎么不敲门呢？还回来这么晚。

肖乐山：妈，我公司有事耽误了，乐水一直在等着我，我们回来晚了。

袁露珍：（指向肖继业）没事，回来就好，快去哄哄你爸。

肖乐水：爸，这是给您的保健品，祝您生日快乐！

肖乐山：爸，公司今天太忙了，我们回来晚了。我买了蛋糕，祝您生日快乐！

袁露珍：你说你们这俩孩子，回来就好，买这么多东西干吗啊，多浪费，快坐下，我再去给你们炒几个菜去。

【袁露珍接过礼物并放下】

肖乐山：妈，您就别忙活了，我坐一会儿就得走，下午公司开会。

【乐水抓起桌上的菜吃了一口】

袁露珍：哎呀，洗手！乐水，你呢，在家吃吧。

肖乐水：妈，我也不行，我下午约了客户。

肖继业：哼，乐山旅游项目总经理、乐水珠宝品牌创始人，你们快忙着挣钱去吧。

肖乐水：爸，您可冤枉我了。珠

宝可是地大的特色专业，我热爱这个专业，刚毕业就创建了自己的独立设计品牌，您可不能给我泼冷水。爸，中国文化有着深厚的审美底蕴，我相信，中国人自主设计的珠宝品牌终有一天会走出国门、走向世界，我就是要大胆地闯一闯。爸，您报纸可拿反了。

【肖继业尴尬】

袁露珍：乐水，去年我和你爸结婚二十周年，你给我们设计的结婚纪念戒指，你爸可是连手指关节炎犯了都舍不得摘。

【肖继业摸了摸手上的戒指，有意往身后藏】

肖继业：露珍，你多嘴啦。

袁露珍：是我多嘴，还是你嘴硬啊？行了，乐山，快扶你爸过去吃饭。

肖乐山：唉！（肖继业拒绝起身，不理肖乐山）

肖乐山：爸，我知道，当初我离开地质调查院，选择下海经商这事儿您一直反对。可是我开发的都是生态旅游项目，这既要满足都市人休闲娱乐的精神需要，也保护了绿水青山，展现自然生态景观，这可都离不开地质知识啊。

肖继业：你不是离不开地质知识，我看你是离不开钱吧。

肖乐山：爸，那赚钱有错吗。人家邓小平同志都说了，先把经济搞上去，一切都好办。

肖继业：那你搞经济也不能忘了地质人的本色啊。艰苦朴素、求真务实，这八个字你忘了吗？

肖乐山：爸，我也是地大培养的学生，怎么可能忘本呢。您还不知道吧，陈知行教授就非常认可我的想法，还答应要帮助我做好项目规划。爸，从小到大您一直都在跟我们讲搞地质，搞地质！搞得我生母死在了青海，搞得您就剩下一条好腿，您还不满意吗？

肖继业：就算我死，我也要死在这个行业里！

袁露珍：行了，都别吵了，这一家人难得吃顿团圆饭，你俩又吵！乐山，你过来！乐山啊，陈教授那么忙，他怎么可能亲自帮你做项目规划呢？是你爸啊，他这万事不求人的主，主动找上门去，让人家陈教授关照你的项目，他才同意的。乐山，你马上就要当爸爸了，有些感情只能等你有了孩子才能体会得到，这当爹的都犟，你多理解他。另外啊，你现在搞旅游方便了，去青海的时候一定要去趟柴达木，那里有个叫南八仙的地方，你生母岳芳仙可是八仙之一的地质女英雄，你要好好开发一下那里雅丹地貌的旅游资源，对你生母也是一种纪念。

肖乐山：我知道了，妈！

袁露珍：好了，来，过生日啦！乐水，去，把蛋糕拿过来，乐山（袁露珍张罗大家坐下，给乐山使眼色，乐山去拿吉他），老肖，老肖！孩子们给你过生日了！

肖继业：我不过。

袁露珍：老肖，快起来，乐山他俩不回来看你天天念叨，这孩子一回来看你，偏要板着臭脸数落孩子。

肖继业：我，我这不是怕他们把路走偏了嘛。

袁露珍：哎呀，孩子心里比你清楚，老肖，把这生日帽子戴上。

肖继业：我不爱戴这个。

袁露珍：必须戴！老肖，芳仙走得早，乐山这孩子从小就被你送到了奶奶那边。从小到大你都对他太严厉啦。现在他都要当父亲了，你就别对他那么苛刻了！

肖乐水：爸，我哥最近每天晚上都要去医院陪我嫂子，白天要做项目，已经几天没怎么合眼了。今天他开完会，特意跑去给您订的蛋糕，所以我俩才回来晚了。

袁露珍：老肖，许个愿吧。

【乐水点亮蜡烛，乐山弹唱歌曲《父亲》，歌停，肖继业吹灭蜡烛】

肖乐山：爸，生日快乐！儿子不该跟您顶嘴，我错了。

肖继业：乐山、乐水，爸再说句心里话，爸就是希望你们啊，别只盯着钱看，要踏实做人、专注做事，选定了一个行业就当成自己的事业，爸支持你们。

肖乐山、肖乐水：爸，我们记住啦。

袁露珍：来，大家都坐下来吃饭吧！

【肖乐山的 BP 机响起，肖乐山低头一看，难掩兴奋之情】

肖乐山：哎呀，我媳妇儿马上要生了，我得赶紧到医院去。

肖乐水：哥，我陪你。妈，我爸腿脚不方便，您就在家陪他等消息吧。

袁露珍：哎呀，我要当奶奶喽！老肖，咱俩就甘心在家等着？

肖继业：要等你等着，我这腿脚关键时刻不一定比你慢，我必须要去，孩子的名字我都想好了！

袁露珍：哎，老肖，你等等我呀。

乐山、乐水：爸，妈！等等我们！

【肖继业边说边抢在袁露珍前面出门。家中传来收音机的声音：下面请欣赏一位热心朋友点播的歌曲《亲亲我的宝贝》。幕落】

第四幕：学为国用

【2016 年 1 月。陈知行办公室，陈设简单，资料极多。陈知行正在给人打电话，语气略显严肃】

陈知行：行了，我跟她约好了，你先喝会儿茶，二十分钟再到，哎呀，好了好了！

【林夏拿着文件夹走进办公室】

林夏：陈老师，您忙着呢？

陈知行：哟，小林老师？不对，我得叫你林院长才对，快坐快坐。

林夏：您可别这么叫我，在您面前我永远都是学生，要我说您还叫我小林。

陈知行：好样的，小林，当领导

了也不忘本色，和你老爸林育生一样，我相信你一定能把学院领导好。来找我什么事啊？

林夏：陈老师，您主持完成的青藏高原科研项目不是荣获了国家自然科学奖二等奖嘛，大家都想为您庆祝一下，就委托我来跟您商量商量，看您……

【陈知行犹豫片刻】

陈知行：小林啊，你也不是外人，我实话跟你说，你不是第一个来邀请我的了。我最近有几个学生忙着开题，论文思路还有很多问题，我得带着他们开几个夜车才行，实在是抽不出时间啊。

林夏：陈院士，我们都知道您淡泊名利，当年把国家科技进步奖特等奖的名额都让给了金书文，这次的奖励自然也不会放在心上。但对于那些和您一起跑西藏的老教师们，这次的奖励可是意义非凡啊，您也得考虑考虑他们的感受。

陈知行：林院长，我真是说不过你呀，这样，你回去帮我做做他们的工作，等忙完这段时间学生们的开题，我请大家一起庆祝一下，好吧。

林夏：好嘞，陈老师，还有一件事要麻烦您，我这还有一份关于您获奖的宣传稿，请您把关。

【陈知行熟练删改】

陈知行：小林，老样子，把宣传我个人的内容都删掉，突出整个团队，我们做学问就是为了服务国家需要，绝不能为个人求名求利。咳咳。

林夏：陈老师，我明白了，您多注意身体啊。

陈知行：知道啦，请林院长放心。

【肖梦祁带着论文研究资料进来】

肖梦祁：陈老师。

林夏：梦祁？

肖梦祁：欸，林老师，您也在啊。

林夏：陈老师，你们先聊，我去把宣传稿改一下。

陈知行：小林，我正好要和梦祁讨论一下她的论文，她研究的方向你也是专家，你要是没事也参与一下讨论吧，论文先给你看看。

【陈知行把论文递给林夏】

林夏：好的，陈老师。

肖梦祁（自信）：陈老师，您觉得我的论文有研究价值吗？

陈知行：有价值，非常有价值，你有很好的数学和计算机功底，借助大数据这样的新兴科技手段解决地学问题的创新能力很强，研究生阶段有望做出高质量的成果。

肖梦祁：真的吗？

陈知行：真的！但是，你告诉我图2里那几个关键点位的情况你是怎么得到的？

林夏：没错，这几个关键点位的地质现象对验证这篇论文的结论很重要，文章却对数据来源没有说明。

肖梦祁：啊，林老师，我是通过无人机遥感，结合计算机模拟推测的。

林夏：从图上来看，这两个点的位置条件应该是可以去实地观测的……梦祁，把你研究过程的资料给我看看。

【林夏认真查看资料】

陈知行：肖梦祁啊，肖梦祁，你是跟着我的团队去过这个地方的，你是可以拿到更加准确的实测数据进行研究的，可你却投机取巧，依赖计算机模拟，这可不是地质人的传统。

肖梦祁：陈老师，我认为通过无人机遥感获取信息的手段便捷，效率更高。不仅能快速获取研究区域的大量基础数据，还能大幅降低安全风险，我并不是投机取巧。

陈知行：基础数据当然问题不大，但你描述的地质现象是否准确呢。

肖梦祁：放心吧，陈老师，我在西藏看到过很多类似的地质现象，这种情况我还是比较熟悉的，应该没错。

陈知行：应该没错？肖梦祁！地学是一门极其复杂的自然科学，大自然可是不会用复制粘贴的方法分布地质现象的，一些在宏观尺度上辨识不出的细小差异，都有可能是由不同地质过程带来的结果，你这是盲目自信！

肖梦祁：陈老师，您认为我的现象描述错了，可您又是怎么通过影像判断出来的呢？

陈知行：唉，严格来讲不能算错，只是不够精准。

肖梦祁：陈老师，可我不能真的跑到那么远的地方去实测啊。

陈知行：远？别人嫌远还情有可原，但你肖梦祁嫌远就太不应该了。今天，我要介绍位熟人当一回你的指导老师。进来吧，老肖。

【肖梦祁惊讶。肖继业拄着拐杖走进办公室】

肖继业：陈大院士，哈哈哈。

林夏：肖伯伯？

肖继业：哎，小林啊。我说你这老家伙可真不会待客，说是让我过来看个好东西，竟让我在会客室喝了半天的茶。

肖梦祁：爷爷，你怎么来了？

【肖继业和肖梦祁尴尬对视，有意回避彼此的目光】

陈知行：哎呀，老肖，你快坐，你都不知道我为了找这件东西费了多大的劲，差点没把仓库翻个底朝天。

肖继业：你就别卖关子了，快给我看看，是什么宝贝？

【陈知行来到肖继业面前展开一卷地质图。林夏也凑了上来】

陈知行：老肖，这张图你还记得吗？

【肖继业仔细端详，反复摩挲】

肖继业：这……这不是我们一起在西藏绘制的那张地质图吗，亏你陈教授还保存着。

陈知行：老肖啊，40 年过去了，我不知道做了多少这个区域的项目，还没有遇到第二张像你绘制得这么精确的图呢，不是我刻意保存，是真离不开它呀。

【林夏、肖梦祁都显出诧异的表情】

林夏：这不就是梦祁论文上那张图的区域吗？

陈知行：是啊，梦祁呀。

肖梦祁：陈老师。

陈知行：来，你看看，你论文上几个关键点位的情况都能在这张图上查到。

肖继业：是这几个点吧，有印象，看着直线距离没多远，跑下来可太费劲了。我们一大早出发呀，回来太阳都要落山了。那时候……（看到肖梦祁倔强的神情，停顿了一下）不过也真没白跑，这几个点非常特殊，那里角度不整合的接触界线必须要到实地去看才行，远距离观察的角度如果不对，根本想不到真实情况会有那么大差异。你们看，我当时还特意把这几处地质现象单独标注上了。

【肖梦祁看后有些不服气】

肖梦祁（低着头小声说）：这几个点位信息和我的模拟结果偏差得也不是很大嘛。

肖继业（提高了嗓门）：不是很大？"失之毫厘，差以千里"，这句话对我们地质人来说可不是闹着玩的。你知不知道我和陈教授他们当年在西藏找矿的时候，要是找矿靶区多一点偏差，多打一口钻要浪费国家多少钱吗？你这个小毛孩子真是大言不惭，不知天高地厚……

陈知行（打断肖继业）：行啦，老肖！在家里吵完还要到我这来吵啊！你工作较真我们都佩服，跟孙女较真是啥本事。不是我说你……啊哈哈哈哈，梦祁啊（肖梦祁不理会），老肖啊（肖继业不理会）……哎呀！小林啊，你

知不知道，你肖伯伯腿脚还利索的时候干活有多厉害吗？

【陈知行对林夏使眼色】

林夏：啊！当然知道啦，当年在西藏，地质队里大名鼎鼎的"拼命三郎"谁人不知啊。我可是每年都会在新生入学教育上给学生讲肖伯伯的事迹。

陈知行：哎呀，当年在地质队里不仅他肖继业活干的最漂亮，而且心胸还特别开阔，不管南德、王志远他们闹出什么状况，他都能和颜悦色地耐心引导。

肖继业：行了，你俩就不用唱双簧来捧我了。老陈啊，我不是较真，是一说起西藏啊，我就要感慨，跟着你陈教授跑那么大的项目，我不拼尽全力，对得起国家给我们的信任吗？

陈知行：老肖，我理解你的心情，别的咱不说，就说这张地质图。那会儿你腿疼得厉害，你就用绳子勒紧腿，让腿不过血，咬着牙坚持了整整一个月才把这张地质图绘制完，所以我和你说，我是真的离不开它啊。

【肖梦祁红了眼圈】

肖梦祁：爷爷，（背景音乐起）爷爷，对不起，我知道错了，那天在家和您讨论地质工作，我不该和您顶嘴。

肖继业：祁祁呀，爷爷是个老顽固了，只会认死理，跟不上科技进步的潮流啦。你奶奶常说，时代发展和地质演化一样，都有不可逆的趋势和规律，你们年轻人就应该向前看。我

以前有幸听过李四光先生的报告，"努力向学……"

肖梦祁："蔚为国用"！爷爷，我明白了，您是怕我忘了老一代的工作作风，看不起你们老一辈地质人的传统工作方法，是我太幼稚了。

肖继业：祁祁，其实你的论文和带回来的影像资料、计算机模拟过程我早就看过了，你能在这么短的时间内，获取这么多数据，还在宏观尺度上合理推测了整个研究区域的地质过程，甚至还有几个点的区域是爷爷当年根本无法步行到达的，你这个大思路可比爷爷当年强多了，也帮爷爷把这张地质图绘制得更精细了。

陈知行：梦祁啊，其实融入大数据这样的新兴科技手段是地学发展非常重要的方向，我早就想好要让你参加我即将启动的"深时数字地球"国际大科学计划了，这很可能是一场数据科学时代地学研究范式的变革啊！你愿不愿意参加啊？

肖梦祁：陈老师，我愿意。谢谢陈老师！

林夏：梦祁，从实验科学到理论科学，再到数据科学，陈老师的研究方向可是始终站在推动地学发展的最前沿！你可一定要珍惜这次机会啊。

肖梦祁：嗯！

陈知行：梦祁啊，今天我拿你的论文小题大做，只是想提醒你科技发展要紧跟潮流，但老一辈地质人处事治学的态度始终值得我们学习！要记住，做学问和做人一样，确立目标应该仰望星空……

肖梦祁：实现目标必须脚踏实地！陈老师，我明白了，野外一线开展工作是咱们地质人的看家本领，第一手资料无比宝贵，忽视了这项看家本领，再发达的技术手段也都是无本之木，很难长出参天大树。我现在应该练好基本功，稳扎稳打！谢谢陈老师、林老师，我觉得你们今天给我上了生动的一课。

肖继业：咳咳，就陈老师和林老师给你上的课生动？

肖梦祁：爷爷，您给我上的课最生动，您再给我讲讲呗。

肖继业：以前追着给你讲，你都不爱听，这回想听了？赶紧去跟着陈教授把论文改了，啥时候改完我啥时候给你讲。

肖梦祁：好嘞！

【众人大笑。幕落】

尾声：毕业寄语

【2022年6月。毕业典礼现场，林夏走上发言台。背景显示：中国地质大学2022年毕业典礼】

林夏：中国地质大学2022届毕业典礼现在开始，首先，有请毕业生代表，地学院博士毕业生肖梦祁同学发言。

【林夏下场，肖梦祁站上发言台】

肖梦祁：各位老师，同学们，大家好，我叫肖梦祁，梦想的梦，祁连山的祁，这个名字是我爷爷为我取的。他说祁连山是他从地大毕业后，投身地质工作的第一站，那里留下了他地质报国的誓言，"梦里常回祁连山"是他经常和我提起的一句话。我想他为我取这个名字，是希望我能继承像他那样的老一辈地质人的优良传统，不忘初心。

我即将走上新的人生舞台，成为一名地质科技工作者。一代人有一代人的使命，积极践行绿色发展理念，加强科技攻关，推动传统地学与新兴科技相结合，新生代的地质科技工作者前景广阔，使命光荣，我辈必将孜孜以求，不敢懈怠。

最后，我想用我的导师——此刻躺在病榻上依然坚持听取项目汇报的陈知行院士一生最喜欢的八个字与大家共勉。

愿我们在未来的人生路上都能做到：仰望星空、脚踏实地。谢谢大家。

【肖继业坐在轮椅上，胸前佩戴党员徽章和校徽，被肖乐山推上台，袁露珍、肖乐水跟随上台】

肖继业：露珍啊，你说学校这次怎么就选了我作为校友代表在这毕业典礼上发言呢？

袁露珍：这不70年校庆了嘛，学校想从最早那批支援青海的校友中选一位代表，顺便补充下那段校史资料。

肖继业：那这事非我莫属了，咱们那批地质人健在的已经不多了，再算上头脑反应迟钝的、行动不能自理的、说话含糊不清的，估计最后能选的就剩我一个啦，哈哈。

袁露珍：别听你爸瞎说，他们这些搞地质的人啊，身体素质好、心态也好，健康长寿的大有人在，上个月我还听说老南、老王、老金他们相约一起去爬山呢。

肖继业：哼，他们啊，这就是故意气我。乐山，你最近多锻炼锻炼身体，找个周末你也推着我去散散心。

肖乐山：行嘞，爸，我带您去我开发的地质公园怎么样，那的环境可好了，您还可以给我们讲讲地质现象。

肖继业：不，我要去雄安，想看看国家的千年大计，更想看看地大建设新校区的地方。乐水啊，你去问问你南叔叔他们，叫他们一起去啊。

肖乐水：好嘞，爸。

肖继业：哎，露珍啊，今天老南他们不是也要来吗，这怎么还没到啊？

袁露珍：（犹豫片刻）老肖，跟你说实话吧，陈教授昨天晚上在医院……情况不太好，老南他们今早去看他了，这本来是想等典礼结束再告诉你的。

肖继业：（沉默片刻）唉……我们都老啦。

【林夏站上发言台】

林夏：刚才，肖梦祁同学在发言中提到了她的爷爷肖继业。肖继业是我校最早支援青海的老校友之一，是地质行业的先进人物，校园里的地质人雕像就是参照肖继业的形象设计的，下面让我们掌声欢迎肖继业作为校友代表发言!

【肖梦祁为肖继业推轮椅】

肖梦祁:爷爷,该您上场了,加油啊!

袁露珍:老肖,把它带着(将包好的石头递给肖继业),别紧张。

肖乐山:祁祁,推着爷爷小心点。

肖乐水:爸,加油啊。

肖继业:祁祁,扶爷爷起来。

肖梦祁:爷爷,您的腿……

肖继业:不要紧。

肖梦祁:好。

【肖继业从轮椅上颤颤巍巍站起来】

肖继业:老师们、同学们,你们好啊,我叫肖继业,称不上什么先进人物,虽然当过几年地质局副局长,但我干得最好的职业还是一名地质匠。

我今年83岁,我就倚老卖老给你们讲讲我的人生吧。我出生在新中国成立前,小时候亲眼见证过国家浴火重生的景象。新中国刚成立那会儿,百废待兴,地质是发展工业的基础,那时候我们响应毛主席"开发矿业"的号召,都争着学地质,没人叫苦叫累。后来,我搞地质伤了一条腿,病痛纠缠了我大半辈子,可是每当我想起包括我第一任妻子岳芳仙在内,那些为地质事业献出生命的人,我觉得自己还是幸运的。

我搞地质有个收集石头的小爱好,今天回到母校,我也给母校带了个小礼物,一块来自西藏的海相灰岩,在我身边快50年了,我觉得它就像我们地质人的人生一样,看似平凡却又独一无二。当年,我们地质队受暴雨侵袭差点丢了命啊,在那么危险的情况下我都没舍得丢了它,它见证了我们地大人一段难忘的西藏记忆,今天我把它送给母校,让它替我们永远守望这方校园。

70年校庆到了,能在地大求学是我的荣幸,虽然我曾经学的地质知识落伍了,但地大赐予我的精神力量依然在支撑着我。"艰苦朴素、求真务实"这校训听起来简单,真正领悟却不容易,在这个物欲横流的社会里,能把这句校训铭刻在心,即使不能提高你命运成功的概率,也能守护你不被生活轻易打败。

【众人鼓掌。肖继业目光扫到了台侧的南德,又惊又喜,大家随着一起看过去,同惊喜】

肖继业:老师们、同学们,下面我想请我的一位老朋友一起上台完成这次发言,老南,上来吧!

【南德上台,肖梦祁跑去搀扶】

肖继业:老南,我还以为你不来了呢。

南德:老肖啊,我能像你那么不讲究吗?想当年在西藏的暴风雨里我都没掉队,今天我又怎么能掉队呢。老肖啊,不仅我来了,他们都来了。

【众人看向台侧,金书文和王志远推着陈知行上台】

肖继业:陈教授!

陈知行:老肖啊,真没想到这么

多年了还能看到你们"难忘今宵"。梦祁啊。

肖梦祁：陈老师。

陈知行：老师差点错过你的毕业典礼，不会怪我吧。

肖梦祁：不会的，陈老师。

【肖梦祁强忍泪水。陈知行随后为肖梦祁拨穗授学位】

陈知行：你是老师最得意的学生，老师祝你毕业快乐。

肖继业：（继续发言）曾经，地质工作者是社会主义建设的开路先锋；今天，你们都是社会主义建设的新生代。

南德：希望你们感恩自己生在了这个时代，不随便挥霍来之不易的幸福，始终对未来报以极大的信心和热情。

金书文：不向困难低头，不为名利苟且。

王志远：去拼搏，去创造，去追寻念念不忘的梦想，去勇敢地挑战看似不可能的人生。

陈知行：未来是属于你们的，我们会目送你们向前，走上光明而又远大的路。

肖继业：年轻真好，我们很羡慕大家。祝大家……

南、王、金、肖、陈：（齐）青出于蓝，未来可期，仰望星空，脚踏实地。

众人：仰望星空，脚踏实地。

【幕落。播放歌曲《奉献》】

周子健，中国自然资源作家协会会员，供职于中国地质大学（北京）。

中国自然资源作家协会 2023 年新会员名单

（81人）

北京（7人）
陈现宾、王永武、吴小军（吴俣阳）、孙现富、王永江、韩明智、祁建庄（钢凝）

河北（3人）
李伟亮、张家声、崔凤华

江苏（5人）
丁厚银、张斌、杜衡、姜长荣、刘方

浙江（2人）
赵戊辰、张小宇

安徽（1人）

吉爱华

上海（1人）

陆佳颖

福建（2人）

房永雯、陈先英

四川（8人）

向莉、祁焰、王晟岚、何君、刘友洪、白发科、赵小平、罗元彬

湖北（1人）

黄海清

贵州（1人）

袁惠国

湖南（1人）

李娃

云南（5人）

李达伟、张伟锋、赵永超、戴普灿、任惠云

山东（9人）

李宗梅、赵贵阳、李春生、魏朝凯、杨琦、鹿萍、秦省利、刘晓东、吕桂景

陕西（1人）

王飞

江西（13人）

郭志锋、刘九流、叶绍荣、赖冬梅、钟宇、代克仁、王春芝、张晓帆、李红虹、江初昕、黄存平、李石宝、钱瑞

山西（3人）

毋世朝、薛初冬、张波涛

黑龙江省（1人）

王德强（鲁微）

河南（1人）

罗明军

甘肃（5人）

白怀国、李欣远、肖永晖、王升君、吕春文

广东（8人）

张阳、谢贯洁、李子、朱明明、焦雪莲、郭娟娟、杨美春、周璇

青海（1人）

刘大伟

广西（2人）

蒙佳、邱桂丽